STUUR ME EEN BERIC

Jill Mansell

Stuur me een berichtje

UITGEVERIJ LUITINGH-SIJTHOFF

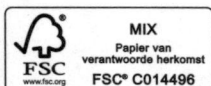

FSC
www.fsc.org
MIX
Papier van
verantwoorde herkomst
FSC® C014496

© 2018 Jill Mansell
All Rights Reserved
© 2018 Nederlandse vertaling
Uitgeverij Luitingh-Sijthoff B.V., Amsterdam
Alle rechten voorbehouden
Oorspronkelijke titel: *This Could Change Everything*
Vertaling: Marja Borg
Omslagontwerp: Studio Marlies Visser
Omslagillustratie: Ingrid Bockting
Auteursfoto: Bonnita Postma
Opmaak binnenwerk: ZetSpiegel, Best

ISBN 978 90 245 7970 9
NUR 343

www.jillmansell.nl
www.lsamsterdam.nl
www.boekenwereld.com

Voor Lizzie Neath
Met dank voor haar gulle donatie aan de slachtoffers
van de Grenfell Tower-ramp.

1

Wat was er nu fijner dan op een zonnige middag in juni op een terras te zitten, met een prachtige nieuwe hoed op, en dan getuige te zijn van een ophanden zijnd misdrijf?

Zillah Walsh duwde de rand van haar rode gleufhoed iets omhoog en keek gefascineerd naar het tafereel dat zich voor haar afspeelde. Het was wel duidelijk dat die jongen van plan was iets uit het krat voor de winkel te jatten.

Wat spannend!

Goed, er was natuurlijk nog niets gebeurd, maar zijn lichaamstaal verraadde hem: de aarzelingen, de gespeelde nonchalance, het herhaaldelijk over zijn schouder kijken naar de oudere klant achter hem.

Ze zag ook dat hij geen doorgewinterde winkeldief was, want het was hem nog niet opgevallen dat de eigenaar van de winkel hem vanachter het etalageraam nauwlettend in de gaten hield.

Arme jongen. Het was natuurlijk verkeerd wat hij deed, maar toch had ze medelijden met hem. Hij had inmiddels iets opgepakt en deed alsof hij het bestudeerde, terwijl zijn hand langzaam naar de zak van zijn grijze hoodie ging.

Ondertussen stond de winkeleigenaar al bij de deur om hem in zijn kraag te grijpen...

O nee, dat kon ze niet laten gebeuren.

'Lieverd, ik heb me bedacht!' Zillah wuifde om de aandacht van de jongen te trekken en riep zo luid mogelijk: 'Kun je ook een paar van die daar voor me kopen? Kom, dan zal ik je nog wat extra geld geven.' Ze gebaarde dat hij moest komen.

De jongen, die nu pas merkte dat de winkeleigenaar in de deuropening stond, legde de bijna-gestolen waar snel terug en stak de smalle straat over.

Zillah pakte een briefje van vijf pond uit haar tas. 'Koop maar een zak vol en kom daarna even bij me zitten. Als hij ernaar vraagt, zeg dan maar dat ik je oma ben.'

Hij zette een onschuldige blik op. 'Waarom zou hij dat vragen?'

'Je kunt mij niet voor de gek houden, jongeman. Wees blij dat ik je heb gered. Anders was je nog gearresteerd.'

Hij trok een wenkbrauw op en keek haar brutaal aan. 'Oké dan. Maar één ding weet ik wel: u bent echt veel ouder dan mijn oma.'

Ze glimlachte, terwijl de jongen terugliep naar de winkel. Even vroeg ze zich nog af of hij er niet met het briefje van vijf vandoor zou gaan, maar nee, ze zag dat hij voor de groentezaak fruit stond uit te zoeken.

Toen de winkeleigenaar met een achterdochtige blik haar kant uit keek, knikte ze hem met een charmant lachje toe. Ja, het had af en toe beslist zijn voordelen om een welbespraakte, stijlvolle dame van in de tachtig te zijn.

'Alstublieft.' De jongen was alweer terug met een zak vol Pink Lady's.

'Dank je wel. Je mag er zelf twee houden. En ik wist niet of je koffie dronk,' zei ze, terwijl de jongen haar het wisselgeld gaf. 'Dus heb ik maar een jus d'orange voor je besteld.' Ze wees naar de lege stoel tegenover haar. 'Ga zitten.'

De jongen deed wat ze zei. 'Waarom doet u dit?'

'Eerlijk gezegd vond ik het behoorlijk intrigerend. Ik

dacht dat jongens van jouw leeftijd eerder blikjes energie-drank of bier zouden stelen. Je hoort niet vaak dat ze hun oog op appels laten vallen.'

De jongen had een mager gezicht, donker stekeltjeshaar en een behoedzame blik. 'Ik vind appels lekker. Thuis krijg ik ze nooit.'

Zillah zag dat hij goedkope, nogal sjofele kleren aanhad. Ze zei: 'Ik vind appels ook lekker. Maar om daar nu voor opgepakt te worden...'

'Dat zouden ze vast niet doen. Veel te veel moeite.'

'Dat kun je niet weten. Hoe oud ben je?'

De jus d'orange werd neergezet, en de jongen nam een paar gulzige slokken. 'Lekker, dank u. Ik ben zestien. En u?'

'Drieëntachtig.'

'Wauw, dat is echt heel oud. Maar u ziet er nog best goed uit. Voor uw leeftijd, bedoel ik.'

'Dank je,' zei Zillah op ernstige toon. 'Ik doe mijn best.'

'U ziet er... rijk uit,' stelde hij nuchter vast.

'Ik heb make-up op. Ik koop mooie kleren. Ik draag graag fleurige spullen, geen sombere.' Ze gebaarde even naar haar felblauwe zijden jasje en de kleurige kralenketting om haar hals en tikte tegen de rand van haar rode hoed. 'En ik hou erg van hoeden.'

Er brak een grijns door op zijn magere gezicht. 'Nou, u lijkt in ieder geval totaal niet op mijn oma.'

Ze kreeg te horen dat hij Ben heette en aan het spijbelen was. Maar dat was niet erg, want het was toch alleen maar maatschappijleer en dat was saai en onbelangrijk.

'Hoe weet je nu of het onbelangrijk is als je er niet bij bent?' vroeg Zillah.

'Dat zeggen onze leraren ook altijd. Maar ik ben vaak ge-

9

noeg geweest om te weten dat het saai is.' Met een knikje naar haar linkerhand, waar een grote pleister op zat, vroeg hij: 'Hoe komt dat?'

'Ik ben vanochtend naar het ziekenhuis geweest. Voor een kleine ingreep.'

'Wat dan?'

'Ik heb een tatoeage laten weghalen.' Ze nam een slokje koffie.

'Echt? O, u maakt een grapje.' Hij leek teleurgesteld. 'Wat had u dan echt?'

'Een synoviale cyste.'

'Is dat kanker?'

Ze schudde haar hoofd. 'Nee, het is niets ergs. Ze hebben wat vocht weggehaald.'

'O, dan is het goed. Maar wat zou u hebben gedaan als het wel kanker was? Ik denk vaak over zulke dingen na, u niet? Zou u een bucketlist maken?'

Zillah proestte het uit en zette haar theekopje neer. 'Een wat?'

'Daar hebt u toch vast wel eens van gehoord? Zo'n lijstje met dingen die je nog wilt doen voordat je doodgaat. Een neef van me uit Swindon had een buurman die kanker had, en die had een bucketlist, en toen heeft hij een tochtje met een heteluchtballon gemaakt, maar voordat hij nog meer dingen kon afstrepen, was hij al dood. Hij had bijvoorbeeld Mick Jagger nog willen ontmoeten, maar dat is niet gebeurd. Allerlei mensen waren geld voor hem aan het inzamelen, zodat hij naar een concert van de Stones kon, maar dat geld hebben ze later gebruikt voor de begrafenis.'

'Ja ja, ik heb wel eens van een bucketlist gehoord,' zei Zillah, omdat hij haar vragend bleef aankijken.

'U moet er ook eentje maken zodra u weet dat u doodgaat.'

'Lieverd, ik ben drieëntachtig. Ik heb sowieso niet veel jaren meer te gaan. Ik geloof niet dat mensen van mijn leeftijd aan bucketlists doen.'

Ben schudde zijn hoofd. 'Het is vast heel raar om zo oud te zijn.'

Zillah vermaakte zich prima, vooral ook omdat de eigenaar van de groentewinkel aan de overkant hen nog steeds achterdochtig in de gaten hield. 'Ach, je went eraan. Maar wat zou jij op je bucketlist zetten?'

'Goeie vraag.' Hij knikte haar goedkeurend toe. 'Even denken. Eh... Een avondje stappen met Miley Cyrus. Weet u wie dat is?'

'Zangeres. Draagt erg weinig kleren. En bekend van het twerken. Die bedoel je toch?'

'Ja. En ik zou graag een keer met dolfijnen willen zwemmen. En Disney World moet er natuurlijk ook op. En een jaarkaart voor de dierentuin.'

'In Disney World?'

'Nee, hier.' Hij gebaarde over zijn schouder in de richting van de Bristol Zoo, die zo'n vijfhonderd meter van hen vandaan lag. 'Daar bent u toch wel eens geweest? Echt te gek. Het is heel duur, maar als je een jaarkaart hebt, kun je net zo vaak gaan als je wilt. Zelfs elke dag.'

Hij keek er zo enthousiast bij dat ze vroeg: 'Wat zijn je lievelingsdieren daar?'

'O, ik kan echt niet kiezen, hoor. Als ik volgend jaar klaar ben met school, wil ik daar gaan werken,' vertelde hij met glanzende ogen. 'Het is de mooiste plek op de wereld.'

Toen ze hun drankjes ophadden, rekende Zillah af.

'Nou, bedankt nog,' zei Ben.

'Graag gedaan. Maar je kunt ook iets voor mij doen.'

Hij rolde even met zijn ogen. 'O, krijgen we nu een preek? Over dat ik niet meer moet jatten?'

'Dat weet je ook wel zonder dat ik het je vertel. Nee, ik wilde je vragen of je even met me wil meelopen naar mijn auto. Met mijn hand kan ik al die spullen niet zo goed dragen.' Ze wees naar de pleister. 'En ik ben ook niet meer de jongste.'

Zillah was niet achterlijk; ze wist dat de kans bestond dat de jongen er met haar handtas vandoor zou gaan, maar toch wilde ze het erop wagen. Parkeren in Clifton was een crime, en daarom had ze haar auto bij het ziekenhuis laten staan, een wandeling van een dik kwartier heuvelopwaarts, langs de hangbrug en over het grote grasveld dat het ziekenhuis scheidde van het winkelgebied.

Toen ze bij de auto aankwamen, zette Ben de boodschappentassen in de kofferbak en overhandigde haar haar grote leren handtas.

'Dank je,' zei Zillah. 'Ik vind het echt heel fijn dat je me hebt geholpen.'

'Wat een mooie auto.' Hij streek met zijn hand over de glanzende donkerblauwe lak van de Mercedes.

'Ja hè? Ik wil je anders wel naar huis brengen.'

Hij lachte spottend. 'U weet niet waar ik woon. Als je daar met zo'n auto komt aanrijden, word je meteen overvallen. Ze pakken je je wagen af en laten je gewoon in de goot liggen.'

'Tja, je zult het beter weten dan ik.' Nog terwijl Zillah haar portemonnee opende, besefte ze dat ze geen kleingeld meer had na het afrekenen op het terras. Hoofdschuddend zei ze: 'Ach, ik wilde je een paar pond geven, maar ik heb niets. Sorry.'

Zijn gezicht betrok. Hij had duidelijk op een fooi gerekend. 'Dat geeft niet,' zei hij, in een poging onverschillig te klinken.

'Weet je wat, als je je adres voor me opschrijft, stuur ik je wat geld.' Uit haar tas diepte ze een pen en een oude kassabon op.

Na een korte aarzeling deed hij wat ze vroeg. Terwijl hij de pen en het papiertje teruggaf, zei hij: 'Maar het hoeft echt niet, hoor.'

'Als ik je het stuur, krijg je het dan wel?'

'Twee munten van een pond in een envelop?' Hij haalde zijn schouders op. 'Ach, je weet nooit.'

'Neem die appels ook maar.' Glimlachend gaf ze hem de zak. 'Hier.'

Die avond, terug in Bath, schreef ze Bens adres op een envelop, stopte er een biljet van tien pond in en een kort briefje met de woorden: 'Ik vond het heel gezellig!'

Een uur later, nadat ze op de website van de Bristol Zoo had gekeken en een jaarabonnement op zijn naam had gekocht, printte ze de bevestiging en stopte die ook in de envelop. Daarna plakte ze hem dicht, schonk een glas gin-tonic in en hief haar glas om het te vieren.

Zou hij het abonnement gebruiken?

Of zou hij het doorverkopen?

Wie zou het zeggen?

Nou ja, op Ben, de onhandige appeldief. Proost.

2

Het was vijf uur. In de drukke winkelstraten brandde de kerstverlichting, terwijl er uit de inktzwarte lucht sneeuwvlokken dwarrelden. Achter het raam op de tweede verdieping van een Georgian gebouw keek Conor McCauley naar de winkelende menigte. Er hing een feestelijke sfeer in de stad, en in de verte hoorde hij Mariah Carey zingen over wat ze voor kerst wilde. Iets dichterbij hoorde hij iemand vioolspelen. Omdat de muziek hem bekend voorkwam, deed hij het schuifraam iets omhoog om beter te kunnen luisteren.

Midden in de straat, die op deze avond was afgesloten voor verkeer, zag hij de violist staan, een rijzige man met lang haar. Onder het spelen zwiepten de panden van zijn lange jas om zijn magere, in jeans gestoken benen. Voor hem, op de grond, lag een hoed met een handvol muntjes erin. Hoewel er maar weinig mensen bleven staan luisteren – iedereen had het te druk, en het was ook te koud – speelde hij door; hij ging volledig op in de muziek, terwijl hij met zijn strijkstok zwierig over de snaren ging...

Ineens knipperde Conor met zijn ogen, want de violist had gezelschap gekregen. Er was een meisje verschenen dat een reeks balletpassen maakte die hem de adem benam. Ze droeg een witte ijsmuts, een donsjack en jeans, en terwijl ze als een gazelle door de lucht sprong, zwaaide haar lange gebreide das alle kanten uit. Ze droeg witte sneakers, maar dat bleek geen belemmering. Hij ving een blik op van haar brede glimlach toen ze haar armen

14

spreidde en nog een keer elegant om de violist heen danste, gevolgd door een gracieuze sprong en een prachtige serie pirouettes.

Het had hooguit twee minuten geduurd. Ondanks de sneeuw waren er zo'n dertig mensen blijven staan kijken. Ze begonnen enthousiast te klappen en gooiden geld in de hoed van de violist. Conor had zin om zelf ook wat geld naar beneden te gooien, maar hij was bang dat hij dan iemand zou raken en misschien zelfs wel doden.

Wat niet zo fraai zou zijn.

Terwijl hij naar beneden keek, nog steeds betoverd door het onverwachte tafereel, wuifde het meisje met de ijsmuts naar de violist, pakte de boodschappentas die ze op de stoep had neergezet en verdween in de drukke mensenmassa die helemaal niets van haar dans had mee gekregen.

Heel even had Conor zin om de trap af te rennen en achter het meisje aan te gaan. Hij zou haar willen vertellen dat ze een prachtige voorstelling had gegeven en haar ook willen vragen wie ze was en waarom ze dat had gedaan. Als het zo'n meisje uit een van die romantische films was geweest, zou het een kwestie van liefde op het eerste gezicht zijn; hun toevallige kennismaking in de sneeuw zou hun leven voorgoed veranderen en leiden tot...

Achter hem ging de deur open, en er kwam een vrouw van middelbare leeftijd de wachtruimte van de kleine werkplaats binnen, met in haar handen een fototoestel en een pasteitje.

'Sorry dat ik je zo lang heb laten wachten. Arthur wist niet meer waar hij hem gelaten had! Zijn geheugen is niet meer wat het geweest is, de arme ziel. Maar hij kan gelukkig nog steeds camera's repareren. Zo, weer als nieuw. En ik moest je van hem dit pasteitje geven voor het lange wachten.'

Tegen de tijd dat Conor had afgerekend en het gebouw uit liep, was het meisje met de witte ijsmuts allang verdwenen. De violist was ook vertrokken. En het sneeuwde ook niet meer.

Het was alsof hij het hele magische schouwspel had gedroomd.

Vreemd genoeg voelde hij zich teleurgesteld, en om zichzelf te troosten nam hij snel een hap van zijn pasteitje.

Nou ja, pech gehad.

3

'O, Essie, wat een mooi huis! Alsof je ineens volwassen bent!'

'Ja, gek, hè?' Essie was er zelf ook nog steeds verbaasd over hoezeer haar leven het afgelopen jaar was veranderd. Op haar vijfentwintigste had ze samen met Scarlett in een armoedig, tjokvol flatje gewoond met schimmel op de muren, lawaaiige boven- en benedenburen en het soort meubels dat eruitzag alsof ze uit een vuilcontainer kwamen. Wat waarschijnlijk ook zo was, hun huisbaas kennende.

Toen had ze Paul leren kennen, bijna precies een jaar geleden, en als door een wonder had hij haar net zo leuk gevonden als zij hem. Maar het was nog mooier geworden: toen zij en Paul elf maanden verkering hadden, wilde de inhalige huisbaas de huur verhogen, en Paul had gezegd:

'Voor dat krot? Je moet maar durven. Zeg maar dat hij de pot op kan.'

'Goed idee,' had ze voor de grap geantwoord. 'Dat zal ik doen, en dan trek ik wel in een vijfsterrenhotel.'

Op dat moment had Paul haar handen beetgepakt en haar diep in de ogen gekeken. 'Ik hou van je, Ess. Waarom kom je niet bij mij wonen? Dat zal er toch een keer van komen.'

Nou ja, zo'n aanbod kon je natuurlijk niet afslaan. Paul was het soort volmaakte vriend van wie de meeste meisjes alleen maar konden dromen. Hij was aardig, attent, aantrekkelijk en gooide de vuilnisbak al leeg voordat hij vol was.

Scarlett noemde hem de 'prins op het witte paard'.

En nu keek ze bewonderend om zich heen in de cottage. 'Je hebt het goed voor elkaar, Assepoester.'

'Ja, het is een prachtig huis, maar dat is niet de reden waarom ik hier woon,' zei Essie.

'Ach, dat weet ik toch! Met Paul zou je zelfs nog in een tent gaan wonen. Ik bedoel alleen maar dat dit huis een bonus is.'

Grinnikend opende Essie de fles wijn die ze net uit de koelkast had gepakt. 'Daar heb je ook weer gelijk in.'

'Ik vind het gewoon ongelooflijk hoe perfect alles hier is. Een volledig glasservies... en die luxaflex heeft precies dezelfde kleur als de tegelvloer... de theedoeken passen zelfs bij het broodrooster!'

'Er is niks mis met een beetje orde.' Essie schonk de wijn in. 'Paul houdt van een opgeruimd, mooi huis. En ik nu ook. Ik word volwassen. Proost!'

'Proost. Maar ik bedoelde het niet negatief, hoor. Je weet dat ik dol ben op Paul. Ik ben gewoon jaloers... Ik bedoel, moet je kijken.' Scarlett wees verrukt naar het aanrecht.

'Helemaal leeg! Er staan zelfs geen vuile borden in de gootsteen.'

'Dat komt omdat hij pas vanmiddag is weggegaan.' Omdat Scarlett wist hoe ze was, hoefde Essie bij haar niet de perfecte huisvrouw uit te hangen. 'Hij blijft twee dagen weg, dus moet ik wel zorgen dat alles is afgewassen voordat hij terug is.'

Een uur later werd Essie, terwijl ze heerlijk zat te roddelen en bij te praten met Scarlett, gebeld door haar broer, Jay.

'Ha, lievelingszus van me!'

'Wat een herrie.' Essie kon hem nauwelijks verstaan boven het lawaai van stemmen en muziek uit. 'Waar ben je?'

'In de bibliotheek. Oké, dat klopt niet. Ik ben hier, in Bath. Voor een feest.'

'Zo te horen heb je je feest gevonden.'

'Wacht, ik zoek even een rustiger plekje op. Oké, het punt is dat ik van plan was om weer naar huis te rijden als het feest klote was, maar dat is het niet. Het is een fantastisch feest, en ik ga pas morgen terug. Dus...'

Zijn stem stierf weg. Essie wist precies wat dat betekende. 'O, je gaat in de auto slapen? Het is wel koud, hoor, vannacht. Je wilt zeker een deken van me lenen?'

'Had ik al gezegd dat je mijn lievelingszus bent?'

Ze was zijn enige zus. 'Misschien wel, een keer of twee.'

'Ess, mijn lieve Ess. Mag ik bij jou slapen?'

Haar broer woonde in Bristol, dertig kilometer van Bath, maar hij had nog oude studievrienden in de stad. Drie weken geleden had hij ook een nacht in hun logeerkamer geslapen.

'Oké,' zei Essie. 'Paul is er niet, maar dat maakt niet uit.' Ze wist dat Paul het niet erg zou vinden. 'Hoe laat denk je hier te zijn?'

'Geen idee. Laat. Je hoeft niet op me te wachten. Leg de sleutel maar ergens neer.'

'Zal ik doen. Onder de blauwe pot naast de voordeur. Maar geen lawaai maken, hè? Want meestal worden mensen wakker als er iemand van de trap valt.'

'Ik zal heel stil zijn,' beloofde Jay. 'En morgenvroeg breng ik je koffie op bed. Dank je, Ess. Je bent te gek.'

Terwijl Essie zat te bellen, had Scarlett de kerstkaarten op de schoorsteenmantel aan een nader onderzoek onderworpen. Toen het gesprek was afgelopen, zei ze: 'Er zit op geen een van die kaarten glitter.'

'Nee.' Dat was Essie ook al opgevallen; ze hield wel van een beetje glitter.

'En ook geen Kerstman. Ze zijn allemaal zo... saai.'

Essie had precies hetzelfde gedacht. 'Dat heet smaakvol.'

'Maar wie zijn die mensen dan?'

'Vrienden van de familie. Van Marcia vooral.'

Marcia was Pauls moeder. Scarlett schonk haar een blik vol medeleven, terwijl ze een opgevouwen brief achter de kaarten vandaan plukte. 'Wat is dit? Een geheime liefdesbrief? Of laat Paul soms romantische briefjes voor je achter als hij weg is... O shit.' Ze keek sip. 'Het is geen liefdesbrief.'

'Het is een soort brief die voor de hele familie is bedoeld,' vertelde Essie. De betreffende brief, van een van Pauls tantes, was gisteren gekomen. Toen Essie was gaan lachen nadat ze hem had gelezen, had Paul haar gewaarschuwd dat er nog meer zouden volgen en dat het een familietraditie was; iedereen deed eraan mee, en de familie zou erg teleurgesteld zijn als zij er niet ook eentje schreven.

'Ik heb wel eens gehoord dat mensen dat deden, maar ik heb er nog nooit een in het echt gezien... O mijn god, dit is echt hilarisch. Een soort Hyacinth Bouquet!' zei Scarlett gillend van de lach. Daarna zette ze een Hyacinth-stem op en begon hardop voor te lezen:

'Jonathan heeft de familie-eer hooggehouden met elf tienen en één negenenhalf op zijn kerstrapport! Jammer dat het niet allemaal tienen zijn – we hebben hem op het hart gedrukt om in het vervolg nog wat beter zijn best te doen! Ondertussen heeft Hugo weer promotie gemaakt; hij leidt nu een team van zeventig mensen en is blijkbaar de jongste in het bedrijf die ooit zo'n hoge functie heeft gehad!'

Scarlett lag dubbel van het lachen en las de brief snel door, op zoek naar de leukste stukken.

'Arabella's vioollessen verlopen voorspoedig... ze wordt overspoeld door aanvragen voor optredens bij prestigieuze evenementen... Laetitia's yogaretraite in Arizona heeft zijn vruchten afgeworpen. De stress van haar fantastische, maar drukke baan in het bankwezen is helemaal van haar afgegleden... We hebben afgelopen zomer een maand doorgebracht in een villa aan de oever van het Comomeer, waar we bijna dagelijks een zekere wereldberoemde filmster tegen het lijf liepen. Jeffrey was behoorlijk jaloers toen ik een keer per ongeluk mijn zonnebril naast zijn auto liet vallen en hij me die heel vriendelijk teruggaf!'

'Ik kan zulke dingen toch niet schrijven?' Essie kromp ineen bij het idee. 'Ik ga bijna dood van schaamte als ik er alleen al aan denk dat ik zulke onzin moet opschrijven.'

'Maar het wordt nog leuker!' Grinnikend wees Scarlett naar de laatste alinea.

'We verheugen ons enorm op jullie komst met de feestdagen, zodat we zoals ieder jaar volgens de traditie allemaal samen kerst kunnen vieren!'

Scarlett trok haar neus op. 'Ja, vast.'

'Volgens Paul was die zogenaamde yogaretraite eigenlijk een verblijf in een ontwenningskliniek,' vertrouwde Essie haar toe. 'En Jonathan is een vervelende betweter die het leuk vindt om vanuit zijn slaapkamerraam met zijn windbuks op vogels te schieten. En Arabella is een slettebak die het liefst getrouwde mannen versiert.'

'Dat bedoel ik. Dat heb je nou met dit soort dingen.' Scarlett wapperde triomfantelijk met de brief. 'Waarom moeten mensen altijd doen alsof hun leven volmaakt is? Anderen voelen zich dan van die mislukkelingen. Waarom kunnen ze niet gewoon eerlijk zijn?'

'Precies.' Essie knikte verwoed. 'En dan zouden we ze veel aardiger vinden ook! Dat zou toch veel logischer zijn!'

'Ik weet het al. Weet je nog dat we zeiden dat we niet wisten wat we elkaar voor kerst moesten geven?' Scarlett spreidde haar handen. 'Nou, probleem opgelost. Ik schrijf jou een compleet eerlijke brief, en jij schrijft mij er eentje. En niemand anders krijgt ze te zien, het is ons geheimpje. Hoe lijkt je dat?'

Spelend met het idee verdeelde Essie de laatste wijn over hun glazen. 'Honderd procent eerlijk?'

'We zeggen gewoon alles wat in ons opkomt. Een soort therapie, maar dan goedkoper.'

'En het blijft tussen ons?' vroeg Essie voor de zekerheid.

'Natuurlijk. Helemaal.'

'Oké, laten we het doen.' Scarlett vertrouwde haar, en zij op haar beurt vertrouwde Scarlett. 'Dat wordt vast leuk. En goedkoop!' Ze hief haar glas. 'Op de waarheid! Proost!'

En omdat je het ijzer maar beter kon smeden als het heet was, begon Essie meteen aan de brief nadat Scarlett was vertrokken om de laatste bus te halen. Met haar laptop op haar knieën begon ze te typen. Ze barstte van de ideeën.

De tijd vloog om. De woorden buitelden naar buiten, geholpen door de fles sauvignon blanc die ze soldaat hadden gemaakt. Goh, dit was echt leuk. En het ruimde zo lekker op in haar hoofd. Zouden mensen niet veel gelukkiger zijn als ze zonder schroom zulke brieven schreven? Het leek waarschijnlijk wel wat op vroeger, toen mensen dagboeken bijhielden, alleen was dit nog leuker, omdat Scarlett het binnenkort zou lezen, schaterend om de grappige stukjes en...

God, wat was dat voor lawaai? Zat er soms een dolfijn in de keuken?

Essie zette de laptop op de bank en stond op, want het hoge geluid deed pijn aan haar oren. Nog geen seconde later sprong ze gillend op de bank toen Ursula de kamer in kwam met in haar bek een paniekerige, doodsbange kraai.

'Nee!' Essie slaakte geschrokken een kreet, want de kraai had zijn ogen nog open en maakte een afschuwelijk krijsend geluid. Het leek wel wat op haar eigen gekrijs eigenlijk. En hij flapperde ook wild met zijn vleugels in een poging te ontsnappen.

O god, dit was echt vreselijk. In de paar weken dat Essie hier woonde, had Ursula haar wel vaker een cadeautje gebracht in de vorm van een muis, maar die waren allemaal dood geweest.

Dat was al akelig genoeg, maar dit sloeg alles. 'Laat los, laat los!' gilde ze, tot ze besefte dat ze de kraai dan zelf zou moeten oppakken. Bah. En dat hoge gejammer werd ook steeds erger. Essie sprong van de bank, klapte in haar handen en probeerde de moordlustige kat de keuken in te drijven.

'Krkrkr!' krijste de angstige kraai met klapperende vleugels, terwijl Ursula door de kamer stoof met het lijfje in haar bek.

'Weg jij!' schreeuwde Essie. Ze gooide een kussen naar de kat. O nee, nu vielen er ook nog bloeddruppels op het tapijt. In een vlaag van wanhoop zette ze het raam open en joeg de kat nog een paar keer door de kamer. Het leek net zo'n scène uit een aflevering van *The Benny Hill Show*, waar haar opa altijd zo graag naar had gekeken, alleen was dit niet echt grappig, eerder een verschrikking.

Na een tijdje liet Ursula de kraai los. Ze keek Essie boos aan, alsof ze wilde zeggen: stank voor dank. Toen liep ze weg en verdween door het kattenluikje in de keukendeur naar buiten.

Opgelucht vloog de kraai op. Hij maakte een rondje door de kamer, waarbij hij om zijn vrijlating te vieren nog een paar keer triomfantelijk poepte.

'Niet doen!' jammerde Essie, toen de vogel haar kant uit vloog en vlak langs haar hoofd scheerde. Het hart bonkte haar in de keel van paniek; ze vond het vreselijk dat het beest zo had geleden, maar die flapperende vleugels maakten haar gewoon misselijk.

Een paar seconden later vloog de kraai door het open raam naar buiten en verdween de koude nachtlucht in.

Gelukkig. Eindelijk.

Essie luisterde naar de heerlijke stilte en greep van opluchting naar haar nog steeds bonkende hart. Toen deed ze snel het raam weer dicht voordat de vogel terug kon komen. Daarna inspecteerde ze de schade.

Het was een regelrechte ravage in de kamer. Overal veren, en allemaal kleine bloedspetters op Pauls crèmekleurige tapijt. Waarom had hij ook geen donker tapijt genomen? En ze zag ook overal vogelpoep. Echt iets waar een mens om halftwaalf 's avonds op zat te wachten.

Ze slaakte een diepe zucht. Er zat niets anders op dan proberen de vlekken eruit te krijgen voordat ze opdroogden. Het was een duur tapijt. Als Paul thuis was geweest, zou hij dat hebben gedaan, maar aangezien hij in Londen was voor zijn werk, moest ze het zelf doen.

Veertig minuten later klapperde het kattenluikje en kwam de mislukte moordenaar de kamer binnen. De kat ging op de bank zitten om de schoonmaakoperatie roerloos te bekijken.

'Je wordt bedankt, Ursula.' Terwijl Essie het tapijt boende, zag ze dat de kat haar pootjes gezellig onder zich had getrokken. 'Echt heel fijn. Je bent een grote hulp.'

Het was al tien voor halféén toen ze klaar was. Ze had zo hard zitten boenen dat haar armen en schouders er pijn van deden. Ursula, die in slaap was gevallen, opende één oog en keek Essie met een laconieke blik na toen ze met de schoonmaakspullen de keuken in liep. Nadat ze haar handen had gewassen, legde ze de reservesleutel onder de blauwe bloempot naast de voordeur voor Jay.

Zo, klaar.

Maar helemaal kapot.

Bed.

4

Zeven uur later werd Essie ruw uit haar slaap gehaald door het geluid van haar telefoon op het nachtkastje. Met haar ogen nog halfdicht pakte ze hem op, drukte op beantwoorden en mompelde: 'Hallo?'

'O, mijn god, Ess! Wat heb je gedaan? Wat is er gisteravond gebeurd nadat ik weg was?'

Essie, die merkte dat haar schouder nog steeds pijn deed na al het geboen van gisteravond, ging op haar rug liggen. 'O, dat wil je niet weten! Het was een regelrechte ramp! Ursula kwam aanzetten met een levende kraai in haar bek, en ze rende het hele huis door, en toen liet ze hem los en die vogel flapperde als een gek met zijn vleugels en poepte overal... Het hele tapijt zat onder de bloedspetters... Ik heb echt in geen tijden zoiets ergs meegemaakt...'

'Ho stop,' onderbrak Scarlett haar. 'Ik heb het niet over Ursula. Het gaat over die mail.'

'Welke mail?'

'Die jij hebt gestuurd. Die brief! Ess, heb je soms nog een fles wijn opengemaakt toen ik weg was?'

'Wat?' Essie fronste. Was dat zo? Nee, er was geen wijn meer in het spel geweest, alleen een heleboel Cif en schuursponsjes en heet water en vlekkenverwijderaar. 'Ik heb helemaal geen mail gestuurd. Dat weet ik honderd procent zeker.'

'Nou, toch heb ik een mail gekregen! Oké, heb je die brief nog geschreven waar we het over hadden?'

'Ja, maar ik heb hem nog niet naar jou gestuurd.'

'Dat klopt, je hebt hem niet naar mij gestuurd.' Scarlett

slaakte een zucht. 'Oké, hou je vast. Je hebt hem naar iedereen in je adresboek gestuurd.'

'Nee, echt niet.' Essie kreeg een akelig gevoel in haar buik. Blijkbaar was haar intuïtie sneller dan haar hersens. 'Ik heb hem wel geschreven, maar meer ook niet. Hoezo heb ik hem naar iedereen in mijn adresboek gestuurd? Dat kan gewoon niet... Neem je me in de maling of zo?' Ze gooide het dekbed van zich af en stapte uit bed.

'Was dat maar waar. Ess, ik snap er niks van, ik heb je mail hier op mijn telefoon, ik kijk er nu naar. Hij is naar meer dan tweehonderd mailadressen gestuurd...'

O fuck! Fuck! Essie was inmiddels klaarwakker. Vechtend tegen haar misselijkheid deed ze de slaapkamerdeur open. Ze hoorde dat beneden de tv zacht aanstond.

Dus Jay had niet in de logeerkamer geslapen. Ze wist dat hij na een avondje uit graag op de bank voor de tv ging liggen en dan in slaap viel. En ja, hoor. Daar lag hij, compleet buiten westen, met zijn kleren nog aan. Alleen zijn schoenen had hij uitgeschopt.

En daar stond haar laptop, op de lage marmeren tafel. Waar had ze hem gelaten toen ze naar bed was gegaan? Op de bank, opengeklapt. Nu was hij dicht. Met knikkende knieën liep ze de kamer in, deed haar computer open en zag wat ze al wist.

Toch was het heel wat anders om het bewijs te zien, en ze werd overvallen door een gevoel van paniek, terwijl langzaam tot haar doordrong wat er was gebeurd. Er was geen andere verklaring voor.

'O, mijn god, stomme...' Ze had er gewoon geen woorden voor. Niks was erg genoeg. Ze schudde aan de schouder van haar broer, zonder enig resultaat, en gaf hem toen zo'n harde duw dat hij van de bank viel en met een bons op de vloer belandde.

'Au!' Jay schrok wakker en keek haar ongelovig aan. Hij knipperde met waterige ogen naar haar. 'Waarom deed je dat?'

'Die mail die is verstuurd. Dat heb jij gedaan, hè?' Ze wilde hem met haar blote voet een schop geven, maar was zo boos dat ze hem niet eens wist te raken. 'Ik zal je hier nog eens laten slapen! Stank voor dank! Hoe kom je erbij om dat te doen?'

'Wat?' Hij keek haar verward aan.

'Doe maar niet alsof je niet weet waar ik het over heb. Ik had mijn laptop open laten staan, en toen heb jij die brief gelezen en dacht je met je dronken kop dat het ontzettend grappig zou zijn om hem aan iedereen die ik ken te sturen. Ik kan je wel vermoorden. Want het is helemaal niet grappig. Je hebt me flink in de problemen gebracht, Jay. Dit kan alles, echt alles verpesten. Snap je dat dan niet? Je hebt hem aan Paul gestuurd, en aan zijn moeder... O, ik durf niet eens te denken aan wat er zal gebeuren als zij hem lezen. En het is allemaal jouw schuld!'

'Hé, luister... ik heb niks gedaan. Ik weet al hoe het is gegaan,' zei Jay opeens. 'Het was de poes. Ze liep over je toetsenbord. Ik durf te wedden dat dat het was. Je weet hoe katten zijn.'

Essie staarde hem strak aan. 'Ja, hoor.'

'Echt!'

'En dat moet ik geloven?' Haar stem schoot omhoog.

'Zo zijn katten! Ze lopen over dingen heen!' Jay deed met zijn handen kattenpoten na die over iets heen liepen.

'Dus volgens jou heeft Ursula mijn hele adresboek geselecteerd en daarna op Verzenden gedrukt. Logisch. O god,

Paul maakt het vast uit, en zijn moeder gaat me ontslaan, en wat moet ik dan... Ik vergeef je dit nooit... Wat!' Ze gilde het uit toen ze iemand achter haar zijn keel hoorde schrapen. Als door een wesp gestoken draaide ze zich om. 'Wat moet jij hier? Wie ben jij?'

'Ik ben Lucas. Sorry. Ik heb het gedaan.'

'Wat?' Ze keek naar de onbekende man in de kamer en toen naar haar broer op de grond. 'Wie is dat? Wat doet hij hier?' Het leek wel een kwade droom, alleen droomde ze niet. Was het maar zo.

Schouderophalend zei Jay: 'Dat is Lucas. Ik heb hem gisteren op het feest leren kennen. Hij was zijn jasje kwijt met zijn portemonnee en autosleutel erin en kon niet naar huis. En het was al vier uur, dus toen heb ik gezegd dat hij wel met mij mee mocht. Ik wist dat je dat niet erg zou vinden.'

'Je wilt me vertellen dat er vannacht een man in de logeerkamer heeft geslapen die je helemaal niet kent? Er had wel weet ik wat kunnen gebeuren. Is het niet in je opgekomen om me eerst te vragen of ik het wel goed vond?'

'Toe zeg,' protesteerde Jay. 'Om vier uur 's nachts? Je had zelf gezegd dat ik je niet wakker mocht maken. Bovendien, als ik het je eerder op de avond had gevraagd, had je het heus wel goed gevonden.'

'Ik heb nog aangeboden om op de bank te gaan slapen.' bemoeide Lucas zich ermee. 'Maar je broer wilde per se dat ik de logeerkamer nam.'

'Maar eerst heb je nog even mijn brief aan iedereen gestuurd?' Essie kon hem nauwelijks aankijken; ze trilde van woede. 'Waarom? Waarom doe je zoiets?'

'Sorry sorry sorry. Het was hartstikke stom.' Hij schudde hulpeloos zijn hoofd. 'We kwamen net van dat leuke feest, we hadden wat gedronken... nou ja, behoorlijk wat... en toen kwamen we met de taxi hiernaartoe. Jay pakte je laptop om hem op een veilige plek te zetten, maar toen verscheen die tekst op het scherm. En die hebben we toen gelezen, en we lachten ons rot, en toen Jay even later naar de wc ging, heb ik... nou ja, toen heb ik hem verstuurd.'

'Omdat?'

Hij haalde zijn schouders op. 'Het was zo'n grappige brief dat het me leuk leek als anderen hem ook konden lezen. Ik heb het gewoon in een opwelling gedaan. En daarna heb ik je laptop dichtgeklapt en ben naar boven gegaan. Je broer kan er niks aan doen. Hij wist er niks van. Het is helemaal mijn schuld.'

'Heel fijn,' zei ze met opeengeklemde kaken.

'Nogmaals sorry. Het was gewoon hartstikke stom van me.'

'Ik heb heel akelige dingen over de moeder van mijn vriend geschreven. Die brief was een privégrap tussen mij en mijn beste vriendin. Het was niet de bedoeling dat anderen hem zouden lezen, en al zeker niet de mensen om wie het gaat. Maar nu heb jij ze die brief gestuurd.' Ze had een loodzwaar gevoel in haar maag. Ze wist dat ze in shock was; haar hersens probeerden haar te beschermen door de ergste paniekerige gedachten die door haar heen schoten het zwijgen op te leggen.

'Kunnen we die mail niet wissen? Daar is vast wel een manier voor,' zei Jay.

'Nee.' Essie schudde haar hoofd. 'Niet zodra hij eenmaal is verstuurd.'

'Nou, dan wordt het tijd dat iemand daar een app voor

verzint,' zei Jay fronsend. 'Daar zou je hartstikke rijk mee kunnen worden.'

Lucas keek hem met een strak gezicht aan. Toen wendde hij zich weer tot Essie. 'Weet je wat we doen? Je zegt gewoon dat je er niks mee te maken hebt. Ik zeg wel dat ik die brief heb geschreven. Daar kunnen ze jou moeilijk de schuld van geven, toch? Ik ga gewoon naar ze toe en bied ze mijn verontschuldigingen aan.'

Essie dacht even na. Hoe graag ze ook wilde dat dit de oplossing was, ze wist dat niemand daarin zou trappen. De details in de brief konden alleen van haar komen. Iemand anders had die dingen nooit kunnen verzinnen.

'Nee, dat wordt niks. Ze weten heus wel dat ik het was.' Toen ze besefte dat er geen oplossing was, kreeg ze tranen van frustratie in haar ogen. Er viel niets aan te doen.

'Sorry,' zei Lucas nog een keer.

'Dat kun je wel blijven zeggen, maar dat helpt toch niet. Je hebt geen idee wat je hebt gedaan. Je hebt mijn leven verknald, totaal!' Ze hapte bevend naar adem. 'Ik weet niet wie je bent, maar ik haat je!' Hoewel ze het vervelend vond om te huilen, waren haar tranen niet meer te stoppen. 'En ik wil je nooit meer zien. Ga alsjeblieft weg.' Ze wees naar de voordeur. 'Je hebt al genoeg aangericht.'

Na een korte dodelijke stilte vroeg Jay: 'Moet ik ook weg? Of wil je dat ik blijf?'

Ze schudde haar hoofd. 'Nee, je kunt me toch niet helpen.'

'Oké.' Hij wierp Lucas een blik toe. 'Kom, we gaan. Ik bel wel een taxi.'

Toen ze weg waren, schreef Essie een lange mail naar iedereen die een kopie van de brief had ontvangen. Ze legde uit dat het leugens waren, dat iemand een nare grap met haar had uitgehaald en die brief uit haar naam had verstuurd. Er klopte helemaal niks van de brief, vertelde ze.

Voor de meeste ontvangers zou dit afdoende zijn. De mensen die haar niet zo goed kenden, zouden de brief lezen, er hartelijk om lachen, hopelijk met haar meeleven om de misplaatste grap en dan alles meteen weer vergeten.

Anders dan de mensen die haar wel goed kenden. Die zouden het beslist niet vergeten.

Maar het moest gebeuren. Trillend en kotsmisselijk opende ze de brief en dwong zichzelf om te lezen wat ze had geschreven.

O god...

5

Hallo, Essie hier!

Tja, het is alweer bijna kerst en oudjaar en van al mijn goede voornemens is helemaal niks terechtgekomen. Ik lust nog steeds geen sla, ben in *Anna Karenina* niet verder gekomen dan bladzijde acht en heb nog steeds geen cursus Spaans gedaan. En wat die zestig sit-ups per dag... Ik weet niet hoe ik dat ooit heb kunnen verzinnen.

Maar verder is het jaar heel goed begonnen, omdat ik Paul leerde kennen. Hij is mijn grote liefde en we wonen inmiddels samen, wat fantastisch is, zelfs al denkt hij dan dat hij niet snurkt. En hij is ook nogal netjes, wat een beetje een schok voor me was. Maar goed, ooit zal ik wel wennen aan zijn gewoonte om op zondagochtend te stofzuigen met zijn dure Gtech.

En ik heb ook een nieuwe baan! En wat kan er nou leuker zijn dan bij je schoonmoeder werken? Nou ja, het had leuk kunnen zijn als zij niet zo'n complete ramp was geweest, maar het was Pauls idee, dus kon ik moeilijk nee zeggen. Ze zochten een nieuwe receptioniste voor de tandartspraktijk, en Paul zei dat dat echt iets voor mij zou zijn. Maar iedereen die er werkt is erg aardig, we moeten alleen oppassen voor zijn moeder. Ze is echt ontzettend bazig! Nou ja, ze is natuurlijk ook mijn baas, maar waarom moet ze zo'n kenau zijn?

Daarom zie ik ook zo tegen kerst op. Tien uur bij haar thuis – alleen al bij het idee heb ik zin om weg te lopen en me ergens te verstoppen. De laatste keer dat we bij haar waren voor een lunch vroeg ze of ik de tafel wilde dekken, en meteen daarna gaf ze me een standje omdat ik het zondagse tafelkleed had gepakt in plaats van het doordeweekse. En toen ik later aanbood om de afwas te doen, werd ze boos omdat ik het bestek afwaste voor de dessertschaaltjes. O, en toen ik haar een mooie tas gaf voor haar verjaardag, wilde ze weten waar ik hem had gekocht. Toen ik zei op de markt, keek ze me heel vies aan en zei: 'Ja, zoiets dacht ik al.'

Dus als je me vraagt wat ik voor kerst wil, dan zeg ik: niet de hele dag bij Pauls moeder hoeven doorbrengen. Maar ik zal wel moeten, dus wens me maar sterkte. Wat jammer dat ik geen toverstaf heb zodat ik haar kan omtoveren in een aardige vrouw!

Hoe dan ook, dat waren de nieuwtjes van dit jaar, van alles wat, zoals je ziet. Maar het voordeel is dat ik nu gratis floss krijg!

Ik wens jullie allemaal prettige feestdagen.
Liefs,
Essie xxx

'O, ik vind het zo erg,' zei Scarlett op ongelukkige toon toen Essie haar terugbelde. 'Ik heb het gevoel dat het mijn schuld is. Als ik niet had voorgesteld om elkaar zo'n brief te schrijven, zou dit allemaal niet zijn gebeurd.'

'Ja, maar je kunt ook zeggen dat het mijn schuld is dat ik hem heb geschreven. Of Ursula's schuld omdat ze met die kraai kwam aanzetten... of Jays schuld omdat hij die maffe vriend van hem mee had genomen...'

'Ja, hij is de hoofdschuldige,' beaamde Scarlett. 'Hij heeft hem verstuurd. Dat was echt laag.'

Essie voelde zich weer misselijk worden. 'Ja.' Hoewel hij natuurlijk alleen maar dom was geweest.

'Heb je al iets van, eh... je weet wel, van anderen gehoord?'

Ze bedoelde Paul en zijn moeder. 'Nog niet. Maar ik verheug me er nu al op.'

'O god,' zei Scarlett meelevend. 'Nou, sterkte dan maar.'

Essie schrok zich wild toen ze twee uur later de voordeur hoorde opengaan. Paul was dus eerder van de belangrijke conferentie in Londen vertrokken.

En zijn gezicht sprak boekdelen.

Niet dat ze het niet had zien aankomen. Hij had nergens op gereageerd, niet op haar telefoontjes en niet op haar berichtjes.

Met een kille blik op haar zei hij: 'Ik weet niet wat je bedoeling was, maar ik hoop dat je blij bent met het resultaat.'

'Natuurlijk ben ik niet blij! Het was een ongelukje.' Ze spreidde haar handen. 'Een vergissing. Het was een grapje, en het was niet de bedoeling dat je moeder het zou lezen!'

'Ze heeft altijd al gezegd dat ik beter verdien. Blijkbaar had ze gelijk.'

Had Marcia dat echt gezegd? Au. Maar ja, eerlijk gezegd had Essie ook altijd al geweten dat ze met haar nogal bescheiden afkomst niet aan Marcia's hoge verwachtingen voldeed.

'Het gaat er niet om dat we het hebben gelezen, het gaat erom dat je die brief hebt geschreven,' zei hij. 'Mijn moeder heeft je die baan op de praktijk bezorgd en wat krijgt ze? Stank voor dank. En ik trouwens ook, want ik had je aanbevolen.'

Hij was woedend, wat logisch was. Er was niets meer over van de vriendelijke man die hij meestal was. Ze zei: 'Dat weet ik. Het is echt vreselijk, maar...'

'Nou ja, je hebt in elk geval je probleem opgelost,' vervolgde hij. 'Je hoeft nu niet meer op te zien tegen kerst bij mijn moeder, want je bent niet meer welkom. Dus dat zal wel een hele opluchting voor je zijn.'

'Het spijt me. Ik heb dit echt niet gewild.'

'En je hoeft ook niet meer naar mijn gesnurk te luisteren. Hoewel ik helemaal niet snurk.' Zijn stem had een ijzige klank gekregen.

Essie kon geen woord uitbrengen.

'Het is net alsof ik naar iemand kijk die ik niet ken,' zei hij hoofdschuddend. 'Je bent niet het meisje voor wie ik je hield. Ik heb het gevoel alsof ik je totaal niet ken.'

Ze slikte. Het was nu officieel: ze was een vreselijk mens. En daar viel niets tegen in te brengen.

'En wat is dat?' Hij wees naar het tapijt, waarop in het

kille daglicht de bloedspetters nog steeds zichtbaar waren. Hij keek haar aan. 'Hoe komt dat?'

'Ursula kwam met een kraai aanzetten. Hij leefde nog en bloedde. Ik heb geprobeerd het schoon te maken.'

'O ja? Wat aardig, wat attent.' Met een sceptische blik vroeg hij: 'Of had je die luidruchtige vriendin van je soms uitgenodigd? En zijn die rode vlekken soms gewoon rode wijn?'

'Het was geen wijn! Het was bloed!' protesteerde ze. Dat hij die brief had gelezen, was één ding, en het was terecht dat hij daar kwaad om was, maar om ook nog beschuldigd te worden van iets wat ze niet had gedaan... Dat was gewoon niet eerlijk.

'Je hebt die tapijtreiniger gebruikt met chloor erin. Die is alleen voor witte vloerbedekking. Moet je die uitgebleekte plekken zien. Dat is een berbertapijt van tweeduizend pond.' Hij schudde ongelovig zijn hoofd. 'Je kunt nog niet eens een kleed schoonmaken.'

Het was bijna niet te geloven dat ze twee dagen geleden nog in de keuken hadden gedanst toen op de radio haar lievelingsnummer van Adele werd gespeeld. Paul was toen halverwege gestopt en had gezegd: 'God, ik ben zo blij met je. Wat ben ik toch een bofkont.' Lachend had ze geantwoord: 'Ja, dat ben je ook.' En toen ze verder dansten, had ze Ursula's waterbakje nog omgeschopt, maar daar hadden ze allebei om moeten lachen...

Ze had zoveel van dat soort fijne herinneringen.

Nou ja, blijkbaar voelde Paul zich geen bofkont meer.

Essie keek naar Ursula, die vanaf de vensterbank hun ruzieachtige gesprek volgde terwijl ze langzaam met haar staart zwaaide. Ze wist maar al te goed dat de kat haar nooit had gemogen.

35

'Je begrijpt toch dat het uit is, hè?' zei Paul.

'Ja.' Maar wat een rare reden om een relatie te beëindigen.

'Ga je nog moeilijk doen?'

'Nee.'

'Nou, dat is dan nog íéts om dankbaar voor te zijn.' Onder het praten pakte hij zijn telefoon en typte razendsnel een berichtje.

Nog geen halve minuut later ging Essies toestel over. Ze verbleekte.

'Dat is mijn moeder. Ze wil je even spreken.'

Het was niet echt een hoogtepunt van haar leven, maar het moest gebeuren. Met een kurkdroge mond nam ze op: 'Hallo?'

'Estelle, fijn dat je me hebt laten weten hoe je over me denkt. Ik weet zeker dat we allebei veel meer van de kerst zullen genieten nu we niet met elkaar opgescheept zitten.'

De giftige pijlen boorden zich recht door Essies hart. Moeizaam slikkend zei ze: 'Kan ik nog even zeggen dat...'

'Dat is nergens voor nodig, Estelle. Ik weet genoeg, en ik zal je ontslag aanvaarden. En ik zou het zeer waarderen als ik dat vandaag nog op schrift zou kunnen krijgen.'

'Ja, maar...'

'En dat is meer dan je verdient, jongedame. Je mag blij zijn dat ik je niet op staande voet heb ontslagen.'

Ze hoorde een klik en toen niets meer. Marcia had opgehangen.

Door het raam zag Essie dat het buiten hard was gaan regenen.

'Je kunt maar beter je spullen gaan pakken,' zei Paul op laatdunkende toon. 'Je blijft hier geen seconde langer.'

Dus dat was dat. Het was voorbij. Ze knikte, want er viel

niets tegen in te brengen. Ze had zijn moeder beledigd, en dit was haar verdiende loon.

Nou, dat werd vast een fijne kerst.

6

Het was verre van luxueus om op een roze luchtbed te slapen, maar altijd nog beter dan op een kale houten vloer.

Niet dat Essie kon slapen. Een uur geleden was ze in slaap gesukkeld, maar nu was ze weer klaarwakker en kwam het akelig lege, doffe gevoel in haar borst met volle kracht terug.

Ze voelde zich doodongelukkig.

Hopeloos.

Een mislukking.

Hoewel ze haar best deed het niemand te laten merken, voelde ze zich behoorlijk klote. Dat Paul zo kwaad was geworden, had haar geschokt; het was een kant van hem die ze niet kende. Ondanks al hun verschillen waren ze erg gelukkig geweest. Oké, hij was overdreven netjes op zijn huis, maar hij was er nu eenmaal trots op. En daar was niets mis mee. Hij had het niet erg gevonden dat ze hem ermee plaagde. Ze hadden lol gehad samen; hij was aardig, attent en ambitieus en werkte hard. En dat hij had voorgesteld om als receptioniste bij zijn moeder te gaan werken, was omdat hij haar wilde helpen hogerop te komen in het leven.

Wat goedbedoeld was, al was het dan niet haar droombaan. Diep vanbinnen vermoedde ze dat Paul mensen liever vertelde dat zijn vriendin in een tandartspraktijk werkte dan dat ze serveerster was.

Ze was hem op dat moment ook dankbaar geweest, want het restaurant waar ze werkte, werd opgedoekt. Maar als ze eerlijk was – en ze kon nu eerlijk zijn – dan was achter een balie bij een tandarts zitten niet echt iets voor haar.

Want niemand vond het leuk om naar de tandarts te gaan, toch? De meeste mensen waren bang, en andere waren weer woedend omdat de behandelingen, die altijd akelig waren, zoveel geld kostten.

Het was gewoon leuker om in de horeca te werken. Essie hield van restaurants en cafés, van de ontspannen sfeer, met klanten die zich vermaakten. Omdat ze als jong meisje voor haar moeder had moeten zorgen, had ze op school veel lessen gemist en was ze met niet al te beste cijfers voor haar eindexamen geslaagd. Waardoor de banen niet voor het oprapen hadden gelegen.

Uit noodzaak was ze na haar moeders dood in de horeca gaan werken, maar gelukkig had dat goed uitgepakt. In het eetcafé waar ze terechtkwam, had ze al snel ontdekt dat de baan haar op het lijf geschreven was. Ze was snel, opgewekt en hield van aanpakken, en als je je best deed, had je altijd eer van je werk.

Goed, het was geen hogere wiskunde, maar gelukkig had de wereld meer nodig dan alleen wiskundigen, en zelfs die moesten af en toe wat eten en drinken.

Alhoewel, ze was er nog geen een tegengekomen.

Misschien namen ze hun eigen boterhammen mee, en warme thee in een thermoskan.

Terwijl ze naar het plafond lag te staren, wist ze best wat ze aan het doen was. Ze probeerde niet aan Paul te denken, maar het was vergeefse moeite. Ze was nog steeds verdrietig. Het was allemaal op zaterdagochtend gebeurd, en 's middags was ze al vertrokken. Als het niet was gebeurd, zouden ze nog steeds bij elkaar zijn en misschien over een jaar wel getrouwd. En dan zouden ze samen kinderen hebben gekregen met Pauls mooie blauwe ogen en haar brede lach...

Maar dat zou nu dus niet gebeuren; die kinderen waren al uitgewist voordat ze waren geboren.

Net zoals haar toekomst was uitgewist.

Dus moest ze een andere zien te vinden.

Er kroop een of ander insect over haar hand, en ze slaakte een zacht kreetje, terwijl ze met haar arm wapperde. Het plastic luchtbed kraakte, en ze hoorde dat Scarlett zich in bed omdraaide.

'Gaat het?' vroeg Scarlett fluisterend in het donker.

'Ja, sorry, het was gewoon een spin of zo.' Je zou denken dat ze in deze flat inmiddels wel gewend was aan spinnen.

'Ess, kom anders bij mij in bed. Dat kan best.'

'Nee, dat hoeft niet.' Scarlett sliep in een twijfelaar, geen ideaal bed om te delen met iemand met wie je geen romantische betrekkingen had. Essie, die allang blij was met het luchtbed, wilde Scarlett niet nog meer tot last zijn.

Maar ze kenden elkaar al heel lang, en blijkbaar kon Scarlett haar gedachten lezen, want in het donker gaf ze Essie een geruststellend kneepje in haar schouder. 'Je kunt hier zo lang blijven als je wilt, Ess. Dat weet je toch?'

Essie pakte haar hand en mompelde: 'Dank je.' Ze wist dat Scarlett het meende, al zou hun huisbaas haar meteen op straat zetten zodra hij ontdekte dat ze terug was.

Het was dinsdagnacht. Morgen moest ze echt op zoek naar nieuwe woonruimte.

Naarmate december vorderde, werd het steeds drukker in de winkelstraten. Op woensdagmiddag worstelde Zillah zich tussen de menigte door. Bij de kathedraal bleef ze even staan kijken naar het muziekgroepje van het Leger des Heils dat kerstliedjes zong.

Het was een heldere, koude dag. De jaarlijkse kerstmarkt in Bath deed goede zaken, en Zillah had haar nieuwste aankoop opgezet. Ze wist dat de paarse vilten hoed haar goed stond en had onderweg dan ook al heel wat complimentjes gekregen. De baby op de schouder van de man links van haar staarde er ook geboeid naar. Zillah glimlachte toen hij zijn handje uitstrekte om de hoed aan te raken. De vader trok hem terug en verontschuldigde zich.

'Het geeft niets. Hoe oud is hij?'

Trots zei de man: 'Bijna een jaar.'

'Dus dit wordt zijn eerste kerst. Wat leuk.' Zillah stond toe dat de baby zijn knuistje om haar vinger klemde, terwijl ze zich afvroeg of dit haar laatste kerst zou zijn. Wie zou het zeggen?

Een kwartier later bereikte ze het kantoor met de glazen pui van Haye and Payne. Ze liep de paar treetjes naar de entree op. Malcolm Payne, die haar door het raam had zien aankomen, hield de deur al voor haar open.

Echt iets voor hem, dat overdreven gedoe. Hij was net een bedillerig oud besje. Ze moest zelf lachen om deze gedachte – Malcolm was dertig jaar jonger dan zij. En ze vermoedde dat hij haar maar een lastpak vond.

Niet dat ze daarmee zat.

'Mrs. Walsh, kom verder, wat fijn om u weer te zien. En wat ziet u er weer goed uit! Ga zitten. Wilt u iets drinken?'

'Graag. Doe maar een grote wodka-tonic.'

'O, maar...' Hij keek haar verbluft aan, maar toen drong

tot hem door dat ze hem plaagde. 'Nou, ik was er bijna in getrapt, Mrs. Walsh. Maar wat zal het zijn, thee of koffie?'

'Koffie graag,' zei ze, hoewel dat gelogen was. Hun koffie was bijna ondrinkbaar.

Malcolm droeg zijn zoon Jonathan op om een kop koffie en een koekje te halen.

'Mag ik ook twee koekjes?' vroeg Zillah hem met een stralende blik. 'Of nog liever drie?'

'Natuurlijk. Het is bijna kerst. Maar hoe ging het gisteren, Mrs. Walsh? Ik hoop dat er iemand bij zat?'

Ze keek naar zijn witte zachte handen, die haar aan smerige bleke worstjes deden denken. Als een mogelijke huurder die bij haar op gesprek kwam zulke vingers had, zou ze hem sowieso niet willen.

Dat kon ze Malcolm natuurlijk moeilijk vertellen, maar denken stond vrij.

'Dank je.' Ze knikte naar Jonathan, die haar een kop koffie met koekjes bracht en zich toen tot een nieuwe klant wendde. 'Helaas zat er geen geschikte kandidaat bij.'

Malcolms gezicht betrok. 'Och, hemeltje. Echt niet?'

'Het spijt me.' Maar niet echt, dacht ze erachteraan.

'We hebben ze echt heel zorgvuldig uitgekozen, Mrs. Walsh. Ze hadden uitstekende referenties.'

'Ben ik de lastigste verhuurder die je hebt?' vroeg ze.

Malcolm slaakte een zucht. 'Ja, Mrs. Walsh. Als u het per se wilt weten, ja. Maar ik begrijp uw situatie.'

'Precies. Ik ben geen huisbaas die ergens anders woont. Het is mijn huis, en dat wil ik niet zomaar met iedereen delen.'

'Dat begrijp ik volkomen. Maar oordeelt u niet een beetje te snel? Ik heb de drie kandidaten zelf gesproken, en ze leken me stuk voor stuk fatsoenlijke huurders.'

41

Fatsoenlijk. Wat een saaie manier om iemand te beschrijven. Net zoiets als een meisje dat voor het eerst een date heeft en dan naderhand tegen haar vriendinnen zegt dat hij 'best aardig' was.

Een regelrechte doodskus, zoiets.

'De eerste had een wenkbrauw die trok. Ik moest er steeds naar kijken.'

'Trok met wenkbrauw,' zei Malcolm, terwijl hij het opschreef op zijn notitieblok.

'De tweede, Amelia, had verschrikkelijk lelijke schoenen aan. En ook een verschrikkelijk lelijke panty. Nou ja, alles was verschrikkelijk lelijk eigenlijk.' Ze rilde bij de gedachte.

'Alles verschrikkelijk lelijk,' herhaalde Malcolm. Het was net alsof hij daarbij met zijn ogen rolde.

'En de derde, die geoloog, keek me afkeurend aan toen ik een keer vloekte.'

'Vloekte u tegen hem?'

'Natuurlijk niet,' riep ze uit. 'Ik ben geen monster. Maar het rookalarm ging af omdat ik vergeten was de lunch uit de oven te halen en toen zei ik: "Fuck!" Ik bedoel, dat is toch heel normaal?'

'Oké,' mompelde Malcolm. Hij noteerde het.

'Die blik die je me net gaf! Zo keek hij ook.'

'Nou ja, u zei het ook een beetje hard.' Hij knikte naar de klant die bij Jonathan aan de andere kant van het kantoor zat.

'En hij stonk ook naar mosterd,' vertelde Zillah. 'Ik bedoel, mosterd! Daar kan ik echt niet tegen.'

'Dus u hebt alle drie kandidaten afgewezen.'

'Ik wil mijn huis delen met iemand die ik aardig vind. Is dat nu echt te veel gevraagd?'

'Maar ze moeten u ook aardig vinden,' wees hij haar erop. 'We zullen ons best blijven doen, maar u moet begrijpen dat er in deze tijd van het jaar wat minder vraag is naar woonruimte.'

'Dat is nog geen reden om iemand te nemen die naar mosterd stinkt.'

Malcolms telefoon ging. 'Een ogenblikje,' verontschuldigde hij zich, terwijl hij opnam.

Er volgde een saai gesprek over een lekkend dak. Zillahs blik dwaalde af naar de andere kant van het kantoor, waar Jonathan hoofdschuddend naar zijn computerscherm keek. 'Het spijt me, maar we hebben gewoon niets in die prijsklasse.'

'Echt helemaal niets?' Het meisje, dat geen koffie en koekjes had gekregen, leunde voorover in haar stoel. Ze zag er nogal wanhopig uit.

Jonathan haalde zijn schouders op. 'Dit is Bath.'

'Dat weet ik wel.' Verslagen vroeg het meisje: 'Maar kun je mijn gegevens dan niet noteren en me bellen zodra je iets hebt?'

Terwijl Zillah van de smerige koffie nipte, onderwierp ze het meisje aan een inspectie: golvend blond haar tot op haar schouders, een paars met gouden sjaal om haar nek, een donkerblauwe sweater, een afgedragen spijkerbroek en paarse enkellaarsjes.

'Natuurlijk.' Jonathan opende een nieuwe pagina op zijn scherm. 'Daar gaan we dan. Naam?'

'Essie Phillips.'

Hij keek haar aan. 'Meen je niet. Echt waar?'

Het meisje knikte blozend.

'Ha, ik dacht al dat ik je ergens van kende! Ik heb dat artikel over je gelezen in de krant!' riep hij uit. 'Dus daarom ben je zo wanhopig op zoek naar woonruimte.'

Op kalme toon zei het meisje: 'Zullen we maar verdergaan met mijn gegevens?'

'O ja, sorry.'

Toen hij klaar was, stond het meisje op en hing haar bruine leren tas over haar schouder.

Aangezien Malcolm nog steeds aan het bellen was, zei Zillah tegen haar: 'Je hebt me nieuwsgierig gemaakt. Hoe komt het dat je zo beroemd bent?'

Essie trok een gezicht. 'Niet beroemd,' zei ze droogjes. 'Eerder berucht. Ik heb iets slechts gedaan, en dat is uitgekomen.'

'Even voor de goede orde, heb jij gehoord dat ik net "fuck" zei?'

'Ja.'

Zillah zag dat ze groene ogen had. 'En vond je dat choquerend?'

Op geamuseerde toon zei het meisje: 'Als dame van in de zeventig met een prachtige hoed op, komt u er wel mee weg.'

Toen het meisje weg was, vroeg Zillah: 'Heeft ze in de gevangenis gezeten?'

'Wat?' Jonathan keek haar verschrikt aan. 'God nee, zoiets was het helemaal niet.'

'Naam?'

'Eh...' Aarzelend wees hij naar de badge op zijn borst. 'Jonathan.'

'Van het meisje,' zei Zillah.

'O.' Hij keek haar beteuterd aan, terwijl ze haar telefoon pakte. 'Sorry. Essie Phillips.'

7

Het was een sombere, kleine kamer met gespikkelde bruine vloerbedekking en vieze ramen die zo te zien sinds de eeuwwisseling niet meer waren gelapt. Vanuit het raam zag je een close-up van de muur van een uitbouw van het huis van de buren. Terwijl Essie naar de kleine achtertuin beneden haar keek, waar een grote hond stond te blaffen, hoorde ze een krijsende vrouwenstem. 'Als een van jullie niet als de donder dat klotebeest uitlaat, gooi ik de tv het raam uit!'

Nee, sommige mensen was het niet gegeven om op een beetje waardige manier te vloeken.

Ze keek nog eens de kamer rond. Het was er echt verschrikkelijk, maar iets beters kon ze zich op dit moment niet veroorloven.

'Nou?' De huisbaas leunde tegen de deurpost en krabde loom aan zijn buik.

O mijn god, moet ik deze kamer echt nemen? Ik vrees van wel.

Toen haar telefoon ging en ze naar het nummer keek, kromp ze ineen. Het was een onbekend nummer, dus waarschijnlijk weer een of andere journalist. Nou ja, ze kon altijd weer ophangen. Nadat ze op Beantwoorden had gedrukt, zei ze voorzichtig: 'Hallo?'

'Essie? Je spreekt met Zillah Walsh. Ik heb je een uur geleden bij Haye and Payne gezien. Ik ben de vrouw met die hoed.'

'O!' Nou, dit was wel het laatste wat ze had verwacht. 'Hallo!'

'Ik heb die jongeman zover weten te krijgen dat hij me je nummer gaf. Hij is niet al te slim, vind je ook niet? Hoe dan ook, hij vertelde me dat je viraal was gegaan.'

'Op internet,' zei Essie, zich afvragend of oude mensen wel wisten wat 'viraal gaan' betekende.

'Dat weet ik, schat. Ik ben niet helemaal achterlijk.' Geamuseerd vervolgde de vrouw: 'Ik heb je gegoogeld. Zo te zien heb je jezelf behoorlijk in de nesten gewerkt.'

'Zeg dat wel. Het was niet de bedoeling dat die brief openbaar zou worden, maar het is mijn eigen schuld. Helaas.'

'Zoek je nog steeds woonruimte?'

'Nou...'

Achter haar schraapte de huisbaas ongeduldig zijn keel.

'Stelletje luilakken!' schreeuwde de buurvrouw.

'Ja,' zei Essie hartgrondig.

'Oké, kom dan maar even naar me toe. Percival Square 23. Ik kan niets garanderen, maar misschien heb ik iets voor je.'

'Nu?'

'Dat zou heel fijn zijn. Ik ben nu thuis, dus kun je meteen komen.'

Percival Square was een van de mooiste pleinen van de stad. Hoewel alle bomen nu kaal waren, stond er midden op het plein een kerstboom vol gekleurde lampjes en sterretjes. Toeristen maakten er foto's van, met hun vrienden op de voorgrond. Toen Essie langs hen heen liep, zei een Amerikaan met een weids gebaar tegen zijn vrouw: 'O, stel je voor dat je hier zou wonen!'

Op de glanzende donkerrode voordeur van nummer 23 hing een groen met gouden kerstkrans. Essie belde aan en wachtte. Ze probeerde geen al te hoge verwachtingen te koesteren. De oude vrouw was duidelijk een belangrijke klant van Haye and Payne, en nog rijk ook; waarschijnlijk bezat ze een aantal huizen, van die studentenpanden of zo, en regelde het makelaarskantoor de verhuur voor haar.

Nou, hopelijk had ze voor haar ook ergens een klein, supergoedkoop kamertje.

De deur ging open. Zillah Walsh verscheen in de deuropening, inmiddels zonder hoed en jas, maar nog steeds erg stijlvol gekleed in een goudgele jurk met een barnstenen ketting om haar hals. 'Hallo. Kom binnen.' Ze gebaarde Essie door te lopen. 'Weet je nog wat je op dat kantoor tegen me zei?'

De vrouw had donkere, heldere ogen. Ze droeg haar bruine haar in een knotje. Ze had prachtige jukbeenderen, en haar lippenstift zat nog net zo volmaakt als een uur geleden. Een kunststukje waar Essie gewoon jaloers op was.

'Eh... dat u een mooie hoed ophad?'

'Ja. En verder?'

'Dat ik het niet erg vond dat u vloekte?'

Zillah knikte. 'Je zei ook dat ik er wel mee wegkwam omdat ik in de zeventig was. In de zeventig!' herhaalde ze met nadruk.

'O god, sorry.' Essie sloeg een hand voor haar mond. 'Daarom gebeuren mij al die dingen. Ik flap er altijd maar wat uit. Ik weet niet eens waarom ik dat zei. U ziet er fantastisch uit. Geen dag ouder dan zestig!'

'Lieverd, je hoeft niet zo te schrikken. Ik beschouwde het als een compliment.' Zillah Walsh' grote zilveren oorringen rinkelden, terwijl ze Essie probeerde gerust te stellen. 'Ik ben al drieëntachtig.'

Zillah liep naar de keuken om thee te zetten en kwam even later met een dienblad de behoorlijk ruime zitkamer in, waar de groene muren vol hingen met allerlei kunst en de zware rode zijden gordijnen prachtig vloekten met het donkeroranje bankstel.

'Hier, neem maar zoveel je wilt. Er zijn koekjes en chips.' Zillah gaf haar een bordje. 'Wat vind je van deze kamer?'

'Ik vind hem perfect. Al die prachtige kleuren.'

'Ja, mooi, hè?'

'Maar dat bent u! Ongelooflijk!' Essie wees naar een schilderij in een alkoof.

'Op mijn twintigste.' Zillah draaide zich om en keek er even naar. 'Toen ik nog een gladde huid had en me niet kon voorstellen hoe het zou zijn om rimpels te hebben.'

'Nou, volgens mij trekt u nog steeds veel bekijks. Maar dat zeg ik niet om te slijmen, hoor.'

'Als dat al zo is, is het waarschijnlijk omdat ik de meeste tegenkandidaten heb overleefd,' zei Zillah met een klein lachje. 'Maar genoeg over mij. Vertel me eens wat over jezelf.'

In de drie kwartier die daarop volgden, werd Essie vakkundig aan de tand gevoeld. Het was alsof ze gewoon met elkaar zaten te babbelen, maar ze merkte dat er meer achter stak. Toen Zillah blijkbaar genoeg had gehoord, zei ze: 'Ik heb woonruimte voor je. Heel klein, maar schoon en goed onderhouden. Lijkt dat je wat?'

'Ja! Echt wel. Natuurlijk! Als ik het kan betalen. Ik bedoel, ik mag op het ogenblik bij Scarlett op de grond slapen, wat heel lief van haar is, maar dat kan niet eeuwig duren. Waar is het? Hier in Bath?'

'Het is hier. Op de bovenste verdieping.' Zillahs diamanten ringen schitterden in het lamplicht toen ze naar het plafond wees.

'Hier, in dit huis?' Op Percival Square? Essie keek haar met grote ogen aan. 'Meent u dat? O nee.' Ze schudde haar hoofd. 'Dat kan ik vast niet betalen.' Haar hoop was meteen weer de grond in geboord. Ze was toch voor niks gekomen, hoewel het leuk was om Zillah te leren kennen. Maar het was terug naar af.

'Lieverd, je moet wel een beetje vertrouwen in me hebben. Ik heb op het kantoor gevraagd wat je kon betalen, en toen kreeg ik een idee. Ik ben niet meer een van de jongsten. Het zou fijn zijn als je me af en toe met kleine dingen zou kunnen helpen... boodschappen... dat soort dingen. Dus als jij bereid bent om me af en toe te helpen, ben ik tevreden met wat jij me kunt betalen als huur. Wat denk je ervan?'

Even kon ze geen woord uitbrengen. Toen zei ze: 'Meent u dat?'

'Ja, natuurlijk. Dit is mijn huis. Ik mag je wel en ik denk dat we het goed met elkaar zullen kunnen vinden.' Ze klemde haar lippen even op elkaar. 'Je moest eens weten hoeveel mensen ik hier al over de vloer heb gehad met wie ik het nog geen seconde zou uithouden. Tot nu toe heb ik altijd de juiste keuze gemaakt, ik heb nog nooit met een of andere sukkel opgescheept gezeten. En volgens mij ben jij ook geen sukkel.'

'Ik weet niet wat ik moet zeggen.' Essie knipperde met haar ogen. Het leek haar niet zo'n goed idee om op de tafel te springen en een vreugdedansje te maken. 'Dank u wel.'

'Je hoeft me niet te bedanken. Jij hebt woonruimte nodig en ik kan wel iemand gebruiken die me af en toe een handje helpt. Bovendien heb ik liever dat jij boven zit dan iemand die zich een hogere huur kan permitteren maar verder hartstikke saai is. Of eet als een chimpansee.'

'O, dus daarom kreeg ik chips en koekjes.'

'Precies. Ik kan echt niet tegen mensen die alles duizend keer willen herkauwen. Of mensen die slurpen. Maar jij bent met vlag en wimpel geslaagd voor dat examen.'

'Nou, gelukkig maar.'

Zillah glimlachte. 'Je hebt het appartementje nog niet eens gezien.'

'Ik ben al blij met een bad in een kast.'

'Kom.' De oudere vrouw stond op. 'Dan geef ik je een rondleiding.'

Het appartement op de tweede verdieping was inderdaad klein, maar volmaakt ontworpen.

'Mijn man is negen jaar geleden gestorven,' vertelde Zillah. 'Ik wilde hier graag blijven wonen, maar het huis voelde te groot aan voor mezelf. Een vriend zei toen dat ik de twee bovenverdiepingen moest laten verbouwen tot appartementjes, en dat was een heel goed idee. Wat gezelschap voor mij, leuke mensen om me heen, en nog wat extra geld op de koop toe.'

'Perfect.' Essie keek naar de lichtgele muren en bijpassende gordijnen van de woonkamer. Ze waren op de zolder, die was verbouwd tot een appartement met één slaapkamer, een compacte badkamer en een keukenblokje in de grootste kamer.

'De afgelopen drie jaar heeft Maria hier gewoond,' vervolgde Zillah. 'Echt een schat van een meid. Maar haar vriend kreeg een baan aangeboden in Nieuw-Zeeland en heeft haar toen ten huwelijk gevraagd. Nogal egoïstisch van hem. Maar ze is zes weken geleden vertrokken, en ze wonen nu in Auckland. En ik heb sinds ze weg is continu potentiële huurders over de vloer gehad, maar niemand bij wie ik een goed gevoel had. Tot nu dan. Dus, hebben we een deal?'

'Graag.'

'En wanneer zou je hier willen intrekken?'

'Zo snel mogelijk. Morgen? Vanavond?'

'Doen we. Hoera, ik heb eindelijk iemand gevonden.' Ondeugend voegde ze eraan toe: 'Fuck, zeg.'

8

Later die avond, nadat Essie haar spullen vanuit Scarletts overvolle kamer naar haar nieuwe appartement had gebracht, ging ze opnieuw de koude avond in, op zoek naar werk.

Het liefst ergens waar ze niet naar referenties van haar voormalige werkgever zouden vragen.

Omdat het vlak voor kerst was, was het overal druk. Bij een paar cafés en restaurants zeiden ze dat ze misschien in het nieuwe jaar werk voor haar hadden. Essie liet overal haar kaartje achter, met de woorden dat ze haar beslist moesten bellen als ze iemand nodig hadden. Of ze dat ook deden? Wie zou het zeggen? Ze kon alleen maar hopen en doorgaan – en er zo vrolijk mogelijk bij blijven kijken.

Ze had nog wel wat geld op haar spaarrekening, maar erg lang zou ze daar niet van kunnen leven.

De eerste zaak die ze had geprobeerd was de Red House, een druk café nog geen tweehonderd meter van haar nieuwe huis, op de hoek van Percival Square. Zillah had gezegd dat ze het daar maar eens moest proberen, maar toen ze er naar binnen stapte, bleek er een rumoerig feest van een of ander kantoor aan de gang te zijn, waar het personeel zijn handen aan vol had.

Daarom ging ze er nu, twee uur later, nog eens naartoe, terwijl de laatste gasten naar buiten druppelden. Hopelijk had er nu wel iemand tijd om haar te woord te staan.

Het personeel was aan het opruimen toen ze binnenkwam. Essie liep naar het meisje dat achter de bar schone glazen wegzette en vertelde dat ze werk zocht.

'We hebben op dit moment niemand nodig,' zei het meisje met het bruine haar vriendelijk. 'Sorry.'

Essie vond het echt jammer; het had haar heerlijk geleken om op twee minuten lopen van haar huis te werken. 'Oké, maar kan ik mijn kaartje achterlaten? Ik woon hier sinds kort in de buurt, dus als jullie ooit om hulp verlegen zitten, kan ik er binnen een paar minuten zijn. Ik heb ervaring in de horeca.'

'Tja, wie niet?' zei het meisje. 'Oké, geef me dat kaartje maar, ik leg het wel in het kantoor...' Ze pakte het kaartje aan en las het. Toen keek ze Essie aan. 'Ik ken jouw naam ergens van.'

'Denk aan een brief, internet... Dat was ik,' zei Essie quasizielig.

'O ja, nu weet ik het weer! Ik heb het op Facebook gezien. Wat erg voor je.'

'Nou ja, hopelijk is het nieuwtje er snel af en vinden ze een nieuw slachtoffer.'

'Maar je vriend heeft je dus echt op straat gezet. Wat een ramp.'

'Ja.'

'Je zult er wel kapot van zijn.'

Eigenlijk was het best lekker om zoveel aandacht te krijgen, merkte Essie. Hardop zei ze: 'Het was inderdaad niet de beste week uit mijn leven.'

'Ik beloof je dat we je zullen bellen als we iemand nodig hebben,' zei het meisje op ernstige toon.

Tot haar verbazing werd Essie zestien uur later al gebeld. Een vrouwenstem zei: 'Hoi, je spreekt met Jude van de Red House. Er heeft zich net iemand ziek gemeld, dus het zou fantastisch zijn als je vanavond kon invallen. Kun je hier om zes uur zijn, dan kan ik je uitleggen hoe de kassa werkt en je laten zien waar alles staat.'

Hoera! Vriendelijk zijn, naar iedereen glimlachen, hard werken en zorgen dat ze niet meer zonder je kunnen. 'Hartstikke bedankt,' zei Essie. 'Ik zorg dat ik er voor zessen ben.'

Om tien uur die avond kreeg Jude een berichtje van de afwezige medewerker: hij kon morgen ook niet komen. Helaas was hij zieker dan hij in eerste instantie had gedacht.

Jude belde hem meteen terug. 'Je bent helemaal niet ziek, Henry. Je vrienden waren hier vanavond, en ik hoorde ze zeggen dat je samen met Cal met de Megabus naar Newcastle bent gegaan voor de eenentwintigste verjaardag van zijn neef daar, want dat moest het feest van de eeuw worden en dat wilde je voor geen goud missen.' Onder het praten rolde ze met haar ogen. 'Nou, ik hoop dat het feest het waard was, want hier willen we je niet meer terugzien.'

Essie, die net wijn in stond te schenken, probeerde niet al te blij te kijken. Dit was echt heel goed nieuws, het beste wat haar kon overkomen.

'Nee, geen smoesjes,' vervolgde Jude bot. 'Je denkt toch niet dat je hiermee wegkomt? Je hebt ons voorgelogen, en dat pikken we niet. Want misschien vind jij die baan dan niet zo belangrijk, er zijn genoeg mensen die staan te springen om je werk over te nemen. Dus ik wens je een prettige kerst. Dag!'

Hoera!

Met een zwierig gebaar stopte Jude haar telefoon in haar broekzak en wendde zich tot Essie. 'Heb je dat gehoord?'

'Ja,' zei Essie. 'Ik kan er niks aan doen dat ik oren heb.'

Jude glimlachte. 'Ik heb je vanavond in de gaten gehouden. Je bent goed. Dus nu doe ik even alsof ik de baas ben en bied je de baan aan.'

'Wauw.'

'Is dat een ja?'

Essie kon geen woord uitbrengen. Ze had de afgelopen dagen haar uiterste best gedaan om niet te laten merken hoe moeilijk ze het had. Echt moeilijk. Ze had veel te verwerken en nauwelijks tijd om alles op een rijtje te zetten. Maar gisteren had ze zomaar Zillah Walsh leren kennen, die haar woonruimte had aangeboden, waardoor ze al één probleem minder had gehad.

En nu dit. Dit was niet zomaar een baan, ze wist dat ze het hier hartstikke leuk zou vinden. Iedereen was even aardig tegen haar geweest. Er hing een prettige sfeer. En bovendien was het vlakbij. Beter kon gewoon niet.

Over geluk gesproken.

'Ja.' Ze knikte naar Jude. 'Duizendmaal ja.'

Veertig minuten later – geluk duurde nooit lang – ging de deur van de Red House open en kwam de aanstichter van alle kwaad binnenlopen.

Essie, die bezig was lege tafels af te nemen en glazen op een dienblad te stapelen, kon haar ogen niet geloven. Hij was het echt. Geen twijfel mogelijk. En hij zag er heel ontspannen uit...

Maar ja, waarom ook niet? Hij was niet degene die de last moest dragen van de rampzalige gebeurtenissen van vorige week. Hij was er zonder kleerscheuren van afgekomen.

Hij heette Lucas, veel meer wist ze niet over hem, want haar broer had verder ook weinig geweten. Jay had hem op dat feest leren kennen, ze hadden samen ettelijke biertjes achterovergeslagen en hadden zich maatjes gevoeld zoals alleen mannen die samen drinken dat kunnen.

En daarom waren ze om vier uur 's nachts bij haar thuis beland. Nou ja, bij Paul thuis. En daarna was de hel losgebroken en haar leven ontploft.

Maar het was mooi dat hij hier was, dan kon ze hem eens vertellen wat ze van hem dacht. Alleen moest dat wel op zo'n manier gebeuren dat ze niet meteen haar nieuwe baan weer kwijtraakte.

Misschien kon ze beter een huurmoordenaar in de arm nemen.

Een discrete huurmoordenaar.

Om zichzelf tijd te geven concentreerde ze zich op de glazen op het dienblad. Hoewel hij met zijn rug naar haar toe stond, herinnerde ze zich nog precies hoe hij eruitzag. Donker haar en nog donkerder ogen met iets geamuseerds erin, zelfs als de situatie verre van amusant was. Hij was lang, had een licht getinte huid en droeg een donker pak. Typisch zo'n aantrekkelijk uiterlijk dat gelijkstond aan onbetrouwbaar. Zo'n man die deed waar hij zin in had en zich niet druk maakte om de gevoelens van anderen. Andere mensen bestonden alleen ter vermaak van hem.

En nu was hij de Red House binnen gewandeld en kruisten hun paden zich weer. Wat in een relatief kleine stad als Bath ook weer niet zo raar was.

Toch tintelde haar huid van onderdrukte woede toen ze hem daar zo zag staan. Wist hij eigenlijk wel dat ze door zijn toedoen de risee van de hele stad was geworden?

Voordat Essie iets kon doen, ging de deur van de keuken open en kwam Jude aanlopen. Haar gezicht klaarde op toen ze de nieuwe gast zag, die aan de bar druk bezig was iemand een berichtje te sturen op zijn telefoon.

'Hé, daar ben je weer! Ik dacht dat je vanavond niet zou komen.'

Hij was dus een vaste klant, zo'n type dat iedere avond aan de bar hangt. Essie nam hem neerbuigend op. Typisch iets voor hem. Ze had het kunnen weten.

Maar god, wat ellendig om hem hier te zien. Nu moest ze wel beleefd doen. Hopelijk kreeg hij last van zijn geweten en zocht hij een andere stamkroeg.

Als hij al een geweten had.

Bah, nu kuste Jude hem ook nog op de wang. Maar dat had je met dat soort aantrekkelijke mannen, er waren altijd vrouwen die hun onhebbelijkheden maar al te graag over het hoofd zagen.

Toen Essie weer een blik in zijn richting wierp, zag ze dat Jude hem iets in zijn oor fluisterde. Ineens bedacht ze dat ze wel eens een stel konden zijn. O nee, dat kon ze echt niet aan.

Even later schonk Jude achter de bar een glas cognac voor hem in. Ze gaf het hem, zei nog iets en wenkte toen Essie.

Waarschijnlijk om haar te vertellen dat ze de langzaamste glazenverzamelaar aller tijden was.

Met het volle blad in haar handen liep Essie naar de bar. De haartjes op haar armen stonden recht overeind.

Ze hoorde Jude zeggen: 'Henry heeft ons trouwens weer eens laten barsten, dus heb ik hem gezegd dat hij niet terug hoefde te komen. Maar ik heb al vervanging en ik weet zeker dat ze het heel goed zal doen.'

In een van de glazen op het blad zat nog een behoorlijke hoeveelheid bier. Als Lucas haar herkende en begon te lachen, zou ze misschien de neiging om hem dat in zijn gezicht te smijten niet kunnen bedwingen.

Een kleine grijns zou al genoeg zijn.

Maar toen hij zich naar haar omdraaide, zag ze oprechte schrik in zijn ogen, gevolgd door achterdocht. Hij knikte haar toe en zei kalm: 'Hoi.'

'Lucas, dit is Essie,' vertelde Jude stralend. 'Essie, dit is je nieuwe baas!'

Essie staarde hem aan. Ook dat nog.

Nee, hè?

Op de een of andere manier slaagde ze erin om ook 'hoi' te zeggen.

Jude ratelde alweer verder. 'En mocht je denken dat je haar ergens van kent, dan komt dat omdat haar foto vorige week in de krant heeft gestaan... Je weet wel, dat meisje dat die gênante mail over haar schoonmoeder had geschreven!'

'O. Oké.' Hij knikte nog een keer en nam een slokje cognac. Aan zijn gezicht viel niets af te lezen.

Terwijl Essie het dienblad neerzette en de glazen eraf begon te pakken, zei Jude tegen Lucas: 'Je vindt het toch niet erg dat ik haar heb aangenomen zonder het je te vragen? Maar ze is echt stukken beter dan Henry, dus leek het me onzin om ermee te wachten.'

'Het is oké. Ik had alleen niet verwacht vanavond een nieuw gezicht aan te treffen.' Hij haalde zijn hand door zijn haar. 'Ik neem haar meteen wel even mee naar het kantoor om het te regelen.'

'Zeker weten?' Jude keek verbaasd. 'Ik wil dat morgen ook wel doen.'

Hij legde even een hand op haar arm. 'Nee, ik doe het nu wel.'

Hij nam Essie mee naar boven, naar een klein kantoortje aan het eind van de gang. Met een gebaar gaf hij haar te kennen dat ze moest gaan zitten. Zonder het glas cognac neer te zetten, stak hij meteen van wal. 'Wat heeft dit allemaal te betekenen?'

Alsof zij degene was die iets verkeerds had gedaan! 'Pardon?'

'Ik wil alleen maar weten wat je hier doet.'

'Nou, dat lijkt me niet zo moeilijk te raden. Ik ben ontslagen, dus moest ik een andere baan zoeken. Zo gaat dat meestal.'

'En jij vindt dat ik je wel een baan verschuldigd ben?'

'Denk je dat echt? Dat meen je niet!'

'Ik weet het niet. Daarom vraag ik het. Als dat het niet is, dan ben je hier waarschijnlijk om wraak te nemen door me het leven zuur te maken...'

'Je denkt dat ik op de een of andere manier heb uitgevogeld wie je was en daarom hier ben gaan werken?' Essie was woest. 'Hoe kon ik nou weten dat dit jouw café was? Als ik het had geweten, zou ik hier echt niet om werk hebben gevraagd... Al kreeg ik geld toe!' Ze voelde dat ze een rood hoofd kreeg onder zijn kritische blik.

'Oké...' Hij klonk sceptisch.

'Geloof je me soms niet? Mijn god. Ga morgen alle cafés in de stad maar af, dan zullen ze je vertellen dat ik bij iedereen naar werk heb gevraagd,' zei ze kwaad. 'En als een van hen me had aangenomen, zou ik hier nu niet zijn.'

'Dus je wilt beweren dat dit gewoon een ongelukkig toeval is?'

Was dat soms sarcastisch bedoeld? Ze schudde haar hoofd. 'Het is meer dan ongelukkig. Je hebt alles verpest. Ik was hier zo blij vanavond... Ik heb van iedere minuut genoten, tot jij binnenkwam. En nou kan ik weer helemaal van voren af aan beginnen. Want ik ga echt niet voor jou werken.'

Hij leunde tegen de muur, knoopte zijn das los en maakte het bovenste knoopje van zijn overhemd open. 'Hou op met me zo boos aan te kijken.'

'Volgens mij heb ik alle recht om je boos aan te kijken. Door jou ben ik nu voor de tweede keer in één week mijn werk kwijt. Hoe zou jij dat vinden?'

'Oké, oké.' Hij maakte een gebaar alsof hij wilde zeggen: rustig maar. 'Maar hoezo twee keer? Ik heb toch niet gezegd dat je hier niet kunt werken?'

'Blijkbaar heb je geen flauw idee wat je me hebt aangedaan.'

'Ik heb me al verontschuldigd. Hoe vaak moet ik nog sorry zeggen? Ik heb een inschattingsfout gemaakt, ik ben stom geweest. Ik kon niet weten wat de gevolgen zouden zijn,' zei Lucas. 'Toen je broer voorlas wat je had geschreven, luisterde ik maar met een half oor...'

'Ik denk dat je je inderdaad schuldig voelt,' zei ze opeens. 'Want Jude weet wat me is overkomen, maar je hebt haar niet verteld dat jij daar verantwoordelijk voor bent.'

Hij sloeg zijn blik neer. 'Nee.'

'Omdat je je dus toch een beetje schaamt voor wat je hebt gedaan.'

'Wat wil je daarmee zeggen?' Hij trok een wenkbrauw op. 'Wil je iedereen gaan vertellen dat het mijn schuld was?'

Essies hersens draaiden op volle toeren. Zelf was ze daar nog niet opgekomen. Het was best een verleidelijk idee eigenlijk, om Lucas voor schut te zetten. Het was zijn verdiende loon, en zelf zou ze zich daarna vast stukken beter voelen.

Maar eigenlijk was ze helemaal niet wraakzuchtig aangelegd. Zijn domme actie had dan wel onvoorziene gevolgen gehad, maar wilde ze een ander dat ook aandoen?

Nee, zo zat ze niet in elkaar.

Eigenlijk was ze een heilige.

Hardop zei ze: 'Je hebt geluk dat ik niet zo gemeen ben.'

Een paar seconden keek hij haar alleen maar aan. Toen zette hij zijn bijna lege cognacglas neer. 'Nou, dank je. Dat vind ik aardig van je.'

'Dat is je geraden.'

Na nog een korte stilte zei hij: 'Als je wilt, kun je hier gewoon blijven werken.'

Ze schudde haar hoofd. 'Nee, dat gaat niet.'

'Omdat je me vervloekt?'

'Omdat ik vervloek wat je hebt gedaan.' Snapte hij eigenlijk wel hoe het voor haar was?

'O, jammer.' Hij haalde zijn schouders op. 'Jude zal zich vast afvragen waarom je van gedachten bent veranderd.'

Daar had hij gelijk in. Essie dacht even na. 'We moeten een persoonlijke reden bedenken.'

'We hebben elkaar een jaar geleden leren kennen, we maakten een afspraakje en toen kwam ik niet opdagen.'

Zijn ogen hadden een geamuseerde glans. 'Dat zit je nog steeds dwars, en het zou erg ongemakkelijk zijn als je hier kwam werken.'

'Laten we ervan maken dat ik jou een blauwtje heb laten lopen,' stelde Essie voor.

'Oké, dat is wel het minste wat ik voor je kan doen.' Hij knikte. 'Afgesproken.'

Hij gaf haar het geld voor een avond werk, pakte haar jas uit de kast voor het personeel en nam haar via de zijdeur mee naar buiten om Jude en het andere personeel te ontlopen. Ze zouden alleen maar lastige vragen stellen.

'Nogmaals sorry.'

Essie wikkelde haar das om haar nek. 'Oké.'

'Maar stel je voor dat je me toen geen blauwtje had laten lopen, misschien waren we ondertussen dan wel getrouwd geweest.'

'Ik ben blij dat jij het allemaal zo grappig vindt,' zei ze. 'Maar voor mij is het dat verre van.'

Wat een dag.

En wat een avond.

Vanuit zijn kantoor op de eerste verdieping dronk Lucas Brook zijn glas leeg, terwijl hij het meisje nakeek dat schuin het plein overstak. Haar rode jas gloeide op in het licht van de straatlantaarns en haar blonde haar glansde. Hij kon niet ontkennen dat ze wat had, maar het zou beter zijn om die hele toestand te vergeten. Helaas speelde zijn geweten op.

Fijn dan.

Misschien kon hij het vanavond beter laten rusten.

Maar misschien ook niet.

Essies kaartje lag nog op het bureau. Lucas toetste haar

telefoonnummer in en zag dat ze een paar seconden later al bleef staan, vlak voor de reusachtige verlichte kerstboom. Na wat gerommel in haar tas nam ze op.

'Met wie spreek ik?'

Tijd om een raar accent op te zetten. 'Ben jij dat? Je hebt een kaartje afgegeven in het café. Zoek je nog steeds werk?'

'O! Ja!'

Het was bijna pijnlijk om te horen hoe hoopvol ze klonk.

Hij liet het accent voor wat het was en zei: 'Blijf waar je bent.'

Toen ze zijn stem herkende, verstijfde ze. Ze draaide zich om en liet haar blik over de ramen boven de Red House glijden. Ze zag hem meteen. 'Jezus. Jij denkt echt dat dit één grote grap is, hè?'

'Geen grap,' zei hij. 'Maar ik wil even met je praten. Alsjeblieft.'

Het was ijzig koud buiten. Zijn adem vormde wolkjes in de lucht, en het gras van het gazon midden op het plein kraakte onder zijn voeten toen hij naar haar toe liep. Haar gezicht werd verlicht door de kleurige lampjes in de boom.

'Schiet op,' zei ze kortaf. 'Ik heb koude voeten.'

'Luister, jij zoekt werk. Ik heb werk voor je. Ik weet dat je nu een bloedhekel aan me hebt, maar...'

'Dat verandert heus niet.'

'Oké, maar ik wil alleen maar zeggen dat je het jezelf niet moeilijker moet maken dan het al is. Mocht je je nog bedenken, je hebt mijn nummer.' Hij stak een hand op. 'Je hoeft nu niks te zeggen. Mocht je van gedachten veranderen, bel me dan voor twaalf uur morgenmiddag. Als ik dan nog niks van je heb gehoord, zoek ik iemand anders.'

Ze keek hem aan. 'Ik verander heus niet van gedachten.'

Wat was ze toch koppig. 'Goed,' zei hij. 'Maar het aanbod blijft staan. Dat je het weet.'

'Ik zal je nooit vergeven wat je me hebt aangedaan.' Ze stopte haar handen in haar jaszakken. 'Dat je het weet.'

Die zat. Hij zei: 'Kom, dan loop ik even met je mee. Waar woon je nu?'

'Hier op het plein, nummer 23.'

'Bij Zillah?'

'Ken je haar?'

'Ja.' Hij knikte. 'Iedereen kent haar. Je kunt niet om haar heen.' Na een korte stilte vroeg hij: 'Hoe gaat het met je broer?'

'Prima, voor zover ik weet. Hij is samen met vrienden op wintersport. Oostenrijk.'

'Maar jullie hebben geen ruzie?'

'Omdat hij jou mee naar mijn huis had genomen, bedoel je? Ik wilde dat hij dat niet had gedaan, maar het is echt iets voor Jay. Hij is heel impulsief. Bovendien is het niet zijn schuld. Hij kon toch niet weten dat jij zoiets stoms zou doen?'

'Ik ook niet.' Lucas zuchtte. 'Maar ik heb mijn lesje geleerd. Ik zal het nooit meer doen, dat beloof ik je.'

Essie ging om twaalf uur 's nachts naar bed. Een paar uur later ging haar telefoon. Gelukkig had ze toch te veel aan haar hoofd om te kunnen slapen.

Ze nam op. Aan de achtergrondgeluiden te horen was haar broer in een café.

'Hoi!' zei Jay. 'Alles goed?'

Met samengeknepen ogen keek ze op haar wekker. 'Ik word om twee uur 's nachts uit bed gebeld, dus echt goed gaat het niet.'

'O god, lag je al te slapen? Ik zag net je berichtje pas. Je zei dat ik je moest bellen.'

'Ja, maar dat bericht heb ik twaalf uur geleden verstuurd.' Ze had toen een vriendelijke stem willen horen en haar broer vragen of hij niet ergens een baantje voor haar wist. 'Misschien is het bereik slecht in de bergen.'

'Nee, het is mijn schuld. Mijn toestel was leeg. Ik heb net een oplader van iemand geleend. Ik zit pas op drie procent, dus kan ik niet al te lang bellen. Maar hoe gaat het nu met je?'

'Nou, prima, behalve dan dat ik mijn huis en mijn vriend en mijn baan kwijt ben.'

'O ja, sorry. Maar je had toch een flatje gevonden? Dat zei je in je berichtje.'

'Ja,' beaamde ze. 'En vanavond kreeg ik een baan aangeboden in een te gek café...'

'Nou, dat is toch fantastisch!'

'Dat was het ook, totdat de eigenaar opdook. Drie keer raden wie het was.'

'Donald Trump,' zei Jay meteen. 'Of Nigel Farage. O, nee, wacht even, die ene komiek die je niet kunt uitstaan, die met die tatoeage van een...'

'Nee!' Jay verzon altijd de raarste dingen. 'Het was Lucas.'

'Wie?'

Zo te horen wist hij echt niet over wie ze het had.

'Die man die je mee had genomen van het feest, de man die zijn sleutels kwijt was. Die dronken idioot die dacht dat het wel leuk zou zijn om mijn mail naar iedereen in mijn adresboek te sturen. Die dus.'

'O. Oké. Die.'

'Tja. Over toeval gesproken.'

'En wat zei hij?'

'Voornamelijk sorry. Hij was zich continu aan het verontschuldigen. Maar ik heb gezegd dat ik echt niet voor hem kan werken.'

'O? Nou ja, dat is waarschijnlijk maar beter ook. En je vindt vast wel iets anders. Wie zou jou nou niet in dienst willen nemen?'

'Nou, Pauls moeder bijvoorbeeld,' reageerde ze droog.

'Op haar na dan. Maar maak je maar niet druk om die Lucas. Waarom zou je voor zo'n idioot willen werken?'

'Precies. Maar wel jammer, ik vond het daar echt leuk. Maar hoe dan ook, hoe is je vakantie?'

'Te gek. Perfect skiweer.'

'En de après-ski is zo te horen ook niet verkeerd.' Ze hoorde nog steeds het geluid van rinkelende glazen, muziek en gelach op de achtergrond.

'Nee, ik mag niet klagen.'

Uit zijn stem maakte ze op dat hij ook al wist met welk meisje hij de komende nachten zou doorbrengen. 'Nou, veel plezier nog,' zei ze.

'O, dat gaat wel lukken. Maar ik moet nu hangen, batterij zit op één procent. Succes met je banenjacht, Ess. Hou me op de hoogte. Oké, dan ga ik...'

De verbinding werd verbroken. Essie glimlachte. Jay was onverbeterlijk, en af en toe maakte hij haar knettergek.

Maar hij was haar broer, en ze was dol op hem.

Het was inmiddels al over tweeën en het was stil op het plein, op het geluid van een auto die tot stilstand kwam na. Essie hoorde mensen zachtjes praten en portieren dichtslaan. Het waren vast mensen die hier aan het plein woonden. Nieuwsgierig stapte ze uit bed, liep naar het raam en trok het gordijn een stukje open in de hoop haar nieuwe buren te zien.

Maar het waren geen buren; twee mensen liepen van een glanzende donkere Mercedes in de richting van Zillahs huis. Een van hen was Zillah, zag ze ineens. De ander was een man, jonger en langer, met brede schouders en warrig blond haar. Hij hielp Zillah het trapje naar de voordeur op. Essie vroeg zich af of dat soms Conor McCauley was, de man die in het appartement beneden haar woonde.

En waar kwamen ze zo laat nog vandaan? Ze wist zeker dat Zillah had gezegd dat ze eens lekker vroeg naar bed wilde.

Nou ja, ze zou het vanzelf wel te horen krijgen.

Bedtijd.

9

Conor McCauley kon tot op de minuut nauwkeurig zeggen op welk moment zijn leven compleet was veranderd, inmiddels vier jaar geleden.

Tot dan toe had hij altijd gedaan wat ervan hem werd verwacht. Hij had zijn best gedaan op school, want zijn vader was advocaat en wilde graag dat zijn zoon zijn voorbeeld volgde.

Daarna de universiteit, rechten natuurlijk, en cum laude afstuderen. Zijn vader was bij het afstuderen aanwezig geweest, trots als een pauw, wat Conor ook weer trots maakte. En niets mooier dan advocaat worden, dat zei iedereen. Een goedbetaalde, afwisselende, interessante baan.

Snel doorspoelen naar vijf jaar later. Op die bewuste dag

was Conors derde cliënt een rijke man die op zijn vijfentwintigste was getrouwd en nu in de vijftig was. Hij had zijn vrouw een halfjaar geleden ingeruild voor een veel jonger exemplaar; ze zat, gekleed in een piepklein, strak jurkje, in de wachtkamer kauwgom te kauwen en met vriendinnen te bellen.

Haar kersverse verloofde keek Conor strak aan en zei: 'Luister, ik weet dat ik mijn ex iets zal moeten geven, maar je moet ervoor zorgen dat het zo min mogelijk is. Het is niet mijn schuld dat ik mijn belangstelling voor haar ben verloren. Ze heeft zich gewoon laten verslonzen. Ik bedoel, ze ziet er echt niet uit.' Hij leunde naar voren over het bureau, scrolde door de foto's op zijn toestel tot hij had gevonden wat hij zocht en zei: 'Moet je zien! Dat is ze. Wie wil er nou met zoiets getrouwd zijn?'

Conor had een korte blik geworpen op de foto van een mollige, zorgelijke vrouw met kort haar en een verlegen lachje. Ze stond in een tuin, was gekleed in een eenvoudige blauwe jurk en had tuinhandschoenen aan. Ze had een spade in haar hand.

'Dus, je begrijpt wat ik bedoel,' zei de man triomfantelijk. 'Geen wonder toch dat ik de rest van mijn leven liever met Stacey-Louise doorbreng? Jezus, wie zou dat nou niet willen?'

Conor hoopte maar dat de vrouw van zijn cliënt die spade in haar hand had omdat ze een graf voor haar man aan het graven was in een verscholen hoekje van hun tuin. Dat zou wat hem betrof een gelukkig einde van het verhaal zijn.

'Werkt uw vrouw, Mr. Benson?'

'Werken? Is dat een grap of zo? Dat mens heeft al twintig jaar geen klap uitgevoerd.'

'Ze heeft wel voor jullie vijf kinderen gezorgd,' wees Conor hem er kalm op.

'Ja, maar sinds de geboorte van ons eerste kind heeft ze niet meer buitenshuis gewerkt. Maar hoe dan ook, ik heb jullie naam gekregen van een vriend van me, Jezzer Kane. Hij zei dat jullie het wel zouden regelen. Dus zorg ervoor dat dat luie varken er niet met mijn zuurverdiende geld vandoor gaat.'

Wat een ontzettend charmante man. Hardop zei Conor: 'Ik kan me die naam niet zo snel herinneren.'

'Nee, je baas Margaret heeft zijn zaak gedaan, maar ze heeft het nu te druk. Maar jij werkt toch voor haar? Ik neem aan dat ze je wel een paar trucjes heeft geleerd. Als je snapt wat ik bedoel, ha ha ha.' Onder het praten trok de man met zijn dikke vinger een streep langs zijn nog dikkere hals en bulderde het uit. 'Alles is geoorloofd!'

Margaret Kale was het hoofd van het kantoor. Een angstaanjagende en meedogenloze vrouw van in de zestig die Rosa Klebb deed verbleken. Terwijl Conor de man tegenover hem vol minachting aankeek, zei hij: 'We zullen ons best doen.'

Zijn vierde cliënt van die dag was een drieëndertigjarige vrouw die Jessica Brown heette. Hij had van tevoren geweten dat ze kwam om haar testament met hem te bespreken, maar pas toen ze zijn kantoor binnenliep, begreep hij hoe urgent het was. Haar huid was gelig, en ze steunde op een wandelstok. Onder haar slobberende roze jurk zag hij een opgezette buik, en ze had donkere wallen onder haar ogen. Toch was ze nog zichtbaar zichzelf, met haar blauwe ogen en opvallend lange wimpers. Toen ze glimlachte, klaarde haar hele gezicht op. Ze had ook een prachtig gevormde mond.

Nadat ze wat beleefdheden hadden uitgewisseld, kwam Jessica Brown ter zake: 'Zoals u ziet, moet ik wat zaken regelen. Beter laat dan nooit, zeggen ze toch?'

'Ik leef met u mee.' Conor had diep medelijden met haar; hoe zou het zijn om op zo'n jonge leeftijd te sterven?

'Dank u. Niet dat ik veel dingen heb na te laten. Ik heb geen huis of zo. Maar ik heb wel een dochter, en ze is pas twaalf...' Haar stem brak, en ze stak ter verontschuldiging een magere hand op.

Conor merkte aan alles dat ze had geoefend op wat ze wilde zeggen, maar dat de emoties de overhand hadden genomen. 'Neem gerust de tijd,' zei hij op geruststellende toon. Hij pakte een doos tissues uit zijn bureaulade en zette die voor haar neer.

Na ongeveer een halve minuut slikte Jessica Brown de brok in haar keel weg en mompelde met een flauw lachje: 'Echt iets voor een advocaat om dat te zeggen. Ik betaal u toch per minuut? Ik kan het me helemaal niet veroorloven om de tijd te nemen.'

'Sorry. Maar het eerste halfuur is gratis.'

'Dan kan ik maar beter opschieten.' Ze lachte even. 'Bizar, hè? Meestal gaat het goed, heb ik alles onder controle; soms maak ik er zelfs grappen over. Maar zodra ik aan Evie denk, gaat het mis. Daar zult u aan moeten wennen. En misschien kunt u een extra voorraadje tissues aanleggen.'

'Neem maar zoveel als u wilt,' zei Conor.

Terwijl Jessica praatte, maakte hij aantekeningen. De kanker had zich door haar hele lichaam uitgezaaid, en haar arts dacht dat ze hooguit nog een halfjaar te leven had.

Als ze geluk had.

'En aangezien ik de laatste tijd niet al te veel geluk heb gehad, durf ik nergens op te hopen.' Ze streek een lok haar achter haar oor. 'Ironisch eigenlijk, hè? Na de geboorte van Evie was ik zo gelukkig dat het me bijna bang maakte. Ik dacht dat ik voor zoveel geluk vast wel gestraft zou worden. Want ze was gewoon volmaakt. En zo mooi. En ook zo'n lieve baby... Sorry, daar ga ik weer...'

Ze vertelde Conor dat de vader van het kind zich al heel gauw uit de voeten had gemaakt, en dat ze te trots was geweest om achter hem aan te gaan. Ze had Evie in haar eentje opgevoed, en dat had ze best goed gedaan, al zei ze het zelf. Tussen de tranen en lachjes door liet ze Conor foto's van haar geliefde dochter zien, een meisje met grote ogen, kuiltjes in de wangen en lichtblonde krullen. En ze vertelde hem welke plannen ze voor Evies toekomst had gemaakt.

'Ze gaat bij mijn zus wonen. Gelukkig. Evie is dol op haar, en ik ben er heel dankbaar voor. Mijn moeder zal ook helpen. Dus ze blijft niet echt alleen achter.' De tranen gleden weer over haar magere wangen. 'Al met al hebben we dus geluk, het had veel erger kunnen zijn. Ik vind het alleen zo erg om haar achter te laten. Ik zal haar zo missen.'

Conor kon geen woord uitbrengen. Het huilen stond hem nader dan het lachen. Maar hij moest sterk blijven, dat moest. Toch deed hij een paar minuten alsof hij heel druk aan het schrijven was, zodat hij haar niet aan hoefde te kijken.

Hij werd verraden door een traan die op zijn aantekenblok viel, en Jessica gaf hem een tissue uit de doos. 'Sorry dat ik u dit aandoe. Ik ben echt vreselijk, hè?'

Omdat ze doorwerkten tijdens Conors lunch kregen ze

het meeste al op papier, want Jessica wilde alles zo snel mogelijk geregeld hebben. Om twee uur moesten ze stoppen, omdat zijn volgende cliënt in de wachtkamer zat te wachten.

'Echt heel erg bedankt. Dankzij u was het gemakkelijker dan ik had verwacht.' Ze pakte een kleine portemonnee van blauwe spijkerstof uit haar roze linnen tas. 'Hoeveel ben ik u tot nu toe verschuldigd?'

Conor had al besloten om haar niet te laten betalen voor het werk dat ze tijdens zijn lunchpauze hadden gedaan. Hij was bovendien van plan de rest van het papierwerk in zijn eigen tijd af te ronden. Als hij het uitlegde aan Margaret, en het verlies dat het kantoor leed uit eigen zak betaalde, kon ze daar toch geen bezwaar tegen hebben?

Hij schudde zijn hoofd. 'O nee, dat hoeft niet.'

'Maar ik betaal liever meteen.' Jessica telde mompelend de bankbiljetten die ze uit haar portemonnee had gepakt. 'Dan heb ik dat maar gehad. Ik heb het altijd vervelend gevonden om iemand geld verschuldigd te zijn, maar nu is het nog belangrijker voor me om het meteen te regelen. Zegt u nu maar hoeveel het is. Stel je voor dat er iets gebeurt voordat ik... Nou ja, u begrijpt wat ik bedoel. Ik wil niemand anders met mijn schulden opzadelen.'

Hij wist precies hoeveel – of beter gezegd hoe weinig – Jessica op haar rekening had staan; ze hadden net haar financiën doorgenomen. Aan haar blik zag hij echter dat ze vastbesloten was hem nu te betalen. 'Luister,' zei hij. 'U krijgt geen rekening.'

'Hoezo niet?' vroeg ze verward.

Dat gaf voor hem de doorslag. Ze vond echt dat ze geen voorkeursbehandeling verdiende, maar hij kon van haar toch geen geld aannemen? Soms ontmoette je mensen

– al was het maar een paar minuten of misschien een paar uur – en dan wist je gewoon dat ze je altijd zouden bijblijven.

Jessica Brown was zo iemand, en hij zou zich haar de rest van zijn leven herinneren.

Maar hij wist ook dat ze een trotse vrouw was.

'Goed, dit moet onder ons blijven, maar hier bij Kale and Grey hebben we een bepaalde... regeling. Om de beurt mogen we een cliënt die wel een mazzeltje kan gebruiken, gratis bijstaan. Nou, en deze week ben ik aan de beurt.' Hij haalde zijn schouders op. 'En ik wil dat u dat bent.'

'O! Echt waar?' Ze keek blij, maar ook lichtelijk achterdochtig.

'Ja, en als u weigert moet ik iemand anders aanwijzen. En dat zou ik jammer vinden.' Hij trok een gezicht. 'Stel je voor dat het iemand is die het uitgespaarde geld meteen vergokt of zo.'

Ze keek hem met haar blauwe ogen strak aan. Toen pakte ze haar wandelstok en stond langzaam op. 'In dat geval accepteer ik het graag. Heel erg bedankt.' Er brak een lach door op haar gezicht. 'Dat is ontzettend aardig, en het helpt me heel erg.'

'Mooi zo.' Hoewel hij haar het liefst even zou omhelzen, mocht hij dat niet doen. Hij was de advocaat, en zij de cliënt. Terwijl ze elkaar een hand gaven, legde hij uit dat hij haar de benodigde papieren zou opsturen en dat ze die ondertekend moest terugsturen. Toen hij de deur voor haar opendeed, zei hij nog: 'Evie kan trots zijn op haar moeder.'

Ze keek hem aan. 'Dank u, maar als u haar zou kennen, zou u weten dat ik degene ben die trots is op haar.'

De volgende cliënt, die al bellend ongeduldig heen en

weer drentelde door de wachtkamer, rolde met haar ogen toen Jessica moeizaam lopend met haar stok langs haar heen liep.

'Mrs. Barker?' zei Conor beleefd nadat Jessica de deur uit was. 'Hallo, ik ben...'

'Ik weet wie u bent, uw foto staat op de website.' Ze sprak meteen verder in haar telefoon. 'Oké, schat, ik ben eindelijk aan de beurt. Zullen we straks ergens wat gaan drinken? Kan ik je de laatste roddels vertellen, ha ha. Als alles volgens plan verloopt, trakteer ik op champagne! Bel je later... Ciao, ciao...'

Met de minuut kreeg Conor een grotere hekel aan Yasmin Barker. Ze was een vrouw van zesentwintig die er met haar opgeblazen lippen stukken ouder uitzag. Als de chirurg die haar borstimplantaten had geplaatst, rechtsonder een handtekening zou hebben gezet, was die zichtbaar geweest, zo diep was haar decolleté. Ze droeg een roze hotpants van glimmende kunststof en laarsjes met enorme hakken. Haar valse wimpers waren zeker vijf centimeter lang. En ze wilde per se van haar man scheiden.

'Ik noem hem ZZ,' vertelde ze schaterend. 'Hij denkt dat het Zalige Zack betekent, maar het staat voor Zeikstraal Zack. Ha ha!'

De vrouw was een regelrecht kreng. Conor verbaasde zich over haar openheid, hoewel hij inmiddels wist dat het hoorde bij het vak. Wanneer mensen je als advocaat in de arm namen, hadden ze het gevoel dat ze je alles konden vertellen. Ze betaalden je, dus hoefden ze niet te doen alsof. Yasmin was alleen maar voor het geld met Zack getrouwd, en inmiddels was er genoeg tijd verstreken – 'Tweeënhalf jaar! En iedere dag voelde als een maand!' – om zijn hele bezit op te eisen. 'Want dat heb ik verdomme wel verdiend! God, het enige wat die man doet, is klagen omdat ik met vrienden uitga en zeggen dat ik te veel geld aan kleren uitgeef! Ik kan niet wachten tot ik van hem af ben! Komt-ie erachter hoeveel geld hij echt aan me kwijt is! De zeikstraal.'

Twee uur later was Yasmin met zwaaiende heupen het gebouw uit gelopen. Conor had in de loop van zijn carrière geleerd om vervelende cliënten uit zijn hoofd te zetten en gewoon weer verder te gaan met zijn werk.

Vandaag was echter anders. Hij had het gevoel dat het gif van die twee onuitstaanbare cliënten in zijn huid was gedrongen en had een overweldigende aandrang om zich schoon te boenen.

En tussen die twee akelige cliënten in Jessica Brown. Hij zou haar aan hen willen voorstellen en zeggen dat háár situatie pas erg was. Hij zou ze door elkaar willen schudden en vertellen dat ze normaal moesten doen.

Dat kon natuurlijk niet, want hij was hun advocaat. Het ging er niet om hoe verachtelijk en egoïstisch ze waren. Het was zijn werk om hen te helpen met hun scheiding en zo veel mogelijk geld bij hun toekomstige ex los te peuteren.

O god, dit werk had een monster van hem gemaakt, want eigenlijk was hij geen haar beter.

Toen hij om halfzes zijn computer uitzette, kwam Margaret Kale zijn kantoor in.

'Conor, ik heb net naar je afspraken en factureringen van vandaag gekeken en ik zag dat je anderhalf uur aan Jessica Brown hebt besteed zonder daarvoor kosten in rekening te brengen.'

Hij haalde diep adem. 'Ik heb haar met haar testament geholpen. Ze heeft nog maar een paar weken te leven.'

74

'Ja, en?'

'Een uur ervan was tijdens mijn lunchpauze, en ik zal de firma gewoon mijn aandeel betalen, zodat jullie er niet op verliezen. Maar ik stuur haar geen rekening.'

'Mijn god, we zijn geen liefdadigheidsinstelling!'

'Dat weet ik.' Hij had natuurlijk gelogen toen hij Jessica had verteld dat het kantoor af en toe voor niets werkte. 'Maar het leek me wel een mooi gebaar.'

Margaret trok ongelovig haar dunne wenkbrauwen op. 'Ik vind het meer een stompzinnig gebaar. Als we ons dat soort zielige verhalen aantrekken, kunnen we ons werk niet meer doen.'

'Zoals ik al zei, zal het jullie geen cent kosten. Stuur me maar een factuur, als dat is wat je wil. Of breng het in mindering op mijn salaris. Wat maar het handigst is voor jou.' Het woord 'handigst' kwam er nogal smalend uit; de afkeer voor zijn baas kwam als gal naar boven.

'Prima, dan doe ik dat.' Ze boorde haar blik in de zijne. 'Maar ik vraag me af of je dat ook had gezegd als ik de factureringen niet had gecontroleerd. Misschien hoopte je stiekem wel dat ik er niets van zou merken.'

Conor wist ineens precies wat hem te doen stond. Hij voelde geen enkele angst. 'Jij merkt altijd alles, Margaret. Zeker als het om geld gaat.' Onder het praten stond hij op. 'Ik zou kunnen zeggen dat ik hier met plezier heb gewerkt, maar dat zou gelogen zijn.'

'Ga je weg? Prima.' Om haar smalle lippen verscheen een kille glimlach. 'Zal ik je eens iets vertellen, Conor? Je hebt hier nooit thuisgehoord. Je hebt je best gedaan om je aan te passen, maar je bent gewoon te soft.'

Haar woorden fleurden hem helemaal op; hij had dit al veel eerder moeten doen. Terwijl hij haar ook een glimlach schonk – een niet-kille – zei hij: 'Dank je, dat beschouw ik als een compliment.'

'Zo was het niet bedoeld,' zei ze. 'En nu wegwezen.'

Hij was weggegaan, en het was een van de mooiste dagen van zijn leven geweest. Jaren had hij op zijn tenen gelopen, bang om van de gebaande paden af te wijken.

Eindelijk kon hij iets gaan doen waar hij zich goed bij voelde.

Hij wist best dat hij geluk had. Na de dood van zijn vader had hij het ouderlijke huis in Keynsham geërfd, waar hij twee jaar geleden in was getrokken. Hoewel het eigenlijk te groot voor hem was, had hij er met plezier gewoond. Maar nu hij zijn baan kwijt was, moest hij op een andere manier aan geld zien te komen, en het had hem een goed idee geleken om het huis te verhuren.

Precies in die tijd had Zillah de twee bovenste verdiepingen van haar huis tot appartementjes laten verbouwen. Zillah en zijn vader waren heel lang bevriend geweest, en het idee voor de verbouwing was van hem gekomen. En nu kreeg Zillah op haar beurt het idee om het appartement vlak boven haar aan Conor te verhuren.

Wat een nieuwe baan betrof... Hij had lang nagedacht wat hij het liefst zou willen. En toen hij op een ochtend thuis uit het raam had gekeken, had hij het ineens geweten. Bij de buren waren de tuinmannen bezig de tuin op te ruimen. De mannen hadden ook altijd zijn vaders tuin gedaan, maar na zijn vaders dood had hij die taak zelf op zich genomen. Hij had het vreselijk gevonden om de mannen te ontslaan en had uitgelegd dat hij zelf erg van tuinieren hield.

Tot zijn opluchting waren ze niet eens geschrokken. Roddy, van wie het familiebedrijf was, had gezegd dat ze genoeg werk hadden en vaak mensen moesten teleurstellen, dus hoefde hij zich nergens schuldig over te voelen.

Terwijl hij Roddy en zijn zoon in de weer zag met snoeischaren en een grote heggenschaar, gezellig pratend onder het werk, wist hij ineens dat hij dat ook wilde. In tuinen werken, alles mooier maken en aan het eind van de dag geld krijgen van mensen die blij waren met wat je had gedaan.

Dat moest heel bevredigend zijn.

10

Terwijl Conor tegenover Essie aan Zillahs brede lichte eiken tafel zat, haalde hij zijn schouders op en zei: 'Dat was vier jaar geleden. Ik heb veel moeten leren over tuinieren, maar het is het beste wat ik ooit heb gedaan. Ik heb er geen seconde spijt van gehad.'

'Behalve dan die keer dat er een rat in een van je kaplaarzen zat,' zei Zillah. 'En toen je die laars wilde aantrekken, beet dat beest in je teen.'

'Behalve dan die keer,' gaf hij toe.

'Dat vind ik zo'n grappig verhaal. Ik moet er iedere keer weer om lachen,' zei Zillah.

'Als jou ooit iets traumatisch overkomt, vindt ze dat ook vast grappig,' zei Conor tegen Essie.

'Wel op een vriendelijke manier.' Zillahs donkere ogen glansden ondeugend. 'Maar Essie heeft haar portie trauma wel gehad, denk ik.'

'Dat is zo,' beaamde Conor. Essie had hem al verteld hoe

ze bij Zillah terecht was gekomen. 'Daarom vertelde ik het ook, want soms pakken dat soort dingen toch nog goed uit.'

'Fijn om te horen,' zei Essie. 'Laten we hopen dat dat voor mij ook geldt.'

'Precies wat ik ook dacht.' Zillah schonk zichzelf nog een kop thee in. 'Wat dat betreft lijken jullie op elkaar. Jullie zijn allebei op een onverwachte manier jullie baan kwijtgeraakt. Zoiets bindt.'

Geamuseerd schudde Conor zijn hoofd. Langzamerhand wist hij precies hoe Zillah te werk ging. Wat ze net had gezegd, betekende dat ze zat te bedenken of het niet iets kon worden tussen hem en Essie. Hij was dol op Zillah, maar ze was erop gespitst een vrouw voor hem te vinden en kon daarin behoorlijk vasthoudend zijn.

Ze zaten inmiddels zo'n twintig minuten te praten, en hij wist nu al dat hij Essie Phillips mocht. Ze was grappig en absoluut, zonder twijfel, ook aantrekkelijk, maar de vonk die nodig was tussen twee mensen was er niet. En hij wist dat dat ook voor haar gold. Die vonk was er of hij was er niet; je kon niet met je toverstafje zwaaien en hem tevoorschijn toveren.

Het kwam erop neer dat ze niet elkaars type waren.

'Trouwens, ik zag jullie vannacht heel laat thuiskomen,' zei Essie ineens. 'Hebben jullie iets leuks gedaan?'

Conor keek snel naar Zillah, die discreet haar hoofd schudde en zonder geluid te maken 'niet nu' zei. Niet dat het een geheim was, maar het was niet een-twee-drie uit te leggen waar ze mee bezig waren, en ze had zo een afspraak met haar leesclubje.

'Ik was bij een vriendin, en Conor heeft me opgehaald.' Ze dronk haar kopje leeg. 'Maar nu moet ik ervandoor; het is al bijna twaalf uur, en Audrey wordt vast boos als ik...'

'O god, is het al twaalf uur?' Essie keek geschrokken op haar horloge en stond meteen op. 'Dan moet ik ook weg.'

Essie haastte zich Percival Square over, zigzaggend tussen kinderwagens, buggy's en driewielertjes. Als een omgekeerde Assepoester arriveerde ze bij de Red House toen de klokken van Bath Abbey in de verte twaalf sloegen. Toen ze naar binnen liep, zag ze Jude achter de bar staan. Ze wuifde om haar aandacht te trekken. 'Is Lucas er?'

'Hoi! Hij is in zijn kantoor. Ga maar naar boven.'

'Dank je.' Essie liep door de gang naar de trap. Boven klopte ze aan en wachtte met ingehouden adem af.

Ze hoorde Lucas afwezig roepen: 'Ik kom zo!'

Na anderhalve minuut klopte ze weer aan. Deze keer deed hij de deur open. Toen hij haar zag staan, trok hij zijn wenkbrauwen op. 'O. Hallo.'

'Ik ben van gedachten veranderd.' Hoewel ze nog steeds kwaad op hem was om wat hij had gedaan, zou het stom zijn om de baan niet te nemen. 'Ik wil hier graag komen werken.'

'Aha. Je had tot twaalf uur de tijd om me dat te laten weten.' Hij keek op zijn horloge. 'Het is nu twee over.'

'Dat komt omdat ik twee minuten voor de deur heb staan wachten.'

'Sorry, maar ik had het uitzendbureau aan de lijn.' Zijn ogen glansden ondeugend.

'Echt waar? Of stond je soms uit het raam naar me te kijken terwijl ik het plein over rende?'

'Dat zou ook kunnen. Je maakte nogal een gehaaste indruk. Ik was even bang dat je over dat kind op die step zou struikelen.'

'Daar was ik ook even bang voor. Ze zouden die kinde-

79

ren moeten leren om hun hand uit te steken. Maar heb ik de baan?'

'Natuurlijk,' zei hij meteen. 'Dat heb ik je gisteravond al verteld.'

Oef.

Ze knikte. 'Had je verwacht dat ik terug zou komen?'

'Ik hoopte het. Kun je meteen beginnen?'

'Ja. Wordt het druk vanmiddag?'

'Vast wel. Er zijn een paar personeelsfeestjes geboekt.' Na een korte stilte vroeg hij: 'Nog nieuws op het vriendjesgebied?'

'Wil je weten of ik al een nieuwe vriend heb? Nee, nog niet.'

'Ik wilde weten of je nog wat van de oude had gehoord.'

'Nee,' antwoordde ze.

'Als er iets is wat ik kan doen...'

Nou, hij voelde zich in elk geval schuldig. En terecht. Maar hij zei het natuurlijk alleen maar uit beleefdheid, hij kon er toch niets aan veranderen. Ze schudde haar hoofd. 'Nee, ik heb die brief zelf geschreven, en dat vergeeft hij me nooit.' Misschien was Paul Lucas zelfs wel dankbaar, want door die brief was hij erachter gekomen hoe ze echt over zijn moeder dacht. Daar had hij geen flauw idee van gehad.

'Mis je hem?'

Meteen dacht ze aan haar laatste verjaardag, toen Paul haar op bed allemaal lekkers had gebracht, warme chocolademelk, een worstenbroodje en twee donuts, hoewel hij absoluut geen voorstander van dat soort eten was. Hij had dat gedaan omdat hij van haar hield. Hij had zelfs brandende kaarsjes in de donuts gestoken.

Ze had zoveel van die fijne herinneringen.

Ze keek Lucas aan. Wat een stomme vraag. 'Natuurlijk mis ik hem.'

'Nou ja, misschien verandert hij nog wel van gedachten. Over een paar dagen vindt hij misschien wel dat hij een beetje overdreven heeft gereageerd.'

Dacht hij dat echt? 'Dat betwijfel ik,' zei ze. 'Zal ik dan maar meteen aan het werk gaan?'

Hij keek haar strak aan, alsof hij nog iets wilde zeggen. Ze wachtte.

Na een tijdje knikte hij. 'Dat is goed.'

11

'Allemachtig!' Zillah wapperde met haar in handschoen gestoken hand voor haar gezicht. 'Wat een drukte. Gaat het?'

Het was de volgende ochtend, de laatste zondag voor kerst, en het aftellen was nu echt begonnen. Achter armen vol boodschappen zei Essie: 'Ja, hoor. En met u?'

'Schat, hoe vaak moet ik nog zeggen dat je gewoon "je" en "jij" kunt zeggen? Maar jij bent degene die alles moet dragen. Ik voel me net de koningin. Zullen we nog ergens koffie gaan drinken voordat we teruglopen? Even onze voeten wat rust geven?'

'Mij best.' Essie, die laarzen met lage hakken droeg, was onder de indruk van het gemak waarop Zillah zich op haar blauwe leren hoge hakken voortbewoog.

In een café in een zijstraatje was nog plaats. Ze gingen aan een tafel zitten en bestelden cappuccino en cake bij de serveerster.

'Je geeft je ogen graag de kost, hè?' zei Essie, nadat Zillah haar jas had uitgetrokken, haar oranje sjaaltje geschikt en nieuwsgierig om zich heen keek.

'Mensen boeien me gewoon. Ik vind het heerlijk om naar ze te kijken. Iedereen is op zijn eigen manier fascinerend, vind je niet?' Zillah bedankte de serveerster die hun bestelling bracht. 'Ik ben ook altijd nieuwsgierig naar het leven van andere mensen. Of misschien ben ik gewoon een bemoeial. Een van de twee.'

'Misschien is het dat wat je jong houdt,' merkte Essie op.

'Ha, ja, dat zou best eens kunnen. Ik heb nog lang geen zin om dood te gaan.' Ze schepte suiker in haar koffie. 'Er zijn zoveel mensen om naar te kijken en over te fantaseren.' Ze boog zich naar Essie toe en vervolgde fluisterend: 'Zie je die twee vrouwen daar bij het raam? Ze doen alsof ze elkaars beste vriendinnen zijn, maar eigenlijk kunnen ze elkaar niet uitstaan!'

'En dat kun je zo zien?' Essie vond het bewonderenswaardig.

'Ik ben geen helderziende, hoor.' Zillah begon te lachen. 'Die magere vrouw is de ex van mijn huisarts, en die blonde is zijn huidige vrouw.'

'Oef.'

'Hij is een fijne huisarts, maar hij heeft wel een zwak voor vrouwen. Daarom is het ook zo leuk om naar hem toe te gaan,' zei Zillah. 'En wat denk je van die twee mannen bij de deur?'

Ze kletsten nog even vrolijk door over de andere klanten en stapten toen over op de cadeautjes die ze net hadden gekocht, de paarse fluwelen baret bij Jolly's die Zillah bijna had aangeschaft, en waarom een Magnum met gezoutenkaramelsmaak lekkerder was dan een met pindakaassmaak.

Twintig minuten later, toen de koffie en cake op was, wenkte Zillah de serveerster voor de rekening. Voordat ze afrekende, zei ze fluisterend tegen haar: 'Ik wil ook graag betalen voor die dame daar in de hoek. Die in de grijze regenjas.'

'O!' De serveerster klonk verbaasd. 'Ze heeft thee gehad en citroencake. Is dat goed?'

Zillah knikte. 'Natuurlijk. Maar als ze om de rekening vraagt, moet je haar niet vertellen wie er heeft betaald, hoor.'

Essie keek naar de vrouw, die ze begin zeventig schatte. Ze had kort zilvergrijs haar en droeg bruine schoenen met versleten hakken. Haar regenjas zag er ook niet al te nieuw meer uit. Onder het theedrinken zat ze afwisselend naar buiten te staren en in een tijdschrift te bladeren dat voor haar lag.

Buiten vroeg Essie aan Zillah: 'Kende je haar?'

'Nee, schat. Maar ik vond haar er een beetje droevig uitzien.'

Essie knikte. 'Dat is waar.'

'Ze droeg een trouwring die te groot voor haar was, alsof ze erg was afgevallen, maar er geen afstand van kon doen. Misschien is haar man pas geleden gestorven en is dit haar eerste kerst zonder hem.'

'En daarom heb je haar rekening betaald?'

'Waarom niet? Misschien vrolijkt ze er een beetje van op.' Zillah lachte. 'Ik ben er in elk geval wel van opgefleurd.'

'Doe je dit de hele tijd?'

'Nee, alleen als ik er zin in heb. Het is leuk om te doen. Als je eenmaal zo oud bent als ik, is het fijn om een hobby te hebben.' Op ondeugende toon vervolgde ze: 'Heb ik toch nog een doel voor mijn onrechtmatig verkregen geld.'

Hoewel er net een bus langsdenderde, wist Essie bijna zeker dat Zillah 'onrechtmatig verkregen geld' had gezegd. Ze wilde ernaar vragen, maar Zillah bleef ineens theatraal staan en riep: 'Ik moet die paarse baret hebben. Ik vergeef het mezelf nooit als iemand anders hem koopt! Vind je het erg om nog even terug te lopen naar Jolly's?'

'Geen probleem,' zei Essie.

Onrechtmatig verkregen geld. Hm, intrigerend. En nu had Zillah ook ineens haar zinnen gezet op een baret... heel erg Bonnie en Clyde.

Misschien had ze ooit een bank beroofd.

De aanloop naar de feestdagen leek eindeloos te hebben geduurd, maar nu was het dan zover: het was kerst. Om negen uur 's ochtends aten Conor en Essie samen met Zillah in haar keuken een kerstontbijt bestaande uit gerookte zalm, jus d'orange en gekoelde prosecco. Daarna zouden hun wegen zich scheiden – Conor ging naar familie in Cirencester, Zillah bracht de dag met oude vrienden door in het Francis Hotel en Essie was bij Scarletts moeder uitgenodigd.

Om tien uur, toen Essie onder de douche stond, ging haar telefoon. Haar hart maakte een sprongetje, en met shampoo in haar ogen glibberde ze haastig over de tegelvloer van de badkamer om haar telefoon te pakken. Want het was kerst, en ging het in romantische films ook niet zo? Stel dat het Paul was?

Hij was het niet.

'Ho ho ho,' bulderde Scarlett boven de kerstmuziek op de achtergrond uit. 'Prettige kerst! Mijn moeder zegt dat je mag komen wanneer je wilt, maar dat de lunch om halfdrie op tafel staat. O, en ze heeft weer diezelfde vulling gemaakt, met appels en rozijnen, omdat ze weet dat jij die zo lekker vindt.'

'Daarom hou ik nou zoveel van haar,' zei Essie geroerd. 'Ik kom er zo aan.'

Veertig minuten later, gekleed in een feestelijk rood jurkje en een zwarte kanten panty, legde ze net de laatste hand aan haar make-up toen er werd aangebeld.

Haar hart, als een eeuwig optimistische pup, maakte weer een sprongetje.

Want stel dat Paul vanochtend wakker was geworden met de gedachte dat hij geen seconde langer meer zonder haar kon, dat zijn leven zinloos was geworden en dat hij haar per se moest vertellen wat hij voelde? Stel dat hij op dit moment op de stoep stond, met een enorme bos bloemen, om haar te vertellen dat hij nog steeds van haar hield en haar te smeken om hem zijn overdreven reactie te vergeven?

Stel dat ze zo meteen in zo'n filmscène terecht zou komen, met sneeuw die uit de lucht dwarrelde en kerstliedjes op de achtergrond, en Paul die, met een kerstmuts scheef op zijn hoofd, haar in zijn armen nam?

O nee, dat laatste moest eruit. Hoe romantisch Paul af en toe ook uit de hoek kon komen, hij zou nooit een kerstmuts dragen.

Essie legde haar lippenstift neer en probeerde zo rustig mogelijk adem te halen. Ja, ze kon heel erg goed single zijn, maar ze miste het om de helft van een stel te zijn. Beneden hoorde ze de voordeur opengaan. Ze rende expres niet naar het raam, want dat zou vast meteen een einde maken aan haar fantasie; daarom verroerde ze zich niet en bleef naar zichzelf in de spiegel zitten staren.

Zou het Paul zijn?

Toen hoorde ze Conor naar boven roepen: 'Essie? Iemand voor jou!'

Het is hem! Het is hem! Het gebeurt echt!

Gek genoeg was haar volgende gedachte dat ze rode lippenstift droeg en dat Paul daar niet van hield. Ze pakte snel een tissue en begon haar lippen schoon te boenen.

Boven aan de trap – niet vallen, niet vallen – riep ze zo nonchalant mogelijk, maar toch feestelijk: 'Ik kom eraan!'

Oké, hou je vast aan de leuning, wacht op de muziek en doe dan stomverbaasd als je hem ziet.

En o ja, vergeet niet er schattig bij te kijken.

'Hoi,' zei Lucas. 'Prettige kerst.'

De muziek bleef uit. Maar haar verbaasde gezicht was onovertroffen. Terwijl ze elkaar aankeken, drong het tot Essie door dat het haar niet alleen niet was gelukt om haar teleurstelling te verbergen, maar dat hij ook precies wist waarom ze teleurgesteld was.

Wat een vernedering.

'Sorry, ik ben het maar.' Hij droeg een zwarte jeans en een lichtgrijze trui met v-hals en opgestroopte mouwen. 'Ik zit met een probleem, en als je niet wilt, moet je gewoon nee zeggen, maar ik vraag het je toch. Jude zou me met de lunch helpen, maar ze is ziek. Echt ziek, niet zoals Henry met zijn smoesjes. Zou je misschien kunnen invallen? We zijn alleen maar open van twaalf tot twee. Maar zoals ik al zei, als je niet kunt, is dat oké.'

Hij keek haar afwachtend aan. Natuurlijk was het niet oké, maar het was ook geen zaak van leven of dood. De Red House was een café, geen operatiezaal.

'Als ik nee zeg, weet je dan nog iemand anders die je kan helpen?'

'Niet echt. Ik heb iedereen al geprobeerd, maar ze zitten allemaal bij familie. Jij bent de laatste die ik het vraag.'

'O.'

'Omdat ik ervan uitging dat je toch nee zou zeggen.'

'Hm.' Het was best begrijpelijk dat hij dat dacht.

'Het telt als overwerk,' zei hij. 'Dus dubbel betaald.'

Essie sloeg haar armen om zich heen, want ze werd zich ineens bewust van een koude bries. 'Ik zou vandaag naar een vriendin gaan. Haar moeder zorgt voor de lunch. Ik word om halfdrie verwacht.'

'Waar woont ze?'

'Bradford on Avon.' Het was een klein marktstadje op ongeveer tien kilometer van Bath.

Lucas dacht even na. 'Wat als ik ervoor zorg dat we om kwart over twee weg kunnen en je er dan naartoe breng met de auto? Dan ben je nog op tijd voor de lunch.'

Dubbel betaald.

En ze hoefde geen taxi te nemen.

Bovendien zouden de lunchgasten vast goede fooien geven met kerst.

'Oké dan, ik doe het,' zei ze. 'Je ziet me om twaalf uur verschijnen.'

'Dank je. Je bent te gek,' zei hij zichtbaar opgelucht.

'Ik weet het.'

12

'En?' vroeg de taxichauffeur die haar later op de avond naar huis bracht. 'Fijne dag gehad?'

'Fantastisch.' Essie onderdrukte een gaap, want het was

een leuke, maar erg vermoeiende dag geweest. De Red House was bijna uit zijn voegen gebarsten met de vele vrolijke klanten in feestelijke truien en met engelenhaar om hun nek. Daarna had Lucas haar zoals beloofd naar Bradford on Avon gereden, waar ze net op tijd was gearriveerd voor een luidruchtige lunch met in totaal tien gasten. Nadat ze ongeveer haar eigen gewicht aan kalkoen, verrukkelijke gebakken aardappels en heel veel groente had gegeten, had ze de rest van de middag en avond wilde spelletjes gedaan met de hyperactieve neefjes en nichtjes van Scarlett.

En hoewel ze hartstikke vol zat, had Scarletts moeder, Kim, haar een hele verzameling plastic bakjes meegegeven, waar van alles in zat, van zoete pasteitjes en een halve gerookte ham tot een hele camembert. 'Misschien dat je straks nog trek krijgt,' had ze erbij gezegd.

Toen de taxi voor nummer 23 stopte, zag Essie tot haar vreugde licht branden in Zillahs huiskamer. Al woonde ze er pas een week, het voelde al helemaal als haar thuis, en ze was benieuwd hoe Zillahs dag was geweest.

In de gang zag ze dat Conor ook terug was. Hij hielp haar met haar tassen. 'Kom verder, we zitten in de keuken. Heb je zin in een pasteitje? Zillah en ik hebben er samen twintig meegekregen.'

Essie hield een van de plastic bakjes op. 'Maak daar maar dertig van.'

'Hallo, schat!' Zillah was thee aan het zetten. 'Wil je iets drinken? Champagne of thee? Ga zitten en neem wat kaas; we krijgen dit nooit op.'

Omdat Zillah en Conor geen van beiden champagne dronken, koos Essie ook voor thee. Ze vertelden elkaar hoe hun dag was geweest, maar Essie had het gevoel dat er iets was. Er hing een soort... onrust, dat was het woord, alsof ze nog iets of iemand verwachtten.

Twintig minuten later ging Zillahs telefoon.

Essie zag dat Conor en Zillah allebei opschrokken, en ze begreep dat ze daarop hadden zitten wachten. Hoewel ze net van plan was geweest om naar boven te gaan, bleef ze nog even.

'Hallo?' Zillah keek naar Conor, terwijl ze opnam en luisterde naar de stem aan de andere kant van de lijn. 'Goed. Dan zien we jullie zo.' Ze knikte naar Conor en glimlachte, maar het was meer een zakelijk lachje dan een vrolijk. 'Ja ja, dan zijn wij er ook.'

Ze verbrak de verbinding en stond op. 'Het gaat door.'

'Mooi,' zei Conor. 'Ik pak mijn spullen even en dan gaan we.'

Essie begreep dat het voor hen allebei belangrijk was, wat het dan ook was. Ze keek Zillah aan: 'Mag ik ook weten wat jullie van plan zijn? Of gaat het me niks aan? Sorry, laat ook maar. Ik heb niks gezegd.' Het drong ineens tot haar door dat dit verband hield met die keer dat ze hen in het holst van de nacht had zien thuiskomen.

'Schat, zo geheim is het nu ook weer niet. Zou je met ons mee willen of ben je daar nu te moe voor?' Zillah blies de kaarsen op tafel uit en kneep met haar vingers in de nog rokende lonten om er zeker van te zijn dat ze helemaal uit waren. 'Zeg het maar.'

'Dat hangt ervan af. Als jullie nu een marathon gaan lopen, ga ik liever naar bed. Maar ik weet niet wat jullie precies gaan doen.'

Ondertussen was Conor de keuken weer in gekomen, gekleed in een warm jack en met een fototoestel om zijn nek.

'Oké,' zei Zillah. 'Weet je nog dat we in dat café die vrouw aan die tafel in de hoek zagen zitten?'

'Ja.' Essie begreep totaal niet wat dat ermee te maken had.

'Nou, dit is ook zoiets, maar dan anders,' zei Zillah, terwijl ze een roze stola omsloeg en keek of ze haar handschoenen bij zich had.

Op straat was het stil zo laat op de avond. Ze verlieten de stad en reden in een lichte mist over smalle, bochtige weggetjes. Omdat Conor vond dat Zillah 's avonds veel te hard reed, zat hij achter het stuur en zaten Zillah en Essie op de achterbank, zodat Zillah haar kon uitleggen wat ze gingen doen.

'Vorig jaar was ik op bezoek bij een oude vriendin in Amsterdam,' begon ze. 'Op een avond, onder het eten, vertelde ze me over een organisatie die ze daar hebben. Stichting Ambulance Wens. Die is in 2006 opgezet door een ambulancechauffeur die op een dag met een doodzieke patiënt van het ene ziekenhuis naar het andere moest rijden. Toen ze bij het tweede ziekenhuis te horen kregen dat de patiënt pas over een paar uur kon worden opgenomen, vroeg de chauffeur aan de patiënt of er nog iets was wat hij heel graag zou willen doen. En de patiënt zei dat hij graag naar de Rotterdamse haven zou willen, om er afscheid van te nemen. En dat hebben ze toen gedaan. Die man was zo blij, want hij had daar zijn hele leven gewerkt.'

'Wat een mooi verhaal,' zei Essie.

'Ja, hè? En die ambulancechauffeur vond het zo ontroerend dat hij ervoor heeft gezorgd dat die man een paar dagen later op zijn brancard op een boot een tocht door de haven kon maken. Het was een klein gebaar dat een enorme impact had. Het betekende zoveel voor die man. En het verhaal raakte me diep. Want ik wist wel dat er allerlei stichtingen zijn die wensen van kinderen vervullen... en dat is natuurlijk ook fantastisch. Dat ze bijvoorbeeld met hun hele familie naar Disneyland gaan, iets wat iedereen zich altijd zal blijven herinneren... Maar die ambulancechauffeur ontdekte dat mensen die aan bed gekluisterd zijn en niet lang meer te leven hebben, vaak met heel kleine dingen blij kunnen worden gemaakt.'

'Ik heb daar nog nooit bij stilgestaan,' zei Essie.

'Ik ook niet, tot mijn vriendin erover vertelde. Maar ik moest er daarna steeds aan denken. In Nederland is die stichting echt groot geworden. Ze hebben inmiddels honderden vrijwilligers en een aantal ambulances tot hun beschikking, en er zijn al duizenden wensen vervuld. Ik ben al drieëntachtig,' vervolgde Zillah. 'Op mijn leeftijd kan ik zoiets niet meer opzetten. Maar het zou zo fijn zijn geweest als er zoiets had bestaan toen mijn lieve man op sterven lag. Dus nu probeer ik mijn eigen kleine bescheiden bijdrage te leveren door af en toe een wens te vervullen. En dat gaan we nu ook doen. Ik heb het je niet eerder verteld, omdat ik niet wilde dat je je verplicht zou voelen om mee te gaan, vooral niet op kerstavond.'

Tien minuten later kwamen ze aan bij St Paul's Hospice. Het was een modern gebouw van één verdieping met een grote, goed onderhouden, parkachtige tuin eromheen. Essie had er wel eens van gehoord – de liefdadigheidsinstelling had ook een paar winkels in de streek – maar ze was er nog nooit geweest.

Boven aan de oprijlaan stond al een ambulance te wachten, en in de schemerige receptieruimte was beweging zichtbaar.

Toen ze uitstapten, vroeg Essie: 'Vinden ze het niet erg dat ik erbij ben?'

Zillah schudde haar hoofd. 'Niet als je bij ons hoort.'

Toch hield Essie zich een beetje op de achtergrond en bleef ze onder de overdekte ingang staan, terwijl Zillah vriendelijk een erg oude man begroette die naast de balie stond te wachten. Hij had achterovergekamd grijs haar en een Errol Flynn-snorretje en hij droeg een lange donkere winterjas.

'Is dat 'm?' vroeg ze fluisterend aan Conor naast haar. 'Ik had een zieker iemand verwacht.'

Meteen kon ze zichzelf wel voor de kop slaan, want ze had het nog niet gezegd of er gingen twee glazen deuren open. Twee verplegers duwden een brancard. Naast hen liep een mollige vrouw van middelbare leeftijd, en Essie zag dat de patiënt een doodsbleke oude vrouw was die nog hooguit vijfendertig kilo woog.

'Ik schaam me dood,' zei ze.

'Geeft niks.' Conor hield de voordeur vast open. De zieke vrouw droeg een zuurstofmasker en had een infuus in haar linkerarm, maar ze glimlachte en fluisterde wat tegen haar man toen ze langs hem werd gereden.

Even later vertrok de ambulance. Nadat er bloemen in de kofferbak van Zillahs Mercedes waren gelegd, nam Conor weer plaats achter het stuur.

Ze volgden de ambulance. Het was een rit van een halfuur. Toen ze eindelijk aankwamen in Alton Tarville, een klein dorp in de Cotswolds, bracht Conor de auto achter de ambulance tot stilstand op de smalle oprijlaan van het eenvoudige, twaalfde-eeuwse kerkje.

De dominee stond hen al op te wachten. Terwijl Essie met Conor de bloemen naar binnen droeg, keek ze verwonderd naar de glas-in-loodramen, die werden verlicht door rijen ivoorkleurige kaarsen. Ook naast het altaar stonden kaarsen, en de koorbanken waren versierd met hulst en klimop. De verwarming was aan, en het rook er naar vocht en stof en oude stenen en bijenwas.

Ze legden de bloemen zo mooi mogelijk neer. De organist nam plaats achter het orgel. Op een teken van de dominee begon hij te spelen, en de bekende klanken van Wagners 'Bruidsmars' vulden de kerk.

Toen ging de zware eikenhouten deur open. De vrouw van middelbare leeftijd – van beroep arts, maar nu niet in functie, zoals Essie was verteld – liep voor de brancard uit door het gangpad en knikte glimlachend naar de aanwezigen om hun te laten weten dat alles goed ging.

John, de man met het Errol Flynn-snorretje, had zijn jas uitgetrokken en bleek een mooi grijs pak te dragen met een witte roos in zijn knoopsgat. Hij hield de hand van zijn vrouw – met wie hij al zesenvijftig jaar getrouwd was – vast, terwijl ze samen naar het altaar gingen. De twee bebaarde, ernstig kijkende ambulancebroeders in hun groene uniformen vormden de achterhoede, als twee overjarige bruidsjonkers.

De muziek zwol aan, en Essie zag de blik van vreugde op het gezicht van Johns vrouw, Elizabeth, terwijl hij liefdevol in haar hand kneep.

Toen de organist klaar was, begon de dominee te spreken. Hij had het over de trouwdag van John en Elizabeth, lang geleden, in deze kerk, en over hun gelukkige huwelijk. Elizabeth bleef haar geliefde man aankijken, terwijl ze opnieuw hun gelofte aflegden, en toen het voorbij was, boog John zich voorover om haar een oneindig tedere kus te geven.

Alle aanwezigen, ook de stoere ambulancebroeders, kregen tranen in hun ogen. Daarna speelde de organist de

'Bruidsmars' van Mendelssohn. Conor, die discreet al wat foto's had gemaakt tijdens het afleggen van de gelofte, liep naar voren om nog een paar foto's te maken. Essie wist inmiddels dat dat zijn taak was bij dit soort gelegenheden. Elizabeths huisarts had ervoor gezorgd dat ze hier van-avond waren; Elizabeth ging zo snel achteruit dat ze waar-schijnlijk het nieuwe jaar niet meer zou halen. Maar het was haar diepste wens geweest om nog een keer naar St Mary's te gaan en opnieuw de gelofte af te leggen met haar echtgenoot, die ze al die jaren had aanbeden.

En voor John zouden Conors foto's een kostbare herin-nering zijn aan deze bijzondere avond.

Na afloop verzamelde iedereen zich bij de zware eiken-houten deur, waar ze bedankt werden door John en Eliza-beth.

'Jullie zijn engelen,' zei Elizabeth met zwakke stem, ter-wijl ze Essies hand beetpakte. 'Dit betekent heel veel voor ons.'

En Essie kon naar alle eerlijkheid zeggen: 'Ik had het voor geen goud willen missen.'

13

Met Scarlett wist je nooit op wie ze verliefd zou worden. Ze viel op heel diverse types.

Terwijl Essie naar haar keek, dacht ze terug aan de vele vriendjes die haar vriendin de afgelopen jaren had gehad en weer afgeschaft. Er had van alles wat bij gezeten.

De meeste mensen kozen steeds hetzelfde snoepje uit

een snoeptrommel van Quality Street. Zo was Essie zelf bijvoorbeeld gek op die met hazelnoot, in een paarse wikkel.

Maar als je Scarlett liet kiezen uit de trommel, zou ze iedere keer een ander snoepje nemen. En met mannen was ze precies zo. Haar laatste ex, Pete, was een motormonteur met een lange zwarte vlecht. De vriend ervoor, Pablo, was een accountant in een strak pak.

En nu had ze duidelijk haar oog op Conor laten vallen.

De hamvraag was: viel Conor ook op haar?

Het was 4 januari, een ijskoude dag. Lucas was een paar uur eerder, rond tienen, vertrokken voor een vergadering en had het personeel gevraagd om alle kerstversieringen weg te halen. Toen alles weer in dozen zat, en de boom naar de binnenplaats was gesleept, waar hij de rest van zijn naalden kon laten vallen, had Essie gejammerd: 'O, wat kaal lijkt het nu! De muren zien er zo leeg en droevig uit.'

Waarop Jude had gezegd: 'Maak je niet druk. Het komt zo weer goed.'

En Scarlett, die even was komen binnenwippen om haar handen en voeten te warmen, zei: 'Ik ben heel handig met verfbussen, dus als je een soort Banksy-graffiti op de muur wilt...'

Een halfuur later was Conor het café binnen komen lopen. Essie had hem verbaasd begroet. 'O, daar heb je Conor!'

Achter haar had Scarlett op haar speciale toontje gezegd: 'O, hallo daar.'

Conor had een tekenmap bij zich die hij op een van de lege tafels legde. Terwijl hij hem openritste, liep Scarlett naar hem toe. 'Hoi, Conor! Nu leer ik je eindelijk kennen! Ik ben Scarlett!'

Er schoten nog net geen cartoonhartjes uit haar ogen, maar het scheelde niet veel.

Geamuseerd wendde Essie haar blik af en keek naar de foto's die uit de map kwamen. 'Zijn die van jou?'

'Nee, ik heb ze net op een bankje in het park gevonden. Nou goed? Ja, ze zijn van mij.'

Essie had de kleurenfoto's gezien die hij van Elizabeth en John in de kerk had gemaakt, en ze wist dat fotograferen zijn hobby was, maar daarbij had ze zich dingen als landschappen en misschien af en toe wat tuinen voorgesteld.

Dit waren echter opvallende zwart-witportretten die op straat in Bath waren genomen. En ze waren prachtig.

'O, je bent fotograaf!' riep Scarlett uit. 'Dat had Essie me niet verteld! Cool, zeg!'

'Essie wist het niet,' zei Essie.

'Ach, ik wil er niet mee te koop lopen.' Conor haalde zijn schouders op. 'Ik vind het gewoon leuk om mensen te fotograferen. Vooral gezichten fascineren me.'

'O, dan moet je een paar foto's van mij nemen!' Scarlett zoog haar wangen naar binnen en tuitte haar lippen. 'Ik vind het heerlijk om gefotografeerd te worden.'

'Goh, laat ik dat nou nooit hebben gedacht,' zei Conor droog.

Jude, die naar de opslagruimte was verdwenen, kwam terug met een stapel lijsten. 'Essie zei dat ze de muren zo kaal vond. Ik heb gezegd dat ze zich niet druk moest maken en dat het vanzelf weer in orde zou komen. Sommige vaste klanten hebben al gevraagd wanneer je foto's weer zouden worden opgehangen.'

Essie was onder de indruk. 'Hebben ze hier voor kerst dan ook gehangen?'

'Ja, maar dat waren andere. Dit zijn nieuwe. Ik heb deze de afgelopen twee weken gemaakt.'

Het waren prachtige portretten van mensen die hij op straat tegenkwam. Sommigen keken recht de camera in, waardoor je niet om ze heen kon. Anderen keken weg, zodat je je vrij voelde om ze te bestuderen. Sommige foto's waren bevreemdend; andere rustig, klassiek. Maar bij elke foto werd je nieuwsgierig naar de mens achter het portret.

'Die zijn goed, zeg,' zei Essie. 'Ik bedoel, echt heel erg goed.'

'Dank je. Ik ben tijdens mijn studie met fotograferen begonnen. Ik doe het al jaren.' Hij haalde een foto op A4-formaat uit de map; de geportretteerde was een breeduit grijnzende vrouw van in de zestig. 'Wat vertelt dit portret je?'

'Ze kijkt ondeugend.'

'Ze was net op weg naar de winkel om foeilelijke pantoffels terug te brengen die ze met kerst van haar schoonzus had gekregen. Ze zei dat ze van het geld een fles gin ging kopen.'

De foto's waren al snel achter het plexiglas in de lijsten geschoven. Het waren er twaalf in totaal, en toen ze eenmaal hingen, zagen de muren er niet meer kaal uit. De klanten vonden de foto's mooi en verheugden zich steevast op de volgende serie. Jude vertelde dat de gefotografeerde mensen om de week op zondagavond werden uitgenodigd om iets te komen drinken. Ze konden dan met elkaar kennismaken en kregen na afloop hun foto mee naar huis. De maandag daarna werden er nieuwe foto's opgehangen.

'Het is een groot succes,' zei Jude. 'In het begin was het gewoon de bedoeling dat er iets interessants aan de muren hing, maar het werd steeds populairder, vooral onder de singles die hier komen. Want zo konden ze hier andere singles leren kennen, en door de foto's hadden ze ook iets om over te praten. Dus eigenlijk is het per ongeluk een heel evenement geworden.'

'Wat leuk!' zei Essie.

'Nou, ik ben ook single,' zei Scarlett. 'En ik ben echt van plan om in het vervolg naar die avonden te komen.' Ze keek Conor stralend aan. 'Ik meende het, hoor, wat ik daarnet zei. Ik wil heel graag dat je me fotografeert en dat ik dan hier aan de muur kom te hangen.'

'Ik wil best wat foto's van je maken,' zei Conor. 'Maar de foto's die hier komen te hangen, zijn juist meestal van mensen die nooit zouden vragen of ik ze wilde fotograferen.'

'Je bedoelt lelijke mensen.' Een beetje beledigd wees Scarlett naar het portret van een oude man met een gezicht vol rimpels, die in de camera lachte, zodat je kon zien dat hij één tand miste en ook een gouden tand had.

'Niemand is lelijk,' zei Conor vriendelijk. 'Ik hou van interessante gezichten.'

'Mijn gezicht is niet interessant, bedoel je?'

'Laat eens zien hoe je zou kijken.'

Onmiddellijk zoog Scarlett haar wangen weer naar binnen en tuitte haar lippen.

'En nu jij.' Conor wendde zich tot Essie, die meteen haar wangen bol maakte en hem scheel aankeek.

Hij lachte. 'Kijk, dat zegt veel meer over iemand.'

'Het zegt alleen maar dat Essie het niet erg vindt om er debiel uit te zien,' zei Scarlett.

Hij pakte zijn telefoon en hield hem voor haar. 'Oké dan, kijk jij eens zo?'

'Ik ga echt niet zo op de foto!'

'Jammer.' Geamuseerd stopte Conor zijn toestel weer in zijn zak. 'Ik had hem graag als screenshot gebruikt. Nou ja, pech.'

'God, wat een irritante man,' zei Scarlett toen Conor was vertrokken.

'Ik dacht dat je op hem viel.'

'Ja, dat doe ik ook. Daarom is het zo irritant dat hij irritant is!'

Essie klopte troostend op haar schouder. 'Je vindt hem alleen maar irritant omdat hij niet op jou valt.'

'Nog niet,' verbeterde Scarlett haar. 'Maar dat komt nog wel. Sommige mannen hebben gewoon een beetje tijd nodig.'

'En een duwtje in de goede richting.'

'Ja, en daar kun jij me mooi mee helpen. Als jij nu eens een goed woordje voor me doet?' Scarlett dronk haar glas cola leeg en trok haar kleurige handschoenen zonder vingers aan. 'Oké, ik moet weer naar mijn werk. Niet vergeten, hè? Gewoon steeds zeggen dat ik fantastisch ben.'

Essie glimlachte om Scarletts eindeloze optimisme, wat ze zo'n beetje haar allerleukste eigenschap vond. 'Dat zal ik doen, iedere keer dat ik met hem praat.'

'En ik kom zondagavond ook. Hoe kan ik hem zover krijgen dat hij wel op mij valt? O, ik weet het al!'

'Wat dan?'

'Hij is toch tuinman? Ik verf gewoon mijn haar groen. Dat zal hij te gek vinden!'

'Je bent nieuw hier, hè?' zei het meisje dat aan de bar kwam staan.

Essie knikte. 'Ja.'

'Mag ik iets uitproberen? Ik ben er meestal erg goed in. Kijk me eens in de ogen... ja, zo... Oké, ik denk dat je naam begint met een E. Klopt dat?'

Essie glimlachte beleefd; ze snapte al waar het heen ging.

'E... s... s... i... e...' Het meisje keek haar verwachtingsvol aan. 'Zo heet je toch? Heb ik gelijk?'

'Ja, heel knap.' De afgelopen week was ze niet meer zo vaak herinnerd aan het fiasco met de via internet versprei- de brief, maar heel af en toen herkenden mensen haar nog.

'Ik hou je voor de gek,' zei het meisje. 'Lucas heeft me verteld dat hij een nieuw meisje in dienst had genomen. Hoi, ik ben Giselle.'

'O ja. Hoi,' zei Essie opgelucht. Ze wist dat Lucas een vriendin had die Giselle heette. Ze was verpleegster en werkte in Bath, maar ze had kerst en oud en nieuw door- gebracht bij haar familie op het Isle of Skye. En nu was ze terug. Ze was heel aantrekkelijk, vond Essie, met haar grote bruine ogen, haar gladde porseleinachtige huid en haar kastanjebruine krullen die waren samengebonden met een oranje sjaaltje.

'Is hij hier?' vroeg ze met een prachtig Schots accent.

'Sorry, nee, hij is nog niet terug. Maar hij zal zo wel ko- men. Wil je iets drinken?'

'Nee, dank je.' Nadat Giselle zich ervan had vergewist dat er niemand meeluisterde, zei ze: 'Hij heeft me verteld over die mail. Wat een nachtmerrie moet dat zijn geweest.'

'Dat kun je wel zeggen,' zei Essie aarzelend, want ze wist niet wat Lucas haar precies had verteld.

Alsof Giselle haar gedachten kon lezen, zei ze: 'Ik weet dat niemand anders het weet, maar ik ben zijn vriendin. Ik ken het hele verhaal. Het was heel stom wat hij heeft gedaan. Echt iets voor mannen. Die denken gewoon niet na voordat ze iets doen. Maar gelukkig heb je weer werk. Hij zegt dat je het heel goed doet. Dus dat is fantastisch.'

Essie dwong zichzelf om te glimlachen. Ze snapte dat Giselle er luchtig over deed omdat ze haar vriend wilde verdedigen, maar het bleef erg. Zou ze er dan echt niet mee zitten dat haar vriend zoiets had gedaan?

'Doe me toch maar iets te drinken. Rum-cola,' zei Giselle. Terwijl ze op haar buik klopte, vertrouwde ze Essie toe: 'Ik heb Lucas al twee weken niet gezien en ik heb gewoon vlinders in mijn buik. Stom, hè? Het is net alsof ik weer zestien ben.'

Even later kwam Jude terug van haar lunchpauze. Ze begroette Lucas' vriendin enthousiast. Essie, die al wist dat het personeel dol was op Giselle, vroeg zich af hoe het kon dat Lucas zo'n aardig meisje aan de haak had weten te slaan.

Jude begon Giselle te vertellen wat ze de afgelopen weken allemaal had gemist, en Giselle pakte haar telefoon om hun foto's te laten zien van de sneeuw in Kinlara, en van de Schotse feesten die ze met haar familie had bezocht.

Toen ging de deur van de Red House open. Het was Lucas. Hij begon helemaal te stralen toen hij Giselle zag, en Giselle zei met glanzende ogen: 'Hallo, hoe heet jij? Je ziet er goed uit.'

Hij grinnikte. 'God, wat heb ik je gemist.'

'Niet zo erg als ik jou. Als ik nu naar je toe ren en in je armen duik, zoals in *Dirty Dancing*, vang je me dan op?'

'Na twee weken feestelijke etentjes? Laten we dat risico maar niet nemen.'

Giselle, die zo slank was dat ze het niet als een belediging hoefde op te vatten, zei: 'O Lucas, kom hier. Die twee weken zonder jou duurden zo akelig lang.'

Ze omhelsden elkaar, en het was eigenlijk behoorlijk schattig. Essie had het gevoel alsof ze naar het einde van een romantische film keek. Ze kusten elkaar vol liefde, maar zonder dat de omstanders zich gegeneerd hoefden te voelen. Lucas had zijn hand in Giselles nek gelegd en zij streelde zijn gezicht, terwijl ze glimlachend iets fluisterde wat alleen hij kon horen.

Lucas glimlachte ook. Het was wel duidelijk wat ze had gezegd. Hij sloeg zijn arm om Giselles middel en gaf haar een zacht kneepje.

'Oké, aangezien het niet druk is, geef ik jou de leiding,' zei hij tegen Jude. 'Tot later, mensen.'

'Rara wat die twee nu gaan doen,' zei Jude, terwijl Lucas en Giselle naar zijn flat boven de zaak verdwenen.

Een van de vaste klanten zei: 'Ik denk dat Lucas zijn kerstcadeau gaat uitpakken.'

14

Omdat het de eerste week van januari rustig was geweest in het café, was iedereen verbaasd over de drukte op zondagavond. Om acht uur 's avonds was het er stampvol, en Conor moest zelfs in de rij staan voor zijn bestelling aan de bar. De sterren van de avond bleken Mary van de teruggebrachte pantoffels en Jethro met de gouden tand te zijn. Genietend van hun kortstondige roem begroetten ze de andere gasten en vertelden sappige verhalen over hun leven.

Jethro had om een glas Guinness gevraagd en Mary wilde een brandy met perencider. Ze had die mix als tiener altijd gedronken en hoopte dat ze zich weer net zo jong zou gaan voelen.

Niemand wist of perencider nog wel werd geschonken in cafés.

Conor verplaatste zijn gewicht ongeduldig van de ene op de andere voet en wilde dat de klant voor hem eens opschoot. Het was een vrouw van achter in de dertig, met geblondeerd haar en een schreeuwerige stem. Haar parfum was overdreven aanwezig, en ze droeg een ietwat te strakke gestreepte jurk, waardoor ze eruitzag als een gigantische wesp. De zware oranjeachtige make-up was zichtbaar donkerder op haar gezicht dan in haar hals.

Maar het ergste was nog dat ze haar drankjes al had gekregen en toch op luide toon bleef praten met Lucas, die achter de bar stond.

'Mijn god, wat is het hier druk,' hoorde Conor haar zeggen. 'We zijn hier nooit eerder geweest, maar een vriendin zei dat het altijd leuk was, dus dat wilden we wel eens zien. Slim hoor, die foto's. Zo trek je wel klanten.'

Conor slaakte een diepe zucht, want de vrouw had de twee glazen wijn nog steeds niet afgerekend.

De vrouw draaide zich meteen om. 'Zeg, wil je daarmee ophouden?'

'Ik haalde gewoon adem,' zei Conor kalm.

'Nee, je hijgde in mijn nek!'

'Ik adem in je nek omdat ik achter jou op mijn beurt sta te wachten.'

'Moet dat zo uitgebreid dan? Gedraag je een beetje, zeiksnor.'

Zeiksnor?

'Ik zal het proberen,' zei Conor. 'Maar misschien kun je nu je portemonnee pakken en afrekenen. Dan kunnen we allemaal verdergaan met ons leven.'

Het was niets voor hem om zo te reageren, maar soms vroeg iemand er gewoon om.

'Nou, je bent wel een lachebekje, hè? Ooit geprobeerd om een beetje lol te maken? Nee, duidelijk niet. Ik heb gewoon medelijden met degene die kerst met jou heeft moeten vieren. Wat zal dat gezellig zijn geweest.'

Lucas vond het gesprek heel vermakelijk. In plaats van de boel proberen te sussen, gooide hij nog wat olie op het vuur. 'Dit is duidelijk een geval van liefde op het eerste gezicht,' zei hij.

God, het idee alleen al, dacht Conor. Tegen de luidruchtige vrouw zei hij: 'En ik vraag me af hoe jouw kerstgezelschap het heeft overleefd. Iedereen had zeker oordopjes in.'

De vrouw wierp hem een moordlustige blik toe. 'Ik moest zo hard praten om boven dat gehijg van jou uit te komen.'

Conor keek naar Lucas, die proestte van het lachen. 'Als je klaar bent, mag ik dan een Guinness en een brandy met perencider?'

Wat natuurlijk het ergste was wat hij had kunnen zeggen. De luidruchtige vrouw gooide haar hoofd in haar nek en krijste als een papegaai. 'Ha ha, logisch! Ik had kunnen weten dat hij dat drinkt!'

Conor negeerde haar en zei tegen Lucas: 'Het is voor Mary. Ik wist niet zeker of jullie perencider hadden, maar ik heb haar beloofd het te vragen.'

'Nee, dat hebben we niet, maar ik kan voor haar wel een mix maken van brandy, bitter lemon en prosecco. Misschien dat ze dat ook lekker vindt. Dank je,' zei hij, toen dat akelige mens in haar wespenjurk eindelijk afrekende.

De vrouw leunde tegen de bar en nam Lucas goedkeurend op. 'Mag ik je iets vragen? Ben je toevallig single?'

Ze deed het expres, dacht Conor, om hem nog langer te laten wachten. Hij zei: 'Nee, hij is niet single. En als hij dat wel was, dan denk ik niet dat...' O nee, hij wist zich nog net te beheersen. Wat was er met hem aan de hand? Hij was een aardige, fatsoenlijke man en niet van plan zich op stang te laten jagen door die wespenvrouw.

'Heel verstandig dat je je zin niet afmaakt.' Ze hief haar glas naar hem. 'Want meestal vatten mensen het niet zo goed op als ze een glas wijn in hun gezicht krijgen. Een goedenavond nog, zeiksnor.'

Ze wurmde zich langs Conor en liep naar de andere kant van het café. En hopelijk zou ze daar blijven ook.

Gelukkig vond Mary het drankje erg lekker. Dat maakte alles nog een beetje goed.

'Mmm, net als vroeger.' Ze smakte even en nam toen nog een slok. 'Ik heb het hier zo naar mijn zin, schat. De laatste keer dat ik zo'n lol had, was op de begrafenis van mijn eerste man.'

Zillah, die naast Conor stond, proestte in haar eigen drankje. 'De begrafenis van mijn eerste man was net zo.'

'De ergste moet je het eerst uit de weg ruimen, dat is mijn motto,' zei Mary. 'Ik bedoel, niets slechts over de doden en zo, maar volgens mij mag het best als ze het echt verdienen. Hoe vaak ben jij getrouwd geweest, schat? Ik twee keer.'

'Ik drie,' antwoordde Zillah.

'Stelletje amateurs.' Jethro's gouden tand glinsterde toen hij nog een slok bier nam. 'Ik ben vier keer getrouwd geweest.'

Essie, die net langsliep om lege glazen op te halen, wisselde een blik met Conor. 'Ik voel me nu echt een loser.'

'Als je het handig aanpakt, zou je wel eens vrouw nummer vijf kunnen worden,' zei Jethro.

Een paar uur later was Conor met Zillah aan het praten toen er ineens iemand in zijn nek hijgde, gevolgd door een diepe zucht.

Nee, hè? Dat mens spoorde echt niet. De vrouw negerend vervolgde hij het gesprek tot ze hem op zijn schouder tikte.

Behoorlijk hard.

Hij draaide zich om. 'Ja?'

'Oké, even serieus. We gaan zo weg. Maar voordat ik ga, wilde ik je vertellen dat ik echt niet zo'n draak ben. Ik heb die vent achter de bar gevraagd of je single bent en hij zei ja. Dus nou wilde ik je vragen...'

'Luister, het spijt me,' flapte Conor er uit, voordat de vrouw het kon zeggen. 'Maar het antwoord is nee.' God, wat een ramp; het was gewoon ongelooflijk. 'Soms weet je gewoon meteen dat het niets wordt, en dit is een van die keren.'

Brr.

'Ha, je denkt toch niet dat ik het over mezelf heb? Je dacht dat ik een date met je wilde? Nooit van mijn leven! Maar laat me uitpraten.' De vrouw hield haar hand op als een verkeersagent. 'Je mag dan niet mijn idee van een hot date zijn, maar ik heb een vriendin die volgens mij perfect bij je past. Zij valt op types als jij. En ik denk dat zij ook jouw type is. Geloof me nou maar, ik ben goed in deze dingen,' zei ze, voordat Conor kon reageren. 'Ik heb wel vaker mensen gekoppeld. Je woont hier in Bath, hè?'

'Ja, maar...'

'Ik neem haar volgende week wel mee. Op zondag kan ik niet, dus dan moet het zaterdag worden. Zorg dat je hier om acht uur bent, oké? En wel op tijd komen.'

Conor staarde haar aan. 'Waarom denk je dat ik dat ook maar een moment zou overwegen?'

'Omdat het stom van je zou zijn om niet te komen.' De vrouw was volkomen zeker van haar zaak. 'Doe het nou maar gewoon. Misschien mag je me niet, maar je kunt me wel vertrouwen. Ik weet wat ik doe en ik heb altijd gelijk.'

Na die woorden deed ze de kraag van haar groene leren jack omhoog. 'Niet vergeten, hè? Acht uur. Ciao!'

'Nou.' Zillah trok een wenkbrauw op toen de vrouw weg was. 'Interessant.'

'Een ramp,' zei Conor.

'Dus je gaat niet?'

'Geen sprake van.'

'Och liever, waarom niet?'

Hij keek haar verbijsterd aan. 'Dat meen je niet! Die vrouw is afschuwelijk. Ik bedoel, ik heb bijna nooit een hekel aan iemand die ik voor het eerst spreek, maar bij haar was het meteen raak.'

'Oké, jullie konden het niet met elkaar vinden. Maar ze had het over een vriendin.' Zillah maakte brede gebaren, met het enthousiasme van iemand die al aan haar derde Negroni bezig was. 'Misschien dat die vriendin wel volmaakt bij je past!'

'Eens een koppelaarster, altijd een koppelaarster.' Conor schudde goedmoedig zijn hoofd; Zillah gaf het echt nooit op. 'En nee, ik denk niet dat haar vriendin perfect kan zijn. Want dan zou ze een betere smaak in vriendinnen hebben.'

'Maar ben je dan niet nieuwsgierig? Stel dat je het mis hebt.'

'Dat moet dan maar. En kijk me niet zo aan. Ik ben een tevreden single.'

'Maar je bent ook niet meer een van de jongsten.'

'Ik ben pas tweeëndertig!'

'Hm,' zei Zillah. 'Dan begin je toch echt al op leeftijd te raken, vind ik. Toen ik tweeëndertig was, was ik al getrouwd en weduwe geworden, en voor de tweede keer net lang genoeg getrouwd om te beseffen dat ik weer een fout had gemaakt.'

'Ja, zo klinkt het heel aanlokkelijk.'

'Maar ik heb van mijn fouten geleerd, lieve jongen. Daar gaat het om.'

Geamuseerd zei hij: 'Nou, misschien wacht ik liever een tijdje en doe het dan in één keer goed.'

15

'Wil je echt het hele verhaal horen?' vroeg Zillah. Toen ze met zijn drieën over het plein naar huis waren gelopen, had ze hen uitgenodigd voor een slaapmutsje. Conor had het voorstel afgeslagen; hij moest de volgende dag vroeg op. Maar Essie, die na haar werk toch niet meteen kon slapen, was maar al te graag met haar meegegaan.

'Alleen als je het echt wilt vertellen.' Essie, die blauwe schimmelkaas op een crackertje smeerde, keek haar verontschuldigend aan. 'Sorry, maar ik hoorde je met Mary en Jethro praten, over hoe vaak jullie getrouwd waren, en toen vroeg ik me af hoe dat was gegaan. Sorry, misschien ben ik te nieuwsgierig.'

'Lieverd, ik wil het je graag vertellen. Misschien kun je er wat van leren.' Zillah, die haar schoenen had uitgetrokken en op de oranje fluwelen bank was gaan zitten, nam een slok koffie. 'Het is allemaal daarmee begonnen.' Ze knikte naar het portret dat in de alkoof hing.

'Ik vind dat zo'n mooi schilderij van je,' zei Essie. 'Hoezo is het daarmee begonnen?'

'Mijn vader besloot een portret van me te laten schilderen voor mijn eenentwintigste verjaardag, door een societyschilder. Ik moest bij hem in het atelier poseren. Maar natuurlijk was ik niet de enige klant; hij was met meer portretten bezig. En een van die anderen was Richard. Hij zag mijn portret iedere week vorderen, en het beviel hem wat hij zag. Dus op een gegeven moment verscheen hij in het atelier toen ik er was, want hij wilde zien of ik in het echt kon tippen aan het portret.'

'En dat was zo,' zei Essie. 'Wat romantisch.'

'O ja. En niemand is vies van een beetje romantiek. Ik voelde me gevleid en was van hem onder de indruk. Richard Haig was een goede vangst. Hier...' Zillah pakte haar iPad en liet Essie gedigitaliseerde kopieën zien van oude zwartwitfoto's die jaren in zware leren fotoalbums hadden gezeten. 'Dat is Richard. Al mijn vriendinnen waren jaloers. Hij was ongelooflijk knap.'

'Jemig. Zeg dat wel. Hij is net een filmster.' Essie bekeek de foto's met grote ogen.

'En natuurlijk was hij ook ongelooflijk egocentrisch en een ongelooflijk goede leugenaar en een ongelooflijke vreemdganger. Maar daar kwam ik na ons trouwen pas achter.' Zillah schudde haar hoofd bij de herinnering. 'Hij heeft vóór ons huwelijk erg zijn best gedaan om zijn minder leuke eigenschappen verborgen te houden. Maar later maakte hij zich daar steeds minder druk om.'

'Wat zal dat verschrikkelijk voor je zijn geweest,' zei Essie.

'Ja, maar toen eenmaal tot me doordrong hoe hij werkelijk was, hield mijn liefde voor hem geloof ik ook op. Ik voelde me wel stom en naïef. En ik schaamde me. Want waarom had hij niet genoeg aan mij? Mijn gevoel van eigenwaarde liep een behoorlijke deuk op. En scheiden was toen niet zo makkelijk als nu.' Ze haalde haar schouders op. 'Iedereen zei ook dat het stom zou zijn om bij hem weg te gaan. In die tijd werd er van je verwacht dat je zulk gedrag pikte. Toen ik mijn moeder vertelde dat ik wilde scheiden, schrok ze enorm en smeekte ze me om bij hem te blijven.'

Essie wierp haar een meelevende blik toe. 'Och, arme jij.'

'Maar dat waren we niet, arm bedoel ik,' zei Zillah droog. 'Richard kwam uit een steenrijke familie, en hij had ook nog een fortuin geërfd van een oudoom. Financieel hadden we dus niet te klagen, maar toch was ik diepongelukkig. Op een dag kwam ik wat vroeger thuis dan verwacht, en toen lag hij met zijn nieuwste minnares in bed. Ik zei dat ik bij hem wegging, maar hij lachte me gewoon uit. Hij zei dat ik dat nooit zou doen, dus toen moest ik wel.'

'Goed zo,' zei Essie.

'Ik zei tegen hem dat ik een paar dagen naar een oude schoolvriendin in Brighton zou gaan, en dat heb ik toen ook gedaan. Ze zei dat ik net zo lang kon blijven als ik wilde. Twee dagen later ben ik met de trein terug naar Londen gegaan om wat spullen op te halen en Richard te vertellen dat ik niet meer terugkwam. Ik was zo ontzettend opgelucht dat ik eindelijk actie ondernam... Ik verheugde me er zelfs op om het hem te vertellen.' Zillah kon zich die treinreis nog heel goed voor de geest halen, de adrenaline die door haar lijf gierde, de vastbeslotenheid. 'Maar toen ik thuiskwam, was er niemand, en een uur later stonden er twee agenten op de stoep die me vertelden dat Richard dood was. Zoals gewoonlijk had hij als een maniak gereden; hij was geslipt en tegen een brug geknald. Het bleek dat hij op weg was naar een van zijn vele liefjes. Hij was op slag dood. De begrafenis was bijzonder interessant. Op iedere rij zat wel een vriendinnetje van hem te huilen en te jammeren; ze probeerden zichzelf er stuk voor stuk van te overtuigen dat zij de belangrijkste voor hem waren geweest.'

'God, hoe was dat voor jou?' Essie keek haar met grote ogen aan. 'Wat voelde je daarbij?'

'Ik was in de war, ik voelde me schuldig, opgelucht. In het begin hield ik echt van hem. Tot bleek dat hij toch niet zo aardig was. En nu was ik de rouwende weduwe. De erg rijke rouwende weduwe,' voegde ze eraan toe. 'Je zou denken dat ik daar wel blij mee was, hè? Maar ik voelde me er juist nog afschuwelijker door. Ik voelde me zo afgrijselijk schuldig. Ik was vierentwintig en een akelige scheiding was me bespaard gebleven. O ja, en ik was ook nog miljonair.'

Essie knikte naar het portret aan de muur. 'En je was ook heel mooi.'

'Ja,' beaamde Zillah simpelweg. 'De eerste jaren daarna waren behoorlijk akelig. Ik moest allerlei charmante jongemannen van me afslaan, want nu was ik zelf een goede vangst.'

Hoewel het al laat was, waren ze geen van beiden moe. Zillah schonk nog wat te drinken in, en Essie pakte nog wat kaas uit de koelkast.

'En hoe zat het met echtgenoot nummer twee?' vroeg Essie, nadat ze weer was gaan zitten. 'Hoe heb je die leren kennen?'

'O, daar schaam ik me een beetje voor.' Zillah had echter besloten om Essie het hele verhaal te vertellen, dus zette ze haar glas neer en stak van wal. 'Jij hebt dat vast ook wel eens, dat je een mooie jurk in de etalage ziet en hem meteen wilt hebben, omdat je zeker weet dat die jurk je gelukkig zal maken.'

'Ik weet wat je bedoelt.'

'Je koopt hem, gaat ermee naar huis, past hem en kijkt in de spiegel. En dan blijkt hij je veel minder goed te staan dan je had gedacht en voel je je teleurgesteld.'

'Ja.' Essie knikte.

'Maar het punt is dat je hem niet kunt terugbrengen. Je moet hem continu dragen, jaar in jaar uit, hoewel het inmiddels de stomste jurk is die je hebt.' Zillah pakte haar glas en nam een slokje cognac. 'Nou, dat was Matthew.'

Arme Matthew.

'Maar daar kon jij toch niks aan doen?' wierp Essie tegen. 'Je dacht dat je hem leuk vond. Anders zou je niet met hem zijn getrouwd. Dat is toch niet iets om je voor te schamen?'

'Nee, maar het beschamende is dat hij al een leuke vriendin had toen ik mijn oog op hem liet vallen.'

'O. Wauw. En toen?'

'Ik kijk er niet met een goed gevoel op terug. Het was behoorlijk vals van me. Heb je *Gone with the Wind* wel eens gezien?'

'Natuurlijk. Ik ben dol op die film.'

'Nou, om te beschrijven hoe het toen is gegaan, kan ik mezelf het best vergelijken met de egoïstische Scarlett O'Hara en de lieve Alice, Matthews vriendin, met Melanie Wilkes. Iedereen mocht haar. Ze was vriendelijk, attent, behulpzaam. Een engel. Terwijl ik het in die tijd moeilijk had met mezelf, ik durfde niemand meer te vertrouwen. Ik was bang dat ik weer iets zou krijgen met een soort Richard. Ik zocht een man die ik kon vertrouwen, die me zou steunen en me niet ongelukkig zou maken. Ik keek naar de mensen om me heen en besloot dat ik een man als Matthew Carter moest hebben, een aardige, oprechte, betrouwbare man. Ik wilde een man die me aanbad zoals hij Alice aanbad. Maar de tijd verstreek, en er meldde zich niemand zoals hij. En hoe vaker ik Matthew en Alice samen zag, hoe meer ik me tot hem aangetrokken voelde. Hij werd voor mij de volmaakte man.' Zillah schudde haar hoofd. Wanneer ze eraan dacht, kreeg ze weer een hekel aan zichzelf. 'Nou ja, op een gegeven moment moest Alice naar York, om voor een zieke tante te zorgen, en toen heb ik Matthew uitgenodigd voor een feest in een landhuis. Ik vertelde hem wat ik voor hem voelde en zette daarmee zijn hele wereld op de kop.'

'Hij had ook nee kunnen zeggen,' vond Essie.

'Dat probeerde hij ook. Maar het was zo'n avond... Ik heb hem verleid, en daarna konden we niet meer terug. Hij had Alice bedrogen, en de kans was groot dat zij het te horen zou krijgen. Niet van mij,' zei Zillah snel. 'Maar een paar mensen zagen hem de volgende ochtend mijn kamer uit komen, en dat zijn natuurlijk smakelijke roddels. Die arme Alice, ze moet doodongelukkig zijn geweest. Matthew maakte het uit en zei tegen haar dat hij verliefd was op mij.'

'Wat deed zij toen? Heb je haar daarna nog wel eens gezien?'

Zillah schudde haar hoofd. 'Nee, we hebben haar allebei nooit meer gezien. Ze ging terug naar York en bleef daar. En een halfjaar later ben ik met Matthew getrouwd, ervan overtuigd dat het deze keer raak was.' Ze keek Essie aan. 'Maar ik begreep algauw dat ik me opnieuw had vergist.'

'Wat was er dan?' Essie ging helemaal op in het verhaal.

'Ik dacht dat ik een aardige man zocht. Maar Matthew bleek te aardig. Binnen een jaar verveelde ik me al dood met hem. Ik had Alice' hart gebroken, en waarvoor? Voor niets!'

'Wist Matthew hoe je je voelde?'

'In het begin niet. Maar uiteindelijk wel. Hij smeekte me om bij hem te blijven, hij zei dat we er iets van moesten proberen te maken. Hij beloofde me dat het allemaal wel goed zou komen, en ik voelde me zo schuldig dat ik bleef. Tien lange jaren. Ik heb mijn best gedaan om ons huwelijk te laten slagen, echt, ik wilde zo graag dat alles goed zou gaan. Maar het kon natuurlijk niet eeuwig zo doorgaan. Een vriendin van me, die single was, zei op een dag tegen me dat ik geluk had met Matthew, want ze vond hem de leukste man die ze ooit had ontmoet. En toen vertelde ik haar dat we op het punt stonden om uit elkaar te gaan en dat ze hem mocht hebben. Daarna zei ik tegen Matthew dat ze heel goed bij elkaar zouden passen. Ik had eindelijk het gevoel dat ik iets goeds deed, want een paar maanden na onze scheiding trouwden Matthew en zij met elkaar.'

'Meen je niet. Te gek, zeg. Wat een mooi einde!'

'Voor hen misschien. Maar niet voor die arme Alice.'

Zillah scrolde langs de foto's op haar iPad. 'Kijk, dat zijn ze, Matthew en Christina. Ik heb die foto op hun bruiloft gemaakt.'

'Was jij dan uitgenodigd?'

'Lieverd, ik was zelfs eregast! Matthew bedankte me nog in zijn speech, omdat ik hen bij elkaar had gebracht. En een jaar later kregen ze een tweeling, twee jongetjes.' Zillah glimlachte. 'Na alle ellende gebeurde er eindelijk iets moois. Ze hadden een heel goed huwelijk. Christina is vijf jaar geleden gestorven, maar Matthew leeft nog.'

'O.' Essie keek haar met grote ogen aan. 'Jij bent single, hij is single... Heb je geen zin om het nog eens te proberen met hem?'

'Met een man die het voortdurend over zijn elf fantastische kleinkinderen heeft?' Zillah deed alsof ze geschokt was. 'Echt niet. Hij is nu nog saaier dan vroeger!'

Ze liet Essie foto's zien uit de lange periode dat ze voor de tweede keer single was. Daarna volgden de foto's van haar met William, en ze voelde haar hart overslaan van liefde, zoals steeds wanneer ze eraan dacht hoe gelukkig ze met hem was geweest.

'Het duurde dus een hele tijd voordat je William leerde kennen,' merkte Essie op.

'O ja. Ik was zesendertig toen ik bij Matthew wegging en vijftig toen ik William ontmoette. Na twee mislukte huwelijken had ik me voorgenomen om voorlopig maar single te blijven. Dat duurde veertien jaar. En het ging goed. Ik werkte, ik reisde, ik had veel vrienden. En ook heel veel avontuurtjes. Maar toen leerde ik William kennen en veranderde alles.'

'Hoe heb je hem leren kennen?' Geboeid boog Essie zich naar haar toe. 'Was het romantisch?'

Denkend aan hun rampzalige ontmoeting antwoordde Zillah: 'Nou, niet echt.'

Zillah had een paar dagen in Londen doorgebracht voor een toneelvoorstelling en voor de doop van het dochtertje van een vriendin. Op Paddington-station had ze nog veertig minuten voordat de trein naar Bath vertrok.

In de kiosk kocht ze een rolletje pepermunt en een krant voor onderweg. Daarna liep ze naar de schappen met boeken om te kijken of er niet toevallig een nieuw boek uit was van een van haar lievelingsschrijvers.

Nadat ze een paar minuten had staan zoeken, werd ze zich bewust van een andere reiziger die vlak bij haar stond. De man had in iedere hand een pocket en las de lovende kritieken op de achterflap, zichtbaar twijfelend welke van de twee hij zou kopen.

'Ik vond dat zelf nogal een teleurstellend boek,' zei Zillah, wijzend naar de pocket in zijn linkerhand. 'Maar dat andere is fantastisch, een van haar beste.'

Toen de man opkeek, zag ze dat hij vrolijke grijze ogen had met kraaienpootjes. Hij hield het boek in zijn rechterhand op. 'Laat me eens raden. Je hebt dit zelf geschreven?'

'Nee, was het maar waar. Maar ik kan het echt aanbevelen.'

'En dat andere? Waarom was dat zo teleurstellend?'

'De moordenaar bleek de psychotische tweelingbroer van de held te zijn. Het is niet eerlijk om een identieke tweeling te gebruiken.'

De man knikte langzaam. 'Nou, dank je wel.'

'Veel leesplezier.' Zillah liep weg, blij dat ze iemand had kunnen helpen. Zelf had ze niets kunnen vinden, ze zou het moeten doen met de krant.

Een halfuur later stapte ze in de wachtende trein. Toen ze door de coupé liep, zag ze de man uit de kiosk aan het raam zitten. Hij leek volkomen op te gaan in zijn boek.

Glimlachend wachtte ze tot ze bij hem was om opgewekt te kunnen zeggen: Ik zei toch dat het goed was?

Nou ja, dat had ze dus willen zeggen, als hij niet precies op dat moment op zijn horloge had gekeken, waardoor zij een blik op de voorkant van het boek kon werpen.

'Wat?' Zillah bleef als door een wesp gestoken staan. 'Dat is het boek dat ik je had afgeraden!'

De man keek op. 'O, hallo.'

Zillah reageerde niet op zijn begroeting. Ze gebaarde naar de pocket. 'Waarom heb je dat gedaan?'

'Wil je dat echt weten? Ik vind hem gewoon een betere schrijver.'

'Maar je weet hoe het eindigt!' Haar stem sloeg bijna over. 'Ik heb je de clou al verraden!'

'Dat weet ik. Maar soms vind ik het wel leuk om het al te weten. Dan lees je met andere ogen.'

Een stem achter Zillah zei: 'Pardon, mogen wij er even langs...'

Zillah ergerde zich dood aan de man. 'Maar dan is toch alles verpest! Waarom zou je een thriller lezen als het niet meer spannend is? Niet te geloven. Ik geef je een tip, en jij slaat mijn raad gewoon in de wind!'

'Maar...'

'Ik vind dat bijzonder onbeleefd!'

'Nee, hoor,' protesteerde de man. 'Ik heb je toch niet om raad gevraagd? Je gaf gewoon je mening.' Hij haalde non-chalant zijn schouders op. 'Ik hoef toch niet te doen wat jij zegt?'

'Pardon, maar er staat een hele rij achter u...'

'Je mag wel naast me zitten als je wilt.' Haar tegenstander klopte op de stoel naast hem.

'Nee, dank je.' Nog steeds beledigd zei ze: 'Dat boek dat ik aanraadde, is vijftig keer zo goed als dat daar.'

'Echt?' De man bukte zich om iets uit de tas aan zijn voeten te pakken. Hij toonde haar het andere boek. 'Dan heb ik iets om me op te verheugen.'

Zillahs woede verdween als sneeuw voor de zon. Lachend zei ze: 'Die zit.'

De man klopte nog een keer op de lege plaats. 'Wil je dan nu naast me komen zitten?'

'Ja, dat wil ze heel erg graag,' verzuchtte de vrouw die nog steeds achter Zillah stond te wachten.

Drieëndertig jaar na die ontmoeting keek Zillah Essie aan. 'Zo hebben we elkaar leren kennen. Ik ging zitten, en we hebben het een uur over boeken gehad. Over wat we mooi vonden en wat we niet mooi vonden aan bepaalde genres en schrijfstijlen. We kibbelden ook, ik was het niet altijd met zijn keuzes eens, en hij vond dat ik geen kritiek mocht hebben op schrijvers die ik nauwelijks had gelezen. We hadden wel tien woordenwisselingen in een uur tijd. Maar ik voelde dat er iets bijzonders gebeurde. Of dat hoopte ik in elk geval. Hij had eau de parfum van Givenchy op en droeg een gouden zegelring. Hij was grappig en durfde me op mijn plaats te zetten. En als hij lachte... O, hij had zo'n mooie lach. Ik had er wel eeuwig naar kunnen luisteren. Hij ging naar Bristol, dus moest ik er als eerste uit. Vlak voor Bath vroeg hij of we iets konden afspreken.' Zillah schudde haar hoofd bij de herinnering aan de gebeurtenis die in haar geheugen gegrift stond. 'Ik zei "graag", en toen schreef hij mijn telefoonnummer op. Hij zei dat hij me in het weekend zou bellen en dat hij me mee uit eten zou nemen als ik dan zou kunnen bewijzen dat ik een boek van Jeffrey Archer had gelezen.'

'Waarom?'

'Omdat ik iets onaardigs had gezegd over de boeken van Jeffrey Archer zonder ze gelezen te hebben. Natuurlijk zei ik dat ik niet van plan was als een gehoorzaam hondje zijn bevelen op te volgen. Wie dacht hij wel wie hij was? En toen we Bath bereikten, ben ik uitgestapt.'

'Wat een verhaal,' zei Essie. 'En toen?'

'Nou, ik liep het station uit, ben naar de dichtstbijzijnde boekhandel gegaan en heb daar de dunste Jeffrey Archer gepakt die er was. Net toen ik wilde afrekenen, zei een stem in mijn oor: "Ja, dat is een goeie, maar *Kane & Abel* is nog veel beter."'

Essie klapte verrukt in haar handen. 'Hij was ook uitge-stapt!'

'Hij was ook uitgestapt,' beaamde Zillah vrolijk. 'En hij had me gevolgd. En toen hij zag dat ik naar een boekhan-del ging, wist hij dat hij met me wilde trouwen, vertelde hij later.'

'En heb je *Kane & Abel* nog gekocht?'

'Ja, en ik heb het ook gelezen, van begin tot eind. En hij had gelijk,' zei ze glimlachend. 'Heel irritant. Misschien is het geen literatuur, maar ik heb ervan genoten.'

16

Op zaterdag, om zes uur 's avonds, werd Bath geteisterd door een zware storm. De regen sloeg over Percival Square en de bomen zwaaiden heen en weer als enthousiaste fans bij een concert van Michael Bublé.

In de Red House was het nog chaotischer. Iedereen stond op stoelen. Lucas, die niet voor het eerst dacht dat zijn werk wel erg afwisselend was, kwam in de verleiding om er een foto van te maken met zijn telefoon.

Maar eerst de schuldige te pakken zien te krijgen, voordat hij doof werd van alle herrie in de zaak.

'Oké, allemaal rustig blijven,' schreeuwde hij. 'Er kan niks gebeuren.'

Hij was echter geen partij voor de vrouwen die hun vrijgezellenavond vierden.

'Ik heb hem gezien! Het was echt een zo'n grote vogelspin! Nog groter dan mijn voet!' gilde een van de meisjes.

Haar krijsende vriendin sprong van schrik van de stoel op de tafel. Waarschijnlijk voor het geval dat de spin een soort hoogspringer was. Haar hak raakte een halfvol glas bier dat Essie nog net wist op te vangen.

'Knappe redding,' zei Lucas, hoewel ze hem boven het lawaai uit natuurlijk niet kon horen. De feestvierende meisjes waren een uur geleden in een konvooi taxi's aangekomen en zouden om acht uur weer vertrekken naar een club in Bristol. Maar als het hem niet lukte om de spin te vangen, zouden ze veel eerder weggaan, wat gezien het weer niet echt handig...

'Ik heb hem!' riep Essie, die onder een tafel was gedoken.

Een meisje op een stoel vlak bij haar begon te krijsen.

'Oké, geen paniek meer, ik heb hem.' Nadat Essie achterwaarts onder de tafel uit was gekropen, met de spin tussen haar handen, stond ze voorzichtig op. 'O, wat kriebelen die pootjes! Kan iemand de deur voor me opendoen, dan kan ik hem naar buiten brengen.'

Lucas liep naar de deur, en ze volgde hem, begeleid door een koor van gegil en zuchten van opluchting. Het meisje dat de spin als eerste over de muur had zien lopen, riep: 'Ik snap niet dat je dat kunt! Is hij echt zo groot?'

'Behoorlijk.' Essie knikte, terwijl Lucas de deur voor haar openhield.

Buiten, waar de wind haar blonde haar in haar ogen sloeg, zei hij: 'Goed gedaan. Ik ben diep onder de indruk.'

Essie haalde haar handen van elkaar om hem te laten zien dat er niets in zat.

'Nu ben ik nog meer onder de indruk. Maar wat als die spin zo meteen weer opduikt?'

'Ik denk dat dat arme beest zich allang uit de voeten heeft gemaakt met al die herrie daar. En mocht hij terug-komen, dan hoop ik dat hij dat doet als zij weg zijn. Hoe dan ook, mijn dienst zit er bijna op, dus is dat dan jouw probleem.'

Lucas glimlachte. Hij ontdekte steeds nieuwe kanten aan haar. Ze was slim, had altijd haar woordje klaar en kon zo goed toneelspelen dat de meisjes er geen seconde aan zouden twijfelen dat ze het monster had gevangen en bui-ten de deur had gezet.

Terwijl ze in werkelijkheid waarschijnlijk net zo bang was als zij.

'Wat is er?' vroeg ze achterdochtig, toen ze merkte dat hij haar aankeek.

'Niks.' Maar er was wel iets natuurlijk. Hij zei: 'Ik ben blij dat je hier bent komen werken.'

Even wist Essie niet wat ze moest zeggen. Ze keek hem alleen maar aan, en hij had geen idee wat ze dacht. Toen zei ze: 'Dat mag ook wel. Ik ben onmisbaar.'

Op dat moment klonk er een enorm kabaal uit het café.

Lucas zei droog: 'Die dames toch! We kunnen maar beter even gaan kijken wat er is.'

'Misschien is de spin terug,' zei Essie.

Toen ze binnenkwamen, troffen ze een chaotisch tafereel aan. De bruid in spe, Lauren, had geprobeerd van de tafel te klauteren via een stoel, maar ze was haar evenwicht verloren en had de arm van haar vriendin beetgepakt. Vervolgens waren ze samen op de grond gevallen.

Wat nog niet eens zo'n ramp zou zijn geweest als die vriendin geen cocktail in haar hand had gehad, zo te zien eentje met Chambord en cassis.

'O nee!' jammerde Lauren. Ze stond op en nam vol afschuw de schade op. 'Mijn rok! Wat moet ik nou doe-oen? Hij is helemaal verpest!'

Het was waar. Wat een puinhoop. Haar outfit voor haar vrijgezellenavondje bestond uit een met kristalletjes bezet zwart shirtje met lange mouwen, een kort wit rokje en zwart-witte schoenen met hoge hakken. Een paar minuten geleden had ze er nog fantastisch uitgezien, maar nu stond het huilen haar nader dan het lachen, terwijl haar vriendin met een verfrommeld papieren zakdoekje hulpeloos de besmeurde rok depte.

'Ik heb het helemaal gehad. We kunnen die taxi's net zo goed afbellen,' zei Lauren met tranen in haar ogen. 'Ik kan zo niet naar een club.'

'Geen paniek.' Essie pakte Laurens armen beet, draaide haar om en bekeek aandachtig haar middel en heupen. 'We hebben dezelfde maat. Ik heb een witte rok die je vast wel past en ik woon hier aan het plein. Als je even wacht, ga ik hem meteen voor je halen.'

Binnen de kortste keren was ze terug, nat en verwaaid, en met een plastic tas in haar hand. Twee minuten later, toen Lauren de dames-wc uit kwam in Essies rok, begon iedereen te klappen.

'Hij past!' Lauren draaide enthousiast een rondje en gaf Essie een kus. 'Je hebt mijn avond gered. Ik kom hem volgende week wel terugbrengen, oké? En ik zal proberen er niet op te morsen!'

Toen Essies dienst erop zat en ze haar jas en tas ging halen, zei Lucas: 'Dat was aardig van je. Maar wat als hij vies wordt?'

'Dat maakt niet uit. Hij komt uit een kringloopwinkel. Hoi,' zei ze tegen Giselle, die net binnenkwam.

'Hoi! Wat ga je vanavond doen? Iets leuks?'

'Ik ga met Scarlett naar de verjaardag van een vriendin die bij de rivier woont. Het wordt vast leuk.' Ze bedacht ineens iets. 'Maar zou je iets voor me kunnen doen? Conor heeft hier vanavond een blind date, om acht uur. Hij zei dat hij niet zou gaan, maar volgens mij was dat gelogen. Dus als je hem hier met iemand ziet, zou je dan stiekem een foto van hem en die vrouw kunnen maken? Maar niks zeggen, hè? Als je mij die foto dan stuurt, heb ik onze weddenschap gewonnen.' Met ondeugend glanzende ogen voegde ze eraan toe: 'O, daar kan ik hem dan lekker nog tijden mee pesten!'

Lucas, die zag dat ze samenzweerderig naar Giselle lachte, vroeg zich af hoelang het zou duren voordat ze zich ook zo op haar gemak zou voelen bij hem.

Opeens schrok hij, want vlak achter haar zag hij een enorme, gevaarlijk uitziende spin over de muur kruipen. Een rilling onderdrukkend fluisterde hij: 'Jezus, hij is terug.'

Essie draaide zich meteen om, pakte de spin met haar linkerhand op en dekte die af met haar rechterhand.

'Hij kriebelt echt,' zei ze. Tussen haar vingers waren een paar woest trappelende pootjes te zien. 'Maar geen paniek. Nu heb ik hem echt. Ik zet hem buiten wel ergens neer.'

Het regende zo hard dat het klonk alsof er handenvol grind tegen Conors schuiframen werden gegooid. Het was afgrijselijk weer.

Essie zou nu wel klaar zijn met haar werk en met Scarlett naar dat feest van hun vriendin zijn. Zillah was ook weg. En Conor was van plan lekker op de bank zijn lievelingsserie op dvd te gaan bekijken.

Maar toch... Hij moest steeds denken aan die blind date die straks misschien wel op hem zat te wachten in de Red House.

Niet dat hij van plan was te gaan... Zoals hij ook tegen Essie had gezegd, kon hij zich niet voorstellen dat een vriendin van die akelige, opdringerige vrouw in dat namaakleren groene jack iets voor hem zou kunnen zijn.

Toch zaten hem twee dingen dwars. Ten eerste: stel dat het wel een leuke vrouw was.

En ten tweede: het was vreselijk slecht weer. Als ze wel kwam, als ze het weer zou trotseren, was het erg onbeleefd van hem om haar te laten zitten.

Dat zou ronduit wreed zijn, en hij was niet wreed. Ironisch eigenlijk, als het goed weer was geweest, was hij waarschijnlijk gewoon thuisgebleven. Maar nu kon hij het niet over zijn hart verkrijgen om zo gemeen te zijn.

Hij slaakte een diepe zucht en besefte dat hij inderdaad naar de Red House zou gaan. Het was kwart over zeven; hij had nog genoeg tijd om te douchen en iets fatsoenlijks aan te trekken. Hij zou om acht uur het plein oversteken;

met een beetje geluk kwam ze niet, en dan kon hij op zijn laatst om halfnegen weer thuis zijn.

Of ze was er wel, maar de date bleek een fiasco, dan was hij ook zo weer weg.

Maar dan in elk geval met een schoon geweten.

Terwijl hij onder de douche stond, bedacht hij dat er een kleine kans bestond dat ze kwam en zijn verwachtingen overtrof.

Hij droogde zijn haren, trok het blauwe overhemd aan waarvan iedereen zei dat het goed bij zijn ogen paste en deed wat aftershave op die hij met kerst had gekregen. Van Dior nog wel. Nou ja, het kon geen kwaad.

Om kwart voor acht ging zijn telefoon, net toen hij probeerde te kiezen tussen zijn bruine leren jack en de donkerblauwe parka. 'Hallo?'

'Conor, o, wat ben ik blij dat je opneemt! Je spreekt met Geraldine Marsh, ik heb je hulp nodig.'

'Hoi Geraldine. Wat is er gebeurd?' Geraldine was een vaste klant van hem, een vrouw op leeftijd die altijd met trillende stem praatte. Hij keek in de spiegel en vond dat zijn haar vanavond bijzonder goed zat. En Essie had ook gelijk wat het overhemd betrof: zijn ogen leken er nog blauwer door. Oké, even naar Geraldine luisteren, ze wilde hem waarschijnlijk iets vragen over wat ze in de lente zouden planten, iets wat bij haar altijd volgens een strak schema verliep...

'Het gaat om de eik in de achtertuin. Hij is omgewaaid en op de schutting van de buren terechtgekomen. En daar zijn ze niet blij mee, want nu kunnen ze hun honden niet los laten lopen. Ze zeiden dat ik de boom zo snel mogelijk weg moest laten halen, dan kunnen zij een nieuwe schutting neerzetten. En als ik dat niet doe, ben ik er verantwoordelijk voor als een van hun honden wegloopt en iemand doodbijt... O god, dat is toch verschrikkelijk, Conor. Ik ben op van de zenuwen; die honden zijn levensgevaarlijk! Kun je alsjeblieft meteen komen om die boom weg te halen? Ik ben echt wanhopig!'

Conor keek nog een keer in de spiegel. Hij wilde niet onbescheiden zijn, maar hij zag er echt ontzettend goed uit vanavond. Hij moest wat vaker blauw dragen.

Nou ja, zijn blind date zou toch wel niet komen. Als ze verstandig was, bleef ze lekker thuis met dit weer.

Het was alleen zonde dat hij die dure aftershave niet meer van zijn huid kon schrapen en terug stoppen in het flesje.

'Rustig maar, Geraldine. Ik kom er meteen aan. Dan gaan we iets aan die boom van je doen.'

Oververhit en buiten adem van het dansen liep Scarlett de kamer uit om naar de badkamer op de eerste verdieping te gaan. Het was een fantastisch feest. Ze had een tijdje met een heel aardige man staan kletsen, Dale; hij runde een limousineverhuurbedrijf en had haar allemaal verhalen verteld over beroemdheden die zich op de achterbank van zijn auto's hadden misdragen. Ook had hij duidelijk laten doorschemeren dat hij haar wel zag zitten en had hij aangeboden om haar een keer mee te nemen in zijn vintage Rolls, maar helaas had ze zelf totaal geen vlinders gevoeld.

Het was irritant, maar zo ging het als je single was. Nadat ze haar handen had gewassen, bestudeerde ze haar gezicht in de spiegel en depte haar glimmende voorhoofd met een tissue. Het had allemaal te maken met de onevenwichtigheid tussen mensen. Voor haar was Dale vanavond hooguit een twee op de schaal van een tot tien geweest, maar hij beschouwde haar als een acht. Maar vorige week zondag, toen ze Conor voor het eerst had gezien, had ze zich meteen tot hem aangetrokken gevoeld. Hij haalde met gemak een negen. Conor daarentegen was totaal niet van haar onder de indruk geweest. Daar kon hij niets aan doen, daar kon zij niets aan doen; het was gewoon een van die dingen waar je geen controle over had. Sommige mensen hielden van Marmite, andere werden misselijk bij alleen al de gedachte eraan. Wanneer je lichaam op cellulair niveau iets besloot, had je er niets tegen in te brengen.

Nou ja, niks aan te doen. Scarlett blies zichzelf een kusje toe in de spiegel, want gelukkig vond ze zichzelf nog steeds leuk, en gelukkig waren er ook genoeg mannen die niet voor haar terugdeinsden. Ze was populair, ze was levendig, en dat ze het leuk vond om gefotografeerd te worden was voor de meeste mannen niet zo'n afknapper als het voor Conor was geweest.

Jammer dan voor hem. Nadat ze haar vingers door haar paarse haar had gehaald om het wat in model te brengen, liep ze de badkamer uit. Op de overloop keek ze even uit het raam. Aan het begin van de avond was het achter het huis een en al bedrijvigheid en lawaai geweest, en hoewel het inmiddels al bijna twaalf uur was, ging de herrie nog steeds door.

Ze zag dat het ook nog steeds stormde. Het geluid van de kettingzaag bleek van twee huizen verderop te komen. Er was daar een enorme boom omgewaaid en op een houten schutting terechtgekomen. In de donkere tuin stond een kleine gestalte – een vrouw waarschijnlijk – in een te grote jas met in de ene hand een paraplu en in de andere een zaklantaarn, waarmee ze scheen op een grotere gestalte die met een kettingzaag een enorme berg takken aan het doorzagen was, af en toe pauzerend om ze op te rapen en op een stapel achter in de tuin te leggen.

Scarlett zag de regen en het zaagsel in wolken om de grotere gestalte heen dwarrelen. Wat een rotwerk, en dat op zaterdagavond. Zou ze hun warme chocolademelk met een scheut cognac erin gaan brengen, zodat ze een beetje konden opwarmen? Maar misschien was het niet zo verstandig om alcohol te geven aan iemand die met een kettingzaag in de weer was.

'Waar sta je naar te kijken?' Carrie, het feestvarken, was de trap op komen lopen en kwam naast haar staan. 'Zijn ze nou nog steeds met die boom bezig? Weet je, als wij hier in huis een beetje te hard ademhalen, staat Geraldine al op de stoep te klagen over luchtvervuiling.' Ze wees. 'Dat is Geraldine, onder de paraplu. Ik verheug me er nu al op dat ik over die herrie kan gaan klagen. Dat mens mag er dan als een lammetje uitzien, vanbinnen is ze een heks.'

'Toch heb ik medelijden met ze.' Scarlett kromp ineen toen een windvlaag bijna de paraplu van Geraldine binnenstebuiten keerde. 'Ik stond me net af te vragen of ik ze niet een mok warme chocolademelk zou brengen.'

'Pff. Ik zal je eens iets vertellen. Toen we hier vorig jaar kwamen wonen, heb ik Geraldine uitgenodigd voor een kop thee. Gewoon om te laten zien dat ik een aardige buurvrouw ben.' Carrie trok een gezicht bij de herinnering. 'Ze vond het al meteen niks dat ik geen amandelmelk had, en toen ze zelf in de koelkast ging neuzen, gaf ze me een preek van een halfuur, omdat ik spullen had gekocht die niet biologisch waren. Als je haar een mok chocolademelk brengt, durf ik te wedden dat ze hem leegkiepert.'

'O,' zei Scarlett.

'Kom, dan gaan we weer dansen.' Carrie gaf haar een vriendschappelijk duwtje. 'Je hoeft echt geen medelijden te hebben met die ouwe heks.'

17

De zaterdag daarop was het een stuk beter. Tenminste, wat het weer betrof. Conor, die de hele middag door Bath had gedwaald om mensen op straat te fotograferen, vond bij thuiskomst een handgeschreven brief van John, wiens geliefde Elizabeth op 28 december was overleden. Hij wilde hen bedanken, omdat ze hun laatste kerst samen zo bijzonder hadden gemaakt. Hij schreef ook dat een van de foto's die Conor tijdens de plechtigheid had gemaakt een ereplaatsje had gekregen bij de uitvaartdienst.

Arme John. Conor hoopte dat hij het de komende maanden een beetje zou redden; zijn vrouw was blijkbaar erg belangrijk voor hem geweest. Wat een geluk dat ze elkaar al die jaren geleden hadden leren kennen.

Om kwart voor acht stak Conor het plein over omdat hij vond dat hij wel een drankje had verdiend. Het had natuurlijk niets te maken met het feit dat zijn blind date van vorige week toen misschien niet was gekomen vanwege het slechte weer en wellicht had besloten het vanavond te proberen...

Nee, daar had het beslist niets mee te maken.

En dat was maar goed ook, want de bazige vrouw die haar vriendin was, zag hij nergens. En hij zag ook geen vrouw die zijn blind date zou kunnen zijn.

Conor nam nog een tweede drankje en wachtte tot negen uur, gewoon om zeker te weten dat ze niet kwam. Maar natuurlijk kwam ze niet; waarom zou ze?

Daarna zwaaide hij naar Essie achter de bar en ging weer naar huis.

Hij had in elk geval zijn best gedaan.

Essie stond in de kelder een fust te verwisselen toen ze haar telefoon voelde zoemen in haar achterzak.

Het was haar broer en omdat er hier geen klanten waren, nam ze op.

'Ess, ik ben in Bath! Waar ben je? Zullen we ergens iets gaan drinken?'

'Nou, ik ben aan het werk, maar je kunt toch naar de Red House komen? Dan kletsen we wel tussen de bedrijven door.'

'O. Oké. Is je baas er ook? Luke?'

'Lucas. Sorry, nee, hij is er vanavond niet. Maar ik ben er wel, dus dat is nog beter.'

'Natuurlijk. Oké, dan zie je me zo. En pas op dat je je mond niet laat openvallen als ik binnenkom, want ik zie er beter uit dan ooit.'

Essie glimlachte, want hij was haar broer, en ze hield van hem. 'En je bent ook bescheidener dan ooit.'

'Ik dacht, ik zeg het maar even, dan kun je de andere serveersters vast waarschuwen.'

Twintig minuten later maakte hij zijn opwachting. Essie zag meteen dat hij gelijk had; hij was behoorlijk gebruind na zijn twee weken in Oostenrijk, en dat viel in januari extra op omdat iedereen dan zo bleek was. Zijn tanden en oogwit leken nog witter. Bovendien was hij sowieso al een bijzonder aantrekkelijke, charmante man. Logisch dat hij het op dat feest begin december zo goed met Lucas had kunnen vinden; ze hadden veel van elkaar weg.

Maar dat was ook de avond geweest waarop ze veel te veel hadden gedronken, met rampzalige gevolgen voor haar...

Jude, die naast haar stond, trok een wenkbrauw op. 'Die is nieuw hier.'

'Nee, hoor, helemaal niet nieuw. Hij is oud,' zei Essie, terwijl Jay naar hen toe kwam lopen.

'Dat is zo.' Jay grijnsde. 'Stokoud. Ik ben vijfenzeventig, maar zie er gewoon nog goed uit voor mijn leeftijd.'

'Hij is mijn broer,' zei Essie tegen Jude. 'En hij is negenentwintig.'

'En ik heet Jay,' zei hij, nadat hij Essie een kus had gegeven.

'Ik ben Jude,' zei Jude.

'O ja.' Jay knikte ernstig. 'Essie heeft me over je verteld.'

Dat was gelogen. Ze had hem niets verteld. Maar Jude stond al naar hem te lachen. 'O ja? Wat dan?'

'Ze zei dat je te gek was, en volgens mij heeft ze gelijk. Hoi.' Hij pakte Judes hand en schudde die officieel, iets waarmee hij de meeste meisjes altijd voor zich innam. 'Leuk om je eindelijk in het echt te zien.'

Essie rolde met haar ogen. In de loop der jaren had ze zijn trucjes al duizend keer gezien. Maar ja, aan de andere kant, ze werkten, dus waarom zou hij ze niet blijven gebruiken?

'Je weet wel hoe je vrouwen moet aanpakken, hè?' zei Jude geamuseerd.

Jay haalde zijn schouders op. 'Ik doe mijn best, maar heel vaak verknal ik het ook. Als dat vanavond ook gebeurt, doe me dan een lol en doe net alsof je het niet hebt gemerkt. Oké?'

Toen ging de deur achter hem open, en Jude werd even afgeleid door de nieuwkomers. Ze riep: 'Wat doen jullie hier?'

Essie zag dat Jays gezicht betrok toen hij Lucas herkende, die samen met Giselle naar de bar liep. Ze hoopte maar dat hij niet de grote broer ging uithangen en een of andere vernietigende opmerking over de mail zou maken. Niet omdat Lucas dat niet verdiende, maar het was gewoon gemakkelijker als Jude en de rest van het personeel het niet wisten. Essie vond het veel te leuk om hier te werken, ze wilde de sfeer niet verpesten.

'De leadzanger viel van het podium,' zei Lucas. 'Hij heeft zijn been gebroken.'

Ze waren naar Moles geweest, een plaatselijke club, waar een band zou spelen die afgelopen zomer een fantastisch optreden in Glastonbury had verzorgd. Het publiek was diep onder de indruk geweest, vooral van de leadzanger, en de kaartjes voor vanavond waren in recordtempo uitverkocht.

'O, wat jammer,' zei Jude meelevend. 'Jullie hadden je er zo op verheugd.'

'Ja. Hoi.' Lucas knikte naar Jay en stelde hem toen voor aan Giselle. 'Maar ze komen terug, hebben ze beloofd. En Gi is hem te hulp geschoten, ze heeft voor hem gezorgd tot de ambulance er was. Dus haar dag kan niet meer stuk.'

'Het was fantastisch,' zei Giselle grijnzend. 'Ik wilde hem mond-op-mondbeademing geven, maar hij zei dat dat niet nodig was. Maar ik mocht wel zijn hand vasthouden. En hem troosten. Ik weet zeker dat hij me nooit meer vergeet.'

'Ze heeft ook zijn voorhoofd gedept,' vulde Lucas aan. Tegen Giselle vervolgde hij: 'Zonder jou was hij dood geweest.'

Iedereen begon te lachen, maar Essie deed net alsof ze met de glazen in de weer was, want als ze deelde in de pret, zou Lucas nog gaan denken dat ze het hem had vergeven.

En dat was niet de bedoeling.

De rest van de avond verliep echter goed. Een van de vaste klanten, een vriend van Lucas, was goochelaar, en iedereen keek geboeid toe terwijl hij zijn kunstjes vertoonde. Er werden rondjes gegeven, en tussen het bedienen van de klanten door bleef Jude met Jay kletsen. Iemand anders haalde een gitaar tevoorschijn en begon liedjes te spelen, en algauw zongen er mensen mee. Tot Essies verbazing kon Lucas goed zingen. Ze liet echter niets van haar bewondering merken en ging door met haar werk.

Een paar minuten later kwam Giselle bij haar aan de bar staan. Op een samenzweerderig toontje zei ze: 'Jude is zo te zien helemaal in de ban van je broer.'

Essie knikte. 'Ze is niet de eerste.'

'Ah. Een flirt dus.'

'Hij bedoelt er niks kwaads mee. Hij houdt gewoon van vrouwen, en vrouwen houden van hem. Hij is al bijna dertig,' vertelde ze. 'Ik hoop echt voor hem dat hij snel de ware vindt en wat serieuzer wordt.'

'Misschien is Jude wel de ware voor hem. Ik bedoel, moet je ze zien! Misschien is dit wel de avond waarop alles anders wordt!'

Lucas, die achter haar kwam staan en zijn arm om haar middel sloeg, vroeg: 'Waarom zou dit de avond zijn waarop alles anders wordt?'

Essie slikte. Waarom kreeg ze nu zo'n rare kriebel in haar borst? Kwam het omdat zijn hand op Giselles heup rustte? Of kwam het door de glimlach die ze uitwisselden, terwijl Giselle tegen hem aanleunde?

Om niet over haar gevoelens te hoeven nadenken, zei ze snel: 'Die jongens van de rugbyclub daar aan het eind van de bar moeten geholpen worden.' Ze liep ernaartoe.

Terwijl Essie langzaam ontwaakte, was het alsof ze terug in de tijd was. Ze lag languit op bed, met haar ogen dicht, en ademde de geur van versgemalen koffie in, wat helemaal nergens op sloeg. Het was iets wat vorig jaar wel vaker was gebeurd, als ze bij Paul had geslapen. Als trotse bezitter van een dure koffiemachine had hij haar altijd een perfect gezette cappuccino op bed gebracht voordat hij naar zijn werk ging. Hoewel ze stiekem eigenlijk liever thee had gehad.

Haar slaperige brein werd weer helder. Nee, ze was niet terug in de tijd. En het was ook heel onwaarschijnlijk dat Paul zich toegang had verschaft tot haar appartementje en zijn geliefde koffiemachine met zich mee had genomen.

Ze deed haar ogen open, keek opzij en zag een kartonnen beker koffie to go op haar nachtkastje staan.

Daarna keek ze de andere kant uit. Haar broer stond in de deuropening tegen de deurpost geleund.

Hij grijnsde. 'Ik dacht wel dat je daar wakker van zou worden. Goedemorgen.'

Hij had afgelopen nacht bij haar op de bank geslapen. En hoewel ze behoorlijk wat gedronken hadden, zag hij er nog idioot goed uit.

Niet eerlijk.

'Ook goedemorgen. Je had niet naar de koffiezaak hoeven gaan.' Ze maakte een vaag gebaar in de richting van de keuken. 'Er staat een pot oploskoffie naast de waterkoker.'

'Echte koffie is lekkerder. En jij verdient het allerbeste. Ik wilde je gewoon trakteren.'

'Waarom? Wat heb je gedaan?'

Hij wierp haar een gekwetste blik toe. 'Ik ben gewoon aardig! Ik was ook nog van plan je straks op een lunch te trakteren, maar als je zo achterdochtig doet, kan ik me de moeite besparen.'

Lunch. Op zondag. Ze was altijd gek op zondagse lunches. Ze ging rechtop zitten. 'Waar?'

'O, die zaak die een gouden medaille heeft gekregen, omdat ze de beste zondagslunch serveren van het hele zuidwesten. Maar het maakt niet uit, ik annuleer mijn reservering wel.' Hij pakte zijn telefoon. 'Wel jammer. Ze zitten meestal gauw vol. Toen ik vanochtend belde, hadden ze nog net één tafel vrij.'

Essie glimlachte. Dit aanbod kon ze echt niet afslaan. Terwijl ze hem wegjoeg, zei ze: 'Dan kan ik maar beter snel een douche nemen. Anders zou het zonde zijn van al die moeite.'

Drie uur later, terwijl ze van hun biefstuk, gebakken aardappels en heel veel groenten genoten, vroeg Jay: 'Hoe is het om voor Lucas te werken?'

'Dat gaat best.' Essie schonk jus over haar vleespasteitje. 'Het verbaast me dat je zijn naam nu in één keer goed hebt.'

'Ja, nou. Maar ik heb je gisteren in de gaten gehouden, en het viel me op dat je alleen tegen hem praat als dat nodig is.'

'Dat heet beleefd. Ik mag hem nog steeds niet.'

'De anderen lijken hem wel aardig te vinden.'

'Misschien omdat hij hun niet heeft aangedaan wat hij mij heeft aangedaan.'

Jay legde zijn mes en vork neer. 'Ess, het spijt me. Hij heeft je dat niet aangedaan. Ik heb die mail verstuurd.'

18

Essie had net een hap vlees met jus in haar mond. Haar hart begon te bonken. Ze staarde Jay aan, kauwde snel het stuk vlees fijn en slikte het door.

Toen ze weer wat kon zeggen, vroeg ze: 'Echt?'

Hij knikte. 'Ja, echt.'

'Idioot, waarom heb je dat gedaan?'

'Omdat ik een idioot ben en soms zonder nadenken idiote dingen doe. Ik had heel veel wodka gedronken, en het leek op dat moment heel grappig. En op de een of andere manier dacht ik dat ik die mail alleen aan je vrienden stuurde... Het kwam niet bij me op dat Paul en zijn moeder hem ook onder ogen zouden krijgen. Sorry, ik weet dat dat achteraf belachelijk klinkt. Maar je weet hoe ik ben.'

Inderdaad. Jay reageerde altijd erg impulsief, vooral als er drank in het spel was. Hij was een keer wakker geworden na een feest en bleek toen een trip naar Las Vegas te hebben geboekt, waar hij zich niets meer van herinnerde. Daarom had ze hem in eerste instantie ook niet geloofd toen hij had gezegd dat hij die mail niet had verstuurd.

'Dus, je zei dat je het niet had gedaan, terwijl je het wel had gedaan.' Haar hart ging nog steeds als een gek tekeer, vooral toen langzaam tot haar doordrong wat dat betekende...

'Ja, maar ik was net wakker, en jij stond tegen me te schreeuwen, en ik was in de war...'

'En toen zei Lucas dat hij het had gedaan.'

'Precies!' Jay spreidde zijn handen. 'Dat zei hij!'

'Maar waarom dan? Waarom zou hij dat zeggen als het niet zo was?'

'Ik heb geen flauw idee. Ik kon mijn oren ook niet geloven.'

'Maar je zult het hem toch wel hebben gevraagd? Toen je alleen met hem was?'

'Ja, maar hij leek het niet belangrijk te vinden. Hij zei dat het op die manier gemakkelijker was, omdat jullie elkaar toch nooit meer zouden zien. En toen veranderde hij van onderwerp. Ik probeerde hem nog te bedanken, maar hij schudde alleen maar zijn hoofd. Hij wilde het er echt niet over hebben.'

'Maar dat was zeven weken geleden,' zei Essie. 'Waarom vertel je het me nu ineens?'

'Nou, eerst dacht ik dat hij gelijk had. Ik had iets ontzettend stoms gedaan, hij nam de schuld op zich, en daar was ik heel blij om. Het was inderdaad gemakkelijker zo. Toen jij hem weer tegenkwam, vond ik dat dikke pech, maar gelukkig zei hij niks. En toen besloot je bij de Red House te gaan werken, en nog steeds zei hij niks. Ik dacht dat je het hem uiteindelijk wel zou vergeven.' Jay nam een slokje wijn. 'Maar toen ik gisteren zag hoe jullie tegen elkaar deden... hoe jullie met elkaar omgingen... toen voelde ik me echt klote, want dat was nergens voor nodig. Dus besloot ik dat ik het je beter kon vertellen. En daarom heb ik je op deze lunch getrakteerd. Om het je te kunnen vertellen.'

'Oké.' Essie had nog steeds moeite om het te verwerken.

'Je hoeft hem niet meer te haten.'

'Nee.'

'Hij is geen klootzak. Hij is zelfs een erg aardige man.'

'Ja.'

'Ik ben de klootzak hier. En het spijt me echt heel erg van jou en Paul.'

'En van mijn baan.'

Jay haalde zijn schouders op. 'Ja, dat ook. Hoewel... Nou, ik heb zijn moeder nooit ontmoet, maar zoals jij haar altijd beschreef... Het leek mij nogal een kreng.'

Dat was ook zo, maar het was iets wat alleen zij mocht zeggen, niet hij. Van de gelegenheid gebruikmakend pikte ze met haar vork een perfect gebakken aardappel van zijn bord. 'Ik kan bijna niet geloven dat je zo stom bent geweest.' Maar op de een of andere manier was het ook aannemelijker dat haar broer het had gedaan. Vooral nu ze Lucas wat beter kende, begreep ze dat hij er de man niet naar was om zoiets te doen.

'Ik zal nooit meer stout zijn,' beloofde Jay. 'Als ik negentig ben, en iemand vraagt me op mijn sterfbed waar ik het meest spijt van heb, dan zal ik zeggen dat dit het was.'

'En niet van die keer dat je me, toen ik vijf was, in een kartonnen doos de trap af hebt geduwd?' Ze trok haar wenkbrauw op; dat was nog iets wat ze hem regelmatig in herinnering bracht. Ze was toen beneden tegen de muur geknald en dat had haar twee voortanden gekost. En eentje ervan had nog niet eens losgezeten.

'Dat is nog iets waar ik heel erg veel spijt van heb,' zei hij.

'Ja, vooral omdat je van mama toen een week niet op je fiets mocht.'

'O ja, dat is waar ook.' Hij keek berouwvol. 'Verschrikkelijk was dat. Ik heb toen nog harder gehuild dan jij.'

De gestolen gebakken aardappel, goudkleurig en onweerstaanbaar, zat al bijna in haar mond. Ze glimlachte. 'Net goed.'

Op maandagochtend werd Essie laat wakker. Toen ze de slaapkamergordijnen opende, zag ze dat de zon scheen. De lucht was felblauw, en Percival Square was bedekt met een glinsterend laagje rijp.

Het mooie weer paste precies bij haar stemming; sinds Jay haar gisteren de waarheid had verteld, voelde ze zich stukken beter, lichter, minder in tweestrijd. Het was niets voor haar om zo vol overgave de pest aan iemand te hebben zoals zij vol overgave de pest had gehad aan Lucas Brook.

En nu was dat nare gevoel weg, opgelost, weggedreven, als een ballon die in de onbewolkte hemel verdwijnt.

Met haar ellebogen op de vensterbank keek ze naar een oude man die een bal weggooide voor zijn labradoedel. De hond rende erachteraan, pakte hem in zijn bek en maakte een triomfantelijk rondje over het plein.

Achter de hond ging de deur van de Red House open. Giselle kwam naar buiten met een blauwe weekendtas in haar hand. Ze gaf Lucas, die in de deuropening stond, een kus en liep in de richting van Milsom Street, nog een keer vrolijk zwaaiend over haar schouder. Essie vermoedde dat ze moest werken en nu op weg was naar de bushalte. En Giselle had natuurlijk al die tijd al geweten hoe het met die mail zat, besefte ze ineens. Daarom had ze zich niet druk gemaakt om wat Lucas zogenaamd had gedaan.

Nadat Giselle om de hoek was verdwenen, haalde Lucas een hand door zijn haar, riep een begroeting naar de man met de labradoedel en ging weer naar binnen.

Essie liep de badkamer in: tijd voor een douche.

En een verontschuldiging.

Veertig minuten later klopte ze op de deur van de Red House en liet zichzelf toen binnen. De schoonmaakster,

Maeve, was fanatiek aan het stofzuigen, terwijl ze mee-
zong met de muziek op haar koptelefoon, waarschijnlijk
iets als 'Copacabana' van Barry Manilow. Lucas stond zijn
bruine leren jack aan te trekken. Toen hij zich omdraaide
om zijn autosleutel te pakken, zag hij Essie staan.

'O, hallo.' Hij keek verbaasd, wat niet onlogisch was,
want ze moest pas om vijf uur werken. 'Is er wat?'

'Ik wilde je even spreken. Heb je nu tijd?' vroeg ze zenuwachtig.

'Hopla, pas op je voeten, schat!' Maeve zwiepte het snoer
als een lasso om een tafel heen. 'Straks zit je nog gevangen!'

'Sorry.' Essie deed een stap opzij.

'Ik wilde net naar de groothandel. Ik ben over een uur
terug.' Blijkbaar merkte hij dat ze op hete kolen zat, want
hij voegde eraan toe: 'Of anders ga je met me mee.'

Ze moest het hem vertellen. Het kon niet wachten. 'Dan
doe ik dat.'

'Goed.' Lucas gaf Maeve met een gebaar te kennen dat
ze wegingen. 'Kom, dan gaan we.'

Het was druk op de weg. Stapvoets reden ze in Lucas'
grijze BMW over Upper Bristol Road. Essie wachtte tot ze
bij het stoplicht bij de kruising met Windsor Bridge Road
stonden en zei toen: 'Jij hebt het helemaal niet gedaan.'

Hij draaide de verwarming wat lager. 'Hoe bedoel je?'

'God, jij zou een goeie spion zijn, zeg.' Ze had hem aandachtig bekeken, maar aan zijn gezicht was niet af te lezen
of hij wist waar ze het over had. 'Jay heeft het me gisteren
verteld. Jij hebt de schuld op je genomen. Maar hij had die
mail verstuurd.'

'En?'

'Hoezo en?'

'Wat heb je tegen hem gezegd nadat hij het je had verteld?'

'Ik heb hem een idioot genoemd, omdat hij dat ook is. En waarschijnlijk heb ik hem wel voor meer dingen uitgemaakt, maar dat kan ik me niet meer herinneren.'

'Praten jullie nog met elkaar?' Hij wierp even een zijdelingse blik op haar.

'Ja, natuurlijk. Hij had me mee uit lunchen genomen. Hij is mijn broer. En af en toe word ik gek van hem...' Ze spreidde haar handen en liet ze toen weer in haar schoot vallen. 'Dat snap je vast wel. Maar hij blijft mijn broer.'

Lucas knikte langzaam. Het stoplicht sprong op groen, en hij sloeg links af. 'Nou, dat is fijn om te horen.'

'Maar ik doe al weken heel onaardig tegen je. Nou ja, niet echt, maar je wist al die tijd wat ik van je vond. En tcch heb je niets gezegd; je liet me gewoon in de waan dat jij die mail had verstuurd.'

'Die ochtend leek het me een goed idee.'

'Maar waarom dan?'

'Kijk, zwanen.' Toen ze de brug over de Avon over reden, wees Lucas naar de rivier.

'Wil je soms van onderwerp veranderen?' Essie keek hem aan.

'Nou ja, het is toch in orde nu? Je weet wat er is gebeurd en je hebt geen ruzie met je broer, dat is het belangrijkste. En iets anders wat belangrijk is, is dat we nu vrienden kunnen worden. Je hoeft niet meer steeds zo boos naar me te kijken.' Op geamuseerde toon liet hij erop volgen: 'Onze samenwerking zal stukken soepeler verlopen. Voor ons allebei.'

'Ja.' Ze knikte. 'Dat zei Jay ook. Hij zag zaterdag hoe ik tegen je deed.'

'Van nu af aan wordt alles anders,' zei Lucas.

'Totaal anders.' Ze voelde zich enorm opgelucht.

'Misschien moet je zelfs wel lachen om mijn grapjes.'

'Rustig aan, dat gaat misschien iets te ver.'

'Zal ik je eens vertellen waarom er soms geen eten is in het vliegtuig?' Hij keek haar onschuldig aan. 'Dat is als de cockpit.'

De kok pit.

'En daarom lach ik dus niet.' Maar na een paar seconden verscheen er toch een glimlach om haar mond.

Het gebouw van de groothandel doemde voor hen op, en Lucas reed het parkeerterrein op.

In minder dan een uur hadden ze hun winkelwagen volgeladen met de spullen die ze nodig hadden. Het verschil met hoe ze eerder met elkaar om waren gegaan, was gewoon tastbaar. Terwijl ze door de gangpaden hadden gelopen, hadden ze het over de Red House gehad, over het andere personeel en over de vaste klanten, en allemaal alsof het de gewoonste zaak ter wereld was. Tot nu toe had Essie altijd via iemand anders dingen over Lucas gehoord, maar nu was dat compleet veranderd. Ze kon het overal met hem over hebben, hem vragen wat ze maar wilde. Ze moest toegeven dat ze dat al weken had willen doen, maar dat was onmogelijk geweest, omdat ze niet met hem sprak.

'Hier, vang.' Hij gooide een doos rode papieren servetten naar haar toe.

'Ik snap nog steeds niet waarom je me niet hebt verteld hoe het werkelijk zat toen ik bij je kwam werken,' zei ze.

Hij bleef staan en keek haar even aan. 'Ik zal het je vertellen. Maar niet hier. Laten we dit eerst afhandelen.'

Nadat hij had afgerekend, laadden ze alles in de auto. Lucas reed echter niet terug naar de Red House, hij ging een andere kant uit en stopte uiteindelijk voor het Royal Victoria Park.

Ze wandelden over het bochtige pad langs de eendenvijver, klommen toen een heuvel op, sloegen links af en bereikten uiteindelijk een kleine open plek omringd door struiken en bomen.

Lucas bleef staan.

En Essie vroeg zich af wat hij haar zou vertellen.

19

'Ik ben heel vaak in dit park geweest, maar dit gedeelte ken ik niet,' zei Essie. 'Ik wist niet eens dat het bestond.'

'Ik heb het bij toeval afgelopen herfst ontdekt, en nu kom ik hier heel vaak. En voordat je gaat lachen, ik weet dat ik als een ouwe kerel van negentig klink. Maar dat maakt me niet uit. Soms voelt een plek gewoon goed aan.'

In het midden van de open plek stond een houten bank. Essie zag dat er die dag al mensen hadden gezeten, want hoewel er op alle takken en bladeren om hen heen nog rijp zat, was die op de zitting verdwenen.

'Zullen we gaan zitten?' stelde Lucas voor.

Op de rugleuning van de bank zat een bronzen plaatje. Essie raakte het aan. 'Barbara en James. Ik vind het altijd mooi als ik namen op een bank zie staan. Ik ga dan fantaseren over wie ze waren en hoe hun leven eruitzag.'

'Mijn vader heette James.'

'Echt? Deze James?' Ze wees naar het plaatje. 'Is dat je vader?'

Glimlachend schudde hij zijn hoofd. 'Nee, dat is gewoon toeval. Dus, jij vindt het maar raar wat ik toen deed, die ochtend bij jou thuis. Dat was het waarschijnlijk ook. En daarom voel ik de behoefte om je het uit te leggen.' Hij lachte niet meer; hij zat met zijn rug tegen de leuning en zijn benen uitgestrekt voor zich, met de enkels over elkaar geslagen. Zijn vingers had hij losjes verstrengeld op zijn buik liggen. Aan zijn gezicht was niets af te lezen.

'Dat hoeft echt niet.'

'Jawel, ik vind dat je het moet weten. Verder weet bijna niemand het, op Giselle na natuurlijk. Maar... ik heb liever niet dat je het allemaal opschrijft en dan naar je hele adresboek stuurt.'

Essie, blij dat ze haar donsjack aanhad, pakte haar gebreide kersthandschoenen uit haar zakken en trok ze aan. 'Ik zal het niet verder vertellen,' beloofde ze.

Benieuwd naar wat ze te horen zou krijgen, keek ze naar een roodborstje dat voor hun voeten landde en op zoek ging naar broodkruimels die de mensen die hier eerder hadden gezeten, op de grond hadden gestrooid.

'Toen ik zeven was, gingen we een weekend naar Cornwall,' stak Lucas van wal. 'Mijn vader en moeder en ik. Die zaterdagmiddag waren we op het strand, we deden spelletjes, we picknickten. En we gingen ook zwemmen. Na het eten wilde ik weer het water in, gewoon in het ondiepe gedeelte. Ik verzamelde stenen en krabbetjes in een emmertje, je weet wel. Ik wist dat ik niet alleen het water in mocht, dus bleef ik netjes aan de kant. Tot ik ineens gepakt werd door een onverwachte, hoge golf.'

Hoewel ze allebei nog steeds naar het roodborstje keken, hoorde Essie de adem in Lucas' keel stokken.

'De zee sleurde me weg van de kust, en ik raakte in paniek en begon te gillen... Mijn vader rende het water in. Hij zwom naar me toe en wist me te pakken te krijgen en gaf me toen aan mijn moeder, die ook het water in was gegaan. Ze wist me weer op het droge te krijgen. Maar er was een sterke getijdenstroom waar mijn vader in terechtkwam.' Lucas' adem stokte weer. Terwijl hij met zijn linkervingers op zijn rechterhand trommelde, slaakte hij een diepe zucht. 'Het punt met getijdenstromen is dat ze er aan de oppervlakte niet gevaarlijk uitzien. Maar langs de bodem kunnen ze dodelijk zijn. En deze stroom trok mijn vader onder water en nam hem mee voordat de reddingsbrigade bij het strand arriveerde, want het was de eerste week van oktober, dus was het zomerseizoen al afgelopen. Ik bedoel, ze kwamen natuurlijk zo snel mogelijk, maar toen was het al te laat. Hij was dood.'

'Wat verschrikkelijk. Echt verschrikkelijk!' De woorden bleven bijna in haar keel steken. Het was voor haar al moeilijk om naar Lucas te luisteren terwijl hij het tafereel beschreef, laat staan hoe het voor hem moest zijn geweest.

Hij knikte. 'Ja.'

Het roodborstje vloog weg.

'Wat erg voor je.' Als hij iemand anders was geweest, zou ze zijn hand hebben gepakt, of een kneepje in zijn arm hebben gegeven. Maar met Lucas kon ze dat niet.

Hij was vast heel getraumatiseerd geweest. Een jongetje van zeven dat zijn vader ziet verdrinken nadat die het water in is gerend om hem te redden.

'Ik weet het.' Lucas ging iets verzitten. 'Maar we zijn nog niet eens bij het belangrijkste gedeelte aangekomen.'

Kwam er nog meer dan? Was dit nog niet erg genoeg?

'Je hoeft het me niet te vertellen, hoor,' fluisterde ze.

Hoewel ze natuurlijk wel nieuwsgierig was geworden, dat kon ze niet ontkennen.

'Mijn vader had een jongere broer,' ging hij verder. 'Max. Ze scheelden maar anderhalf jaar, en hij woonde dicht bij ons, dus zagen we hem vaak. Hij was echt een te gekke oom, goed met kinderen, altijd bereid om met me te voetballen of cricket te spelen. Iedereen was dol op hem. Vlak voordat we naar Cornwall gingen, hadden mijn vader en hij ergens ruzie om gekregen, en ze spraken niet meer met elkaar. Blijkbaar was dat niet voor het eerst. Maar dat weekend aan zee was al geboekt, dus gingen we met ons drieën. Normaal gesproken zou oom Max mee zijn gegaan – soms nam hij bij dat soort gelegenheden ook een vriend of vriendin mee – maar deze keer was hij er dus niet bij.' Hij zweeg even. 'Als hij er wel bij was geweest, was mijn vader waarschijnlijk niet verdronken. Oom Max kon veel beter zwemmen dan hij.'

Essie schudde alleen maar haar hoofd. Ze had geen idee wat ze moest zeggen.

'Heb je het niet ijskoud?'

'Nee.' Ze had het natuurlijk wel koud, maar dat was nu niet belangrijk.

'Hoe dan ook, oom Max was er niet bij, en dat heeft hij zichzelf nooit vergeven. En ze hebben daardoor ook nooit de kans gekregen om hun ruzie bij te leggen, en daar gaf hij zichzelf ook de schuld van.'

'Heb je ooit ontdekt waar die ruzie over ging?'

'Pas veel later. Oom Max had me vlak voor mijn vaders dood een keer meegenomen naar het park waar hij me op het klimrek zette. Ik ben er toen uit gevallen en kwam hard op mijn enkel terecht. Ik had niets, maar de eerste paar minuten deed het heel erg pijn, en hij was bang dat ik hem had gebroken. Waardoor ons weekendje Cornwall in de soep zou lopen. Dus heb ik een tijdlang gedacht dat die ruzie daarover ging.'

'O, maar zo erg...'

'Nee, nee,' onderbrak hij haar. 'Uiteindelijk begreep ik zelf ook wel dat het iets belangrijkers moest zijn geweest dan een verzwikte enkel. Toen ik achttien was, heb ik mijn moeder ernaar gevraagd, en zij vertelde dat het te maken had met de toenmalige vriendin van Max. Blijkbaar vond mijn vader haar maar niks, hij vertrouwde haar niet en had liever niet dat ze meeging naar Cornwall. En daar ging die ruzie over.'

'Hoe was ze?' vroeg Essie. 'Vond je haar aardig?'

'Ik was zeven.' Lucas haalde zijn schouders op. 'Ze heette Teresa en ze was mooi, meer kan ik me niet herinneren. Ik vond haar wel oké.'

'En is het nog wat geworden tussen hen?'

'Max is een jaar later in Las Vegas met haar getrouwd, gewoon zij tweeën, geen familie. En een jaar later zijn ze weer gescheiden. Hij was nooit thuis, zat altijd in de kroeg. We voetbalden niet meer, speelden geen cricket meer... De drank begon zijn leven te beheersen. Hij raakte zijn baan kwijt, zijn huis en vertrok. Ik denk dat hij gewoon niet kon leven met zijn schuldgevoel. Voor zover ik weet woont hij nu in Spanje, waar hij souvenirs verkoopt op het strand.'

Het was allemaal heel droevig, vond Essie. 'En je moeder? Is ze hertrouwd?'

'Nee.'

'Waar woont ze?'

'In het noorden van Engeland.'

'Zie je haar vaak?'

'Als ik tijd heb,' was alles wat hij zei. Hij ging wat meer

rechtop zitten. 'En dat is mijn familieverhaal.' Hij keek haar aan. 'En nu weet je waarom ik zei dat ik die mail had verstuurd. Ik kende je niet; ik hoorde je alleen tekeergaan tegen je broer. En daar kon ik niet tegen, want ik dacht: stel dat ze elkaar niet meer willen zien en dat er dan iets ergs gebeurt en een van jullie doodgaat?' In zijn donkere ogen was nog een restant verdriet en schuldgevoel zichtbaar.

'Nou, bedankt dat je dat hebt gedaan. Maar we zouden heus niet lang ruzie hebben gehad, hoor. Hooguit een dag of twee. Maar dat is het punt met nare dingen, je weet nooit wanneer die gebeuren. Je hebt iets heel aardigs gedaan, en daar had je een goede reden voor. En het spijt me dat ik zo rottig tegen je ben geweest.'

'Ach, je kon het niet weten.' Er verscheen een klein lachje om zijn mond.

Essie besefte dat ze weinig van hem had geweten en allemaal verkeerde dingen over hem had gedacht. Maar eigenlijk gold dat voor iedereen. Mensen die Lucas voor het eerst in de Red House ontmoetten, waren altijd meteen van zijn vriendelijke en opgewekte persoonlijkheid gecharmeerd. Wat heel handig was als je een café had, want mensen hadden dan zin om terug te komen. Hij was extravert en grappig, een volmaakte gastheer, charismatisch en hartelijk.

Niemand zou ooit vermoeden dat hij in zijn jeugd iets tragisch had meegemaakt dat de rest van zijn leven zou blijven beïnvloeden.

Ze merkte dat hij het onderwerp verder wilde laten rusten en stelde geen vragen meer, hoewel ze voelde dat er iets met zijn moeder was wat hij verzweeg. Om te beginnen was hij met kerst niet naar haar toe geweest, en ze was ook niet naar Bath gekomen.

'O nee!' jammerde ineens een hoog stemmetje.

Ze keken allebei naar links, waar een klein jongetje in een Spiderman-parka aan de rand van de open plek was blijven staan. 'Opa, er zitten mensen op onze speciale bank! Wat moeten we nu doen?'

Hij keek zo boos dat Essie en Lucas allebei in de lach schoten, wat hun op nog bozere blikken van het jongetje kwam te staan.

'O, wat ben ik bang,' zei Lucas zacht. Daarna stond hij op en zei tegen het jongetje: 'We gaan al weg. Dan kunnen jullie op je speciale bank gaan zitten.'

'Is dat niet aardig van die meneer? Zeg maar dank u wel,' zei de opa van het jongetje.

De jongen keek Lucas minachtend aan. 'Nee, ze moeten weg.'

Weer in de auto startte Lucas de motor en zette de verwarming op de hoogste stand. Terwijl ze wachtten tot de beslagen ramen helder werden, zei hij: 'Ik heb dit nog nooit eerder aan iemand van het personeel verteld.'

'Ik vertel het niet verder,' zei ze.

'Dat weet ik. Zoals ik al zei, het is niet echt geheim, maar het is gewoon makkelijker als niet iedereen het weet. Ik wil niet dat mensen medelijden met me krijgen of denken dat ze op hun woorden moeten passen. Ze komen naar het café om zich te ontspannen. En het is mijn werk om daarvoor te zorgen.'

'En dat doe je erg goed.'

'Natuurlijk. Ik ben briljant.' Hij grijnsde. 'Hoe dan ook, ik ben blij dat ik het je heb verteld. En... bedankt.' Even leek het of hij zijn hand op de hare wilde leggen, maar toen bedacht hij zich en greep het stuur beet.

Essie had van schrik even haar adem ingehouden, want ze besefte ineens dat ze graag wilde dat hij haar aanraakte.

Ze voelde een band met hem en ze vond dat hij moest weten dat ze hem altijd zou steunen.

Maar Lucas had zich bedacht, en dat was maar beter ook. Hij was haar baas; tot vandaag hadden ze zelfs nog nooit een normaal gesprek met elkaar gevoerd. Bovendien had hij een vriendin, en dat maakte het ook zeer ongepast.

Oké, het zou niet meer dan een aanraking van haar hand zijn geweest, maar toch... bij de gedachte alleen al schoot de adrenaline door haar heen.

Ze maande zichzelf tot kalmte. Ze waren vrienden, en dat wilde ze graag zo houden.

Naast hen was een auto tot stilstand gekomen, met een knipperend licht om aan te geven dat hij op hun plek wilde parkeren. Essie draaide zich om en zei toen zo gewoon mogelijk: 'Er komt niemand aan. We kunnen.'

20

Het was een drukke maandag geweest in de Red House. Conors nieuwste reeks portretten hing aan de muren, en enthousiaste leden van een fotoclub hadden hem gevraagd om een praatje te houden. Toen ze weg waren, had Essie aan Conor gevraagd: 'Heb je al eens een foto van Lucas gemaakt? Er zou hier toch ook eentje van hem moeten hangen?' Conor had het meteen een goed idee gevonden en was naar huis gegaan om zijn camera te halen.

En nu, terwijl Essie en Jude na de laatste ronde aan het opruimen waren, zat Lucas op een kruk om zich te laten fotograferen.

'Iets meer naar voren leunen,' riep Essie tegen hem. 'Laat dat decolleté zien.'

Zonder naar haar te kijken stak Lucas grijnzend zijn middelvinger naar haar op.

Essie lachte. 'Ach, gelukkig bestaat er zoiets als Photoshop.'

Ze deed de vaatwasser open, die net klaar was, en werd gehuld in een wolk van stoom.

'Zo is het veel fijner,' zei Jude.

'Wat precies?'

'Jij en Lucas. Ik weet niet wat er is veranderd, maar je praat nu net zo tegen hem als tegen ons. Het is net alsof er een muur is neergehaald.' De stoom was weggetrokken, en Jude keek haar met glanzende ogen aan. 'Maar ik ben wel nieuwsgierig waardoor dat komt.'

Essie begon de hete schone glazen op te hangen. 'Er was sprake van een misverstand, maar alles is opgehelderd.'

'Een misverstand? Wat dan? Nu word ik pas echt nieuwsgierig!'

Essie keek even naar Lucas.

Schouderophalend zei hij: 'Als we het haar niet vertellen, denkt ze nog dat we stiekem iets met elkaar hebben.'

'Dat begon ik inderdaad te denken,' zei Jude.

Essie gooide een theedoek naar haar toe. 'Heel slecht!'

'Hé,' riep Lucas. 'Weet je nog van die mail met kerst, waardoor Essie ontslagen werd? Ze dacht dat ik hem had verstuurd.'

'En daarom was ik kwaad op hem,' vulde Essie aan. 'Al sinds de dag dat ik ontdekte dat hij mijn nieuwe baas was. Maar gisteren ben ik erachter gekomen dat hij het niet had gedaan.'

'Dus nu heeft ze besloten dat ik wel meeval.'

'Wauw?' Jude keek Essie met grote ogen aan. 'Hoe ben je daarachter gekomen?'

'De ware schuldige heeft bekend,' zei Essie.

'En Essie voelde zich rot, omdat ze de hele tijd de verkeerde had beschuldigd,' vertelde Lucas, terwijl Conor gewoon doorging met fotograferen. 'Maar nu zijn we vrienden en is alles...'

'Maar wacht eens...' zei Jude fronsend. 'Die mail is verstuurd door iemand die 's nachts bij Essie thuis is blijven slapen.'

'Dat klopt. Ik heb die nacht bij haar geslapen, en daarom dacht ze ook dat ik het was. Maar dat was niet zo.'

Jude keek Essie aan. 'Dus het was je broer.'

O.

'Inderdaad,' zei Lucas.

'Jay,' zei Jude voor de zekerheid.

'Ja.' Lucas knikte.

'Nou, sorry, maar wat een zak,' zei Jude.

Ah.

'Maar echt.' Ze wendde zich tot Essie. 'Als ik had geweten dat je dacht dat het Lucas was, had ik je meteen kunnen vertellen dat hij zoiets nooit zou doen. Gewoon niet.'

'Ja, dat weet ik nu ook,' zei Essie.

'Toen ik je broer voor het eerst zag, vond ik hem hartstikke leuk. Niet te geloven dat hij zoiets stoms heeft gedaan.' Ze trok geïrriteerd haar neus op. 'Ik ben echt teleurgesteld in hem.'

Och, arme Jay. Essie vond toch dat ze haar broer moest verdedigen. 'Iedereen doet wel eens stomme dingen.'

'Misschien, maar niet zo stom,' vond Jude.

Het was de avond ervoor gaan sneeuwen, en Percival Square was veranderd in een Disney-achtig Winter Wonderland. Opgewonden kinderen bevolkten het plein; ze gooiden handenvol poedersneeuw in de lucht, renden elkaar achterna en maakten scheve sneeuwpoppen die prompt omver werden gelopen door nog opgewondener honden.

'Jij bent toch die man van die foto's in de Red House,' zei een blonde moeder tegen Conor. 'Zou je niet een foto van mijn zoontjes willen maken?'

Conor, die meestal liever zelf besloot wie hij fotografeerde, wees en vroeg: 'Die twee daar? Natuurlijk.' Want het was een tweeling, van een jaar of drie, vier, met glanzende ogen en rode wangen, in identieke skipakken, en ze schaterden van het lachen, terwijl ze plat op hun rug lagen om sneeuwengelen te maken.

Hij maakte een stuk of vijftien foto's en daarna nog eens een stuk of tien toen ze opsprongen en rondjes om hun moeder heen begonnen te rennen. Een van de jongetjes pakte een handvol sneeuw en gooide die naar zijn broertje. Maar hij miste en zijn broertje lachte hem uit. 'Mama, ik wil dat het altijd blijft sneeuwen!'

'Wacht maar tot je groot bent,' zei zijn moeder droog. 'Dan piep je wel anders.'

Geamuseerd vertelde Conor haar dat hij een van de foto's volgende week in de Red House zou ophangen, mocht ze nieuwsgierig zijn. Hij gaf haar zijn kaartje, zei gedag en wandelde via Milsom Street naar het drukste deel van het winkelgebied.

Tien minuten later zag hij een vertrouwde gestalte voor de ingang van Bath Abbey staan. Hoewel het niet meer sneeuwde, was het nog steeds bitter koud. Ze stond ineengedoken te wachten, in een felgele jas, een zwarte jeans en rode laarzen, en was zo verdiept in haar telefoon dat ze niet merkte dat hij vlak bij haar was komen staan. Conor haalde de dop van zijn lens. Stuurde ze iemand een berichtje? Zat ze op Facebook te kijken? Was ze Pokémon Go aan het spelen?

Wat het ook was, ze had er geen idee van dat hij hier stond. Hij maakte een paar foto's en zei toen: 'Hai, Scarlett, gaat het?'

Ze keek op, zag de camera in zijn hand en begon breeduit te lachen. 'Conor, hallo! Ga je me fotograferen? Wacht, dan zal ik me even fatsoeneren. Ik ziet er niet uit...' Onder het praten pakte ze een poederdoos en een lippenstift uit haar schoudertas.

'Dat hoeft niet. Je staat er al op.' Hij hield de Nikon omhoog. 'Terwijl je in je telefoon verdiept was.'

Ze keek hem ontzet aan. 'Maar dat is niet eerlijk! Ik zie er vreselijk uit!'

'Je ziet er helemaal niet vreselijk uit.'

'Laat zien.'

Ze kwam naast hem staan, en Conor liet haar de foto's zien. Ze begon meteen te jammeren: 'O god, ik lijk wel een eland! En mijn neus is knalrood!'

'Roze, niet rood. Wat logisch is, aangezien je omringd wordt door sneeuw.' Hij kon zich er enorm aan ergeren wanneer mensen zo kritisch over hun uiterlijk waren. 'Zie je het contrast met de kathedraal achter je? Dat zijn prachtige kleuren bij elkaar, en de compositie is ook goed.'

'Maar ik zou er veel beter uit kunnen zien. Serieus. Laat me nou een beetje lippenstift opdoen, en dan maak je daarna een nieuwe foto.'

'Nee.' Hij schudde zijn hoofd. 'Dat zou niet hetzelfde zijn. Dan trek je weer zo'n pruilmondje. Mag ik een van deze foto's in de Red House ophangen?'

'Echt niet!' piepte ze.

'Dan niet.' Hij verwijderde de foto's van zijn camera. 'Zo, weg.'

'Heeft iemand je wel eens verteld dat je heel irritant bent?'

Hij glimlachte. 'Alleen neurotische narcisten vinden me irritant. Maar wat doe je hier trouwens?'

'Ik sta op mijn groep te wachten. Ik heb over vijf minuten een afspraak met ze.' Scarlett opende haar poederdoos en poederde snel haar neus, daarna deed ze knalroze lippenstift op, smakte met haar lippen en blies hem een ironisch kusje toe. 'Een familie van tien uit New York heeft een stadsrondleiding geboekt.'

Conor wist van Essie dat Scarlett als stadsgids werkte. Ze had op zondag ook een kraam op de vintagemarkt, waar ze kunst en sieraden verkocht, en ze deed ook nog een paar middagen per week iets anders in Bristol. Terwijl hij naar haar glanzende paarse haar wees, vroeg hij: 'Wat is eigenlijk je echte kleur?'

'Wie zal het zeggen? Wie kan het schelen? Ik vind het leuk om het te verven. En mijn toeristen weten het te waarderen.' Ze knikte en wuifde naar een groepje mensen dat aarzelend op haar af kwam lopen. 'Zo raken ze me niet kwijt in de drukte.'

'Zijn dat ze? Dan ga ik er maar weer eens vandoor,' zei Conor.

'Zeker weten dat je geen foto van me wilt maken?' Ze plaagde hem, maar meende het tegelijkertijd ook; blijkbaar zaten zijn eerdere weigeringen haar toch een beetje dwars.

'Misschien ooit nog,' zei hij vriendelijk.

Hij zag van een afstandje dat ze haar klanten vrolijk begroette en vervolgens druk gebarend meenam in de richting van Pulteney Bridge.

Zelf liep hij terug langs de Romeinse Thermen en sloeg daarna Stall Street in. Zijn aandacht werd getrokken door een oude man naast een muur, met een half broodje in zijn hand. Hij scheurde het brood aandachtig in heel kleine stukjes en gooide die in de sneeuw. Voor hem doken vogels naar beneden om ze op te pikken. Wat de man niet wist, was dat op de muur achter hem een zwarte kat in aanvalshouding zat, met glinsterende groene ogen en een staart die langzaam heen en weer zwaaide...

Terwijl hij zijn toestel pakte, vroeg hij: 'Meneer, zou ik misschien een foto van u mogen maken?'

'Nee, dat mag u niet,' zei de oudere man. 'Rot op.'

Oké...

Conor verbeet een lachje. Hij snapte het best dat sommige mensen het niet wilden. Hij draaide zich om en liet zijn blik over de besneeuwde straat glijden, vol winkelend publiek, mensen op weg naar hun werk en bezoekers uit de hele wereld die waren afgereisd naar het betoverende Bath...

En toen zag hij haar.

Wat?

Dat kon helemaal niet. Dat wist hij best.

Maar ze was het wel.

Ze was niet dood. Daar stond ze.

21

Het bloed klopte in zijn slapen, terwijl hij iets probeerde te verwerken wat helemaal nergens op sloeg. Het was alsof je zonder enige waarschuwing midden in een film viel.

Dit was echter geen film. Dit was het echte leven. En er was blijkbaar een medisch wonder gebeurd. Want ze zag er erg goed uit.

Het was inmiddels vier jaar geleden, maar Conor was Jessica Brown nooit vergeten. Dat kon ook niet, ze had zo'n grote invloed op zijn leven gehad. Zonder zich ervan bewust te zijn had ze hem laten zien dat hij niet geschikt was voor het vak dat hij had gekozen. Op de dag dat hij Jessica had leren kennen, had hij woorden gehad met zijn oude baas Margaret Kale en ontslag genomen. De ochtend daarop had hij Margaret een mail gestuurd en haar gevraagd om het geld dat Jessica Brown de firma schuldig was van zijn laatste salaris in te houden.

En dat was dat.

Tot nu dan.

Jessica draaide zich ineens om, alsof ze voelde dat er iemand naar haar keek. Toen hun ogen elkaar vonden, sloeg zijn hart over.

'Verdomme, wat nou weer?' schreeuwde de oude man toen de kat van de hoge muur sprong en de vogels paniekerig opvlogen. De kat achtervolgde de traagste nog even, maar was net te laat, en de vogel krijste triomfantelijk. De man liet van schrik het brood vallen, en de kat ging er meteen mee vandoor.

'Klotebeest, rot op.' De man wapperde woest met zijn armen naar de kat. 'Wegwezen.' Toen hij zag dat een groepje kinderen hem stond uit te lachen, beet hij hun toe: 'En jullie ook!'

Om de man niet nog bozer te maken, liep Conor bij hem weg en wierp weer een blik op Jessica. Ze stond ook om de man te lachen. Toen keek ze hem weer aan, en onwillekeurig liep hij naar haar toe.

Want hij kon niet anders.

Ze kreeg een vragende blik in haar ogen, en hij besefte dat ze hem niet herkende. Nou ja, ze hadden elkaar ook maar één keer ontmoet, en toen had ze wel belangrijker dingen aan haar hoofd gehad dan het uiterlijk van haar advocaat.

'Hallo,' zei Conor.

'Hallo,' zei Jessica.

'Je weet niet meer wie ik ben.'

'Nee, sorry.'

'Dat geeft niets. Het is ook vier jaar geleden. Er is sinds-dien veel veranderd.' Hij knikte. 'Voor ons allebei. Maar voor jou nog meer dan voor mij.'

Ze knikte. 'Ja.'

'Je ziet er fantastisch uit.'

'Dank je. Sorry, maar dit wordt een beetje gênant. Ik weet echt niet meer wie je bent. Help me eens op weg.'

'Conor McCauley. Ik heb bij Kale and Grey gewerkt,' vertelde hij. 'Een advocatenfirma. Je bent toen bij me ge-weest... je wilde een testament laten opstellen...' Hij maakte zijn zin niet af, want ineens begreep hij zijn ver-gissing.

Ook de vrouw leek het plotseling te begrijpen. Want na-tuurlijk was ze Jessica Brown niet.

'O, dat verklaart de verwarring,' zei ze. 'Je dacht dat ik Jess was. Ik ben haar zus, Belinda.'

'O god, dat spijt me. Sorry. Wat stom van me.' Hij schudde zijn hoofd.

'Het maakt niet uit.'

'Is Jessica...'

'Ja, ze is gestorven.'

Natuurlijk was ze gestorven. Ze was toen terminaal ge-

158

weest en had geweten dat ze hooguit nog een paar maanden te leven had. Nog steeds gegeneerd over zijn vergissing, zei hij: 'Niet te geloven dat ik dacht dat jij haar was.
Maar jullie lijken precies op elkaar. Ik bedoel, toen was ze
erg ziek, maar jij ziet eruit zoals zij eruit zou hebben gezien als ze niet ziek was geweest.'

'Ja, we hebben altijd veel op elkaar geleken. Maar ik ben
vier jaar jonger, dus heb ik haar nu qua leeftijd ingehaald.
Logisch dat je je vergiste.' Belinda glimlachte. 'Ik weet ineens weer dat ze me over jou vertelde, dat je haar had uit-
verkoren om voor niets dat testament voor haar op te stellen. Heel aardig dat een bedrijf zoiets doet.'

Conor knikte. Hij wist nog dat hij die rekening had betaald en had er nooit spijt van gekregen.

'Toen ze later terugkwam om alles te ondertekenen, had
ze met een vrouw te maken. Die vertelde haar dat je daar
niet meer werkte,' zei Belinda.

Natuurlijk wist ze net zomin als haar zus waarom hij
zo abrupt was vertrokken. 'Nee, dat was zo.' Hij aarzelde.
Was het raar dat hij zich de naam van Jessica's dochtertje
nog herinnerde?

'Ze is drie maanden na het opmaken van het testament
overleden,' zei Belinda, die blijkbaar dacht dat hij dat had
willen vragen. 'Het was niet al te erg op het laatst. Voor
haar, bedoel ik. Wij missen haar natuurlijk nog iedere
dag.'

'En hoe is het met... Evie?'

'Je weet nog hoe ze heet!' Belinda klonk blij verrast. 'Gezien de omstandigheden gaat het goed met haar. Het is
een leuk kind.'

'En waar woont ze nu? Bij jou?'

'Ja. In het begin was het lastig, maar we zijn nu aan elkaar gewend. En ik ben dol op haar.' Bescheiden liet ze erop volgen: 'Met vallen en opstaan komen we er wel.'

'Dat is fijn om te horen. Heel fijn.' Hij knikte en verplaatste zijn gewicht naar zijn andere voet. Hij had net twee keer achter elkaar het woord 'fijn' gebruikt, wat waarschijnlijk betekende dat ze uitgepraat waren. Niet dat hij dat wilde, maar zo ging het met onbekenden die toevallig met elkaar aan de praat raakten. Het zou gek zijn om het gesprek te rekken en nog meer opdringerige vragen te stellen over iemand die hij niet eens kende. Hij schraapte zijn keel. 'Ik ben blij dat alles goed gaat... Nou ja, gezien de omstandigheden dan.'

O god, nou heb ik ook 'gezien de omstandigheden' gezegd, alsof ik haar napraat...

'Ja, we doen het best goed.' Belinda schudde haar blonde haar naar achteren en glimlachte. 'Het had slechter...'

'O, mijn god, dit is niet te geloven! Kijk eens wie we daar hebben!'

Conor voelde zijn nekhaartjes overeind gaan staan van afkeer. De stem die hij achter zich hoorde, had hetzelfde effect op hem als nagels over een schoolbord, en hij had hem meteen herkend.

Was hij soms gedoemd om eeuwig achtervolgd te worden door die verschrikkelijke vrouw? En waarom uitgerekend nu? Snapte ze dan niet dat het heel onbeleefd was om je ongevraagd met het gesprek van andere mensen te bemoeien?

'Ha, je bent het echt. Ik dacht het al!' ging de stem verder toen hij zich omdraaide. 'Niet te geloven!'

'Nou, zo raar is het niet,' zei Conor koeltjes. 'Per slot van rekening woon ik hier.'

De vorige keer had ze een groen leren jack gedragen en

was ze zwaar opgemaakt. Vandaag droeg ze een jas van namaak luipaardbont en haar make-up glom nog harder. Ze leek op een personage uit een erg slechte soap.

'Je vond het dus niet nodig om die avond naar de Red House te komen, hè? Geen manieren, dat is jouw probleem.'

'Heb ik ooit gezegd dat ik zou komen?' wierp hij tegen. 'Het was jouw idee, niet het mijne. En als je het niet erg vindt, ik stond met deze mevrouw hier te praten. Een privégesprek.'

De vrouw viel bijna van haar hoge hakken van het lachen. Ze krijste zo hard dat voorbijgangers nieuwsgierig omkeken.

'Jemig,' zei de man van het brood. 'Je mag de ruiten wel afplakken. Wat een stem!'

De vogelman negerend keek ze Conor met opgetrokken wenkbrauwen aan. 'Een privégesprek? Waarover dan wel?'

'Dat meen je niet!' zei Conor vol ongeloof. 'Je denkt toch niet dat ik antwoord op die vraag geef?' Hij wendde zich tot Belinda. 'Sorry voor dit. Ik ken haar niet eens.'

'O nee? Ze lijkt jou anders wel te kennen.' Belinda klonk geamuseerd.

Het werd een beetje ongemakkelijk, vond hij. 'Oké, ze klampte me vorige week aan en beval me naar een café te komen voor een blind date met een vriendin van haar. Ik bedoel, hoe kan ze nou denken dat iemand dat doet?'

'Hou op,' zei Belinda tegen de afschuwelijke vrouw, die weer begon te lachen, deze keer als een met helium gevulde heks. Daarna wendde ze zich weer tot hem. 'Nou, ík dacht dat bijvoorbeeld, anders was ik niet de deur uitgegaan in dat vreselijke weer. Wat niet erg bevorderlijk was voor mijn kapsel.'

Langzaam drong tot hem door wat ze zei, en hij besefte dat de vrouw in de luipaardjas niet bij hen was komen staan omdat ze hem herkende, maar omdat Belinda haar vriendin was.

Dé vriendin.

Hoe ongelooflijk het ook leek.

En ongelooflijk was nog zacht uitgedrukt.

'Jíj bent die vriendin?' Hij controleerde het voor de zekerheid.

'Ja,' beaamde Belinda.

'Het spijt me.'

'Dat mag ook wel,' bemoeide de luipaardvrouw zich ermee. Fronsend vroeg ze: 'Maar hoe komt het dat jullie hier nu toch staan te praten?'

'Hij heeft Jess gekend,' zei Belinda. 'Hij dacht dat ik haar was.'

'O, oké.' Ze nam hem met een uitdagende blik op. 'Waar kende je haar dan van? Heb je haar soms ook een blauwtje laten lopen?'

'Nee,' zei hij. Hoewel hij dat testamentair gezien wel had gedaan.

'Hoe dan ook, dit is dus mijn vriendin Belinda.' De luipaardvrouw maakte weidse gebaren, als een tv-presentatrice die gasten aan elkaar voorstelt. 'Ik zei dat ze goed bij je zou passen en ik had gelijk. Je hebt er nu zeker wel spijt van dat je toen niet bent gekomen, hè? Ondankbare hond.'

Wat moest hij daar nu op zeggen?

'Laat hem nou maar, Caz. Je bent soms echt erg.' Belinda schudde haar hoofd.

'Zeg dat wel,' mompelde Conor, wat hem op een smalende blik van Caz kwam te staan.

'Geef ons tien minuutjes, oké?' Belinda keek haar vriendin bemoedigend aan. 'Dan zie ik je zo in de Aqua, en dan gaan we lekker lunchen, goed?'

'Mij best,' zei Caz.

Toen ze weg was, zei Conor: 'Dat is me er eentje.'

'Caz? O ja.'

'Is ze je... beste vriendin?'

'Ik weet wat je denkt,' zei ze droog. 'Ze is luidruchtig, van alles een beetje té, en ze neemt geen blad voor haar mond. Wat ze in haar hoofd heeft, gooit ze eruit, ongeacht de consequenties.'

'Dat heb ik gemerkt.'

'Maar ze is ook een van de aardigste mensen die ik ken. Echt, ze heeft een hart van goud. Ze is mijn buurvrouw, en zonder haar hadden Evie en ik het niet gered. Ze helpt me als dat nodig is, ze vrolijkt me op als ik me rot voel en staat altijd voor me klaar.'

'Als jij het zegt.' Hij veranderde van onderwerp. 'Ik wil je nog even zeggen dat ik me die avond schuldig voelde, omdat ik me had voorgenomen om niet te gaan. Vooral omdat het zulk rotweer was. Dus toen besloot ik om toch te gaan, ik had me zelfs al omgekleed, maar op het laatste moment belde er iemand die mijn hulp nodig had. En daar kon ik niet onderuit. Maar het was een noodsituatie.'

'Echt waar?'

'Ja, ik zweer het je, met mijn hand op mijn hart. Ik ben die avond zes uur in de weer geweest met een kettingzaag om een omgewaaide boom uit de weg te ruimen. In de regen.'

'Dat was je straf,' zei ze. 'Omdat je me eigenlijk niet wilde ontmoeten.'

Zou hij het durven zeggen? Hij verzamelde al zijn moed

en zei toen: 'Als ik had geweten dat jij het was, had ik je graag leren kennen.'

'O.' Ze glimlachte.

'Ik was een beetje bang dat Caz me zou koppelen aan iemand die op haar leek.'

'Ik heb ooit wel luipaardpantoffels gehad.'

'En ik ben de zaterdag daarop om acht uur naar de Red House gegaan,' vertelde hij. 'Voor het geval dat je me een tweede kans had willen geven.'

'Ik heb het wel even overwogen,' gaf Belinda toe. 'Maar toen bedacht ik dat alleen een complete loser voor de tweede keer een blauwtje zou willen lopen. En die kans was groot.'

'Ik vind het nog steeds ongelooflijk dat jij het was,' zei hij.

'Ik besef ineens nog iets.' Ze wees op het fototoestel om zijn nek. 'Die foto's in de Red House... We hebben ze bekeken toen we er waren, en iemand noemde de naam van de fotograaf. Dat ben jij!'

Hij knikte. 'Ja.'

'Ik vond ze prachtig.'

'Dank je.'

'Vooral die foto van die man met de dreadlocks die zijn dochtertje duwde op de schommel in het park. Hun gezichten waren perfect.'

'Ja, die is mooi.' Aangezien ze weer naar zijn camera keek, vroeg hij: 'Wil je soms dat ik een foto van jou maak?'

Ze trok haar neus op. 'Mag ik ook nee zeggen? Ik hou er niet van om gefotografeerd te worden.'

'Dat geeft niks.' Hij was er blij om.

'Maar Caz vindt het enig. Ik weet zeker dat ze graag voor je zal poseren.'

Hij glimlachte even, want dat zou nooit gebeuren. 'Toen Caz besloot om ons te koppelen, zei ze dat ze altijd precies weet welke mensen bij elkaar passen.'

'Ja, ze is er goed in,' beaamde Belinda. 'Ze heeft de wiskundelerares van haar neefje gekoppeld aan de dierenarts van haar hond. Ze zijn vorig jaar getrouwd.'

'Wauw,' zei hij verbaasd.

'O, sorry. Nu heb ik je bang gemaakt. Je hoeft echt niet met me te trouwen, hoor.'

'Oké.'

Belinda keek op haar horloge. 'Maar ze zit nu op me te wachten. Ik kan maar beter naar de Aqua gaan.' Na een korte pauze voegde ze eraan toe: 'Ik vond het echt leuk om je te leren kennen. Misschien lopen we elkaar nog eens tegen het lijf.'

'Dat zou leuk zijn.' Conor werd altijd heel verlegen wanneer hij iemand leuk vond, dat was zijn makke. Hij knikte verwoed, zich afvragend waarom zijn zelfvertrouwen hem altijd in de steek liet wanneer hij dat het hardst nodig had.

'In de Red House zeiden ze dat je om de paar weken nieuwe foto's ophangt. Misschien moeten Caz en ik er binnenkort maar weer eens naartoe gaan...'

Oké, het is nu of nooit.

'Of ik trakteer je op een etentje, om het goed te maken.' De woorden buitelden uit zijn mond. 'Deze week nog, als je kunt. Maar als je niet kunt, is het ook goed...'

'Dat zou ik erg leuk vinden,' zei Belinda stralend, terwijl ze deed alsof ze zichzelf koelte toewuifde. 'Oef, ik dacht dat je het nooit zou vragen.'

O, godzijdank.

'Te gek. Zeg maar wanneer je kunt.'

'Vrijdag?'

'Goed, vrijdag.' Hij gaf haar zijn telefoon. 'Als je je nummer intoetst, stuur ik je een berichtje.'

Nadat ze het toestel weer aan hem had teruggegeven, vroeg ze: 'Even voor de duidelijkheid. Is het alleen voor mij bedoeld, of is Caz ook uitgenodigd?'

Hij begreep dat ze hem plaagde. 'Nee, alleen jij!' zei hij quasi-geschrokken.

'Oké. Ik verheug me erop.'

'Ik ook.' Nu was het zijn beurt om opgelucht adem te halen. 'Oef!'

22

Barry had zichtbaar niet lang meer te gaan. Zijn huid had de kleur van waskaarsen, en hij ademde moeizaam. Maar toen hij uit de ambulance werd getild, fleurde hij helemaal op.

'Papa!' Zijn twee dochtertjes renden naar hem toe en gingen op hun tenen staan om hem een kus te geven. 'We stonden al op je te wachten!'

Terwijl Essie het tafereel van een afstandje gadesloeg, sprak ze zichzelf streng toe: wat er ook gebeurde, ze mocht niet gaan huilen. Het was haar vrije middag, en toen Zillah haar had gevraagd of ze wilde helpen, had ze meteen ja gezegd. Ze waren in Zillahs auto naar Midsomer Norton gereden om Barry's vrouw en kinderen op te halen. Toen aan Barry was gevraagd wat zijn laatste wens was, had hij geen seconde geaarzeld. Hij wilde naar de plek waar zijn gezin de allermooiste herinneringen aan bewaarde.

Tamsyn, zijn vrouw, zei tegen haar dochters: 'We zullen dit bezoekje nooit meer vergeten, hè?'

Als Tamsyn dit kon zeggen zonder in tranen uit te barsten, hadden de anderen ook geen excuus meer.

Het daaropvolgende uur maakten ze een tour door het hondenasiel waar Barry en Tamsyn elkaar hadden leren kennen toen ze er allebei als vrijwilliger honden hadden uitgelaten. Ze brachten een bezoekje aan alle honden in hun afgescheiden hokken en bespraken welke ze nu voor een laatste keer zouden uitlaten. Essie hielp de oudste dochter met een springerige, kwispelende bastaardhond die Bernard heette. Het bonte gezelschap liep samen over een slingerend pad. Conor, die was opgehouden op zijn werk, kwam wat later met zijn Nikon om foto's van het gezin te maken. Er klonk vrolijk gekef, er werd gekletst en gelachen, en toen de honden een eekhoorn een boom in zagen klauteren was het geblaf niet van de lucht.

'Hij rent heel ver weg,' zei het oudste meisje tegen Essie, wijzend naar de eekhoorn die tussen de takken verdween. 'Helemaal tot aan de hemel!'

'Woef woef woef.' Bernard krabde met zijn voorpoten aan de knoestige stam.

'Dat kan niet, Bernard, je kunt de boom niet in klimmen. Je bent een hond, gekkie.'

Het jongste dochtertje keek belangstellend omhoog. 'Mama, zijn er in de hemel ook eekhoorns?'

'Dat denk ik wel,' zei Tamsyn.

'En honden?'

Tamsyn knikte en streelde het blonde haar van haar

dochtertje. 'Natuurlijk, liefje. Er zijn heel veel lieve honden in de hemel.'

'Dat is fijn. Papa, ga jij dan met ze wandelen als je in de hemel bent?'

Barry toverde een lachje tevoorschijn. 'Natuurlijk. Iedere dag.'

Essie moest haar blik afwenden toen ze zag hoe liefdevol hij naar zijn dochter keek.

Essie was de volgende avond aan het werk toen Conor arriveerde met zijn fotomap.

'Ik weet dat het geen maandag is,' zei hij tegen Lucas, 'maar ik wilde je je foto even geven. Want die blijft hier toch wel permanent hangen, lijkt me? Omdat jij de eigenaar bent, bedoel ik.'

'Nou, dat weet ik nog niet.' Lucas klonk weifelend. 'Ik moet hem eerst zien.'

'Ja, laat zien,' bemoeide Essie zich ermee. 'Staat hij er lekker stom op?'

'Pas op, hè?' waarschuwde Lucas haar.

Ze grinnikte. 'Mogen we je uitlachen? Niet dat ik dat doe, hoor. Tenminste...'

'Als je lacht, ben je ontslagen,' zei Lucas.

Conor pakte de al ingelijste foto uit de map. 'Dit is 'm dan. Ik vind hem in elk geval goed.'

Iedereen kwam om hem heen staan. Essie, die een beetje achteraan stond, was blij dat ze allemaal naar het portret keken, want er trok een scheut adrenaline door haar heen toen ze de foto zag, vooral omdat Lucas zo'n intense blik in zijn ogen had.

Daar had je hem, in zijn witte katoenen overhemd en zijn nauwe zwarte broek, nonchalant op het randje van de

168

barkruk balancerend, met een elleboog op de hoge tafel naast hem. Het portret was ook in zwart-wit; zijn gelaatstrekken leken gebeeldhouwd, terwijl hij met een iets afgewend gezicht de toeschouwer recht aankeek. Er hing een lok haar over zijn voorhoofd, alsof hij net zijn hoofd had geschud om iets wat iemand had gezegd en wat hij niet geloofde.

Naast Lucas zei Jude: 'Zo keek je me ook aan tijdens de kerstquiz toen het andere team dacht dat *Pride and Prejudice* geschreven was door Jane Eyre.'

'Nou, ik vind het een fantastische foto.' Sharon, een van hun vaste klanten, die geen last had van verlegenheid, deed alsof ze bijna van haar stokje ging. 'Wat een lekker ding.'

'Ik ben blij met de compositie,' zei Conor. 'Die werkt goed.'

Lucas draaide zich om, en Essie ving per ongeluk zijn blik. 'Wat vind jij ervan? Je hebt nog niks gezegd.'

Essie slikte, want ze kon onmogelijk zeggen wat ze dacht. Daarom keek ze strak naar de foto en zei: 'De ogen volgen je. Dat is handig, nu durven we onze vrienden niet stiekem meer gratis drank te geven.'

Hij lachte. 'Dan kunnen we hem maar het best recht tegenover de bar ophangen zodat het personeel hem goed kan zien.'

Het was drie uur 's ochtends toen Lucas met een schok wakker werd, zich even verward afvragend wat hij in een koele, donkere kamer deed. In zijn droom had hij over een wit zandstrand geslenterd, in de felle zon, en hij had vliegende vissen uit het knalblauwe water zien springen. Hij had zijn linkerarm om Essie Phillips' middel geslagen.

Oké. Je kunt nu beter echt wakker worden.

Hij opende zijn ogen en staarde naar het plafond. Je had natuurlijk geen zeggenschap over je dromen, maar het was een beetje zorgwekkend dat hij nu al voor de derde keer deze week over Essie droomde.

En dat terwijl hij in bed lag met zijn vriendin, die nog steeds diep in slaap was en er geen idee van had dat hij met een ander meisje over een tropisch strand had gelopen.

Lucas keek even naar Giselle, stond toen stilletjes op, pakte zijn witte badjas en liep de slaapkamer uit.

Beneden deed hij in het café de lampen aan en maakte een kop koffie waar hij een scheut cognac in schonk. Zijn portret, dat door Jude tegenover de bar was opgehangen, keek hem voor zijn gevoel spottend aan.

Shit, wat gebeurde er met hem, en wat moest hij eraan doen? Het leven was stukken eenvoudiger geweest toen Essie nog had gedacht dat hij de idioot was die haar mail naar iedereen had verstuurd, waardoor haar leven in het honderd was gelopen. Hij wenste bijna dat haar broer het niet had opgebiecht.

Hij wendde zijn blik af van het portret. Waarschijnlijk had hij Essie beter niet over zijn familie kunnen vertellen. Hij had op dat moment een sterke behoefte gevoeld om dat wel te doen, maar dat had voor een onuitgesproken band tussen hen gezorgd. Hij voelde zich steeds meer aangetrokken tot haar, terwijl hij niets met zijn gevoelens kon doen. Hij had Giselle, de perfecte vriendin voor hem, zoals iedereen ook zei, en hij snapte niet hoe hij in deze situatie verzeild was geraakt. Want Giselle was echt perfect. Iedereen was dol op haar. Ze was zorgzaam, loyaal, attent, vrolijk en vriendelijk. Ze had helemaal niets waar je een hekel aan zou kunnen hebben. Ze hadden het meteen goed met elkaar kunnen vinden toen ze elkaar hadden leren kennen, en als bijna vanzelfsprekend hadden ze een relatie gekregen. En hij was ervan uitgegaan dat dat liefde was. Want wat kon het anders zijn? Dus toen Giselle ermee was begonnen om hun telefoongesprekken te beëindigen met een luchtig: 'Ik hou van je!' had hij haar voorbeeld gevolgd, omdat het anders nogal onbeleefd zou zijn. Als je je erop verheugde om iemand te zien, het leuk vond om met haar naar bed te gaan en je niet kon voorstellen dat dat ooit zou veranderen... nou, dan was dat toch liefde?

Dat had hij tenminste altijd gedacht.

Terwijl Lucas in zijn koffie roerde, was het alsof zich een ijzeren vuist om zijn hart sloot. Giselle en hij waren nu een halfjaar bij elkaar en werden door iedereen als een stel beschouwd. Maar wat er met hem en Essie gebeurde, zette zijn hele wereld op de kop. Hij merkte dat hij zich er steeds meer op verheugde wanneer ze dienst had. En als ze wegging, vond hij dat jammer. Maar wat kon hij doen? Wat waren zijn opties? Hij kon haar niet ontslaan. Hij kon haar niet vragen om een andere baan te zoeken. En zelf kon hij natuurlijk helemaal niet weg. Maar de samenwerking met haar werd voor hem steeds...

'Daar ben je,' zei een zachte stem achter hem.

Lucas liet bijna zijn kopje vallen. Hij draaide zich om. Giselle stond vanuit de deuropening slaperig naar hem te glimlachen. Haar glanzende kastanjebruine krullen vielen los op haar schouders, en ze droeg haar grijs-wit gestreepte nachthemd. In haar ogen wrijvend liep ze naar hem toe. 'Je was weg toen ik wakker werd.'

'Ik kon niet slapen,' zei hij. 'Ik hoopte dat een slaapmutsje zou helpen.'

'Van koffie blijf je juist wakker.' Ze legde haar hoofd tegen zijn schouders en gleed met haar hand over zijn naakte borstkas. 'Het is koud hier. Hoe kan het dat jij zo warm bent?'

Hij spande zijn biceps. 'Omdat ik een echte man ben.'

Ze lachte. 'Waarom kon je niet slapen?'

'Geen idee. Dat heb je soms.' Hij dronk zijn kopje leeg. 'Kom, dan gaan we terug. Sorry dat ik je wakker heb gemaakt.'

Ze rilde. 'Ik heb het nu ijskoud. Je zult me moeten opwarmen.'

Hij wist dat ze het niet op een wilde seks-manier bedoelde. Ze had gisteravond late dienst gehad en zou over een paar uur alweer aan een vroege dienst beginnen. Hij liet zich van zijn kruk glijden, sloeg een arm om haar heen, en ze liepen naar de deur.

Vlak voordat hij de lampen uitdeed, wees ze naar zijn foto aan de muur. 'Wie is dat? Ziet er goed uit. Helemaal mijn type.'

Als je wist wat er allemaal door mijn hoofd gaat, zou je me veel minder leuk vinden, dacht hij.

Hardop zei hij: 'Hij komt hier redelijk vaak. Ik zal zijn nummer voor je vragen.'

23

Eindelijk was het vrijdagavond; voor Conor had de week veel langer geduurd dan anders. Hij nam zich voor om, als hij een vrouw nog eens mee uit vroeg, meteen te zeggen: 'Wat dacht je van morgen?'

Hoe dan ook, het was zover. Hij was bijna bij Belinda's

huis in Pucklechurch en vroeg zich af of zij net zo zenuwachtig was als hij.

Hij volgde de laatste aanwijzing van zijn navigatiesysteem, sloeg links af Limes Avenue in en stopte voor nummer 36. Nog voordat hij de motor uit had gezet, ging de voordeur van nummer 38 al open en verscheen Caz in de helder verlichte deuropening.

Fijn, daar zat ik nu echt op te wachten.

Terwijl hij uitstapte en zag dat Caz hem wenkte, schoot het even door hem heen dat ze hem wilde vertellen dat de afspraak was afgezegd.

'Oké, twee dingen,' verkondigde Caz toen ze tegenover elkaar stonden, met alleen het tuinhekje tussen hen in.

'En die zijn?'

'Als je Belinda's hart breekt, ben je nog niet van me af.'

'Pardon?'

'Je hebt me wel gehoord. Ze verdient het om gelukkig te worden. Dus wees aardig voor haar. Wees geen klootzak.'

'Waarom denk je dat ik dat ben?'

'De meeste mannen zijn klootzakken.'

'Jij wilde ons zelf aan elkaar koppelen.'

'Dat weet ik. Des te meer reden om te doen wat ik zeg en me niet teleur te stellen.'

'Hoor eens, we gaan gewoon uit eten, meer niet. Ik kan me niet voorstellen dat er vanavond al harten zullen worden gebroken. En mag ik dan nu gaan?'

'Nee, ik zei twee dingen.'

Hij zuchtte. 'Kom maar op dan.'

Ze grijnsde. 'Nou, ik wilde je vertellen dat er een zwarte veeg op je wang zit, maar misschien hou ik wel gewoon mijn mond.'

O god, hij had onderweg getankt en de greep van de

slang was vettig geweest. Hij had in zijn zakken nog naar een zakdoekje gezocht, maar tevergeefs.

'Kom hier.' Caz toverde een Kleenex tevoorschijn, trok hem aan zijn revers naar zich toen en begon verwoed zijn wang te boenen. Het ontbrak er nog maar aan dat ze eerst op het zakdoekje had gespuugd. 'Zo, klaar. Nu mag je weg. Een prettige avond nog.'

Conor veegde over zijn wang en zei stug: 'Dank je.'

'Ze is mijn vriendin. Ik sta aan jouw kant.' Caz keek hem streng aan. 'Zorg dat je het niet verknalt.'

Evie zat als een rechtgeaarde puber met gekruiste benen op de bank haar nagels paars te lakken en tegelijkertijd berichtjes te sturen op haar telefoon.

'Hoi,' zei ze, nadat Belinda Conor aan haar had voorgesteld. 'Jij bent ook lekker op tijd.'

'Sorry?' Was dat nou positief of negatief bedoeld? Hij begreep jongeren soms niet meer met hun rare uitdrukkingen.

'Dat je vroeg bent,' legde Evie uit. 'Het is pas vijf voor acht.'

'O ja, sorry. Mijn navigatiesysteem was misschien een beetje te efficiënt. Ik had eigenlijk in de auto willen wachten, maar jullie buurvrouw wilde me spreken.'

'Ik trek even mijn schoenen aan,' zei Belinda. 'Ik ben zo terug.'

Toen ze alleen waren, vroeg Evie: 'Waar gaan we naartoe?'

Voor de tweede keer hoorde Conor zichzelf 'sorry?' zeggen.

'Je neemt ons toch mee uit eten? Ik vroeg me af naar welk restaurant we gaan?'

'Eh... Giorgio's in Bath.' Zou hij daar ter plekke nog om

een tafel voor drie kunnen vragen? Zou dat wel mogelijk zijn op een vrijdagavond? Of...

'Grapje,' zei Evie grijnzend.

'O.'

Oef.

'Ik wilde je even testen.'

'Oké.'

'Maar je bent geslaagd. Dus dat is fijn.'

'Dank je. Maar als je wilt, mag je wel mee, hoor.'

'Nee, jullie redden je wel zonder mij. Ik heb Netflix, en Caz komt straks langs met zelfgemaakte hamburgers. Gaan jullie tortelduifjes maar lekker samen.'

'Hou op jij. Plaag die man niet zo.' Belinda was terug met haar schoenen en jas aan. Ze drukte een kus op Evies blonde hoofd. 'Goed, dan gaan we. Tot straks.'

'Dag.' Evie wapperde met haar natte paarse nagels naar hen. 'En geen stoute dingen doen, hè?'

De avond verliep goed. In het licht van de kaars op tafel gloeide Belinda's gezicht. Ze droeg een blauwgroene jurk en een ketting van koraal en voelde zich steeds meer op haar gemak.

Nu zei ze op vertrouwelijke toon: 'Dit is leuk. Dank je wel. Geniet jij ook een beetje?'

'Ja.' Ook Conor was over zijn zenuwen heen. 'Er zit me alleen nog één ding dwars. Betekent dit dat ik Caz dankbaar moet zijn?'

'Het lijkt er wel op,' zei Belinda met een ondeugende glans in haar ogen. 'Sorry.'

'Ze zal me eraan blijven herinneren.'

'Echt, Caz is niet zo verschrikkelijk als je denkt. En Evie is gek op haar.'

'Nou, dan zal ze inderdaad wel meevallen.'

Op die grote mond van haar na dan, dacht hij bij zichzelf.

Hij vroeg: 'Hoe reageert Evie eigenlijk op vrienden van je? Kan ze een beetje met hen overweg?' Want hij wist dat kinderen het hun alleenstaande of gescheiden vader of moeder soms knap lastig maakten als die met een potentiële nieuwe partner thuiskwamen. Zou dat ook gelden voor een voogd?

'Niet schrikken,' zei ze, 'maar jij bent de eerste.'

Hij keek haar verbijsterd aan. 'Wat? Ben ik je eerste date? Ooit?'

'Nee. Sinds Evie bij me woont. En dat is nu vier jaar.'

'Wauw.' Hij vond haar er nog leuker door. 'Omdat je haar niet onzeker wilde maken. Dat is nogal wat.'

'Alleen de eerste paar jaar was dat de reden,' zei ze droog. 'Ik dacht dat ik er goed aan deed, maar op een keer vroeg Evie me waarom ik nooit meer met mannen uitging en of ik soms lesbisch was geworden.'

'En was dat zo?'

'Nee. Ze was nog teleurgesteld ook. Een van haar vriendinnen heeft twee moeders, en het leek haar wel wat om dat ook te hebben.' Belinda schudde haar haren naar achteren. 'Maar hoe dan ook, ze zei dat ik maar weer eens een vriend moest nemen. En ik dacht: goed idee! Maar helaas was dat gemakkelijker gezegd dan gedaan.'

Hij knikte meelevend. 'Hoe kwam dat?'

'Nou, ik denk dat ik kieskeuriger ben geworden. Ik leg de lat hoger omdat ik Evie heb. Geen wilde avontuurtjes meer – niet dat ik daar ooit het type voor ben geweest, maar het behoorde wel tot de mogelijkheden voordat Evie bij me woonde. Maar het heeft ook een andere kant. Als je op een feestje een man leert kennen en dan vertelt dat je een veertienjarige onder je hoede hebt, betekent dat meestal einde verhaal. Mannen zijn dan gewoon niet meer geïnteresseerd, ze hebben geen zin in dat gedoe. Waarom zouden ze iets met mij beginnen met al mijn bagage, terwijl het stikt van de jonge vrouwen die vrij en single zijn?'

'Jammer voor hen dan,' hij zei. Ze moest zware jaren achter de rug hebben, begreep hij.

'Ja, dat hield ik mezelf ook steeds voor.' Ze haalde haar schouders op. 'Hoewel ik soms zin had om een glas bier over hun hoofd leeg te kieperen. Hoe dan ook, bedankt dat je me mee uit eten hebt gevraagd. En ik weet niet of je me na vanavond nog terug wil zien, maar in elk geval is voor mij de ban gebroken. Ik heb eindelijk een aardige man leren kennen die er niet meteen gillend vandoor is gegaan.'

'Ik weet nu al dat ik je graag terug wil zien,' zei hij. 'Als jij dat ook wilt.'

'Echt?' Haar ogen schitterden. 'Dat wil ik heel graag.'

'Wat denk je van morgen?'

'Ja, leuk.'

'Fantastisch.' Idioot tevreden met zichzelf hief hij zijn glas en tikte ermee tegen het hare. 'Dat is dan afgesproken. Proost.'

Tegen de tijd dat ze het restaurant verlieten, stevig ingepakt tegen de kou, was het al elf uur geweest. Hoog boven de stad stonden sterren aan de hemel.

'Ik ben een handschoen kwijt. Wat raar!' Belinda klopte op haar zakken. 'Hoe kan ik nou een van mijn handschoenen kwijt zijn?'

Blij met het excuus stak hij haar zijn arm toe. 'Hier, pak mijn hand maar beet.' Toen zijn warme vingers zich om haar koude sloten, ging er een schokje door hem heen.

'Je bent een heerlijke handschoen.' Ze zwaaide met zijn hand, terwijl ze door York Street wandelden.

'Dank je. En jij kunt heerlijke complimentjes geven.' Hij glimlachte toen hij een glimp van hen opving in een etalageruit; ze leken net een echt stel.

'O o, rumoerige types,' zei Belinda. 'Zullen we aan de overkant gaan lopen?'

Uit een bar een eindje verderop kwam een groepje schreeuwende en lachende mensen. Een van hen zwierde om een lantaarnpaal heen; een ander probeerde zijn muts terug te pakken van een vriend. Een meisje dat probeerde met plastic bekertjes te jongleren, slaakte een gil van frustratie toen ze op de grond vielen. Bij haar poging ze op te rapen, ging ze bijna onderuit. Op dat moment reed er een auto langs, en Conor herkende haar gezicht in het schijnsel van de koplampen.

Toen de koplampen even later Belinda en hem beschenen, herkende het meisje hem ook. 'Niet te geloven!' schreeuwde Scarlett, naar hem wijzend. 'Daar loopt mijn man! Conor, wat doe je? Wie is die vrouw, en waarom ben je niet thuis om op onze kinderen te passen?'

'Ze denkt dat ze grappig is,' zei Conor zacht, terwijl Scarlett het uitschaterde en iedereen naar hen keek.

'Is dat... Heeft ze paars haar?'

'Ja.'

'Is ze dronken?'

'Geen idee.'

Belinda keek hem geschrokken aan. 'Is ze een ex van je?'

Scarlett zwaaide grijnzend naar hen en verdween toen met haar luidruchtige vrienden de hoek om.

Conor haalde opgelucht adem. 'Gelukkig niet.'

Ze liepen terug naar zijn auto, waar Belinda even in zijn

hand kneep. 'Ik heb echt genoten van deze avond. Ik weet dat het gek klinkt, maar ik denk steeds dat ik het zo graag aan Jess zou vertellen. Dat je mij zag en dacht dat zij het was. Ik denk dat ze wel blij zou zijn. Want nu is het net alsof het zo heeft moeten zijn, vind je niet?'

Ze had gelijk. Conor knikte. 'Ja.'

'Bijna alsof ze ervoor heeft gezorgd dat het gebeurde.' Ze keek hem glimlachend aan. 'Echt, ze zou het te gek hebben gevonden.'

24

Toen Essie de volgende ochtend op haar werk kwam, was de deur al open. Er was echter niemand in het café. De geur van boenwas verraadde dat Maeve de schoonmaakster al was geweest, en aan het gerammel van metalen fusten te horen, was Lucas bezig in de kelder.

Hoewel hij ook hier was, aan de muur, in zijn witte overhemd en zwarte broek. Hij keek haar aan met dat halve, betoverende lachje van hem.

Raar, dat een foto zo'n aantrekkingskracht op je kon uitoefenen. Oké, klanten keken er ook altijd even naar en zeiden dan dat het zo'n mooi portret was, maar zelf bleek ze er tijdens het werk nauwelijks haar ogen van af te kunnen houden.

Wat eerlijk gezegd nogal gênant was. Essie wist dat ze ermee op moest houden voordat het in de gaten liep.

Kijk, nou deed ze het alweer.

Ze haalde diep adem. Ze moest het echt uit haar systeem zien te krijgen. Daar was een methode voor: als je bijvoorbeeld verliefd werd op de nieuwste single van je favoriete band, draaide je hem zo vaak dat je hersens na een tijdje schoon genoeg kregen van het nummer, en dan was het uit met de pret.

Die methode moest ze hier ook toepassen. En gelukkig was ze nu alleen in de zaak. Ze pakte haar telefoon, liep naar het portret en maakte wat foto's, een paar met en een paar zonder flits. En telkens als ze maar even tijd had, zou ze naar het portret kijken, net zo vaak tot ze er kotsmisselijk van werd. Oké, nog één close-up dan van dat prachtige gezicht met die ongelooflijk mooie jukbeenderen en...

'O, flits flits, het lijkt wel of we de paparazzi op bezoek hebben. Wat ben je aan het doen, schat? Foto's van de baas aan het maken? Hij lijkt wel een Amerikaanse filmster op die foto, hè?'

Maeves hoofd stak boven de rode fluwelen bank uit; Essie had zich nog nooit zo betrapt gevoeld. Terwijl ze haar telefoon tegen haar borst hield, zei ze: 'Ik schrok me wild. Ik dacht dat je al weg was.'

'Nee, schat, ik was bezig met de plinten, en er zat hier ook nog een vlek die niet wegging! Ik denk dat het rode wijn is.' Maeve wuifde vrolijk met haar vlekkenverwijderaar en schoonmaakdoekje. 'Je weet dat ik er niet tegen kan als het niet helemaal klaar is! Maar waarom maakte je eigenlijk foto's van dat portret?'

'Ik... eh...' O god, ja, waarom eigenlijk? Essie stond als aan de grond genageld en kon niet zo gauw een goede reden bedenken.

'Wat voor telefoon heb je? Laat eens zien.' Maeve stond op en kwam naast Essie staan. 'O, die snap ik wel. Zal ik een foto van je maken, terwijl je naast dat portret staat?'

Wat?

'Nee, dank je, dat hoeft niet.'

'Niet zo verlegen, hoor. Het is dan net een selfie, maar zonder dat je hem zelf hoeft te maken!' Maeve pakte Essies telefoon en gebaarde dat ze naast de foto moest gaan staan. 'Ja, zo, goed zo. Nog iets dichterbij, dan...'

Precies op dat moment – hoe kon het ook anders? – sloot Lucas de kelderdeur achter zich en vroeg: 'Zou ik ook mogen weten wat hier aan de hand is?'

Helaas was het een retorische vraag, dus gewoon 'nee' zeggen zou niet helpen.

'Ik maak een foto van Essie naast jouw portret!' vertelde Maeve.

Lucas trok een wenkbrauw op. 'En dat is omdat?'

'Omdat ze dat wilde.'

'Niet waar,' zei Essie snel. 'Echt niet.' Ze keek naar Maeve. 'Het was jouw idee.'

'Nou ja, wat maakt het uit,' reageerde Maeve. 'Ik zag dat ze heel veel foto's van jouw portret stond te maken, dus toen heb ik gezegd dat ik er wel eentje van haar met jou wilde maken. Iedereen vindt het toch leuk om een foto van zichzelf te hebben? Ik wilde haar gewoon helpen.'

O god...

'Dat is heel aardig van je.' Het lukte Lucas om zijn gezicht in de plooi te houden. 'Dan zal ik jullie niet verder ophouden.'

Maeve raakte blijkbaar geïnspireerd. 'Maar waarom zou ik een foto van een foto maken nu jij er zelf bent? Lucas, je vindt het toch niet erg om even naast Essie te gaan staan, dan maak ik een foto van jullie samen.'

'Dat hoeft niet,' bracht Essie moeizaam uit. 'Ik moet nu echt aan het werk.'

'Maar...'

'En jouw werktijd zit er allang op, Maeve.' Lucas wees naar de klok aan de muur.

Nadat Maeve was vertrokken, begonnen ze zwijgend het café in gereedheid te brengen voor de eerste klanten.

Maar zoals Essie al had gevreesd, zei Lucas na een tijdje: 'Ik ben nog steeds nieuwsgierig.'

'O.' Essie was de ijsemmer aan het vullen.

'Je dacht toch niet dat ik het erbij zou laten, hè?'

Terwijl er ratelend een stortvloed ijsklontjes uit de ijsmachine viel, zei ze met een knalrood hoofd: 'Ik had Scarlett vanochtend aan de lijn. En ze wilde graag weten hoe het portret eruitzag.'

'Aha.'

'Dat is alles. Meer niet.'

'Oké.'

'Waarom kijk je me nog steeds zo aan?'

'Zomaar,' zei hij. 'Alleen... Scarlett was hier gisteravond nog, en toen heeft ze de foto al gezien.'

De volgende dag, toen Essie zich net aan het opmaken was voor haar middagdienst in de Red House, werd er aangebeld.

Ze rende snel naar beneden, om Zillah de moeite te besparen naar de voordeur te lopen. Het eerste wat ze zag toen ze opendeed, was een enorme bos tulpen in alle kleuren van de regenboog, en haar adem stokte even, want de enige die wist dat dat haar lievelingsbloemen waren, was Paul. En hij had haar zo vaak verrast met bloemen...

Toen ze echter van de bloemen keek naar degene die ze vasthield, zag ze dat het Tamsyn was, Barry's vrouw.

Oké, het werd echt tijd dat ze Paul uit haar hoofd zette.

'Ze zijn voor Zillah, om haar te bedanken voor het vervullen van Barry's laatste wens,' legde Tamsyn uit. 'Is ze thuis?'

Pas toen ze alle drie in Zillahs keuken zaten, zei Tamsyn: 'Barry is gisterochtend gestorven.'

'O nee, och, wat erg voor je.' Zillah schudde verdrietig haar hoofd.

'Hij had op het laatst gelukkig geen pijn meer, dat was een hele opluchting.' Tamsyn was bleek, maar beheerst. 'Want daar was hij altijd zo bang voor. En we wisten al zo lang dat het te gebeuren stond. Ik wilde je gewoon even bedanken, want door jou is onze laatste week samen heel bijzonder geweest. Je hebt ons een perfecte dag bezorgd, die we nooit zullen vergeten.'

Zillah was zichtbaar ontroerd. 'Ik ben blij dat we iets voor jullie hebben kunnen doen.'

'Nou, de meisjes hebben het er nog steeds over. Ze hebben iets voor je gemaakt.' Tamsyn pakte een envelop uit haar tas. Er kwam een door de kinderen getekende kaart uit, waarop het familie-uitje naar het hondenasiel was afgebeeld. Iedereen stond te lachen en zwaaien, omringd door regenbogen en kwispelende honden.

'Wat mooi,' zei Essie.

'Ze hebben nu zulke fijne herinneringen aan hun laatste uitstapje met hun vader. En dat allemaal dankzij jullie. Ze zijn nu een paar uur bij mijn ouders, want ik wilde het jullie even vertellen. Maar ik moet snel weer terug.' Tamsyn gaf Essie en Zillah een kus. 'Ik heb nog zoveel te doen, er moet zoveel geregeld worden. Het moet allemaal goed gaan, want ik mag Barry niet teleurstellen.'

'Dat gebeurt vast niet. Barry zei tegen ons dat hij heel

trots op je was,' vertelde Zillah. 'Hij zei dat hij zich geen betere vrouw had kunnen wensen. Dat zei hij, hè?' Ze keek Essie aan.

Essie kon geen woord uitbrengen. Er zat een brok in haar keel ter grootte van een golfbal. Ze snapte niet hoe Tamsyn zo stoer kon zijn, terwijl haar grote liefde was gestorven. Dus knikte ze alleen maar.

Tamsyn zei simpelweg: 'En ik had me geen betere man kunnen wensen.'

25

'Hoe gaat-ie?' vroeg Lucas, toen ze voor de tweede keer in twee dagen even alleen waren.

Het liep tegen twaalven, en ze waren bijna klaar met opruimen na een drukke zondagavond. Jude was tien minuten geleden naar huis gegaan. Essie had aan één stuk door gewerkt, ze had een vrolijk gezicht opgezet tegen de klanten, hoewel ze vanbinnen werd verscheurd door allerlei tegenstrijdige gevoelens.

Wat natuurlijk niemand opviel, behalve Lucas.

Dat had ze kunnen verwachten; hij was altijd bijzonder opmerkzaam. En nu vroeg hij haar zacht en op bezorgde toon: 'Wil je er soms over praten?'

Ze slikte. O, en ze moest ook nog ongesteld worden, waardoor haar hormonen op hol waren geslagen en ze zich nog rotter voelde.

Maar dat kon ze beter voor zich houden.

'Toe, ik merk dat er iets is.' Hij klopte op de kruk naast

hem en leunde zelf tegen de bar. 'Heeft het met je broer te maken?'

'Nee.' Ze ging zitten en probeerde de gekmakende geur van zijn aftershave niet in te ademen.

'Heb je nog iets van je ex gehoord?'

Paul. Ze schudde haar hoofd.

'Wat is er dan? Vertel.'

'Het... Ik snap gewoon niet hoe het leven in elkaar steekt.' Oké, daar kwamen alle opgekropte gevoelens naar boven. 'Waarom zijn het altijd de aardige mensen die nare dingen overkomen? Er zijn zoveel slechte mensen, maar die gaan altijd gewoon door met slecht zijn zonder dat er iets gebeurt. Het is zo oneerlijk.'

Op ernstige toon vroeg hij: 'Wat is er dan gebeurd? Essie? Heb je het over jezelf?'

'Nee.' Ze schudde wanhopig haar hoofd. 'Iemand die ik pas geleden heb leren kennen. Ze is met haar jeugdliefde getrouwd, en ze waren heel gelukkig samen, en ze hebben ook fantastische kinderen, maar gisteren is haar man overleden. En ze is nog heel jong, ongeveer van mijn leeftijd. En ze is zo moedig, ze heeft dit echt niet verdiend. Echt niet.' Tot haar schrik voelde ze tranen over haar wangen druppelen. 'Ik vind het zo erg voor haar, maar het maakt me ook boos. Want waarom zou je nog proberen om een goed mens te zijn als dat soort dingen je nog steeds kunnen overkomen?'

'Het leven is niet eerlijk. Dat weet je,' zei hij.

'Ja, dat weet ik wel, maar het is nog steeds niet eerlijk dat het niet eerlijk is!' Nu begon ze ook nog onzin uit te kramen, gewoon omdat ze niet meer wist wat ze moest zeggen. Toen Tamsyn met die bloemen op de stoep had gestaan, had ze een fractie van een seconde gedacht dat ze van Paul waren. Maar kon ze in alle eerlijkheid zeggen dat ze net zoveel van Paul gehouden had als Tamsyn en Barry van elkaar? Nee, ze wist bijna zeker van niet.

Bovendien begon ze iets voor Lucas te voelen, en dat was zo ongepast dat ze het aan niemand kon vertellen, zeker niet aan degene die er de oorzaak van was. Zeker, er waren meisjes die het een uitdaging vonden om een man van een andere vrouw af te pakken, maar dat waren rotmeiden die geen snars om andermans gevoelens gaven. En zo zat zij niet in elkaar. Absoluut niet!

Oké, en nu zat ze nog steeds te huilen, wat behoorlijk gênant werd. Ze wreef ongeduldig over haar wangen; ze was nooit een huilebalk geweest, vooral niet in het openbaar, maar de gedachte aan Tamsyn en haar twee jonge dochtertjes die hun man en vader hadden verloren, was echt onverdraaglijk.

'Hier.' Hij gaf haar een rood papieren servet.

Zijn hand raakte de hare even toen ze het aanpakte, wat haar innerlijke verwarring alleen maar groter maakte. Ze deinsde even naar achteren. 'O, sorry,' zei ze, voordat ze weer in haar ogen begon te wrijven. 'Zit er nou overal mascara? Ik zie er vast niet uit.'

'Nou,' begon hij. 'Ken je Kiss?'

Ze keek hem verbaasd aan. Had hij nou 'kus' gezegd of had ze hem verkeerd verstaan? Wilde hij haar soms kussen omdat haar make-up was uitgelopen? Dat was bizar. Toch keek hij naar haar mond alsof hij haar graag wilde kussen...

'Sorry?' vroeg ze mompelend.

'Je weet wel.' Hij maakte zigzaggebaren onder zijn eigen ogen. 'Zoals Kiss. Die band. Onder de zwarte make-up.'

Hè? Hoe had ze het nou zo verkeerd kunnen verstaan? Echt heel stom.

Ze zag dat hij nog een servet pakte. 'Kom hier, ik doe het wel. Er zit zelfs mascara op je kin, dat lukt lang niet iedereen. Niet bewegen.'

Essie durfde hem niet aan te kijken; ze sloot haar brandende ogen en hield haar adem in, terwijl hij de mascaravlekken zacht van haar gezicht veegde. Het was alsof haar huid vlam vatte. Merkte hij hoe snel haar hart sloeg? Had hij enig idee wat die aanrakingen met haar deden?

De deur was stilletjes opengegaan; pas toen de koude buitenlucht Essies wang streelde, deed ze haar ogen open en zag ze Giselle aan komen lopen.

God, wat moest die wel niet denken?

'Essie! Wat is er gebeurd? Lucas, ik hoop niet dat dit jouw schuld is!' Giselle zette haar weekendtas op de vloer, knielde ernaast en haalde er een pakje reinigingsdoekjes uit. Ze trok het vieze servet uit Lucas' handen en zei: 'Kom, laat mij het maar doen.' Tegen Essie vervolgde ze: 'Is hij vervelend geweest?'

'Hé, ik ben nooit vervelend,' protesteerde hij.

'Het komt niet door hem.' Essie keek naar Giselle, die met de kordate gebaren van een verpleegster haar gezicht schoonmaakte. 'Ik heb vanochtend te horen gekregen dat er iemand is gestorven die heel aardig was. En normaal heb ik altijd waterproof mascara op, alleen vanochtend niet, want ik had net nieuwe gekocht die dat niet was. Maar dat leek me geen probleem, omdat ik toch bijna nooit huil.'

'Ach, wat naar. Maar zo gaat het altijd, hè? Ik durf te wedden dat je dat akelige gevoel de hele avond hebt onderdrukt en dat het er nu ineens uit moest, zoals bij een snelkookpan.'

Essie knikte dankbaar. 'Ja, zo voelde het precies.'

'Wij hebben dat ook vaak op ons werk. Je bouwt soms echt een band op met een patiënt, en als die dan doodgaat... We zijn dan allemaal van streek. Je zou een hart van steen hebben als dat niet zo was. Zo, klaar.' Ze deed een stap naar achteren. 'Je ziet er nog steeds goed uit. Je hebt zo'n mooie huid. Ik wilde dat ik die had.'

Essie liet zich van haar kruk glijden. 'Dank je.' Ze wees naar Giselles kastanjebruine krullen. 'En ik wilde dat ik jouw haar had.'

'Ach, we kunnen niet alles hebben,' zei Giselle met een warme lach.

Pas toen Essie even later naar huis wandelde, vroeg ze zich schuldbewust af of Giselles laatste opmerking geen diepere betekenis had gehad. Zou Giselle soms iets hebben gemerkt van haar ontluikende gevoelens voor Lucas? Had ze haar er met die woorden vriendelijk op willen wijzen dat Lucas al bezet was?

Ze rilde even bij de gedachte dat ze het allebei wisten. Misschien hadden ze het 's nachts in bed wel over haar. Zou Giselle Lucas ermee plagen? Zou hij dan moeten lachen?

En zou hij Giselle vertellen hoe ze had gereageerd toen ze dacht dat hij 'kus' had gezegd in plaats van 'Kiss'?

Want als hij dat deed... O god.

Alweer een schuldgevoel.

Lucas, die vroeg was opgestaan omdat er bier zou worden geleverd, had sterke koffie voor zichzelf gemaakt en wachtte nu op de stoep op de vrachtwagen van de brouwerij.

Vanaf deze plek kon hij aan de andere kant van het berijpte plein de ramen van Essies appartementje op de tweede verdieping zien. Het had hem gisteravond grote moeite gekost om haar niet te kussen. Het was alsof hij weer een puber was. Toen had het feit dat hij een vriendinnetje had hem er ook nooit van weerhouden om zich aangetrokken te voelen tot andere meisjes. Hij had genoten van alle aandacht van de meisjes; wat hem betrof was een relatie niet bedoeld om lang te duren of om serieus te worden. En hij had er grif misbruik van gemaakt dat veel meisjes hem leuk vonden. Zo ging dat als je jong was. Een beetje lol trappen, het leven niet al te ernstig nemen, want dat kon altijd nog als je volwassen was.

Inmiddels wist hij dat het niet iets was om trots op te zijn dat hij met de gevoelens van die meisjes had gespeeld. Iemand goed leren kennen, het fijn vinden om samen te zijn, was veel leuker dan gedachteloos naar bed gaan met meisjes die je nauwelijks kende en die je later van je lijf moest zien te houden.

De meeste mensen leerden die levensles uiteindelijk wel. Misschien dat het bij hem iets sneller was gegaan dan bij zijn vrienden vanwege zijn minder prettige jeugd. Lucas had zich voorgenomen om nooit meer vreemd te gaan. Het bracht ook veel te veel gedoe met zich mee. En daarom zou hij niet meer liegen en bedriegen en een aardiger man worden. Bovendien hoefde hij dan geen last te hebben van een slecht geweten.

Het had vele voordelen.

Tot nu toe had het hem geen enkele moeite gekost om zich aan zijn voornemens te houden. De situatie met Essie was hem dan ook rauw op het dak gevallen. Hij was geschokt door zijn gevoelens voor haar. Gisteravond, toen hij haar tranen had weggeveegd, had hij haar zo graag in zijn armen genomen en gekust... En dat terwijl hij wist dat

Giselle die nacht bij hem zou slapen. Dat was nog het ergst van alles.

Lucas zuchtte en verplaatste zijn gewicht op zijn andere voet, zich afvragend wat hem overkwam. Hij wilde niet zo'n man zijn.

Aan de overkant van het plein ging de deur van nummer 23 open, en zijn hart sloeg over. Maar het was Essie niet. Zillah kwam naar buiten in een mooie blauwe jas, met daarbij een knalroze hoed en bijpassende sjaal. Toen ze hem zag staan, stak ze haar hand op. Lucas zwaaide terug. Daarna stapte ze in haar Mercedes en reed weg. Nog geen seconde later kwam de wagen van de brouwerij ratelend de hoek om.

Vijftig minuten later liep Lucas met een mok verse koffie en een broodje bacon naar boven en ging de slaapkamer in.

'Hoi. Ik heb ontbijt voor je meegebracht.' Hij ging op de rand van het bed zitten.

Giselle keek hem glimlachend aan. 'Vanwaar die traktatie?'

Schuldgevoel, was het antwoord, maar hardop zei hij: 'Er hoeft toch niet overal een reden voor te zijn?'

'Waar is jouw broodje?'

'Dat heb ik opgegeten toen ik dat voor jou klaarmaakte. En nee, ik ben het niet vergeten,' voegde hij eraan toe, toen ze de bovenkant van het broodje eraf haalde. 'Aan één kant ketchup, aan de andere *brown sauce*.'

'Wat lief van je. Terwijl ik het niet echt verdien na vannacht.' Ze gaf hem een speels schopje met haar blote voet. 'Sorry dat ik meteen in slaap viel. Ik was zo moe.'

'Dat zag ik.' Eigenlijk was het hem goed uitgekomen; het voelde niet goed om de liefde met haar te bedrijven, terwijl hij zo in de war was.

'Ik was echt kapot.' Giselle gaapte en rekte zich even uit onder het dekbed. 'Mm, gezellig zo. Zou je een glas water voor me willen pakken?'

'Ik heb koffie voor je.'

'Dat weet ik. Maar eerst water.'

Terwijl Lucas in de badkamer een glas water haalde, riep hij: 'Hoe laat gaan Kelly en jij weg?' Kelly, een vriendin en collega van Giselle, zou haar komen ophalen om samen te gaan winkelen in het grote winkelcentrum bij Cribbs Causeway, aan de rand van Bristol.

Toen hij terugkwam met het glas water, zei ze met opgetrokken neus: 'Misschien zeg ik het wel af. Ik heb niet zo'n zin. Wat ga jij vandaag doen?'

'Een afspraak met mijn accountant, dan naar de garage voor de autokeuring. Ik denk dat ik rond tweeën weer terug ben. Tot dan is Jude de baas.' Hij keek op zijn horloge. 'Ik ga alle papieren maar eens verzamelen. Ik moet zo weg.'

'Oké. Ik denk dat ik nog even blijf liggen.' Ze stak haar armen naar hem uit. 'Tot straks.'

Hij gaf haar een kus. 'Tot straks. Laat je koffie niet koud worden.'

Toen hij om halfeen terugkwam, was Giselle al vertrokken om aan haar middagdienst te beginnen. Zoals altijd was het bed maar half opgemaakt. Hij vond dat heel grappig; op haar werk moest alles strak en precies, maar thuis deed ze maar wat. Op het nachtkastje stonden haar lege mok, het glas en het bord vol kruimels.

Het was bloedheet in de kamer. Blijkbaar had ze de verwarming hoger gedraaid nadat hij was weggegaan. Hij schoof het raam omhoog voor wat frisse lucht, en toen hij even naar beneden keek, zag hij iets op het dak liggen van het lage gebouw dat aan de Red House grensde.

Hij keek er stomverbaasd naar.

Dat kon toch niet waar zijn?

Hij keek nog een keer. Dit was gewoon een raadsel.

Het sloeg helemaal nergens op.

26

De volgende ochtend was Lucas weer vroeg op. Giselle was blijven slapen en lag net als de dag ervoor nog in bed, terwijl hij zich met de leveranciers bezighield.

Nadat beneden alles was afgehandeld, bracht hij haar een kop koffie op bed. 'Zal ik weer een broodje bacon voor je maken?'

Ze schudde haar hoofd. 'Nee, ik heb geen trek.'

Vijf minuten later vroeg hij: 'Drink je je koffie niet op?'

Ze dacht even na. 'Weet je, ik heb de laatste paar dagen niet zo'n zin in koffie. Hij smaakt raar.'

Op dat moment wist hij het zeker. En hij begreep ook dat Giselle het niet wist.

'Je ziet er een beetje bleek uit,' zei hij, hoewel dat niet zo was. 'Voel je je niet lekker soms?'

'O, er heerst iets op mijn werk. Gisteren waren er ook al een paar mensen ziek. Maar het gaat wel weer over.'

Lucas zette zich innerlijk schrap; hij had het gevoel alsof de tijd vertraagde. Hoewel hij het haar gisteren ook al had kunnen vragen, had hij ermee gewacht tot hij het zeker wist.

Hij zei: 'Ik zag gisteren een restje koffie in de wastafel. Was dat jouw koffie?'

Ze lachte. 'Betrapt! Heel goed, Sherlock Holmes! Maar

heb je soms een ander merk koffie? Ik zei toch dat ik hem raar vond smaken?'

Het was dezelfde koffie als altijd. En nog steeds had ze geen flauw idee. 'Je hebt je broodje ook niet opgegeten.'

Ze bloosde. 'Hoe weet je dat?'

Hij wees naar het raam. 'Ik keek toevallig naar buiten en zag het beneden op het dak liggen.'

'O, sorry!' Beschaamd en lachend tegelijk zei ze: 'Ik had helemaal geen trek, maar ik vond het zo lief dat je een broodje voor me had klaargemaakt. Ik wist niet goed waar ik het moest laten. En toen wilde ik het in de tuin gooien, maar dat stomme ding kwam op het dak terecht! Ik had nog zo gehoopt dat het zou worden opgegeten door een vogel.'

'Ach, maak je niet zo druk. Dat geeft toch niks?' Hij glimlachte even, hoewel het hart hem in de keel bonkte. 'Ik vroeg me alleen maar af waarom je dat had gedaan. Je bent meestal dol op broodjes bacon.'

Ze spreidde haar handen. 'Ik snap het zelf ook niet! Maar toen ik hoorde dat er op het werk een of ander virus rondwaarde, besefte ik dat dat het was.'

Ze mocht dan verpleegster zijn, het was blijkbaar geen seconde bij haar opgekomen wat er echt aan de hand was. Lucas ging op de rand van het bed zitten en pakte haar hand. 'Ik wil je niet ongerust maken, maar denk je niet dat het iets anders kan zijn?'

Ze staarde hem aan. Toen bevroor ze. Ze werd nog bleker dan ze al was, en hij was bang dat ze elk moment kon overgeven. 'O, mijn god...'

'Ben je wel op tijd ongesteld geworden?'

'Eh... dat weet ik niet.' Ze ademde onregelmatig en werd ineens rood. 'Je weet dat ik altijd heel onregelmatig ongesteld ben. O, Lucas, je denkt toch niet... O, mijn god!'

'Oké, rustig blijven. Denk even goed na. Wanneer ben je voor het laatst ongesteld geweest?'

'Eind december? Eh... Ik kan me helemaal niet meer concentreren.' Ze wapperde paniekerig met haar handen. 'O, nu word ik echt misselijk... Ik kan niet eens meer nadenken. Dit is een ramp... Ik kan dit niet...'

Ze beefde over haar hele lichaam en leek bijna in shock. Wat niet meer dan logisch was. Want in de eerste plaats zou dit gevolgen voor haar carrière kunnen hebben. Lucas nam de touwtjes in handen en zei op geruststellende toon: 'Laten we eerst maar eens uitzoeken of het echt zo is.'

Per slot van rekening bestond nog steeds de kans, hoe klein ook, dat ze net als haar collega's een virus te pakken had.

Alsjeblieft, laat dat het zijn.

Ze keek hem met grote ogen aan. 'Wil jij een test voor me gaan kopen?'

'Nou ja, een van ons zal dat in elk geval moeten doen.'

'Als je nu meteen gaat, weten we het sneller.'

Dat was waar. 'Oké, ik ga wel even. Je moet dan op zo'n stick plassen toch?'

Ze knikte, nog steeds bevend.

'Nou, dus niet naar de wc tot ik terug ben.'

Hij wandelde naar de dichtstbijzijnde drogist, maar toen hij daar een van zijn vaste klanten zag staan, liep hij snel verder.

In de tweede zaak waar hij binnenging, zag hij Essies vriendin Scarlett een tandenborstel afrekenen.

Pas bij de derde zaak slaagde hij erin om twee zwangerschapstestjes te kopen zonder een bekende tegen te komen.

Hij voelde zich net een geheim agent, maar niet op een grappige manier. Hij moest eerlijk bekennen dat Giselle niet de enige was die zich een beetje misselijk voelde. In theorie had hij vaderschap altijd wel als een optie gezien, maar dan liever ergens in de toekomst. Niet nu. Maar ja, dat kon hij moeilijk tegen Giselle zeggen. Ze was per slot van rekening zijn vriendin. Ze waren een stel. Als ze samen een kind kregen... nou, dan kon hij haar niet aan haar lot overlaten. Als het echt zo was, moest hij proberen er het beste van te maken. En hopelijk zou het allemaal goed komen zodra de baby er was, en ze allebei verliefd werden op hun kind. Want zo ging dat altijd.

Maar o, wat een slechte timing! Net nu hij begon te beseffen dat... Nee, niet aan denken. Gewoon niet.

Toen hij de drogist uit kwam, maakte hij bijna een sprongetje van schrik toen er een zware hand op zijn schouder werd gelegd en een stem bulderde: 'Een kwaad geweten soms? Wat heb je daar gekocht? Iets gênants? Je maandelijkse dosis viagra? Ha ha ha!'

Het was een klant van hem, Brendan Banks, die zichzelf als de gangmaker van elk sociaal gebeuren beschouwde, maar aan wie in werkelijkheid bijna iedereen een hekel had.

Lucas toverde een flauw lachje tevoorschijn. 'Pijnstillers. Nogal een zware avond gehad.'

'Dat gevoel ken ik! Hoofdpijn zeker?' Brendan sloeg hem nog eens joviaal op de schouder. 'Gewoon een borrel nemen, dat helpt altijd.'

Was het maar zo simpel. Maar het lot had nog meer voor hem in petto. Opgelucht aan Brendan te zijn ontsnapt, liep hij Percival Square op. Toen hij langs nummer 23 kwam, keek hij even naar boven en zag dat Essie net haar raam dichtdeed.

Meteen daarna ging de voordeur open en kwam Zillah naar buiten, even stijlvol als altijd, in een lichtblauw jasje en lichtblauwe broek, en op haar hoofd een zilvergrijze cloche. Ze draaide zich even om en riep naar boven: 'Kom, we moeten gaan!'

Lucas hoorde voetstappen op de trap, en toen verscheen Essie in de hal, met een rood jack aan.

'Goedemorgen!' Diamanten schitterden in het ijzige zonlicht toen Zillah naar hem wuifde. Vrolijk vervolgde ze: 'Geen paniek, ik steel haar niet van je. Ze is op tijd terug voor haar werk. We gaan gewoon even shoppen.'

'Oké.' Lucas probeerde net zo ontspannen en opgewekt te klinken als Zillah. 'Tot straks.'

Zouden ze erin trappen? God, hij durfde Essie nauwelijks aan te kijken. Als er iets was waardoor Essie onbereikbaar voor hem werd, dan waren het wel de twee kleine doosjes in zijn binnenzak.

Over vijf minuten zouden ze het weten.

Ze deden er minder dan vijf minuten over. Giselle, wier blaas blijkbaar op knappen stond, riep: 'O, gelukkig! Man, wat duurde dat lang!' Ze rukte de doosjes uit zijn hand.

'Je moet de gebruiksaanwijzing...'

'Doe normaal. Je piest op een stick, zo moeilijk is dat niet.'

'Welke ga je eerst gebruiken?'

Ze keek hem ongelovig aan. 'Lucas, ooit van multitasken gehoord? Ik plas gewoon op allebei tegelijk.'

Hij bleef voor de badkamer staan, terwijl zij de tests gebruikte. Toen ze met de sticks naar buiten kwam, wachtten ze zwijgend af.

En daar had je het al: een extra blauw streepje en in roze het woord: zwanger.

Hoewel hij had gehoopt dat het niet zo was, had hij het diep vanbinnen al geweten.

'O, Lucas,' zei ze met onvaste stem. 'Ik weet niet wat ik moet zeggen.'

'Het is oké.'

'We zijn altijd zo voorzichtig geweest.'

'Ja. Maar zulke dingen gebeuren.'

Ze liet zich tegen hem aan vallen, en hij sloeg zijn armen om haar heen, want zij kon er net zomin iets aan doen als hij. Zulke dingen gebeurden gewoon, al hoopte je van niet.

'Het spijt me.' Haar stem brak, terwijl ze vocht tegen haar tranen.

'Dat moet je niet zeggen. Het is oké. We overleven het wel,' fluisterde hij, terwijl hij haar krullen streelde, want wat had hij anders moeten zeggen?

'Ik tril helemaal. Niet te geloven dat een uur geleden alles nog normaal was... en nu dit! We krijgen een baby.'

Was dat zo? Hij keek langs haar heen, zonder iets te zeggen. Ze bemerkte echter een verandering in zijn ademhaling en maakte zich iets van hem los om hem aan te kijken. 'We houden het, Lucas, toch? Ik weet dat het niet gepland is... maar ik kan geen... Vraag dat alsjeblieft niet van me.'

'Natuurlijk niet.' Hij schudde zijn hoofd en veegde een traan weg van haar wang.

'Ik weet dat het gemakkelijker zou zijn, maar ik kan dat niet.'

'Het is oké, maak je maar geen zorgen.'

'En hoe moet het met ons?' Ze nam hem onderzoekend op. 'Ik bedoel, we zijn een halfjaar samen, en het gaat goed. Toch? We passen bij elkaar... Ik hou van je, en jij zei dat je ook van mij houdt. Of je moet maar wat hebben gezegd.'

'Natuurlijk niet.' Het had toen juist geleken om dat te zeggen.

'Dus als je dat meende, hoeft dit geen ramp te zijn. Een vriendin van mijn moeder raakte meteen zwanger toen ze met een nieuwe vriend naar bed ging. Ze kenden elkaar pas acht weken toen ze het ontdekten. Dat is nu dertig jaar geleden, en ze zijn nog steeds gelukkig met elkaar!'

Hij knikte. Hij moest haar steunen. Ze had gelijk: zulke dingen gebeurden en bleken later goed uit te pakken. Ze kenden elkaar goed. Iedereen was dol op Giselle. Hij had ook gedacht dat hij van haar hield, tot Essie in zijn leven was verschenen en zijn gevoelens in een maalstroom van onzekerheid en verwarring terecht waren gekomen.

Maar nu dit was gebeurd, was het idee dat hij nog een keuze had, compleet weggevaagd.

Giselle was zwanger van zijn kind.

En Essie niet.

Geen tijd voor twijfels meer. Gewoon accepteren dat zijn leven zou veranderen. Op een behoorlijk dramatische manier.

'Denk je dat alles goed komt?' Ze raakte zijn gezicht aan, en hij zag de angst in haar ogen.

Het was aan hem om haar gerust te stellen. Hij kuste haar. 'Natuurlijk komt alles goed.'

27

Als je over beperkte middelen beschikte en een gebouw vol mensen had die je hulp verdienden, hoe maakte je dan in vredesnaam de juiste keuze?

Toen Zillah aankwam bij St Paul's Hospice, zag ze dat

Elspeth binnen de ramen stond te lappen van de zitkamer die uitkeek op het terras en de berijpte tuin.

'Hallo, lieverd, ik heb je berichtje gekregen.'

Elspeth stapte van de stoel af. Sinds haar man tien jaar geleden tijdens zijn laatste maanden in de hospice had gelegen, werkte ze er als vrijwilligster. Ze was meelevend, kon goed praten en nog beter luisteren.

'Goedemorgen, Zillah! Het gaat om de mevrouw in kamer 8; ze heet Barbara.'

'Hoelang is ze hier al?'

'Bijna drie weken. Echt een heel aardige vrouw.' Elspeth ging wat zachter praten. 'Het punt is dat ik pas gisteren, toen ik even met haar zus praatte, ontdekte dat ze haar dochter, Gail, in haar eentje heeft opgevoed. Maar vorig jaar... Wacht, dan doe ik de deur even dicht...'

Nadat Zillah het hele verhaal had gehoord, klopte ze op de open deur van kamer 8 en vertelde Barbara wie ze was. Ze legde uit dat ze probeerde wensen in vervulling te laten gaan en zei: 'Elspeth vertelde me over de situatie met je dochter. Dat moet erg zwaar voor je zijn.'

'Ja, maar er valt niets aan te doen.' Barbara wees naar twee ingelijste foto's op de vensterbank. 'Dat is ze, mijn lieve dochter. De linker is gemaakt op haar trouwdag. En die andere is van pas geleden... O, mijn hart barst bijna uit elkaar van vreugde als ik ernaar kijk. Ze is mijn alles... altijd geweest, vanaf de dag waarop ze is geboren.'

Zillah bekeek de foto's. Gail had golvend blond haar, lachende ogen en roze wangen. Op de tweede foto was ze zichtbaar zwanger.

'Die is van twee maanden geleden,' legde Barbara uit. 'Vlak voordat de kanker terugkwam.'

'En dat heb je haar niet meteen verteld?'

'Dat kon ik niet. Dan had ze meteen willen komen, en dat wilde ik haar niet aandoen, niet in haar toestand.' Ze zweeg even. 'Ik was al twee jaar volkomen genezen verklaard toen haar man die baan aangeboden kreeg in Sydney. We dachten dat de kanker overwonnen was. En ze was zo blij toen ze ontdekte dat ze zwanger was, want ze had altijd te horen gekregen van artsen dat dat wel eens moeilijk kon zijn bij haar. Het plan was dat ik naar Australië zou vliegen zodra de baby er was.' Ze slaakte een zucht. 'Maar het is anders gelopen.'

'Maar nu weet ze het toch wel?' zei Zillah.

'Ja, natuurlijk. Maar tegen de tijd dat ze erachter kwam, was het te laat. Ze is achtendertig weken zwanger, en dan wil geen luchtvaartmaatschappij je meer meenemen.'

Omdat Barbara niet had gewild dat haar dochter en ongeboren kleinkind iets overkwam, had ze zichzelf de kans ontnomen om haar dochter ooit nog te zien. En ze ging nu snel achteruit.

'Och lieverd, maar is het niet fijn dat jullie zo lang van elkaar hebben kunnen genieten?'

'Ja, dat is zo,' antwoordde Barbara. 'Natuurlijk had het wat mij betreft langer mogen duren, maar zoiets heb je niet voor het zeggen. Ik weet wel dat ik me geen betere dochter had kunnen wensen.'

'En ik wilde dat ik een toverstaf had waarmee ik alles goed kon maken, maar dat gaat niet.' Na een korte stilte vervolgde Zillah: 'Weet je nog dat Elspeth je gisteren naar de gelukkigste dag van je leven vroeg?'

'Ja.' Barbara glimlachte. 'En daar was maar één antwoord op.' Ze keek Zillah aan. 'Ze heeft het je al verteld, hè? Dat kan ik zien. Ben je daarom soms hier?'

'Zoals ik al zei, ik kan geen wonderen verrichten, maar

toevallig ken ik de plek waarover je het had. En ik heb het begin van een plannetje.'

Het was een koude en naargeestige donderdagavond, en het regende buiten ook nog eens pijpenstelen. En binnen, in de Frog and Ferret in Pucklechurch, regende het mannen.

Conor schudde geamuseerd zijn hoofd, terwijl de discolampen om het podium op de maat van de muziek aan en uit flitsten, en Caz uit volle borst stond te zingen.

Belinda, naast hem, klapte en zong mee met het refrein, net als alle anderen. Caz' song was natuurlijk 'It's Raining Men'; ze was nu eenmaal niet echt een 'Ave Maria'-type. Ze droeg ook nog eens een zilver-witte jumpsuit à la Elvis in zijn latere jaren, maar dan met een ongelooflijk diep decolleté. Toch moest Conor erkennen dat ze geen slechte stem had. Bovendien wist ze hoe ze het publiek moest vermaken. Iedereen genoot met volle teugen.

Omdat ze jarig was, had Conor zich voorgenomen om de hele avond aardig tegen haar te doen. Hij zou het in elk geval proberen.

Toen het lied was afgelopen, klonk er een daverend applaus, en zelfs Conor klapte mee. Zie je nu wel? Hij kon het best.

Op het podium begon Caz iedereen te bedanken voor hun komst. 'En ik weet dat ik het podium de hele avond in beslag heb genomen en niemand anders de kans heb gegeven om te karaoken, maar ja, als je op je verjaardag al niet mag doen waar je zin in hebt, wanneer dan wel...' Haar van de gel stijf staande stekels wiebelden toen ze begon te lachen. 'Maar nogmaals bedankt allemaal en op het komende jaar! Proost!'

'Proost,' herhaalde haar betoverde publiek, met hun glazen in de lucht.

'En nu ik hier toch sta, wil ik ook nog even zeggen dat ik blij ben dat mijn vriendin Belinda er vanavond zo gelukkig uitziet. En dat komt allemaal omdat ik die vent daar voor haar heb gevonden. Conor, steek je arm eens op, zodat we je allemaal kunnen zien!'

'Nee,' zei Conor, terwijl iedereen begon te lachen. 'Hou op.'

'Maar het is toch grappig?' Ze wendde zich weer tot haar publiek. 'Het is oké, Conor moet niet veel van mij hebben, en omgekeerd werkt hij mij nogal op de zenuwen, maar dat maakt niet uit, want Belinda en hij vinden elkaar leuk. En ik ben blij dat ze na al die tijd weer iemand heeft. Evie, vind jij hem leuk? Laat ons je vonnis eens horen!'

Evie, die mee had gemogen omdat het een bijzondere gelegenheid was, stak haar duim omhoog. 'Hij is goedgekeurd! Hij heeft me gisteravond met mijn wiskunde geholpen, dus bij mij kan hij niet meer stuk.'

Wat gênant en tegelijkertijd ook lief was, want nadat Evie het had gezegd, gaf ze hem een kus op de wang.

Iedereen in het café zei: 'Ah...' En Belinda fluisterde: 'Caz zou dit niet zeggen als je haar echt op de zenuwen werkte, hoor. Ze houdt gewoon van je.' Na een korte stilte liet ze erop volgen: 'En ze is niet de enige.'

Conor schrok, tot hij zag dat ze naar Evie knikte.

Iemand anders betrad nu het podium en begon mee te zingen met 'Bat Out of Hell'. Caz danste samen met Evie voor de luidsprekers, en terwijl Conor naar hen keek, zijn vingers verstrengeld met die van Belinda, bedacht hij dat een derderangs beroemdheid zich ook zo moest voelen;

hoewel hij hier niemand kende, merkte hij dat de anderen naar hem keken en over hem praatten.

Nou, zo te zien waren Belinda en hij nu officieel een stel.

Wie had dat ooit kunnen denken? Maar ja, zulke dingen wist je pas als ze je overkwamen.

Toch vond hij het een ongelooflijk idee dat ze elkaar nog geen twee weken kenden. Door Belinda's ontwapenende openheid tijdens hun eerste date hadden ze allebei durven toegeven dat de aantrekkingskracht wederzijds was. Hun tweede date was al de avond erna geweest, gevolgd door een derde date de avond daarna. En nu zaten ze hier, als een erkend stel. Ze waren bijna altijd bij elkaar, behalve als ze werkten en sliepen.

Hij genoot ervan. Belinda was te gek en haar nichtje ook; hij had het al snel kunnen vinden met Evie, en dat beschouwde hij als een echte bonus. En gelukkig maar dat ze goed met elkaar konden opschieten, want Belinda had hem verteld dat ze geen relatie kon hebben met iemand die niet bereid was om van Evie te houden.

Glimlachend keek Conor naar Evie en Caz, die in Meatloaf-stijl op de harde muziek dansten. Ineens voelde hij zijn telefoon trillen, en hij pakte hem uit het zakje van zijn overhemd. Toen hij zag dat het Zillah was, liet hij het schermpje aan Belinda zien en zei: 'Ik loop even de zaal uit.'

Zelfs in de gang was de muziek nog zo luid dat hij de verlaten ruimte van de kegelbaan in liep. Hij drukte op Beantwoorden en hoorde Zillah zeggen: 'Lang niet gezien! Hoe gaat het?'

'Fantastisch.' Hij had haar deze week inderdaad nauwelijks gezien, want hij was iedere avond laat thuisgekomen en alweer vroeg aan het werk gegaan. 'Prima.'

'Fijn om te horen. Ik gun je alle geluk van de wereld,' zei ze warm. 'Maar ik ben met een wens bezig. Heb je zondagmiddag iets te doen of komt dat slecht uit?'

'Zondagmiddag...' Conor aarzelde. Het kwam inderdaad slecht uit. Zondag was Valentijnsdag, en ze waren uitgenodigd voor een lunch bij een nicht van Belinda. Maar Zillah kennende had ze al een ambulance gehuurd voor die dag, anders zou ze hem nu niet bellen.

'Ik merk het al, je hebt het druk. Maak je maar geen zorgen, Scarlett is hier, en ze zegt dat ze met liefde voor je wil invallen.'

'O, zegt ze dat?' Hoe kwam ze erbij? Ze spoorde echt niet. 'Ik wist niet dat ze een professioneel fotograaf was.'

Te laat herkende hij het blikkerige geluid aan de andere kant van de lijn, en hij besefte dat Zillah hem op luidspreker had gezet. Er klonk wat geruis, gevolgd door Scarletts verontwaardigde stem. 'Jij bent ook geen professional. Maar mijn oom was dat wel, en ik heb heel veel van hem geleerd. Ik ben er goed in!'

'Ik dacht dat je op zondag altijd op de tweedehandsmarkt stond,' zei hij.

'Mijn moeder wil vast wel voor me invallen. Ze helpt me altijd graag.'

'Wat voor camera heb je?'

'Nou, Zillah zei dat je het waarschijnlijk wel goed zou vinden als ik er eentje van jou leende.'

Conor slaakte een zucht; de laatste keer dat hij Scarlett had gezien, had ze op straat met plastic bekertjes staan jongleren die allemaal op de grond waren gevallen. Geen denken aan dat hij haar zijn dure Nikon toevertrouwde.

'Ik doe het zelf wel,' zei hij. 'Ik maak zondag die foto's wel.'

Het was alsof hij haar met haar ogen kon horen rollen. 'Waarom? Vertrouw je me soms niet?' vroeg ze verontwaardigd.

Precies, dacht hij. Maar hardop zei hij: 'Ik vertrouw je heus wel, maar het zijn belangrijke momenten, en als er iets misgaat, kunnen we ze niet overdoen. Alles moet perfect zijn.'

'En ik kan dat niet, volgens jou.'

'Ik wil gewoon dat alles goed gaat.'

'Weet je, als je zo doorgaat, is mijn liefde voor jou snel over, hoor,' zei ze.

Godzijdank, dacht hij.

28

Conor stopte zijn telefoon weg en stond op het punt om weer naar de grote zaal te gaan toen hij stemmen in de gang hoorde. Omdat zijn naam werd genoemd, bleef hij staan.

'Waar is Conor gebleven?' Het was Evie die de vraag stelde.

'Hij werd gebeld, hij zal wel buiten zijn. Nou, ik ga met mijn kapsel niet de regen in. Ga jij maar terug naar Belinda, dan wacht ik hier wel op hem. Hij zal zo wel terugkomen.'

'Oké,' zei Evie. 'Maar breng het wel een beetje subtiel, hè?'

Caz schaterde het uit. 'Je kent me toch? De subtiliteit zelve!'

Conor hoorde Evie weglopen. Hij luisterde nog even naar Caz die zachtjes 'It's Raining Men' zong. Toen opende hij de deur en deed alsof hij verbaasd was haar te zien. 'O, hoi. Ik moest even opnemen.'

'Die ruimte is meestal afgesloten als hij niet wordt gebruikt.' Ze keek hem achterdochtig aan.

'O? Nou, vanavond niet.'

Ze liep langs hem heen en tuurde naar binnen. Naar links, naar rechts.

'Wat doe je?' vroeg hij.

'Kijken of je daar geen stoute dingen hebt gedaan met iemand anders.'

'Pardon? Dat meen je niet!'

Ze haalde haar schouders op. 'Je zou niet de eerste zijn. En vergeet niet dat je mijn verantwoordelijkheid bent. Ik heb je aan Belinda gekoppeld. Ik ben de reden dat je hier nu bent.'

'Ik heb Belinda al verteld dat ik niet zo'n man ben. Ik heb nog nooit een vriendin van me bedrogen.'

'Tja, dat zeggen ze allemaal.' Na een korte stilte vervolgde ze: 'Je hoeft niet zo pissig tegen me te doen. Ik probeer alleen maar een vriendin te helpen.'

'Oké.'

'Ze mag je graag. Echt heel graag.'

'Ik haar ook.'

'Maar jullie zijn nog niet met elkaar naar bed geweest, hè?'

'O, mijn god.' Hij staarde haar aan. 'Dat gaat jou helemaal niets aan!'

'Ik vroeg me gewoon af of dat geen probleem was.'

'Nee, dat is geen probleem.'

'Zeker weten?' Ze gaf hem een ondeugende knipoog. 'Of heb je soms rare voorkeuren en ben je bang haar af te schrikken?'

'Allemachtig. Nee, ik heb geen rare voorkeuren.' Hij kon nauwelijks geloven dat hij dit gesprek voerde. Nou ja, gesprek... Het was meer een kruisverhoor.

'Waarom hebben jullie het dan nog niet gedaan?'

Zijn geduld was op. 'Kunnen we hier alsjeblieft over ophouden?'

'Komt het door Evie?'

Conor sloot zijn ogen; natuurlijk kwam het door Evie. Bij het vooruitzicht in Belinda's bed te liggen terwijl Evie in de kamer ernaast lag te slapen, slechts door een dunne muur van hen gescheiden, verging hem alle lust. Maar het alternatief – dat Belinda een keer bij hem bleef slapen – was blijkbaar ook uit den boze. Hoewel Evie al zestien was en best een nacht alleen thuis kon blijven, wilde Belinda haar dat niet aandoen; ze was bang dat ze zich dan in de steek gelaten zou voelen. Ze had hem uitgelegd dat het een lastige periode was voor Evie. Ze moest dit jaar eindexamen doen, en Belinda wilde niet dat Evie afgeleid raakte en het idee kreeg dat er andere dingen belangrijker voor Belinda waren.

Tenminste, dat had ze gezegd. Hij had geen ervaring met pubers, maar gezien de omstandigheden klonk het wel logisch.

Ondertussen stond Caz nog steeds op een antwoord te wachten. Conor slaakte een zucht en zei: 'Ja, het komt door Evie.'

'Ik wist het!' Caz pakte een doosje kauwgom uit haar beha en stopte er eentje in haar mond. 'Niet echt lustopwekkend, hè, om haar binnen gehoorsafstand te hebben?'

'Nee.'

'Daarom slaapt ze vannacht bij mij. Het is allemaal al geregeld. Hopelijk heb je er een beetje zin in, want vannacht gaat het gebeuren!'

'Ik... Je kunt...' stamelde hij, niet in staat om iets zinnigs te zeggen.

'Ik weet het, ik ben briljant. Eerst heb ik een eind gemaakt aan je saaie vrijgezellenleventje en nu regel ik je seksleven ook nog voor je. Beschouw me maar als je toverfee.'

Ze was een wandelende ramp. Maar wel heel praktisch. Met enige tegenzin zette hij zich over zijn ergernis heen. Hij begreep dat hij haar moest bedanken, want ze had een groot probleem opgelost.

'Dank je,' zei hij braaf.

'Dank je, toverfee,' zegde ze hem voor.

'Dank je, toverfee.'

'Zeg: "Je bent fantastisch en mooi en attent en aardig."'

Hij glimlachte. 'Nu vraag je wel heel veel van me.'

'Nou, ik neem ook genoegen met een kus.' Ze boog zich naar hem toe en tikte op haar wang.

Hij gaf haar een kus. 'Je bent lang niet zo erg als je je voordoet, hè?'

'Ik zou zeggen dat ik helemaal te gek ben, aangezien ik het lustdodende wezen een nachtje in huis neem.' Ze schudde haar hoofd. 'Wat betekent dat ik zelf niemand mee naar huis kan nemen vanavond. En dat op mijn verjaardag!'

Het was gelukkig gestopt met regenen tegen de tijd dat ze het café verlieten en terugwandelden naar Limes Avenue. Hoewel het bijna twaalf uur was, zong Caz uit volle borst 'Single Ladies' en deed ze op haar hoge tikkende hakken haar Beyoncé-imitatie.

'Kom.' Ze pakte Belinda's hand. 'Jij bent ook nog single. Hij heeft je nog niet ten huwelijk gevraagd.'

Terwijl ze samen voor hen uit over de straat dansten,

kwam Evie naast hem lopen. 'Ik slaap vannacht bij Caz, wist je dat al?'

'Ja, volgens mij heeft ze zoiets gezegd,' antwoordde hij met een terloops knikje.

In het oranje licht van een straatlantaarn keek Evie hem met een schuin hoofd aan. 'En was ze een beetje... subtiel?'

'Niet echt, nee.'

'Nou ja. Toch is het aardig dat ze eraan heeft gedacht, vind je niet?'

'Eh... ja.' Allemachtig, dit was toch geen gesprek om met een meisje van zestien te voeren? Conor stapte even opzij om een plas te ontwijken.

'Belinda vindt je echt aardig. Ze is al weken heel blij. Dat vind ik zo leuk.'

'Dat is fijn om te horen.'

'En Caz zei dat zelfs mensen die nog ouder dan jullie zijn wel eens seks hebben,' vervolgde Evie opgewekt. 'Dus daarom slaap ik vannacht bij haar.'

In het donker stapte hij toch nog in een plas; het water klotste over zijn schoen.

Conor had op zijn telefoon de wekker op zeven uur gezet. Wat maar goed was ook, want om twee minuten over zeven kreeg Belinda een berichtje op haar toestel, vergezeld van een uithaal van Beyoncé.

Belinda had haar ogen nog dicht. 'Dat is van Caz.'

'Goh.'

'Wil je mijn telefoon even voor me pakken?'

Het toestel lag op de witte ladekast aan zijn kant van het bed. Hoewel hij niet van plan was om het berichtje te lezen, kon hij niet om het felverlichte schermpje heen: Goedemorgen! Op een schaal van één tot tien? Hoop maar dat zijn piemel niet al te petieterig is! Xx

'Wat is er?' vroeg Belinda, toen hij verontwaardigd sputterde.

'Niet te geloven dat ze een vriendin van je is.' Hij hield haar het schermpje voor zodat ze de tekst zelf kon lezen. 'Als je het niet erg vindt, beantwoord ik hem even.'

Hij typte: Het was te gek. Op een schaal van tien: twintig! En het tegendeel van petieterig.

'Ik weet niet of ik het daar wel mee eens ben,' zei Belinda, terwijl hij op Verzenden drukte.

'Niet?'

'Nee.' Ze sloeg een arm om zijn nek en gaf hem een kus op zijn mond. 'Eerder vijfentwintig, zou ik zeggen. Misschien zelfs wel dertig.'

Lachend trok hij haar warme lichaam tegen zich aan.

Het schermpje lichtte alweer op: Ha, dat heeft hij vast zelf geschreven!

'Ik zei het toch?' zei Belinda. 'Caz heeft altijd gelijk.'

Veertig minuten later was hij klaar om weg te gaan. Belinda sloeg haar armen om hem heen. 'Ik wilde dat je niet weg hoefde. Konden we maar allebei een dagje vrij nemen en dan de hele dag thuisblijven.'

'Maar helaas hebben we allebei een baan.'

'Ik weet het. Maar het is gelukkig vrijdag, dus hebben we het hele weekend samen. Ik vind het zo leuk dat we zondag naar Annette en Bill gaan, je zult ze vast aardig vinden.'

O.

Door Caz' kruisverhoor en de regelingen die daarna waren getroffen, had hij niet meer aan het telefoontje van Zillah gedacht. 'Verdorie, dat ben ik vergeten te vertellen.

Dat was Zillah die gisteravond belde. Ik kan zondag niet – ze heeft me die middag nodig.'

'O nee!' vroeg Belinda ontzet. 'Maar alles is al geregeld. Ik kan Annette en Bill niet meer afzeggen. Ze verheugen zich er zo op!'

'Het spijt me, maar je hoeft toch niet af te zeggen omdat ik niet meega? Ga gewoon met Evie. Er komt vast nog wel een andere keer.'

'Maar het is Valentijnsdag, en ik wilde zo graag met je pronken! Kun je niet tegen Zillah zeggen dat je wat anders hebt?'

Hij schudde zijn hoofd. 'Het gaat om een wens die ze heeft geregeld.'

'O, maar dan is het alleen maar voor de foto's. Dat kan toch iemand anders wel doen?'

'Nee.' Conor hield voet bij stuk. 'Ik wil het zelf doen, en ik laat haar niet in de steek.'

29

Ging het wel goed tussen Lucas en Giselle? Lucas deed deze week anders dan anders, hij leek afstandelijk en afwezig.

Behalve Essie leek echter niemand het te merken. Maar ja, de kans was groot dat zij ook de enige was die heimelijk verliefd op hem was en daarom buitensporig veel belangstelling voor hem had.

Terwijl Essie Lucas op vrijdagavond stiekem in de gaten hield, zag ze dat hij nog steeds een beetje afwezig leek. Het was echter duidelijk dat hij het er niet over wilde hebben. Toen het eerder op de avond iets stiller in de zaak was geweest, en ze hem had gevraagd of er soms iets was, had het er even op geleken dat hij iets tegen haar zou zeggen. Maar toen had hij zijn hoofd geschud en gezegd: 'Nee, hoor, niks aan de hand.' Meteen daarna was hij zich gaan bezighouden met het wisselgeld voor de kassa.

Toch zag ze dat het niet goed met hem ging. Er was iets, en hoewel Essie het heel slecht van zichzelf vond, hoopte ze dat het te maken had met Giselle... dat ze problemen hadden... Want dat kon op de lange termijn misschien wel eens goed nieuws zijn voor haar.

God, wat ben ik slecht.

Maar stel dat ze gewoon samen tot het inzicht waren gekomen dat ze toch niet zo goed bij elkaar pasten en zouden besluiten als vrienden uit elkaar te gaan? Dat was dan toch niet zo erg?

'Essie...'

'Ja?' O, help, hij stond vlak achter haar; hopelijk kon hij geen gedachten lezen. Ze draaide zich half om, en zijn onverwachte nabijheid deed haar huid tintelen. Zo was het ook vast als je meedeed aan *Strictly Come Dancing*. Al dat lichamelijke contact; geen wonder dat de emoties daar altijd zo hoog opliepen.

'Ik ga nog even wat limoenen halen,' zei hij. 'Na dat tequilafeestje van vanmiddag zijn ze bijna op. Ik ben zo terug, maar als Giselle er eerder is dan ik, zeg dan maar dat ze vast naar boven moet gaan.'

'Oké, geen probleem. Of zal ik anders limoenen gaan kopen?'

'Nee, nee, ik doe het wel. Ik ben hooguit twintig minuten weg.'

Een kwartier later kwam Giselle binnen, gekleed in een donkeroranje jas met een bijpassende gebreide das. Het stond heel schattig bij haar kastanjebruine krullen.

'Ha, daar is ze dan!' Brendan Banks, op zijn vaste plaats aan de bar, wenkte haar. 'Mijn favoriete vrouw! Kom. Als het uit is met Lucas, ben ik aan de beurt, hè? Niet vergeten.' Hij keek Essie stralend aan en zei luid: 'Wat een stuk, hè?'

Een van de nadelen van in een café werken was dat je vriendelijk moest blijven glimlachen om stomme opmerkingen van klanten die zichzelf onweerstaanbaar en dolkomisch vonden. En Giselle, als vriendin van de café-eigenaar, bevond zich in een soortgelijke positie.

Giselle wisselde even een blik met Essie en zei toen: 'Hoi, Brendan, hoe gaat het? Alles goed?'

'Prima, mooie dame! Kom erbij zitten.' Hij trok een kruk naar zich toe en klopte er uitnodigend op.

'Ik blijf liever staan.' Giselle negeerde de kruk naast de koffiemachine en ging een eindje verderop staan. Ze keek om zich heen. 'Waar is Lucas?'

'O, die is naar een van zijn andere vriendinnetjes. Blijf jij maar lekker hier, ik pas wel op je.'

Giselle glimlachte flauw, en Essie, die uit het zicht van Brendan stond, rolde met haar ogen.

'Lucas is limoenen gaan halen, die waren op,' vertelde Essie. 'Hij zei dat je maar vast naar boven moest gaan.'

'Weet je, ik blijf hier wel wachten. Ik heb dorst.' Giselle rommelde wat in haar suède schoudertas. 'Essie, mag ik een...'

'Nee, weg met die portemonnee.' Brendan wapperde woest met zijn handen. 'Ik betaal. Essie, geef haar eens een glas merlot.'

213

Giselle schudde haar hoofd. 'Nee, echt...'

'Ik sta erop. Ik wil geen nee horen. Ik mag je toch wel iets te drinken aanbieden?'

'Jawel,' zei Giselle op verzoenende toon. 'Ik vind het heel aardig van je. Maar geen merlot. Ik heb zin in appelsap.'

'O nee,' riep Brendan geschokt uit. 'Hoe kom je erbij? Het is vrijdagavond! Neem nou lekker een glas wijn!'

'Ik heb echt meer zin in appelsap.'

Brendan trok vol afkeer zijn neus op. 'Daar kan ik echt niet bij. Ben je soms zwanger of zo?'

Het was zo'n moment waarop een terloopse vraag samenvalt met een toevallige stilte in de gesprekken van andere aanwezigen. Normaal gesproken zou niemand hebben gehoord wat Brendan had gezegd, maar deze keer had de hele zaak het mee gekregen. Nu klonk Brendan eerlijk gezegd ook altijd wel alsof hij door een megafoon sprak...

En hoewel alle klanten nu naar hen keken, was het toch voornamelijk Giselles reactie die haar verraadde. Als ze het had weggelachen, had gedaan alsof het een grap was, zou iedereen zich weer hebben omgedraaid en verder zijn gegaan met zijn gesprek.

Giselles lichte, noordelijke huid werd echter roze, en daarna nog rozer en toen vlekkerig rood.

Een klassiek voorbeeld van weten dat je bloost en er juist daarom niet meer mee kunnen stoppen.

De kleur vloekte vreselijk met haar donkeroranje jas en sjaal.

En nu keek het hele café haar aan. Ook Brendan, die in de stilte bulderde: 'Allemachtig, je bent echt zwanger!'

Op dat moment ging de deur open en verscheen Lucas in de deuropening. 'Wat is hier aan de hand?'

Heel even dacht Essie dat hij het ook nog niet wist, tot ze de blik zag die Giselle hem toewierp. Natuurlijk wist hij het. Ze begreep ineens ook waarom Lucas de afgelopen week zo afwezig was geweest.

'Ik vroeg om appelsap in plaats van wijn, en Brendan maakte daar een grapje over,' vertelde Giselle hem. 'En toen kreeg ik een knalrode kop, dus toen was het wel duidelijk.' Glimlachend liep ze naar Lucas toe, sloeg een arm om zijn middel en zei tegen iedereen: 'Nou ja, we wilden het nog even voor ons houden, maar... aangezien jullie het nu toch al weten... Lucas en ik krijgen een kind, en we zijn er dolgelukkig mee!'

Iedereen begon te juichen en te klappen. Lucas omhelsde Giselle, en Brendan schreeuwde: 'Zo te horen moet je trakteren, man! Maar geen appelsap alsjeblieft!'

'Je hebt helemaal gelijk,' zei Lucas. 'Nu jullie het allemaal weten, kan het gevierd worden. Jude, wil jij de champagne even uit de koelkast pakken? En we hebben ook wat extra glazen nodig...'

Essie pakte op de automatische piloot de champagneglazen en zette ze op een rijtje op de glanzende bar. Weg dromen. Dit was het definitieve einde van haar geheime fantasietje over Lucas en Giselle die uit elkaar gingen.

Want dat zou nu nooit meer gebeuren. Ze waren niet alleen een stel, ze stonden op het punt om een gezin te worden.

Iedereen kwam om de halfronde bar staan om de ouders in spe te feliciteren. Jude had de flessen champagne gepakt, Lucas maakte ze vakkundig open, en Giselle kreeg van alle klanten te horen dat ze er zo goed uitzag.

Essie, die lege glazen van de bar pakte, hield zichzelf voor dat er niets was veranderd. Ze was Lucas niet kwijtgeraakt, want hij was nooit van haar geweest. Giselle en hij kregen een kind; het enige wat er voor haar op zat, was blij zijn voor hen en hun het allerbeste wensen. Ineens bedenkend dat Giselle nog steeds niets te drinken had, schonk ze appelsap voor haar in. 'Alsjeblieft. En gefeliciteerd.'

Giselle nam opgelucht een slokje. 'Dank je. Iedereen is zo aardig. Ironisch eigenlijk,' vervolgde ze op vertrouwelijke toon, 'ze zeggen allemaal dat ik er zo goed uitzie, maar toen Brendan wilde dat ik op die kruk naast de koffiemachine ging zitten, moest ik daar gewoon weg, want ik werd opeens kotsmisselijk van die geur. Zie ik er echt goed uit?'

Haar lichte huid was vlekkeloos en haar grote bruine ogen glansden. Naar waarheid zei Essie: 'Je ziet er fantastisch uit.'

Giselle omhelsde haar even. 'Dank je. Je bent zo'n schat. Ik kan het nog steeds niet geloven. Dit was niet gepland, maar op de een of andere manier voelt het helemaal goed. En we vinden het allebei zo fijn... Echt, je moest eens weten hoe gelukkig we zijn...'

Terwijl haar woorden wegstierven, draaide Essie zich om en zag dat Lucas Giselle wenkte.

Toen alle aanwezigen een glas champagne in hun hand hadden, hief Lucas, met Giselle aan zijn zijde, zijn glas. 'Dit is een bijzondere dag. Ik ben blij dat we het samen met jullie kunnen vieren. Op Gi en mij, en op onze baby.'

'Op Lucas, Gi en de baby,' riep iedereen in koor. 'Proost!'

Essie, die snel ook een glas champagne pakte, zag dat Giselle tranen in haar ogen kreeg.

30

'Wat mooi is het hier,' zei Essie bewonderend.

Ze waren in Colworth en reden door een groot toegangs-hek het landgoed op, om hun weg te vervolgen over een smalle oprijlaan naast een met riet omzoomd riviertje. Toen ze een oude, hoge, stenen brug over waren, kwam het met klimop begroeide hotel eindelijk in zicht.

Colworth Manor Hotel was een van de juweeltjes van de Cotswolds. De manager, Daisy, die hen blijkbaar had zien komen aanrijden, kwam naar buiten om hen te begroeten. Ze was lang, had donker haar en een stralende lach. Na-dat ze Essie en Conor een hand had gegeven, omhelsde ze Zillah. 'Wat leuk om je weer te zien! Het is zo lang ge-leden! En nog net zo glamoureus als altijd. Ik moet je eer-lijk zeggen dat ik tranen in mijn ogen kreeg van je mail.'

'Toen ik hoorde dat ze naar Colworth wilde, wist ik dat alles goed zou komen. Ik had alle vertrouwen in je. Hoe gaat het met Hector?'

'Met mij gaat het prima,' verklaarde de voornaam uit-ziende man – hij moest haast wel Daisy's vader zijn – die het hotel uit kwam lopen. Om zijn glanzende schoenen dansten twee kleine honden. 'Rustig jullie. Dit is Clive, en dat is Clarissa,' vertelde hij, voordat hij Zillah liefdevol op haar wangen kuste. 'Schat, vertel me nog eens waarom we nooit zijn getrouwd?'

Zillah lachte en trok aan de roze met gouden zijden das die hij bij zijn mooie donkere pak droeg. 'Ik denk dat het komt omdat je stiekem een verhouding had met je toe-komstige vrouw.'

'O ja, dat was het.' Hector keek langs haar heen naar de ambulance die net de hoge brug over reed. 'Daar is ze. Daisy, is alles klaar?'

Daisy tilde de kleinste hond op. 'Pap, je kent me toch? Alles is volmaakt in orde.'

Tegen de tijd dat Barbara uit de ambulance was geschoven en begroet door Daisy en Hector, had Essie de Skype-verbinding geopend. Toen ze het hotel in gingen, gaf ze de iPad aan Barbara. 'Zo.'

'Mama! Hallo!' Op het scherm, helemaal uit Sydney, zwaaide Gail naar haar moeder en liet haar dikke buik onder haar gele jurk zien. 'Kijk, ik ben nog dikker geworden! Echt gigantisch!'

'O, lieverd, we zijn er! In Colworth Manor!'

'Ik kan precies zien waar je bent,' riep Gail uit, toen de brancard de gelambriseerde hal in reed, waar de open haard knus brandde. 'Het is alsof ik het houtvuur kan ruiken. Is tante Peggy er ook?'

'Wacht even, deze aardige jongeman maakt allemaal foto's, als herinnering aan vandaag. Nee, Peggy is er nog niet,' zei Barbara tegen haar dochter. 'Op de m4 zijn ze met de weg bezig, en ze staat in de file, maar ik verwacht haar elk moment.'

'Wat moedig van ze om aan de weg te werken als tante Peggy erlangs wil,' zei Gail.

Voor de balzaal bleven ze even staan.

'Hij ziet er bijna helemaal hetzelfde uit!' riep Gail. 'Dat hebben jullie toch niet speciaal voor ons gedaan?'

'Nee,' zei Hector. 'Om zes uur hebben we een huwelijksreceptie. Maar als dat niet zo was geweest,' voegde hij er galant aan toe, 'dan hadden we de zaal speciaal voor jullie versierd.'

'Wat een charmeur, hè?' Zillah stootte hem liefdevol aan.

De balzaal baadde in het gouden licht van de twee kroon-luchters aan het plafond, en op alle ronde tafels, die waren gedekt in zilver met wit, stonden groepjes kaarsen, kerst-lichtjes in flessen, en boeketjes witte bloemen samengebonden met een witte strik van tule.

Barbara's ogen straalden van vreugde. 'O, schat, het is precies zoals op jullie trouwdag.'

'Jij droeg toen die prachtige roze jurk,' zei Gail. 'Ik was zo trots op je toen je opstond en dat toespraakje...'

'Ik ben er al, ik ben er al, sorry dat ik te laat ben! Die ver-domde wegwerkzaamheden ook. Ze moesten verboden worden!'

Essie keek naar Barbara's oudere zus, Peggy, die zich de balzaal in haastte. Ze was begin zestig, had bruin haar tot op haar schouders en droeg een wijd, flets blauw sweat-shirt en een lichtblauwe jeans. Ze gaf Barbara een kus op haar voorhoofd. 'Hoe gaat het, Barb? Hoe voelt het om hier weer te zijn?'

'Heerlijk.' Barbara streelde het gezicht van haar zus even. 'Als ik van dit ding af zou kunnen komen, ging ik dansen.'

'En dan zou ik met je meedoen,' zei Hector.

Het drong tot Essie door dat Conor was gestopt met foto-graferen. Hij stond iets achter de anderen, achter Hector en Peggy, naar het kleine schermpje op zijn fototoestel te staren. Het was alsof hij bevroren was.

Terwijl de anderen verder kletsten, raakte Essie zijn arm aan. 'Gaat het?'

Conor was zich nauwelijks bewust van Essies hand op zijn arm. Het lukte hem om te knikken en zachtjes te zeggen dat het goed ging, maar zijn hersens draaiden op volle toeren.

Barbara's zus had nog niet zijn kant uit gekeken. Begrijpelijk, want alle aandacht ging uit naar Barbara. Als ze hem zo meteen zag staan, zou ze de schrik van haar leven krijgen.

Maar wat was ze ongelooflijk veranderd. Wie had kunnen denken dat de vrouw die voor hem stond zijn bazin was geweest van het advocatenkantoor waar hij weg was gegaan?

Want Barbara's zus Peggy was Margaret Kale, en Conor kon zich niet herinneren dat hij haar ooit had zien lachen op het werk. Op kantoor had ze haar haar altijd in een strak knotje gehad en had ze donkergrijze mantelpakjes gedragen. Haar manier van doen was bruusk en akelig efficiënt geweest. Onder de revers van haar jasje had een hart van ijs gezeten.

En nu was ze hier, in vrijetijdskleding, waarin ze er tien jaar jonger uitzag, en ze lachte terwijl ze een grapje maakte met haar nichtje in Australië en ondertussen de hand streelde van haar zus, die op sterven lag.

Nadat hij de schok had verwerkt, ging hij verder met fotograferen. Hij slaagde erin het ogenblik vast te leggen waarop ze hem met grote ogen herkende.

'Hallo, Margaret,' zei hij met een klein lachje.

'Hallo, Conor.'

Zillah keek verbaasd. 'Kennen jullie elkaar?'

Na een korte aarzeling antwoordde Margaret: 'Conor heeft vroeger voor me gewerkt.'

Zillah begreep meteen hoe het zat. 'Aha.'

Conor, die vond dat dit niet het moment was voor een moeizaam gesprek, zei alleen maar: 'Leuk je weer te zien. Zal ik dan nu maar weer verder gaan met fotograferen?'

Op het scherm van de iPad zei Gail: 'O, de baby schopt! Mam, kun je dat zien? Kijk, dat is een voetje!'

Twintig minuten later werd een zichtbaar vermoeide Barbara door het ambulancepersoneel naar de wc-ruimte gereden. Daarna zou ze worden teruggebracht naar de hospice.

Margaret knikte discreet naar Conor. 'Kan ik je even spreken?'

Hij volgde haar naar buiten, en ze gingen samen op een houten bank voor een stenen fontein zitten.

'Het spijt me,' begon Margaret zonder verdere omhaal van woorden. 'Het spijt me oprecht. Misschien geloof je me niet, maar ik heb de afgelopen paar jaar vaak op het punt gestaan om contact met je op te nemen.'

Dat was wel het laatste wat Conor verwacht had. 'Waarom?'

'Omdat ik je wilde bedanken. Door jou ben ik gaan nadenken over mijn leven. Jij was de katalysator. Ik had oogkleppen voor, ik was egocentrisch bezig, dacht alleen maar aan werken. En winnen, ten koste van alles.'

Hij knikte. Dat was inderdaad waar.

'Nadat je was vertrokken, ging ik ervan uit dat ik de hele toestand wel zou vergeten. Maar dat gebeurde niet. En toen werd Barbara ziek, en ik besefte ineens dat leven belangrijker is dan succes hebben. Ook dat schudde me wakker. En toen Barbara weer beter was, begreep ik dat ik mijn leven moest veranderen. Ik ging parttime werken en begon met yoga. En ik heb nu ook honden,' vervolgde ze. 'Ik ben dol op ze. Na al die jaren heb ik eindelijk geleerd me te ontspannen.'

Conor kon het niet laten om te zeggen: 'Behalve als het om wegwerkzaamheden gaat.'

'Oké, ik leer nog steeds bij.' Ze lachte even. 'Misschien

dat ik ooit niet meer woest word van een file, maar vooralsnog ben ik nog geen heilige. Geen Maria von Trapp.'

'Dus, je wilde contact met me opnemen, maar je hebt dat niet gedaan,' zei hij. 'Waarom niet?'

'Ik wist niet of je daar wel op zat te wachten. Bovendien, jij had je oude leven achter je gelaten. Ik heb je gegoogeld, en toen vond ik je website en zag dat je deed wat je altijd al wilde doen.'

'Ja.' Het ontroerde hem dat ze zich zo blootgaf.

'Je verdient nu zeker stukken minder?'

'Nogal, ja,' antwoordde hij geamuseerd.

'En dit doe je ook.' Ze gebaarde naar zijn camera. 'Leuk, hoor! Ik had geen idee.'

'Ik vind het heel fijn om te doen. Maar Zillah is de drijvende kracht hierachter. Zij zorgt voor het geld en de uitvoering. Ik kom alleen maar opdraven als er foto's moeten worden gemaakt.'

'En hoe gaat het verder? Ben je getrouwd? Heb je kinderen?'

'Nog niet.'

'Heb je wel een vriendin?'

'Ja.' Het voelde vreemd dat uitgerekend Margaret Kale hem al die vragen stelde.

'En is het serieus?'

'We kennen elkaar nog niet zo lang. Maar het gaat... behoorlijk goed.' Wilde hij haar wel vertellen over Belinda en Evie, haar uitleggen hoe toevallig het allemaal was? Hij aarzelde, want juist dat toeval maakte dat iedereen vond dat ze bij elkaar hoorden, dat het lot het zo had bepaald. Alsof ze nu voor altijd aan elkaar vastzaten...

Voordat hij een besluit kon nemen, werd de brancard met veel kabaal naar buiten gereden.

'Nou, hoe dan ook, dank je wel.' Margaret stond op. 'Ik ben blij dat je nu gelukkig bent. En ik ben ontzettend blij dat ik door jou over mijn eigen leven ben gaan nadenken.'

Iedereen nam afscheid van elkaar, terwijl Barbara in de ambulance werd geïnstalleerd. Pas toen Daisy en Hector terugliepen naar het hotel en Zillah en Essie op weg gingen naar de auto, zei Conor: 'Margaret?'

'Ja?' Ze draaide zich om.

Even voelde hij iets van genegenheid voor zijn oude bazin, wat hij nooit voor mogelijk had gehouden. 'Bedankt dat je het me hebt verteld.' Hij glimlachte. 'Ik ben ook blij.'

Lucas bereidde zich geestelijk voor toen hij op maandag zijn telefoon pakte. Hoe kon je van iemand houden en toch tegen een gesprek opzien? Je zou denken dat hij er na al die jaren wel aan was gewend. Maar het gevoel van dreigend onheil verdween nooit.

Vijf minuten later was het alweer voorbij. Hij had zijn moeder gesproken, en nu zat zijn plicht er voor een paar weken weer op. Ze had niet geschreeuwd, ze had niet gehuild, wat een meevaller was. Ze had wel goed geklonken, al was ze dan net zo afstandelijk als anders geweest. Hij kreeg altijd de indruk dat er duizend dingen waren die ze liever deed dan met haar zoon praten. En waarschijnlijk was dat ook zo. Ze zat waarschijnlijk de hele tijd op haar horloge te kijken, verlangend naar het einde van het gesprek, zodat ze weer kon doen wat ze het liefst deed...

Allemachtig, dat was toch geen leven? Wat een puinhoop.

'Heb je haar gebeld?' Giselle kwam de badkamer uit in zijn veel te grote badjas, bezig haar haar te drogen.

'Ja.'

'Hoe was ze?'

'Oké.' Wat moest hij anders zeggen?

'Ze is je moeder. Je moet het haar toch een keer vertellen.'

'Ja, maar nu nog niet. Er is nog tijd zat.'

Giselle knikte. Ze had het haar eigen ouders ook nog niet verteld. Blijkbaar moesten ze allebei nog aan het idee wennen dat ze een kind zouden krijgen.

'Hoe voel je je?' vroeg hij, want hij vond haar er bleek en afwezig uitzien.

'Niet zo goed. Een beetje misselijk. Het voelt alsof je continu in de zenuwen zit voor een examen of zo.'

'Kom hier.' Hij sloeg zijn armen om haar heen en snoof de geur van haar shampoo op. 'Die misselijkheid gaat vanzelf wel over. Je wordt een fantastische moeder, dat weet ik zeker.'

'Denk je? God, ik hoop het echt.' Ze slaakte een zucht. 'Het is behoorlijk eng, vind je niet?'

Lucas voelde de spanning in haar nek en schouders. Alles zou veranderen; natuurlijk was dat eng. Hij streelde haar natte, warrige haar. 'Een beetje wel,' beaamde hij.

31

Het was eind februari en het sneeuwde weer, dikke vlokken dwarrelden uit een grauwe lucht. Conor had de tuin van een huis in Monkton Combe opgeruimd. De eigenaren, die van hun makelaar te horen hadden gekregen dat ze het huis sneller zouden kwijtraken als de tuin niet zo overwoekerd was, hadden hem ingehuurd om alles binnen een dag een wat netter aanzien te geven.

Nou, hij had zijn best gedaan, maar het zou al snel donker worden, en bovendien had hij er schoon genoeg van. Hij reed de laatste kruiwagen vol dode takken en struiken over het smalle paadje langs het huis naar de straat waar zijn auto stond.

Toen hij zag wie er naast zijn auto stond, bleef hij als door een wesp gestoken staan.

'Dus toch!' Scarlett, gekleed in een paars vest en een roze jeans, spreidde haar armen van verrukking. 'Ik dacht al dat ik je auto herkende!'

'Hoi.' Hij duwde de kruiwagen over de planken die hij schuin tegen de laadbak van de auto had neergelegd en leegde de inhoud erin. 'Wat doe jij hier?'

'Ik sta te bevriezen,' zei ze.

'Dat is waarschijnlijk omdat je geen jas aanhebt.'

'Maar vanochtend scheen de zon! Ik was hier om een vriendin te helpen. Ze moest met haar opa naar het ziekenhuis en had een oppas nodig voor de kinderen.' Toen ze zag dat hij de planken weghaalde en de achterkant van de laadbak sloot, klaarde haar gezicht op. 'Ze is weer terug, en ik dacht dat ik op tijd zou zijn voor de bus, maar ik heb hem gemist, en de volgende komt pas over twee uur, dus daarom ben ik gaan lopen. Hopelijk glij ik onderweg niet uit in de sneeuw, want dan sterf ik nog aan onderkoeling.'

'Dat zou naar zijn,' zei hij.

Scarlett sloeg haar armen om zich heen en rilde theatraal. 'Of ga jij soms toevallig terug naar de stad?'

'Nee.'

'Kijk me niet zo aan, ik wil alleen maar een lift.' Ze rolde met haar ogen. 'Ik zal je heus niet bespringen, hoor.'

Alsof hij daar bang voor was geweest. 'Oké, je kunt wel meerijden,' zei hij.

Ze straalde. 'Ik zal je eeuwig dankbaar zijn.'

Hij deed het portier voor haar open en pakte snel de restanten van zijn lunch van de stoel. 'Hopla.'

'Ik ruik mosterd,' zei ze met opgetrokken neus, nadat ze was ingestapt. 'Bah, daar ligt nog een open zakje... Ik snap niet dat je dat spul lekker vindt. Smerig gewoon!'

'Je kunt altijd nog gaan lopen,' reageerde hij kalm.

Drie minuten later, terwijl ze een heuvel opreden, schoot er een kleine cyperse kat de weg op. Een vrachtwagen die van de andere kant kwam, toeterde, wat het dier alleen maar in verwarring bracht, zodat het eerst naar links en op het laatste moment weer naar rechts rende.

Toen de kat uit zicht verdween onder de voorwielen van de vrachtwagen, gilde Scarlett: 'Nee!'

Conor trapte hard op de rem, overspoeld door een gevoel van misselijkheid. De vrachtwagenchauffeur, die blijkbaar dacht dat het hem was gelukt de kat te ontwijken, grijnsde opgelucht en vervolgde zijn weg.

Conor reed een oprit op. 'Blijf zitten,' zei hij tegen Scarlett. 'Ik ga wel even kijken.' In de goot aan de andere kant van de weg zag hij een onbeweeglijk bolletje liggen, en hij vreesde het ergste.

Scarlett gooide het portier open. 'Ik ga met je mee!' Ze gleed bijna uit in de sneeuw en rende toen met hem mee de straat over.

Toen ze bijna aan de overkant waren, zagen ze het bolletje bewegen. De kat deed zijn ogen open en krijste het uit van de pijn. Hij kwam moeizaam overeind en keek hen doodsbang aan, zichtbaar in shock.

'Nou, hij leeft in elk geval nog,' zei Conor.

'Maar hij bloedt... Waar precies?'

Conor knielde op de stoep naast de kat neer, die begon te jammeren.

'Voorzichtig,' zei Scarlett, naast hem neerhurkend.

'Ik ben voorzichtig,' zei hij, zich afvragend wat hij moest doen. 'We moeten hem ergens in wikkelen. Voor in de auto ligt een oude lap, kun je die even halen?'

'Maar die is vies, ik heb hem al zien liggen. Die kunnen we niet gebruiken.' Ze trok haar paarse vest uit. 'Hier, wikkel hem hier maar in.'

Toen ze het vest over de kat heen wilden slaan, raakte het dier in paniek en vluchtte door een gat in een schutting weg.

Conor vloekte zacht.

'Je was ook veel te langzaam.' Terwijl ze het zei, hoorden ze de kat weer jammeren van de pijn.

'We kunnen hem niet zo achterlaten.' Conor schudde zijn hoofd.

Ze keek hem aan alsof hij gek was geworden. 'Nee, natuurlijk niet.' Ze kwam overeind en liet haar vest op de stoep liggen.

'Je gaat toch niet onder die schutting door kruipen? Dat lukt nooit.'

'Niet zo negatief altijd.' Er zaten sneeuwvlokken in haar haar en op de schouders van haar dunne blauwe blouse. Zijn uitgestoken hand negerend ging ze plat op de grond liggen en kroop als een ninja door de smalle ruimte tussen de schutting en de stoeptegels door.

Conor liep langs de lange, hoge schutting tot hij de ingang naar een overwoekerd stuk land had gevonden. Tegen de tijd dat Scarlett zich uit het struikgewas had los weten te wurmen, stond hij al op haar te wachten, met haar vest in zijn hand.

'Ik hoor hem nog steeds,' zei ze hijgend. Ze zat onder de modder, takjes en dode bladeren. 'Hij is ergens daar links.'

'Ik...' begon hij, maar het was al te laat, ze had zich alweer in het struikgewas gestort.

Ondertussen sneeuwde het nog steeds. Hij moest toegeven dat ze een doorzetter was.

'Dag schatje,' hoorde hij haar ergens tussen de struiken zeggen. 'Ik doe je niks, rustig blijven zitten... O!'

Er klonken achtereenvolgens luid geritsel, een plons en een jammerkreet.

Toen hoorde hij Scarlett 'O, shit,' zeggen, gevolgd door nog een plons.

Oké, hij wilde nu echt weten wat er aan de hand was en baande zich in de richting van de geluiden een weg door het dichte struikgewas. Een paar seconden later stond hij bij een vijver, die nauwelijks te zien was onder de dikke laag dood blad. Hij begreep dat de kat in het water moest zijn gevallen en dat Scarlett hem achterna was gesprongen. Inmiddels probeerde ze met de kat in haar armen weer op het droge te komen.

Het doorweekte dier keek Conor woest aan toen hij probeerde het van Scarlett over te nemen. Het wriemelde en blies, terwijl Conor het in het vest wikkelde. Scarlett, inmiddels ook uit het water, stak haar handen uit. 'Geef mij maar, volgens mij vindt hij jou niet zo leuk.'

Toen Scarlett weer in de auto zat, trok Conor haar doorweekte sneakers en sokken uit en droogde haar ijskoude voeten met de niet al te schone lap die hij altijd voor in de auto had liggen. Daarna pakte hij rubberlaarzen uit de achterbak. 'Trek deze maar aan.'

'Wat voor maat is dat?'

'Maat 46.'

'En ik heb maat 38.' Scarletts tanden klapperden als castagnetten, en haar gezicht was nat van de sneeuw.

Hij hield haar een laars voor. 'Dit is niet het moment om daar moeilijk over te doen, Assepoester. Zo, en nu de andere nog. Oké, klaar. Laten we gaan.'

Tien minuten later waren ze bij de dichtstbijzijnde dierenarts. Het bloed sijpelde inmiddels al door het vest heen op Scarletts roze broek.

Veertig minuten later waren ze klaar. De dierenarts had via de geïmplanteerde chip de eigenaren van het dier weten op te sporen. Binnen twintig minuten kwamen ze al paniekerig binnen lopen, terwijl de dierenarts de laatste hand aan de hechtingen legde. Het echtpaar op leeftijd, dol op hun zes jaar oude cyperse kat, die Barnum heette, bedankte Scarlett en Conor keer op keer.

'Jullie hebben zijn leven gered.' De kleine oude dame greep Conors mouw beet. 'Dank jullie wel.'

'Het was Scarlett die hem wist te vangen,' zei hij. 'Zij heeft het meeste gedaan.'

'Nou, jullie zijn allebei engelen. We zijn jullie zo dankbaar.' Ze wendde zich tot Scarlett. 'En dan te bedenken dat ik je heel eng had gevonden als ik je op straat was tegengekomen!'

Verbaasd zei Scarlett: 'O...'

'Je bent zo'n punktype, als je snapt wat ik bedoel. Met dat rare haar en van die enge ogen en... nou ja, die kleren.' De vrouw maakte een verontschuldigend gebaar. 'We zijn altijd bang geweest voor dat soort types, hè, Melvin? Maar nu weet ik dat we ons hebben vergist. Onder al die troep zijn jullie net als alle andere mensen... Hier, laat me je iets geven om je te bedanken.' Met trillende vingers pakte ze een verkreukeld briefje van vijf uit haar tas.

'O, maar dat hoeft echt niet!' protesteerde Scarlett.

'Maar we willen je graag iets geven, want je hebt Barnum gered, en we houden zoveel van hem.' Ze drukte het brief-je in Scarletts hand. 'Maar je moet me beloven dat je er geen drugs van koopt.'

Pas toen ze weer in de auto zaten, stond Conor zichzelf toe om hard te lachen.

'Waarom heb je dat niet gezegd?' mopperde Scarlett, na-dat ze de achteruitkijkspiegel naar zich toe had gedraaid en zichzelf had bekeken. 'Geen wonder dat ze dacht dat ik een junk was!'

'Ik heb er gewoon niet aan gedacht,' zei hij. 'Ik wist hoe het kwam dat je er zo uitzag, maar ik heb er niet bij stilge-staan wat voor indruk je op anderen zou maken.'

Ze zag er inderdaad niet uit. Haar paarse piekerige haar zat vol takjes en dode bladeren, door de sneeuw was haar mascara uitgelopen, op de knieën van haar met modder en bloed besmeurde broek zat kroos, en de smerige, veel te grote laarzen maakten het plaatje af.

'Nou, dan ben je behoorlijk stom,' vond ze. 'O nee, waag het niet...' vervolgde ze toen ze zag dat hij zijn telefoon had gepakt. Ze hield snel haar arm voor haar gezicht.

'Gewoon één foto,' zei hij.

'Zoals ik er nu uitzie? Echt niet!'

'Je ziet eruit als iemand die net een gewonde kat heeft gered. Een kat die anders misschien zou zijn doodge-bloed.'

'Het is nog een wonder dat dat beest niet dood neerviel

van schrik toen hij me zag. Vuilak!' riep ze, toen ze merkte dat hij snel een foto nam, omdat ze haar arm per ongeluk had laten zakken.

'En nu lachen,' zei hij. 'Maar geen pruilmondje.'

Onwillekeurig begon ze te grijnzen, en ze stak net haar middelvinger op toen hij de foto maakte.

'Perfect,' zei hij.

'Liefde kan bekoelen, hoor,' zei ze tegen hem.

Zijn telefoon ging. Hij nam op. 'Hoi, je raadt nooit wat...'

'Allemachtig, zeg, waar blijf je?' Belinda klonk niet al te blij. 'Je zei dat je om vijf uur zou komen. Je bent hartstikke laat!'

32

'Bietjes.'

'Bietjes,' herhaalde Lucas. 'Ik wist niet dat je bietjes lekker vond.'

'Eigenlijk niet.' Giselle ging rechtop in bed zitten. 'Ik bedoel, vroeger niet. Maar nu heb ik er ineens heel veel trek in. En dan die uit een pot. Je weet wel, van die plak es in azijn.'

Hij knikte. 'Oké.'

'En piccalilly. Met van die harde grote stukjes groente erin.'

'Prima. En wil je er ook nog iets bij?'

Hij bedoelde knapperig wit brood of misschien zelfs patat, maar Giselle knikte enthousiast. 'Een lepel.'

'Dit is echt maf,' zei hij.

'Ik weet het.'

'Denk je dat je je daarna beter voelt?'

'Geen idee, ik weet alleen dat ik het nu wil eten.' Ze haalde hulpeloos haar schouders op. 'En daarna word ik waarschijnlijk misselijk. Zo gaat dat. Maar als je geen tijd hebt om naar de winkel te gaan, dan...'

'Nee, nee, ik ga wel,' zei hij snel, omdat hij zag dat ze ineens tranen in haar ogen kreeg en het dekbed al opzij gooide.

'Sorry.' Ze trok het dekbed weer over zich heen en depte haar ogen. 'Je wordt vast gek van me, hè? Krijg alsjeblieft geen hekel aan me.'

'Ik krijg geen hekel aan je. Het zijn gewoon je hormonen.' Ze was nu in haar derde maand, en ze waren allebei enigszins overvallen door haar vele stemmingswisselingen en huilbuien. Maar blijkbaar hoorde het erbij en zou het vanzelf minder worden, net als die vreemde eetbuien.

'Ik hou van je.' Ze keek hem aan.

'Ik ook van jou.' Als hij het maar vaak genoeg zei, zou het vanzelf wel werkelijkheid worden.

'En ook chips met Marmite-smaak,' riep ze hem na toen hij wegliep. 'En vergeet niet je moeder te bellen.'

'Oké.' Daar was hij liever niet aan herinnerd.

'En een donut met koffiesmaak,' schreeuwde ze.

Buiten besloot Lucas eerst zijn moeder te bellen, dan had hij dat gehad. Het was bijna twaalf uur, en uit ervaring wist hij dat dat het beste moment was. Niet dat er echt zoiets als een goed moment bestond, maar het moest nu eenmaal gebeuren, al leek ze nooit erg blij met zijn telefoontjes.

De zon scheen en het was relatief rustig op het plein. Hij

ging op een lege bank zitten en toetste zijn moeders nummer in. Terwijl hij wachtte tot ze opnam, stelde hij zich het tafereel aan de andere kant van de lijn voor en bereidde zich zoals altijd voor op het ergste.

'Hallo?'

'Mam? Hoi. Hoe gaat het?'

Hij hoorde haar naar adem happen, alsof ze was overvallen door zijn telefoontje. 'O, Lucas, hallo. Heel goed, dank je. Bij jou ook alles goed?'

'Ja, met Giselle en mij is alles goed. Giselle wil je graag een keer ontmoeten, mam. We dachten erover om volgend weekend die kant uit te komen, of een andere keer als dat je beter uitkomt...' Hij voelde de spanning aan de andere kant toenemen en wist al wat het antwoord zou zijn.

'O, Lucas. Het is beter van niet. Ze is vast een schat van een meid, maar waarom zou ze hier naartoe moeten komen? Een ander keertje misschien... maar nu nog niet. Ik kan geen bezoek aan... sorry!'

'Je zult haar vast aardig vinden, mam.'

'Dat denk ik ook wel. En het komt er vast wel een keertje van. Maar nu nog niet.'

'Waarom niet?'

'Dat weet je best. Niet boos op me zijn, Lucas. Ik kan er niets aan doen.'

Overspoeld door alle bekende emoties zei hij: 'Ja, dat weet ik. Ik ben niet boos. Ik wil je gewoon zien. Zal ik anders alleen komen?'

'Het gaat prima, Lucas, je moet niet zoveel druk op me uitoefenen. Ik wil je niet zien, sorry. Ik heb nog wat tijd nodig.'

'Maar...'

'Als je komt, laat ik je gewoon op de stoep staan.' De

paniek klonk door in haar stem, net als anders. 'Doe dat alsjeblieft niet, Lucas.'

'Rustig maar, dat doe ik ook niet. Ik wilde alleen even weten of het goed ging.'

Nou ja, zo 'goed' als het maar zijn kon dan.

'Je verdient veel beter.' Ze klonk hees van de tranen. 'Ik ben zo'n slechte moeder geweest. Maar ik hou van je, Lucas. Ik hou zoveel van je. Het spijt me...'

'Mam, ik...'

Te laat, ze had al opgehangen.

Zo eindigden telefoontjes met haar altijd. Hij leunde naar achteren en zag zijn mooie, beschadigde, chaotische moeder voor zich die op dit moment vast zat te snikken. Voor de tweede keer in tien minuten zei hij: 'Ik ook van jou.'

Een harde klap op zijn rug maakte dat hij bijna van de bank viel.

'Allemachtig, man,' bulderde Brendan Banks, die op weg was naar de Red House voor zijn eerste drankje van de dag. 'Laat die schat van een vriendin van je dat maar niet horen!'

Omdat Lucas wist dat roddels op deze manier de wereld in kwamen, zei hij ferm: 'Ik had het tegen mijn moeder.'

'Ja, vast!' Brendan tikte tegen de zijkant van zijn rode neus. 'Maak je niet druk, ik zal het niet verder vertellen!'

'Je hoeft niet te blijven, hoor,' zei Giselle. 'Ik vind het zelf ook nogal bizar.'

Lucas moest echter wel kijken; het was net als bij zo'n documentaire van David Attenborough, waar je naar blééf kijken, ook al gebeurden er allerlei weerzinwekkende dingen. Alleen ging dit niet om een stelletje hyena's dat een impala aan stukken scheurde, maar om zijn zwangere vriendin die een pot piccalilly zat leeg te lepelen alsof het ijs was. En hoewel ze het voor hem had proberen te verbergen, had hij gezien dat ze ook nog een handvol drop in haar mond had gepropt.

En dan te bedenken dat mensen het idee dat zwangere vrouwen steenkool aten vreemd vonden.

'Ga weg.' Giselle wuifde hem weg met haar lepel. 'Ik weet dat het er smerig uitziet, maar ik kan er niets aan doen. Ga nou maar naar beneden en laat me in mijn eentje lekker vies zitten doen.'

Beneden hadden Jude en een van de nieuwe barmannen het druk met een hele buslading Duitse toeristen. Terwijl Lucas achter de bar ging staan om te helpen, deed hij zijn best om Brendan te negeren, die op zijn vaste kruk allemaal grappen uit *Fawlty Towers* nadeed, wat blijkbaar zijn idee van geinig was.

Na een tijdje ving Lucas de blik van een klant die geduldig naast Brendan stond te wachten. 'Hallo, wat mag het zijn?'

'Nou, ik wilde eigenlijk iets vragen. Werkt... eh... Essie Phillips vandaag ook?'

Lucas begreep meteen wie hij was. Zijn aarzelende manier van doen verraadde hem; dit was niet gewoon een vriend die even binnenwipte om te kijken of ze werkte. 'Nee. Sorry.'

'Maar ze werkt hier toch wel?'

'Gelukkig wel,' verklaarde Brendan, zich omdraaiend op zijn kruk. 'Heeft de boel behoorlijk opgevrolijkt, als je het mij vraagt. Hoezo, heb je soms een oogje op haar?' Hij stootte de nieuwkomer joviaal aan. 'Achteraan aansluiten!'

'Ik ben een oude vriend van haar,' vertelde de man met

een lichtelijk verschrikte blik. 'Ik had gehoopt dat ze er zou zijn.'

'Sorry,' zei Lucas. 'Vandaag niet.'

'Maar misschien is ze wel thuis.' Ondanks zijn grote woorden had Brendan blijkbaar wel begrepen dat hij geen enkele kans maakte bij Essie. Behulpzaam zei hij: 'Ze woont hier op het plein. Misschien kun je het daar proberen.'

Verbaasd vroeg de man: 'Woont ze hier? Waar precies?'

'Ik geloof niet dat je dat moet...' begon Lucas.

Het was echter al te laat; Brendan nam de onbekende man al mee naar de uitgang. Hij deed de deur open en wees schuin over het plein. 'Het is dat huis met die donkerrode voordeur, waar die Mercedes staat. Gewoon aanbellen en naar haar vragen – ze woont op de tweede verdieping.'

'Dank je, dat zal ik doen,' zei de man.

Toen Brendan weer aan de bar zat, vroeg Lucas: 'Hoe weet jij nou op welke verdieping ze woont?'

'Ik liep er laatst langs, en toen zag ik haar,' zei Brendan met een zelfingenomen blik. 'Ik zwaaide, en zij zwaaide terug.'

Heel even voelde Lucas een steek van jaloezie omdat Essie naar Brendan had gezwaaid en niet naar hem, wat natuurlijk compleet irrationeel was.

O god, wat is er met me aan de hand?

Essie, die net de stad in was geweest, stond een gestreepte broek uit een kringloopwinkel te passen toen er werd aangebeld. Wat betekende dat ze moest opschieten, anders zou de ongeduldige koerier weer wegsnellen met het stoere jasje dat ze op eBay had gekocht.

Jammer dat de broek te klein was. Nou ja...

Voordat het gevreesde kaartje met de woorden 'Tot onze

spijt etc.' in de brievenbus kon worden gegooid, rende ze de trap af en trok de voordeur open.

De adem bleef haar in de keel steken. Bijna dan.

'Hallo, Essie,' zei Paul.

33

Essie staarde hem alleen maar aan. Ze kon geen woord uitbrengen. Hoe vaak had ze hier niet over gefantaseerd? De laatste week misschien al wat minder, maar al met al toch vaker dan ze ooit zou toegeven.

Alleen had ze in haar fantasieën geen rood-zwart gestreepte broek aangehad waarvan ze de rits niet dicht kreeg en die niet eens tot aan haar enkels kwam. Niet echt flatteus dus.

Ze zag dat zijn blik als vanzelf naar die stomme broek gleed. Terwijl ze de boord van haar sweatshirt over de openstaande rits trok, vroeg ze: 'Wat doe jij hier?'

'Ik zocht jou.'

'Waarom?'

'Mag ik binnenkomen?'

Ze had geen flauw idee wat hij van haar wilde. Ze was volkomen overvallen door zijn onverwachte bezoek. Na even te hebben nagedacht zei ze: 'Oké. Ik woon op de tweede verdieping. Ga jij maar voor.'

Want het idee dat hij achter haar aan de trap op liep, terwijl zij deze broek aanhad... Nee, dat ging gewoon niet.

'Oké, even wachten,' zei ze toen ze op de overloop stonden. Ze liep naar binnen, deed de deur achter zich dicht en verruilde de foeilelijke broek – waar het prijskaartje van drie pond nog aan bungelde – gauw voor haar jeans. Daarna deed ze de deur weer open. 'Nu mag je binnenkomen.'

Eenmaal binnen pakte hij haar schouders beet, trok haar tegen zich aan en kuste haar, hard.

Jemig.

Het was zo onverwacht dat ze niet eens tijd had om te protesteren of terug te kussen.

Na een tijdje liet hij haar weer los. Hij hield haar gezicht tussen zijn handen, die enigszins koud waren, en keek haar diep in de ogen. 'Dat heb ik nu al weken willen doen. Essie, ik heb je zo gemist.'

Haar fantasie was werkelijkheid geworden. Ze kon het nauwelijks geloven. Toen ze merkte dat haar knieën knikten, zei ze: 'Zullen we even gaan zitten?'

Ze ging zelf aan het ene eind van de lichtblauwe bank zitten, en Paul aan het andere. Ze keek hem aan. Zijn gezicht was nog precies zoals ze zich het herinnerde, aantrekkelijk en beheerst. Hij was naar de kapper geweest. Zijn grijze kasjmieren jasje van Hugo Boss zag er zoals altijd smetteloos uit, en daaronder droeg hij een zachtgroen overhemd dat nieuw voor haar was. Ze rook de eau de parfum van Tom Ford die ze hem voor zijn verjaardag had gegeven. Het was een rib uit haar lijf geweest, maar hij had gezegd dat je beter één keer een parfum kon kopen dat je echt lekker vond dan tien keer een goedkoop merk dat je toch niet gebruikte.

Grey Vetiver, zo heette het. Ze kon niet zeggen dat ze het lekker vond, maar het rook in elk geval duur.

Hij had ook nieuwe schoenen aan, zag ze. Ze keek naar haar eigen oude geruite sokken en stopte ze onder haar benen.

238

'Wat doe je?' Paul wierp een blik op haar benen.

'Ik verstop mijn oude sokken.' Het was gewoon een pavlovreactie geweest; ze wist dat hij die sokken haatte.

'Essie, wat kunnen mij je sokken nou schelen?' zei hij met een diepe zucht.

'Wat?

'Het gaat me om jou,' vervolgde hij. 'Ik heb echt mijn best gedaan, maar ik kon je niet uit mijn hoofd zetten. Ik moest steeds aan je denken. Kerst was ellendig. Ik vroeg me voortdurend af of je me miste. En toen ik je probeerde te bellen, ontdekte ik dat je me had geblokkeerd. Dat was echt een klap voor me.' Hij stopte met praten en nam haar aandachtig op, alsof hij haar reactie wilde peilen.

Essie slikte. 'Dat was Scarletts idee. Ze zei dat dat gemakkelijker zou zijn. Ik schrok me iedere keer rot als mijn telefoon ging, want dan dacht ik dat jij het misschien was. Maar nadat ik je had geblokkeerd, en je me ook geen berichtjes meer kon sturen, hoefde ik me daar niet meer druk over te maken.'

'Ik wist helemaal niet waar je was,' zei hij. 'Dat vond ik verschrikkelijk.'

'Dit is Bath, geen New York. Je had er best wel achter kunnen komen als je dat had gewild.' Ze dacht aan eerste kerstdag, toen er was aangebeld en ze de trap af was gerend in de hoop dat hij het was. Maar het was Lucas geweest.

Toen ze nog een vreselijke hekel aan hem had...

'Ik weet het.' Hij haalde zijn schouders op. 'Maar in het begin voelde ik me echt verscheurd. Je had dat ding geschreven, mijn familie voor schut gezet. Ik miste je, maar ik hield mezelf voor dat ik me eroverheen moest zetten. En dat heb ik al die tijd geprobeerd.' Hij leunde naar achteren. 'Maar het ging niet. Ik moest steeds aan je denken. En nu is het half maart en... Nou ja, daar ben ik dan. Ik moest je gewoon zien.' Hij spreidde zijn handen. 'Ik kon niet anders.'

Essie zag de afkeurende blik op Marcia Jessops gezicht voor zich. 'En wat vindt je moeder ervan?'

'Het is mijn beslissing, niet de hare.'

Ze wist dat hij blufte. 'Heb je het al aan haar verteld?'

'Nee, maar dat komt nog wel.'

'Is ze nog boos op me?'

'Dat doet er niet toe,' zei hij.

Natuurlijk was zijn moeder nog kwaad op haar. Zoveel vragen. 'Hoe heb je me eigenlijk gevonden? Daar ben ik toch wel nieuwsgierig naar,' zei ze.

'Giles van kantoor vertelde me dat je in de Red House werkte. Ik ben daar net geweest, en een of ander kerel wees me aan waar je woonde.' Met een goedkeurende blik keek hij om zich heen. 'Leuk. Hoeveel betaal je ervoor?'

Ze negeerde de vraag. 'Hoe gaat het met Ursula?'

'Zij mist je ook.'

Ursula de kraaienvanger? Ze trok een wenkbrauw op; het leek haar zeer onwaarschijnlijk.

'Oké,' gaf hij toe, 'niet zo erg als ik.' Hij boog zich naar haar toe en pakte haar hand. 'En jij, Ess? Heb je mij ook gemist?'

Het was zo raar om hem weer te zien en hem al die dingen te horen zeggen dat ze er een beetje omheen draaide. 'Het is al drie maanden uit. Misschien heb ik al wel iemand anders.'

Hij fronste. 'Is dat zo?'

'Zou kunnen toch?'

'Ess, nu wil ik het weten ook. Is er iemand anders?'

Haar bloed begon sneller te stromen toen ze aan Lucas dacht, aan zijn donkere ogen en het lachje om zijn mooie mond. Maar terwijl ze hem voor zich zag, kwam Giselle – met haar dikke buik onder haar favoriete blauwe paisley-blouse – naast hem staan, en nu stonden ze hand in hand voor haar en keken elkaar aan.

Hou op! Essie wiste het beeld. Ja, er was iemand anders, maar hij was niet van haar en hij zou ook nooit de hare worden, zelfs als hij zou willen, wat vast niet het geval was. In een poging om over Lucas heen te komen had ze de af-gelopen weken goed om zich heen gekeken naar een an-dere man die ze leuk zou kunnen vinden, maar die had ze niet gevonden. Het was ook niet iets wat je zomaar tevoor-schijn kon toveren. Het was waarschijnlijk nog te vroeg voor een nieuwe verliefdheid.

Maar met Paul zou het niet nieuw zijn, toch? Met droge mond overwoog ze haar opties. Hij was iemand die ze al kende, met wie ze vertrouwd was. Het was Paul, en ze wa-ren bijna een jaar samen geweest. Ze zouden nog steeds samen zijn als ze die stomme mail niet had geschreven. Het was haar schuld, en ze kon het hem niet kwalijk ne-men dat hij had gereageerd zoals hij had gedaan.

Maar dat hij nu hier was, bereid haar te vergeven en het akelige incident achter zich te laten... nou, dat was behoor-lijk ontroerend.

Hij moest echt van haar houden.

En als ze weer met Paul ging, zou ze in elk geval niet meer steeds aan Lucas hoeven denken.

'Nou?' Paul zat nog steeds te wachten.

'Er is niemand anders,' zei ze.

Hij knikte. 'Mooi zo.'

'En jij?'

'Ik heb ook niemand anders.' Hij zweeg even. 'Dus we zijn allebei single.'

'Zo te horen wel.'

'Nou, wat denk je ervan? Zullen we het nog een keer proberen?'

Er trok een rilling over haar rug. 'Misschien moeten we dat maar doen.'

'Zeker weten?' Hij begon te lachen en schoof over de bank naar haar toe. 'Je klinkt niet al te blij.'

'Ik moet het nog verwerken, geloof ik. Jij wist dat je dit zou gaan zeggen,' ratelde ze. 'Maar voor mij komt het als een volslagen verrassing. Ik had dit echt nooit verwacht.'

'Ach, je went zo weer aan het idee. Zal ik je eens laten zien wat we allebei hebben gemist?' Hij nam haar in zijn armen en kuste haar, deze keer langzaam en ontspannen en romantisch, en het voelde heel vertrouwd, alsof ze thuiskwam.

Precies op dat moment ging beneden de voordeur open en weer dicht. Aan de twee bonsjes hoorde Essie dat Zillah haar schoenen uitschopte. Meteen daarna riep ze naar boven: 'Essie, ben je thuis?'

'Wacht even,' zei Essie tegen Paul. Ze stond op, liep naar de overloop en riep over de mahoniehouten leuning naar beneden: 'Ja, ik ben er!'

'O, fijn.' Zillah droeg een jas met zebraprint en een grote smaragden ketting over een strakke, zwarte, wollen jurk. 'Lieverd, mijn leesclubje komt om drie uur, en ik heb geen tijd gehad om boodschappen te doen. Zou jij even voor mij naar Waitrose kunnen gaan? Er staan vier dozen gemengde hors-d'oeuvres voor me klaar, en neem ook een paar flessen van die lekkere prosecco voor me mee, je weet wel welke ik bedoel. O, en een chocoladetaart. Maar niet zo'n kleintje, hoor.'

'Doe ik. Ik ga zo meteen.'

Toen Essie de deur weer achter zich had dichtgedaan, vroeg Paul: 'Waarom doe je dat?'

'Hoe bedoel je?'

Hij keek haar fronsend aan. 'Ze knipt met haar vingers, en jij gaat meteen boodschappen voor haar doen?'

'Dit is Zillahs huis. Ze is drieëntachtig.'

'Dan hoeft ze nog geen misbruik van je te maken.'

'Ze maakt geen misbruik van me,' zei ze. 'In ruil voor een lagere huur help ik haar af en toe met dingen. Anders zou ik het me niet kunnen veroorloven om hier te wonen.'

'O, dat verklaart een boel. Ik vroeg het me al af, toen die man zei dat je op Percival Square woonde.'

Die man. Was dat Lucas geweest?

Hou op, niet meer aan Lucas denken. Ze pakte haar jas en tas. 'Ik zal je even aan Zillah voorstellen. Je zult haar vast aardig vinden.'

'Maar eerst nog een kus, Assepoester.' Paul grinnikte. 'En binnenkort hoef je geen dienstmeisje meer te spelen. Je komt gewoon weer bij mij wonen.'

34

'Nou?' vroeg Essie toen ze een week later aan Zillahs keukentafel zaten. 'Zijn ze goed of niet?'

Conor legde Zillahs iPad neer en slaakte een zucht. 'Kijk me niet zo gretig aan. Zo maak je het me wel erg moeilijk.' Hij wees naar het scherm. 'Essie. Het spijt me, maar ze zijn niet zo goed gelukt.'

'Hoe kun je dat nou zeggen?' Ze pakte de iPad. 'O, maar dat zijn de verkeerde. Sorry, die zijn inderdaad slecht. Dit zijn de goede...'

Met zijn ogen rollend nam hij de iPad weer van haar over. 'Zo'n fout moet je dus nooit maken.'

Ze hield hem opgewekt in de gaten, terwijl hij langs de tweede serie foto's scrolde. Zijn blik bleef hangen, en hij bekeek de foto's wat nauwkeuriger. Op zondagavond had ze hem in de Red House verteld dat ze wat foto's van hem zou maken, dan kon hij daarna bepalen of ze hem kon vervangen wanneer hij bij het in vervulling laten gaan van een wens eens niet aanwezig kon zijn. Wat hij echter niet wist, was dat Scarlett die avond stiekem ook foto's had gemaakt met haar telefoon.

'Nee, sorry.' Hij schudde zijn hoofd. 'Die zijn ook niet goed genoeg.'

'Wat? Ben je wel goed bij je hoofd?' Scarlett had vreselijk haar best gedaan op de foto's. Essie keek hem ongelovig aan. 'Ze zijn juist prachtig.'

'Vind je?'

Woedend zei ze: 'Dat zie je toch zo!'

'Grapje,' zei hij. 'Ze zijn fantastisch. Ik ben diep onder de indruk.' Hij knikte naar haar. 'Mijn complimenten.'

'Dank je! Dus dat betekent dat ik goed genoeg ben om voor je in te vallen als je een keertje niet kunt?' vroeg ze triomfantelijk. Wat zou hij op zijn neus kijken als ze hem vertelde dat...

'Nou...' Conor tikte op het scherm. 'Het zou logischer zijn om het Scarlett te laten doen, aangezien zij deze ook heeft gemaakt.'

Zillah begon te lachen.

Essie liet zich tegen de rugleuning van haar stoel vallen. 'Niet te geloven! Hoe wist je dat? Waar zie je dat aan?'

'Ik heb haar betrapt toen ze stiekem een foto van me maakte. Tot twee keer toe,' vertelde hij grijnzend. 'En daarna duurde het niet lang voordat ik begreep waar jullie mee bezig waren. Ik wilde er eerst iets van zeggen, maar later bedacht ik dat het grappiger zou zijn om te doen alsof ik niets had gemerkt en af te wachten hoe jullie het verder zouden aanpakken.'

'Wat irritant. We dachten dat je niets had gemerkt. Maar het heeft wel gewerkt, hè?' zei ze stralend. 'Ik ben zo blij! En Scarlett zal het helemaal te gek vinden.'

'Kan ze eigenlijk wel met een echte camera overweg?'

'Ja, natuurlijk. Haar oom heeft haar alles geleerd over lenzen en lichtmeters en sluitertijden. Ze weet wat ze doet, echt.'

Zillah wees naar een van Scarletts foto's op de iPad. 'Die vind ik het mooist. Dat gezicht van jou!'

Ze keken samen naar de foto van Conor en Zillah, die naar Caz en Belinda aan de andere kant van het café keken. Caz vertelde Belinda blijkbaar net iets grappigs, want ze maakte een overdreven gebaar met haar armen en schaterde het uit, met haar hoofd in haar nek. Naast haar stond Belinda om haar grap te grinniken. Maar het was Conors gezicht op de voorgrond dat boekdelen sprak.

'Moet je jou zien,' riep Zillah uit. 'Hoe zeggen ze dat ook alweer: één beeld zegt meer dan duizend woorden? Nou, hier is wel te zien wat je van Caz vindt!'

'Maak je niet druk, ze krijgt hem nooit te zien,' stelde Essie hem gerust. 'Je kunt de foto wissen. Arme Caz, ik weet dat je gek van haar wordt, maar ze bedoelt het goed. Ze is gewoon een beetje luidruchtig en druk.'

'Een beetje?' vroeg Zillah quasi-geschrokken. 'Ik heb

nog even overwogen om thuis oordopjes te gaan halen. Mijn god, wat is die vrouw aanwezig!'

Er werd aangebeld, en Conor slaakte een kreun. 'O, daar zul je haar hebben. Ze komt meteen wraak nemen.'

Essie stond op. 'Doe normaal, het is Paul maar.'

'Het is Paul máár?' vroeg Zillah plagend. 'Laat hem dat maar niet horen.'

Essie deed open en gaf hem een kus. 'Kom, we zitten in de keuken. We hebben Conor net zover gekregen dat Scarlett voor hem mag invallen als hij een keer geen foto's kan nemen. Leuk, hè?'

'Als jij het zegt, zal het wel zo zijn.' Nadat Paul haar ook een kus had gegeven, volgde hij haar naar de keuken, waar hij Conor en Zillah met een beleefd lachje begroette. Op Zillahs vraag of hij ook een glaasje van het een of ander wilde, antwoordde hij dat hij nog moest rijden.

'En ik sta foutgeparkeerd, dus kunnen we maar beter meteen gaan,' vervolgde hij tegen Essie. 'Ik heb een tafel gereserveerd voor acht uur.'

Hij nam haar mee naar een nieuw Frans restaurant en zag er aantrekkelijk uit in zijn crèmekleurige linnen jasje en donkere broek.

'Ik ben al klaar,' zei Essie, blij dat ze haar mooiste donkerblauwe jurkje had aangetrokken.

'Jullie zien er allebei erg chic uit,' merkte Zillah op.

Essie glom van trots. Het was inmiddels een week geleden dat Paul bij haar op de stoep stond, en ze moest nog steeds een beetje wennen aan de ommekeer in haar leven. Maar het ging goed. Vanavond was al hun derde afspraak, en Paul was nog steeds heerlijk attent. Ze had Zillah nog niet gevraagd wat ze van hem vond, maar dat hoefde eigenlijk ook niet. Paul was precies hoe een vriend moest zijn. Hij was perfect.

Zijn telefoon ging. Hij pakte hem uit zijn zak en aarzelde.

Essie, die een glimp opving van de naam op het schermpje, zei: 'O, het is je moeder! Dan moet je wel opnemen!'

Zie je nou wel, ik zet ook mijn beste beentje voor!

Toen Paul haar aankeek, wees ze bemoedigend naar de telefoon, die nog steeds overging. 'Neem nou op!'

Hij haalde diep adem en nam op. 'Hoi, mam. Ja, alles in orde. Nee, geen problemen. Ja, dat heb ik gedaan. Ja, en daar heb ik ook voor gezorgd. Ik ben niets vergeten.' Hij luisterde even en zei toen: 'Je hoeft je niet ongerust te maken, alles is onder controle. Hoe gaat het met jou?' Hij luisterde weer een tijdje en zei: 'Nou, dat is fijn. Ja, dat zal ik doen. Nee, maak je geen zorgen. Oké, tot gauw. We spreken elkaar. Dag.'

Toen het gesprek was afgelopen, leek Paul opgelucht. 'Zo. Zullen we dan nu gaan?'

Eenmaal buiten zei Essie: 'Je zei dat je haar had verteld dat het weer aan was en dat ze er vrede mee had. Maar je hebt het haar helemaal niet verteld, hè?'

Na een korte stilte vroeg hij: 'Hoe kom je daar nu bij?'

'Omdat ik in het hele gesprek niet voorkwam. En te horen aan wat er gezegd werd, zorg jij voor haar huis terwijl zij weg is.' Ze keek hem recht in de ogen. 'Dus vertel, waar is ze?'

Betrapt haalde hij zijn schouders op. 'Machu Picchu.'

'Pardon? Moest je niezen?'

'In Peru.'

'O, logisch. Hoelang?'

'Drie weken,' vertelde hij met tegenzin. 'Ze loopt het Inca-pad.'

'En ze weet nog niet dat het weer aan is. Hoelang na haar vertrek ben je naar mij toe gekomen?'

'Oké, luister.' Paul slaakte een diepe zucht. 'Ik heb je gemist. Ik wilde je terug. En afgelopen week was toch te gek? Het gaat allemaal hartstikke goed, maar zulke dingen zijn niet te voorspellen toch? Misschien was het wel niks geworden. Ik wilde mijn moeder niet voor niets van streek maken, ik wist immers nog helemaal niet of het wat zou worden? En nu kan ik het haar al helemaal niet vertellen, want dat zou haar vakantie alleen maar bederven. Maar als het nog steeds aan is als ze terugkomt, vertel ik het haar meteen.' Hij knikte verwoed alsof ze aan hem twijfelde. 'Echt waar.'

'Je had daar eerlijk over moeten zijn tegen mij,' verzuchtte ze. 'Je zei dat alles in orde was, en ik geloofde je.'

'O, net zo eerlijk als jij toen je deed alsof je mijn moeder graag mocht, terwijl je eigenlijk een bloedhekel aan haar had? Iets wat ik pas te horen kreeg toen ik die mail las die je aan je hele adresboek hebt gestuurd? Bedoel je dat soort eerlijkheid?'

Oef.

'Luister,' vervolgde hij. 'Ik weet dat mijn moeder niet altijd even gemakkelijk is, maar ze blijft mijn moeder. Ik vond die mail echt heel erg, dat weet je. Maar we moeten proberen dat achter ons te laten en opnieuw gelukkig te worden samen.'

Had hij gelijk? Hoewel Essie geschrokken was van zijn leugentje om bestwil, had hij een punt.

Bovendien was het geen al te grote leugen geweest. Wat zij had gedaan, was stukken erger.

'Zeg het maar, gaan we nog uit eten of haat je me nu ineens?' vroeg hij.

Een poging tot humor; dat was altijd een goed teken. Hij had uitgelegd waarom hij had gelogen, en zij was bereid om toe te geven dat het niet onlogisch was wat hij zei: ze moesten er zeker van zijn dat het wat zou worden voordat ze zijn angstaanjagende moeder zouden lastigvallen met dat nieuwtje.

Alleen al bij de gedachte aan dat moment huiverde ze. Maar al met al zou het de moeite waard zijn.

Was ze gelukkiger met Paul dan zonder hem? Hielp hij haar over de gênante fantasieën over Lucas heen?

Vast wel. Toch?

'Ik heb honger als een paard,' zei ze glimlachend. 'Laten we gaan.'

35

Essie kwam net de Bath Guildhall Market uit met drie kleurige ballonnen boven haar hoofd toen ze Giselle aan de overkant van de straat zag staan. Ze riep haar.

Giselle hoorde haar echter niet. Ze steunde op de stenen brugleuning van de Pulteney Bridge en staarde naar het kolkende water van de beroemde waterkering beneden haar. In de wind zwiepte haar kastanjebruine haar om haar hoofd, en ze was duidelijk in gedachten verzonken.

Net toen Essie overwoog of ze de Grand Parade zou oversteken om haar te begroeten, zag ze dat Giselle zich omdraaide en even in de verte staarde. Toen keek ze op haar horloge en stapte zonder uit te kijken de weg op vlak voor...

'Malloot!' schreeuwde de fietser die nog net voor haar wist uit te wijken, terwijl Giselle een kreet slaakte, een stap naar achteren deed en over de stoeprand struikelde. Ze verloor haar evenwicht en kwam onhandig op haar zij neer.

De getergde fietser riep over zijn schouder: 'Eigen schuld, stom wijf!'

Met een bonkend hart rende Essie de straat over en knielde naast Giselle neer. 'O god, gaat het?'

Giselle, lijkbleek en trillend van de schrik, haalde een paar keer diep adem en ging moeizaam zitten. 'Ik geloof van wel. Wat een stomkop.'

'Die klootzak is gewoon doorgereden! Als we de politie bellen, kunnen ze misschien nog camerabeelden van hem vinden.'

'Ik heb het niet over hem, ik heb het over mezelf.' Giselle schudde haar hoofd. 'Het was mijn eigen schuld. Ik lette gewoon niet op.' Ze perste er een lachje uit. 'Gelukkig was het maar een fiets en geen bus. Ik heb niks, echt niet.'

'Kijk, papa, ballonnen!' Een klein jongetje een eindje verderop wees naar boven.

Essie volgde zijn blik. 'Verdikke,' mompelde ze, toen ze haar drie ballonnen zag wegzweven door de lucht.

'O nee, waren die van jou?' vroeg Giselle geschrokken. 'Het spijt me. Ik koop wel nieuwe voor je!'

'Die ballonnen zijn niet belangrijk nu,' zei ze. 'Ik wil eerst weten of alles goed met je is.'

Giselle stond op. 'Echt, ik heb niks.'

'Kun je niet beter even naar het ziekenhuis gaan?'

'Dat hoeft niet. Ik ben niet hard gevallen, ik had beter uit mijn doppen moeten kijken.'

'Vlak voordat het gebeurde, riep ik je nog, maar je hoorde me niet,' vertelde Essie.

'Sorry, ik was er met mijn gedachten niet bij.'

Essie nam haar onderzoekend op. 'Is er wat?' Ze zag iets van spanning onder het vastbesloten glimlachje.

'Met mij? Nee hoor, niks aan de hand!'

Essie geloofde er niets van. Bezorgd vroeg ze: 'Zeker weten?'

Alleen het geluid van het langsrazende verkeer was te horen, terwijl Giselle naar het water achter de brugleuning staarde. Toen zei ze: 'Ach, het is gewoon het leven. Soms gebeuren er dingen die je niet had verwacht, dingen die je hele leven op de kop zetten. Alles is ineens anders, je moet al je toekomstplannen bijstellen. Nou, je weet hoe dat voelt, toch? Jij hebt het ook meegemaakt.'

'Ik denk dat iedereen daar vroeg of laat wel eens mee te maken krijgt,' zei Essie meelevend. 'Het is vast eng om een kind te krijgen terwijl het niet was gepland. Ik bedoel, je zet een mens op de wereld voor wie je verantwoordelijk bent!'

'Ja, het is doodeng.' Giselle knikte en perste er weer een lachje uit.

'Je wordt vast een fantastische moeder.'

'Laten we het hopen. Luister, heb je soms zin om even een kop koffie of zo te gaan drinken? Ik bedoel, als je niks anders te doen hebt...'

'O, sorry, ik heb geen tijd,' zei Essie op spijtige toon. 'Ik moet Zillah nog wat spullen brengen, en om zes uur begint mijn dienst.' Omdat ze merkte dat Giselle haar zorgen over de baby met iemand wilde delen, voegde ze eraan toe: 'Maar ik zou morgen wel met je kunnen lunchen, als jij dan ook kunt. Bij de Aqua bijvoorbeeld? Ik trakteer.'

Giselle schudde haar hoofd. 'Ik moet morgen werken. Nou ja, maakt niet uit.'

'Dan doen we het een andere keer. Ik hoor het wel als je tijd hebt.'

'Goed. En ga jij nu maar gauw naar Zillah.' Giselle gaf haar een kus. 'Bedankt voor je hulp. En het spijt me van die ballonnen. Laat me je in elk geval geld voor nieuwe geven.'

'Doe niet zo gek.' Essie wuifde het aanbod weg. 'Ik moest ze van Lucas kopen voor Maeve, die is morgen jarig. Hij had me er meer dan genoeg geld voor meegegeven, dus ga ik gauw nieuwe kopen. En pas goed op jezelf,' liet ze erop volgen.

'Zal ik doen.'

'En goed uitkijken bij het oversteken.' Ineens kreeg Essie een idee. 'We kunnen ook zaterdag samen gaan lunchen, als je dat leuk lijkt. Ik ben dan vrij.'

'Een heel goed idee.' Giselle lachte. 'Ik moet even kijken wanneer ik precies moet werken, en dan laat ik het je weten.'

Toen Conor had gezegd dat Scarlett wel eens voor hem zou mogen invallen, had hij niet echt verwacht dat het ooit nodig zou zijn. Maar zo gingen die dingen: het lot hield er een eigenaardig idee van humor op na.

Hij had het op dinsdag gezegd, en nu, vier dagen later, op de ochtend van de volgende wens, stond Zillah als een strenge – maar nog steeds glamoureuze – schooljuffrouw naar hem te kijken.

'Zo kun je niet mee.' Ze schudde haar hoofd. 'Zo meteen zijn het nog jouw ziektekiemen die hem de das omdoen.'

Hij moest erkennen dat ze gelijk had. Hij was wakker geworden met koorts, een knallende koppijn, een zere keel en zo'n irritant hoestje waardoor je niet eens kon doen alsof je niet ziek was. Als hij vandaag had moeten werken, had hij zich eroverheen gezet en was gegaan. En hij wist dat hij ook best foto's zou kunnen maken, maar wanneer degene wiens wens in vervulling ging er zelf al zo beroerd aan toe was, kon je daar moeilijk nog een schepje bovenop doen.

Dat zou bijna gelijkstaan aan moord.

'Oké.' Hij knikte, want hij wilde geen moordenaar zijn. 'Je hebt gelijk.'

'Zal ik Scarlett dan maar bellen?' vroeg Essie meteen.

'We weten niet eens of ze wel kan. Misschien moet ze wel werken.'

'Het is zaterdag. Dan kan ze vast wel.' Essie pakte haar telefoon.

'Ik vertel het haar wel,' zei Conor. 'Want ze zal mijn camera moeten lenen.'

Essie toetste Scarletts nummer in en gaf haar toestel aan Conor. 'Pas op je oren, ze gaat vast heel hard schreeuwen van blijdschap.'

O, fijn. Conor hoestte en bereidde zich voor op Scarletts reactie.

Maar toen ze na vier keer overgaan opnam, kreeg hij niet eens de tijd om iets te zeggen.

'Goedemorgen!' kweelde ze. 'Laat me eens raden, je belt je zielige singlevriendin om haar over je fantastische seksleven te vertellen. Heb ik gelijk of niet? Nou, laat dan maar, want het is al zo lang geleden dat ik een naakte man heb gezien dat ik niet eens meer weet hoe zoiets eruitziet. Het is zelfs al zo lang geleden dat ik serieus begin te overwegen om op Danny's aanbod in te gaan. Ik bedoel, wat is daar eigenlijk mis mee? Wat vind jij, Essie? Zou ik dat moeten doen?'

Conor deed zo zijn best om zijn lachen in te houden dat hij een hoestbui kreeg.

Scarlett schrok zich wild. 'O mijn god, wat heb jij nou? Ebola of zo? Je klinkt als een of andere reusachtige zeehond!'

Essie, die natuurlijk meeluisterde, lag dubbel van het lachen.

Het lukte Conor om te stoppen met hoesten. Hij zei: 'Je spreekt met mij. Essie heeft me haar telefoon geleend. En ja, het lijkt me een slecht idee om op dat aanbod van Danny in te gaan.'

'Het zou verboden moeten worden dat mensen bellen met de telefoon van iemand anders,' jammerde Scarlett. 'Het is een soort fraude. Ze zouden je ervoor moeten oppakken.'

Geamuseerd vroeg hij: 'Wie is Danny?'

'Een van mijn exen. We hebben het twee jaar geleden uitgemaakt.'

'Waarom?'

'Omdat hij me had bedrogen.'

'En nu?'

'Hij is single, ik ben single en hij vindt dat we best *friends with benefits* kunnen worden.'

Conor had nu al een hekel aan de man. 'En vind je dat een aanlokkelijk idee?'

'Meestal niet, maar af en toe denk ik dat het misschien zo gek nog niet is.'

'Is hij aardig?'

'Danny? Niet zo.' Scarlett zuchtte. 'Hij is een beetje een zak. Maar soms voel je je gewoon eenzaam, snap je. Nou ja, jij snapt dat niet, want je hebt Belinda. Maar je belde me vast niet om het over mijn niet-bestaande liefdesleven te hebben.'

'Heb je vanmiddag wat te doen?' vroeg hij.

'Hoezo?' vroeg ze plagend. 'Wil jij soms mijn friend with benefits worden?'

Hij glimlachte; ze was echt onverbeterlijk. 'Luister, je hoorde me hoesten. Ik ben ziek, dus kan ik vanmiddag geen foto's...'

'Echt? O, dank je! Ja, natuurlijk doe ik het.' Ze slaakte een vreugdekreetje. 'Ik zal je niet teleurstellen!'

36

'Hier stond ik toen ik haar voor het eerst zag,' vertelde Jerry aan Zillah, terwijl hij met zijn knokige vinger naar de golvende heuvels achter de stallen wees. 'Ze droeg een rode blouse en een zwarte rijbroek, en ze reed met wapperende haren de heuvel af. Later, toen ze het paard naar de stallen bracht, zag ik haar van dichtbij. En toen wist ik het: dat wordt mijn meisje.'

'Wat een mooi verhaal,' zei Zillah. 'En toen?'

'Twee weken later kwam ze mijn kantoor binnen en zei: "Heb je je wel eens afgevraagd hoe het zou zijn om mij te kussen?" En ik vroeg: "Hoezo?" En zij zei: "Omdat ik me heb afgevraagd hoe het zou zijn om jou te kussen." Zo zei ze het precies.' Jerry glimlachte. 'En zo is het gekomen. Ze was het liefste meisje dat ik ooit heb gekust en ook het laatste. We zijn drieëndertig jaar getrouwd geweest.'

'Gelukkig getrouwd,' bracht Zillah hem in herinnering.

'O ja. Ze is nu tien jaar dood, en ik mis haar nog iedere

dag. Ik kan niet wachten tot ik mijn mooie meisje terug-
zie.'

De merrie in de stal achter hen hinnikte, en Jerry draaide zich om. 'Hallo, schoonheid.' Hij streelde haar fluweli-
ge hoofd en zei zacht: 'Vers stro en een warm paard. Dat is
toch de lekkerste geur van de wereld?'

Als antwoord legde de merrie haar hoofd tegen zijn
wang.

Zillah keek naar Scarlett, die foto's maakte die troost
moesten bieden aan Jerry's twee zonen, die in het buiten-
land gelegerd waren, en aan zijn grote familie, die over de
hele wereld verspreid woonde. Ze dacht aan Jerry's opmerking over zijn vrouw, die hij binnenkort weer zou zien.
Zou dat echt gebeuren? Zou haar dat ook overkomen...
zou haar geliefde William daar staan om haar te begroeten? Zou hij boos zijn omdat ze hem zo lang had laten
wachten? Of nog erger, zou hij grapjes maken over haar
uiterlijk omdat de tijd daar zijn sporen op had achtergela-
ten, terwijl zijn gezicht jong was gebleven? Of zou ze als
door een wonder weer jong worden, zodat ze nog steeds
een perfect koppel zouden zijn?

'Sorry... Ik ben zo terug.' Vechtend tegen haar emoties
liep ze naar het parkeerterrein, waar haar auto stond. In
haar haast, en omdat ze in haar tas naar een zakdoekje
zocht, lette ze niet op waar ze liep en struikelde ze over een
hobbel in de weg. Ze voelde haar enkel knikken.

Au. Hoewel er een scherpe pijnscheut door haar been
trok, lukte het haar om overeind te blijven. Ze steunde met
haar handen op de motorkap en wachtte met ingehouden
adem de pijnscheuten af die kwamen en gingen.

Hopelijk heeft niemand het gezien, dacht ze. Want ze
wist nu al wat ze dan zouden zeggen.

Even dacht ze dat ze ermee weg was gekomen, maar toen hoorde ze iemand aan komen rennen.

'Ik zag je struikelen,' zei Scarlett hijgend, toen ze bij haar stond. 'Gaat het? Geef me de sleutel even, dan doe ik het portier open en kun je in de auto gaan zitten.'

'Niks aan de hand.' Het voordeel van het hele gebeuren was dat ze de emoties die haar hierheen hadden gebracht weer volkomen onder controle had. 'Het is echt niks,' zei ze nog eens met nadruk. 'Gewoon een lichte verstuiking – even een helse pijn en dan is het voorbij. Ik voel me nu al beter.'

Dat was waar, maar helaas weerhield het er Scarlett niet van om naar haar donkerblauwe leren stiletto's te kijken. 'Zijn dat die nieuwe schoenen waar Essie het over had?'

'Zou kunnen.'

'Volgens mij heeft ze nog tegen je gezegd dat die hakken te hoog waren, hè?'

'Ik ben gewend aan hakken,' protesteerde Zillah. 'Ik draag ze al mijn hele leven.' Ze was dol op stiletto's; ze voelde zich er mooi op.

'Dat weet ik wel.' Scarlett leefde met haar mee. 'Maar deze zijn hoger dan je meestal draagt.'

'En vind je ze niet mooi staan? Hou op met dat gezeur, lieverd. Platte schoenen passen niet bij me. Zo, kijk, stukken beter.' Ze wiebelde een beetje met haar enkel, zette er wat gewicht op en nam de houding van een volleerd model aan. 'Zie je nou wel?'

'Oké, jij hebt gewonnen. Als je zeker weet dat het niks is,' zei Scarlett.

Toen ze terugkwamen, was Jerry de andere paarden aan het begroeten. Scarlett was druk bezig foto's te maken toen haar telefoon ging. Dat was niet voor het eerst die middag, en ze rolde met haar ogen. 'Daar heb je 'm weer. Zal ik deze keer maar opnemen?'

'Doe maar,' zei Zillah, die begreep dat Conor inmiddels wel heel gefrustreerd zou zijn. 'Die arme jongen houdt het vast niet meer.'

'Hoi, Conor,' zei Scarlett vrolijk in de telefoon. 'Ik heb je camera nog niet laten vallen! En ik heb al prachtige foto's gemaakt. Jerry zegt tegen iedereen dat hij zo blij is dat ik de foto's neem en niet jij.'

Zillah luisterde, terwijl er technische informatie werd uitgewisseld over diafragma's en lichtmeters. Daarna hing Scarlett op, stuurde alvast wat foto's naar Conor en wachtte tot haar telefoon weer overging.

Deze keer zette ze hem op speaker.

'Ze zijn goed,' gaf hij knarsetandend toe.

'Meer dan goed.' Scarlett stak triomfantelijk haar vuist in de lucht. 'Ze zijn fantastisch.'

'Je hebt het goed gedaan. Ik was bang dat het je niet zou lukken, maar ik heb me vergist,' zei hij.

'Zie je nou wel? Je had je nergens druk over hoeven maken.'

'Dat weet ik nu ook. Je hebt talent.'

'O, ik heb vele talenten.' Ze grinnikte ondeugend. 'Echt, ik zit vol verrassingen.'

Aan de andere kant van de lijn niesde Conor, en Zillah riep: 'Gezondheid!'

'Dank je.' Na een korte stilte vroeg Conor: 'Kun je me nu van de speaker afhalen, Scarlett?'

Ze deed wat hij vroeg en luisterde toen een paar seconden naar hem. Het viel Zillah op dat ze even bloosde voordat ze een beetje lachte om wat Conor dan ook had gezegd.

Toen zei ze zacht: 'Nee, je hebt gelijk.' Na nog even te hebben geluisterd, zei ze: 'Ik beloof het je.'

Daarna maakte ze een eind aan het gesprek en stopte haar telefoon weg.

'Kunnen we voordat we vertrekken nog even naar dat beeld kijken waar we daarstraks langs zijn gereden?' vroeg Jerry.

Hij nam afscheid van de paarden, en toen reden ze hem in zijn rolstoel naar de hoofdingang van de renpaarden-stal, waar een levensgroot beeld van een springende hengst stond. Het paard was gemaakt van verzinkt staaldraad dat zilverig glansde in de namiddagzon. De eigenaar van de stallen kwam bij hen staan. 'Indrukwekkend, hè?'

Jerry knikte. 'Prachtig. Wie heeft het gemaakt?'

'Johnny LaVenture, een beeldhouwer die in Channing's Hill woont,' zei de eigenaar. 'Een paar jaar geleden zag ik een tentoonstelling van zijn werk, en toen wist ik meteen dat hij iets voor mij moest maken. Iedereen is er dol op.'

Jerry gleed met zijn magere vingers over de flank van het paard. 'Kun je nog een foto maken, Scarlett?'

Scarlett stond al klaar met haar camera. Terwijl ze om Jerry heen liep en foto's maakte, zei hij: 'Je bent een leuke meid. Heb je een vriend?'

'Ik? Nee, ik ben een zielige single. Het is echt een ramp, alle mannen op wie ik val, vallen niet op mij.'

'Dat is dan dom van ze.' Hij wenkte haar. 'Kom, dan maken we een selfie van jou en mij samen. Gewoon met je telefoon. En die kun je dan sturen naar die man die je steeds belt. Je weet het nooit, misschien wordt hij wel jaloers als hij je met een aantrekkelijke oudere man ziet en komt hij tot inkeer.'

Lachend maakte Scarlett een foto met haar telefoon. Terwijl ze hem naar Conor stuurde, knipoogde Jerry even naar Zillah, die meteen begreep dat ze niet de enige was die Scarlett had zien blozen toen ze met Conor sprak.

Conor lag languit op de bank met een half oog naar *The Great Escape* op tv te kijken, maar hij was voornamelijk bezig zich af te vragen wat er in vredesnaam met hem aan de hand was. Toen zijn telefoon weer bliepte, opende hij het laatste bericht van Scarlett en zag de foto die ze hem had gestuurd. Een selfie deze keer, van haar en Jerry. Daaronder had ze geschreven: Jerry zegt dat hij blij is dat je ziek bent en dat ik nu de fotograaf ben. PS Hij is heel erg aardig. Bedankt dat je het me toevertrouwde. En ik beloof het je nog steeds.

Conor bekeek de foto, een snel kiekje van een erg zieke man van begin zestig en een sprankelend, levendig meisje van in de twintig met paars haar en een aanstekelijke lach. En voor deze ene keer had ze dat pruilmondje ook achterwege gelaten.

Maar serieus, wat was er met hem aan de hand? Waarom zat dat verhaal over die ex van Scarlett hem zo dwars, die jongen die haar had aangeboden om vrijblijvende seks met elkaar te hebben? Waarom had hij zich geroepen gevoeld om tegen haar te zeggen dat ze dat niet moest doen? God, ze zou hem wel krankzinnig vinden met zijn bemoeizucht.

Oké, hou op. Hij legde zijn toestel neer.

Hij kon toch doen alsof hij haar gewoon degelijk en ouderwets raad had gegeven, als een verstandige vriend?

Hoewel hij diep vanbinnen natuurlijk best wist dat dat niet de reden was.

Terwijl hij zuchtte en anders probeerde te gaan liggen,

omdat hij pijn in zijn schouder kreeg, voelde hij de telefoon van de bank op de grond vallen. Op tv stond Charles Bronson met een grimmige kop een tunnel te graven, doodsbang dat de hele boel zou instorten. Op het vloerkleed bliepte Conors telefoon.

Nog meer foto's van Scarlett? Om hem in te wrijven dat ze vanmiddag goed werk had verricht? Toen hij de telefoon eindelijk te pakken had, zag hij dat het een berichtje van Evie was: OMG, heb je gezien wat Caz op Facebook heeft gezet? Echt erg! Schrik niet!'

Er bekroop hem een akelig voorgevoel. Caz maakte enthousiast gebruik van Facebook. Zelf was hij er niet zo'n fan van; het was handig om contact te houden met oude schoolvrienden en om foto's van familieleden te kunnen zien, maar meer hoefde voor hem niet.

Caz daarentegen postte iedere dag nieuwe dingen. Meer dan een normaal mens zou doen. Dat wist hij omdat ze hem op een zwak moment zover had weten te krijgen dat hij haar vriendschapsverzoek had geaccepteerd, en nu werd hij iedere keer dat hij zijn account opende, overspoeld door al haar rotzooi: een eindeloze reeks grapjes, cartoons, komisch bedoelde plaatjes en uitgesproken commentaren op welk onderwerp dan ook.

Met angst in zijn hart opende hij Facebook en zag dat hij in een van haar updates genoemd werd. Toen hij erop klikte, bleek dat ze een video had gepost van een bruid en bruidegom die naar het altaar liepen. Ze had er muziek van de 'Bruidsmars' onder gezet en had de gezichten digitaal veranderd in die van Belinda en hem. De twee bruidsmeisjes in blauwe tafzijde hadden de gezichten van Evie en Caz. En Caz had erbij geschreven:

Dit is iets wat hoognodig moet gebeuren! Kom op, Conor, we weten allemaal dat jullie voor elkaar geschapen zijn, dus wanneer ga je eindelijk eens op je knieën? Je weet best dat je dat wilt! En weet je wat: ik liep vanochtend toevallig een dominee tegen het lijf die me vertelde dat ze een afzegging hebben, wat betekent dat de kerk op de eerste zaterdag in juli vrij is! Dus waar wacht je nog op? Meteen boeken die handel! Wat denken jullie? Moet hij het doen? Laten we er een onvergetelijke bruiloft van maken!

Zoals te verwachten viel, hadden tientallen mensen commentaar geleverd en gezegd dat hij het inderdaad moest doen en dat ze niet konden wachten tot ze hun uitnodiging kregen voor het huwelijk van het jaar.

Conor slaakte een zucht van ergernis. En dan te bedenken dat iedereen tegen hem zei dat er geen kwaad in Caz school en dat hij haar vanzelf wel aardig zou gaan vinden.

Dat zou dus echt niet gebeuren. Oké, misschien was dit als grap bedoeld, maar wel een van het passief-agressieve soort. Als hij er iets van zou zeggen, zouden ze hem ervan beschuldigen dat hij geen gevoel voor humor had. En als hij helemaal niet reageerde, zouden ze hem blijven bestoken met plagerige opmerkingen en hints.

Hij was sowieso de klos.

Zijn telefoon ging, en hij nam op.

'Heb je het al gezien?' vroeg Evie.

'Ja.'

'Luister, ik weet dat het gênant is, maar het is gewoon een grap. Ben je nu boos op haar?'

'Kun je haar niet vragen of ze het wil weghalen?' Kijk, nu voelde hij zich meteen een vreselijke spelbreker. 'Ik weet best dat het een grap is, maar het voelt enigszins... ongepast.'

'Oké.'

'Belinda en ik hebben elkaar in januari leren kennen. Dat is pas twee maanden geleden.' Hij had het gevoel dat hij het moest uitleggen.

'Dat weet ik wel. Maar ik dacht dat het echt goed ging tussen jullie.'

'Dat is ook zo,' zei hij meteen. 'Maar de meeste mensen wachten liever iets langer met het nemen van dat soort beslissingen.'

'Ja, maar Caz vindt gewoon dat Belinda het verdient om gelukkig te worden, en als je de ware hebt gevonden, hoef je toch niet te wachten?' Evie klonk gefrustreerd. 'Ik bedoel, iedereen wil dat jullie gelukkig worden.'

'Dat weet ik. Het is alleen nog te vroeg. Meer niet.'

'Over een paar maanden dan misschien?' vroeg ze hoopvol.

Conor had het gevoel alsof hij in de val zat. 'Misschien.'

'Van mij zul je echt geen last hebben, hoor, als dat je soms dwarszit,' flapte Evie er ineens uit.

'Wat?' vroeg hij verbaasd. 'Dat zit me helemaal niet dwars. Jij bent me niet tot last.'

'O, oké, nou, dan is het goed.' Ze klonk opgelucht. 'Maar ik wilde het toch even zeggen, voor het geval dat.'

'Dat is nergens voor nodig.'

'En ik wil geen druk uitoefenen of zo, maar als je je soms afvraagt wat ik ervan vind als jullie zouden trouwen... Nou, ik ben er helemaal voor.'

'Dank je,' zei hij ontroerd.

'En als je niet wilt, hoef je geen stiefvader of zo te zijn. Gewoon een aardige volwassene, dat is ook goed.'

'Oké.'

'En ik zou het ook niet erg vinden als jullie nog kinderen kregen. Dat zou juist wel leuk zijn.'

'Nou loop je wel heel erg op de zaken vooruit...'

'Dat weet ik, maar ik dacht, ik zeg het maar even. Bovendien wordt ze er niet jonger op. Met dat soort dingen moet je ook weer niet te lang wachten, toch?'

'Zo is het wel genoeg.' Conor glimlachte, want hij mocht dan wel problemen in zijn leven hebben, Evie hoorde daar niet bij. 'Maar wil jij niet voorzichtig aan Caz vragen of ze het weghaalt?

'Als ik het voorzichtig doe, hoort ze me niet.' Evie lachte. 'Geen probleem. Ik zal haar heel streng vertellen dat ze het moet wissen.'

37

Lucas wist dat hij Essie de waarheid moest vertellen toen ze op maandagochtend al vroeg op het werk kwam, zwaaiend met een tas. 'Hoi! Is Giselle er ook?'

'Nee, sorry.' Hij voelde zich vreselijk misselijk, maar ook opgelucht, want hij moest het aan iemand kwijt. Of het nu per se handig was dat Essie die iemand was, wist hij niet.

'Ik zal je even laten zien wat ik gisteren voor haar heb gekocht.' Opgetogen over haar vondst pakte ze een lila fluwelen rok met een zwierige zoom uit de tas. 'Ik zag hem bij een van die stalletjes met vintage kleding en wist meteen dat Giselle hem mooi zou vinden. En kijk, er zit elastiek aan de voorkant, want hij is echt voor zwangere vrouwen bedoeld! Mooi, hè?' Ze hield het rokje voor zich en schudde even met haar heupen om hem te laten zien hoe soepel de stof viel. 'Ruimte zat!'

'Hij is... heel mooi.' Lucas zweeg even. Toen zei hij: 'Giselle is weg. Ze is vertrokken, en ik weet niet eens waarnaartoe.'

Stilte. Essie keek hem geschrokken aan. 'O god. Heeft ze je wel verteld dat ze wegging?'

'Niet rechtstreeks. Ik kreeg een berichtje waarin ze zei dat het haar speet, maar dat ze wat tijd nodig had om na te denken. Ik heb geen idee waarover. Ik snap er niks van... ik weet alleen dat ik hier niet kan blijven zitten nietsdoen.' Hij schudde zijn hoofd. 'Ik moet haar spreken, ik wil weten wat er aan de hand is.'

'Bedoel je dat ze al even weg is? Wanneer is ze vertrokken?'

'Zaterdag.'

'Twee dagen geleden al? O, Lucas.' Essie sloeg haar hand voor haar mond.

'Jij bent de eerste die het hoort.'

Haar medelijdende blik was bijna nog erger dan de ontzetting. 'Heb je echt geen idee waar ze is?'

'Nou, ik denk dat ze naar haar ouders is. Haar nummer zit in mijn Zoek mijn mobiel-app, omdat ze haar toestel continu kwijt is. En toen ik keek, zag ik dat ze ergens ten noorden van Glasgow was, ik neem aan dat ze in de trein zat. Maar daarna heeft ze haar telefoon denk ik uitgezet, want ik krijg nu geen signaal meer.' Hij haalde zijn vingers door zijn haar. 'Ik word helemaal gek, want dit is niets voor Giselle. Ik bedoel, waarom zou ze dat doen?'

Essie wist niet wat ze moest zeggen, maar tegelijkertijd zat ze vol vragen. Vragen die echter zo gevoelig lagen dat ze ze niet durfde te stellen. En zoals Lucas net zelf had gezegd, dit was helemaal niets voor Giselle. Ze was gewoonweg niet het type om zonder enige uitleg zoiets dramatisch te doen. Ze was een nuchtere en open vrouw. Toch was het duidelijk dat ze ergens mee zat...

'Wat is er?' Lucas keek haar onderzoekend aan.

'Ik weet het niet, ik probeer na te denken. Toen ik haar vorige week in de stad tegenkwam, leek ze een beetje afwezig.' Essie probeerde zich de bijzonderheden van die ontmoeting weer voor de geest te halen. 'Ze vroeg of ik zin had om koffie te gaan drinken, maar ik kon niet. En toen hebben we afgesproken om zaterdag samen te gaan lunchen, maar vrijdagavond stuurde ze me een berichtje waarin ze zei dat ze niet kon. Ik dacht dat het met haar werk te maken had. Maar nu... Nou ja, misschien was er iets waarover ze met me wilde praten en...'

'Goedemorgen!' De deur ging open, en Jude kwam binnen. Toen ze hen zag staan, vroeg ze meteen: 'Is er wat?'

Lucas zag er natuurlijk niet echt slecht uit, want daar was hij gewoon te aantrekkelijk voor, maar hij had wel wallen onder zijn ogen en hij leek gespannen.

Essie maakte koffie voor hen, terwijl Lucas Jude vertelde wat er aan de hand was. Toen hij daarmee klaar was, zei hij: 'Ik ga naar haar toe. Dat moet gewoon.'

Jude knikte. 'Dat lijkt mij ook. Hoe ga je?'

'Met de auto. Ik heb al naar treintijden gekeken, maar dat schiet niet op.'

'Is dat wel verstandig?' vroeg Jude met een blik op de kop koffie in Lucas' trillende hand.

'Maar er zijn werkzaamheden aan het spoor en vervangend busvervoer. Dat kan ik nu echt niet aan.'

'Oké, maar dan moet er iemand met je meegaan. Je kunt niet in je eentje helemaal naar Skye rijden.'

'Dat had ik zelf ook al bedacht, maar ik zou niet weten wie ik het moest vragen. Iedereen die ik ken, werkt.'

'Dan gaat een van ons toch mee?' stelde Jude voor. Met opgetrokken wenkbrauwen keek ze Essie aan. 'Wil jij niet?'

Geschrokken vroeg Essie: 'Ik? En mijn werk hier dan?'

'Kan Scarlett niet?'

Dat was pas een angstaanjagend vooruitzicht. 'Scarlett heeft geen rijbewijs.'

'Ik bedoelde dat ze misschien hier kon invallen voor jou.'

'Maar anders ga jij toch met Lucas mee?' zei Essie.

'Dat zou ik wel willen, maar mijn nichtje heeft morgen een muziekuitvoering op school, en ik heb haar beloofd te komen. Dat kan ik echt niet afzeggen.' Jude schudde haar hoofd. 'Billy dan?'

Billy, die bezig was alles klaar te maken voor de eerste klanten, keek haar geschokt aan. 'Echt niet, volgens mijn moeder ben ik een gevaar op de weg. En ik heb ook nog nooit op de snelweg gereden.' Hij wendde zich tot Lucas. 'Er is vast wel iemand anders die met je mee kan... Echt, alles beter dan ik.'

'Waar hebben jullie het over?' vroeg een zware stem achter hen. 'Heeft er iemand een chauffeur nodig? Mooi, hoor, Schotland... Ik ga zo mee!'

Essie, die zich rot was geschrokken van Brendans bulderende stemgeluid, dacht: o god, niet Brendan.

Aan zijn gezicht te zien dacht Lucas er precies hetzelfde over.

Jude schoot hem op vastbesloten toon te hulp: 'Dat is erg aardig van je, Brendan, maar Essie gaat al mee.'

Essies hart sloeg op hol.

Opgelucht knikkend keek Lucas haar aan. 'Dank je.'

Nadat Essie thuis wat kleren en toiletspullen in een kleine koffer had gestopt, liep ze naar beneden om Zillah te vertellen wat er aan de hand was.

'Weet je zeker dat je je redt? Kan ik nog iets voor je doen voordat ik wegga?'

'Nou, als je de kamer zou willen behangen en even een voorjaarsschoonmaak zou willen houden, dan zou dat heel fijn zijn.' Zillah, die net lippenstift had opgedaan, klapte haar poederdoos dicht, zette haar nieuwe ivoorkleurige hoed goed en wierp haar een stralende glimlach toe. 'Schat, ik overleef het wel een paar dagen zonder jou. Zo oud en gebrekkig ben ik nu ook weer niet. Doe de groeten aan Lucas, hij zal wel ontzettend ongerust zijn.'

Essie knikte. 'Ja.'

'Nou ja, wat er ook gebeurt, ik hoop dat het voor hen allebei goed uitpakt.'

Essie zwaaide Zillah uit terwijl ze wegreed. Twee minuten later kwam Lucas aanrijden. Nadat hij haar kleine koffer in de kofferbak had gelegd, keek hij haar aan: 'Hoor eens, het spijt me echt. Ik weet dat het voor jou ook niet ideaal is. Als je niet wilt, ga ik wel in mijn eentje.'

'Zou je dat liever doen?'

'Nee,' zei hij met gekwelde blik.

'Nou, dat is dan duidelijk. We wisselen het rijden af, en ik hou je gezelschap. Anders wordt het toch Brendan.'

Iets van een glimlach. 'Dan liever jij.'

'Kom, laten we gaan.' Essie stapte in. 'En je hoeft echt

niet bang te zijn dat Giselle iets stoms zal doen. Daar is ze gewoon te verstandig voor.'

Terwijl Lucas wegreed, zei hij alleen maar: 'Ik had ook nooit van haar verwacht dat ze zomaar zou verdwijnen.'

38

Zillah was uitgenodigd voor Elspeths vijfenzeventigste verjaardag, die werd gevierd in St Paul's. Ze had een roze kasjmieren sjaal en een bijpassende lippenstift van Chanel voor haar gekocht, omdat Elspeth haar laatst had toevertrouwd dat haar enige lippenstift, van Rimmel en vijf jaar geleden gewonnen bij een loterij, bijna op was.

Zillah, die tientallen lippenstiften had – oké, honderden – had het erg leuk gevonden om voor haar een mooie roze kleur uit te zoeken die bij haar teint paste, heel anders dan de donkerrode waarmee ze al zo lang ze elkaar kenden enthousiast haar lippen stiftte.

Iedereen had zich in de zonnige serre verzameld. Er werd uitbundig 'Happy Birthday' gezongen, er werden thee en zelfgemaakte taart geserveerd, en Elspeth opende de vele kaarten en cadeaus die ze had gekregen. Daarna bedankte ze met tranen in haar ogen iedereen voor hun vriendelijkheid en steun in de jaren na de dood van haar man.

'Ik vind het hier heerlijk,' zei ze. 'Ik heb wat omhanden en kan anderen helpen... Dat is heel belangrijk voor me. Dus dank jullie wel. Door jullie en door mijn werk hier heb ik mijn leven weer terug.'

Daarna gaf een van de artsen haar een bos rozen; hij zei dat ze onmisbaar was, een onderdeel van het team. Er volgden nog wat kussen en omhelzingen. Zillah raakte ook een beetje geëmotioneerd, en terwijl ze discreet haar ogen depte, vroeg ze zich af hoe het zou voelen om zo'n oprecht aardige en onbaatzuchtige vrouw als Elspeth te zijn.

Vlak daarna werd haar aandacht getrokken door een patiënte die in haar rolstoel langs de serre werd gereden. Er was een rode deken van haar schouders gegleden en vastgeraakt in een wiel, en toen de verpleegster zich bukte om hem los te maken, draaide de vrouw haar hoofd iets om door de glazen wand naar het feest te kijken.

Zillah bevroor in haar bewegingen. Hoewel het meer dan vijftig jaar geleden was dat ze elkaar voor het laatst hadden gezien, herkende ze het gezicht van de vrouw meteen.

Wat heel bijzonder was, wanneer je bedacht hoe ziek de vrouw moest zijn. Toch wist ze honderd procent zeker dat het Alice was.

Een maalstroom aan herinneringen trok door haar heen. Het was om precies te zijn achtenvijftig jaar geleden dat ze elkaar voor het laatst hadden gezien. Alice en Matthew waren heel gelukkig met elkaar geweest tot zij hun leven binnen was gedenderd en hem van haar had afgepakt. Het was iets waar ze zich nog steeds vreselijk voor schaamde.

En nu zag ze haar weer. Blijkbaar was ze heel ziek... O god, ze kon haar echt niet onder ogen komen. Dat zou voor Alice ook niet goed zijn. Nee, ze moest gewoon stilletjes weggaan en de hospice de eerstkomende weken mijden. In elk geval tot Alice er niet meer was.

Zillahs vertrek werd echter verstoord door Elspeth, die een beetje aangeschoten was van haar glas prosecco en zo blij met haar sjaal en lippenstift dat je bijna zou denken dat ze haar een diamant van Cartier had gegeven. Tegen de tijd dat Zillah zich van haar had weten los te rukken en weg kon, was het te laat. De verpleegster duwde Alice ret langs de hoofduitgang.

'Ach, daar heb je haar,' riep de verpleegster vrolijk uit. 'We hadden het net over je! Zillah, dit is Alice, onze nieuwste bewoonster. Ik heb haar de tuin even laten zien.'

Alice' blonde haar was inmiddels wit, ze had holle ogen en maakte een fragiele indruk, maar de blik die ze op de vrouw wierp die haar verloofde van haar had afgepakt, was helder. 'Die naam komt niet veel voor. Ik vroeg me al af of jij het was.' Tegen de verpleegster vervolgde ze: 'Zillah en ik kennen elkaar.'

'Echt? Wat leuk!' De verpleegster begon te stralen. 'Dan weet je dus ook wat voor een bijzondere vrouw ze is.'

'Bijzonder.' Aan Alice' gezicht was niets af te lezen. 'O, ja.'

Zillah, die stond te popelen om weg te gaan, keek op haar horloge. 'Ik moet nu echt...'

'Ach, blijf nog even,' zei Alice. 'We hebben elkaar vast heel veel te vertellen.'

Een paar minuten later zat Zillah tegenover Alice in een rustig hoekje in de tuin onder de takken van een sering die net in blad stond. Er was niemand die hen kon horen.

'Het spijt me zo.' Zillahs huid tintelde van schaamte. 'Van alles.'

Alice knikte. Zweeg. En schraapte toen haar keel. 'Nou, dat is fijn om te horen.'

Zillah voelde dat ze bloosde. 'Ik voel me er nog altijd schuldig over.'

Weer een martelende stilte. Toen zei Alice: 'Toen het net gebeurd was, voerde ik in mijn hoofd lange gesprekken met je. Continu. Ik maakte je voor alles en nog wat uit en vertelde je hoe gekwetst ik me voelde.'

'Daar had je alle reden toe. Nog steeds.' Zillah spreidde haar handen. 'Zeg het maar, ik verdien niet beter. Gooi het er maar uit.'

'Alsjeblieft, zeg. Het is al zo lang geleden. En bovendien ga ik bijna dood. Ik wil mijn laatste weken hier niet verbitterd doorbrengen. Dat zou zonde zijn,' zei Alice. 'Het is verleden tijd. Maar hoe gaat het met jou?' Ze glimlachte ineens, en haar hele gezicht verzachtte zich. 'Toen de verpleegster het over ene Zillah had die hier vaak kwam, heb ik haar gevraagd hoe je eruitzag. Ze zei dat je ongelooflijk stijlvol en glamoureus was, en toen wist ik meteen dat jij het was. En mijn hemel, ze had gelijk. Je ziet er nog steeds oogverblindend uit, ik steek maar bleekjes bij je af.'

Het was niet echt eerlijk van Alice om zichzelf te vergelijken met iemand die niet terminaal ziek was. 'Ik heb gewoon goede make-up op,' zei Zillah. 'Als ik dat er allemaal af haal, zul je nog schrikken.'

'Vast niet. Je was vroeger ook al heel mooi. Geen wonder dat Matthew op je viel.'

'Het spijt me.'

Alice wuifde haar verontschuldiging weg. 'Hou daar eens mee op. Maar vertel me eens, hoelang zijn jullie samen gelukkig geweest?'

Zillah pakte een zakdoekje uit haar tas en hield hem tussen haar klamme handen. 'Niet erg lang, moet ik bekennen.'

'Ik heb gehoord dat jullie weer gescheiden waren. Ik neem aan dat hij daarna opnieuw is getrouwd?'

'Ja. En dat was wel voor altijd. En jij?'

'Ik heb één echtgenoot gehad. Een goede man. Hij is tweeëntwintig jaar geleden gestorven. We hadden het goed samen. En jij?'

'Ik ben tien jaar geleden mijn derde man verloren. En ik mis hem nog iedere dag,' vertelde Zillah. 'Hij maakte het leven de moeite waard.'

'Was hij dynamischer dan Matthew?' vroeg Alice met opgetrokken wenkbrauwen. 'Opwindender?'

'Wil je dat echt weten? Ja.' Zillah knikte.

'Ik wist het. Ik wist dat je nooit genoeg zou hebben aan Matthew.'

'Na Williams dood dacht ik dat het mijn straf was voor wat ik jou had aangedaan.'

'En als ik me ongelukkig en eenzaam voelde, hoopte ik altijd dat jij ook ongelukkig en eenzaam zou zijn,' biechtte Alice op.

Het was bijna een opluchting om dat te horen. 'Logisch,' zei Zillah. 'Je bent ook maar een mens.'

'Niet lang meer,' reageerde Alice droog.

39

Essies telefoon zoemde voor de zoveelste keer. Na Birmingham hadden Lucas en zij van plaats gewisseld en zat zij achter het stuur. Gelukkig was het niet druk op de weg en hadden ze ook goed weer, zodat ze geen problemen verwachtten. De radio stond zacht aan, en ze vond het eigenlijk heel opwindend om in zo'n fantastische auto te rijden. Waardoor ze zich een beetje schuldig voelde, want het was niet aardig om te genieten van een rit die voor Lucas eerder traumatisch was.

Niet dat ze het ooit aan iemand zou vertellen natuurlijk.

Oké, misschien aan Scarlett.

Ze keek even naar Lucas, die nog steeds sliep. Vrijwel meteen nadat ze van plaats hadden gewisseld, had hij zijn ogen gesloten, uitgeput na twee dagen stress. Hoewel ze maar heel af en toe een blik op hem wierp, viel haar iedere keer weer op hoe mooi hij was wanneer hij sliep. Oké, het was verkeerd om dat te denken, vooral op dit moment, maar het was nu eenmaal zo.

En hij snurkte ook niet.

Zulke dingen vielen toch op? Altijd goed om te weten ook.

Haar zoemende telefoon begon echter knap irritant te worden, en bij het eerstvolgende tankstation ging ze de snelweg even af. Nadat ze een parkeerplek had gevonden, stapte ze zo zachtjes mogelijk de BMW uit, keek op haar toestel en belde Paul.

'Hè hè, eindelijk! Heb je enig idee hoe vaak ik heb gebeld?' Hij klonk als een boze wesp.

'Elf keer. En je hebt ook nog drie berichtjes gestuurd.'

'Waarom heb je dan nergens op gereageerd? Waar ben je in vredesnaam?'

'Ergens in de buurt van Manchester.'

'Wat?'

'Ik had geen tijd om het je te laten weten. Giselle is verdwenen, en ik ben met Lucas onderweg naar het noorden. We moeten naar haar toe, uitzoeken wat er aan de hand is.'

Na een verbaasde stilte vroeg Paul: 'Kon hij niet in zijn eentje gaan?'

'Ik rijd, en hij probeert wat slaap in te halen. Luister, dit is serieus, hij is doodongerust. Het is helemaal niets voor Giselle om zoiets te doen.'

'Maar waarom moest jij dan mee? Was er niemand anders?'

'Het was het meest logisch dat ik meeging. Ik blijf een paar dagen weg,' liet ze erop volgen.

'Maar ik heb kaartjes voor het stuk van Pinter. Dat is vanavond. En die kaartjes waren niet goedkoop, hoor.'

Ze hoorde aan alles dat hij geïrriteerd was. Maar het goede nieuws was dat ze nu niet naar dat stuk van Pinter hoefde, want dat was aan haar toch niet besteed. 'Nou, dat spijt me, maar jij kunt toch gewoon gaan? Heb je nog meer beenruimte ook. Maar nu moet ik weer hangen. Dag!'

Toen ze zich omdraaide, zag ze dat Lucas inmiddels ook was uitgestapt. Met opgetrokken wenkbrauwen zei hij: 'Dat was Paul. Is hij kwaad op je?'

Blijkbaar had hij haar staan afluisteren. 'Hoe weet je dat het Paul was?' vroeg ze.

'Omdat je altijd anders klinkt als je met hem praat. Maar is hij echt heel kwaad?'

'Behoorlijk.'

'Sorry. Ik wil niet dat jullie daardoor problemen krijgen.'

Hij moest eens weten voor welke problemen hij al had gezorgd. Ze glimlachte en zei: 'Dat gebeurt echt niet, hoor.'

Tenminste niet het soort problemen waar zij mee zat.

Toen Zillah thuiskwam, maakte ze een kop koffie voor zichzelf. Daarna gooide ze de kop leeg en schonk een groot glas whisky in.

Soms had een mens daar gewoon behoefte aan.

O god, dit was echt een van de vernederendste ervaringen van haar leven geweest. En ze voelde zich nog schuldbewuster omdat Alice zo vriendelijk was gebleven.

Misschien was dit de straf die ze altijd al had verwacht en verdiend.

De foto's lagen in dozen op de kledingkast in haar slaapkamer. De belangrijkste had ze gescand en stonden nu op haar iPad, maar er waren nog honderden andere, waaronder vele die waren genomen toen ze in de twintig was. Als ze het zich goed herinnerde, zat er ook een foto bij van Alice en Matthew op een feest, toen ze nog gelukkig waren geweest samen.

Zou het aardig zijn om die foto aan Alice te geven of juist heel ongevoelig? Ongevoelig waarschijnlijk, maar ze zou hem eerst moeten vinden voordat ze kon beslissen wat ze ermee zou doen. Bovendien waren er ook nog andere foto's, minder controversiële, van hun vriendengroepje uit die tijd – misschien zou Alice het wel leuk vinden om die te zien.

Zillah schopte haar schoenen uit en sleepte de stoel van haar kaptafel naar de kast. De dozen stonden erg hoog, maar ze had het wel vaker gedaan. Ze wist zelfs welke doos ze moest hebben: die zwart-witte links...

Toen ze op haar tenen ging staan, voelde ze een pijnscheut in haar enkel, een overblijfsel van die keer dat ze bijna was gevallen. Hoewel de pijn meeviel, schrok ze toch even, en daardoor verloor ze haar evenwicht, net toen ze doos beetpakte. In de fractie van een seconde die daarop volgde, vlogen er allerlei gedachten door haar heen... Ze zou vallen en niet lekker zacht op het bed... Nee, als ze geluk had, zou ze op het tapijt vallen zonder de harde hoek van het bed te raken... Ze deed haar ogen dicht en viel achterover, zich schrap zettend voor wat komen ging...

Ze kwam met zo'n harde klap met haar hoofd tegen de hoek van het bed dat ze het uitschreeuwde. God. Au!

Als een hoopje bleef ze op de grond liggen. Een paar seconden lang concentreerde ze zich op haar ademhaling en daarna controleerde ze voorzichtig haar hele lichaam. Het was een wonder, want hoewel ze overal pijn had, was er zo te voelen niets gebroken.

Maar wat zou ze bont en blauw zijn!

De doos was ook gevallen; het deksel was eraf, en de foto's waren als confetti op de grond gedwarreld. Nog steeds nahijgend en wachtend tot de pijn boven haar rechteroor wat minder werd, pakte ze de foto die op haar borst was gevallen. Ze hield hem boven haar hoofd en zag dat het een foto van Matthew en haar was, ongeveer een jaar na hun huwelijk genomen.

Ze keek naar de jongere versie van zichzelf, een slank, mooi meisje dat er zo op het oog gelukkig uitzag, maar ze wist dat ze op dat moment al had geweten dat ze een fout had gemaakt. Op zevenentwintigjarige leeftijd zat ze in een keurslijf dat ze zelf had aangetrokken.

Ze liet de foto op de grond naast zich vallen; het liefst zou ze hem nooit meer zien.

O ja, dit was beslist karma.

En de pijn in haar hoofd nam ook niet af.

Lancaster. Kendal. Penrith. Carlisle.

Nadat Lucas een tijd had gereden, zat Essie weer achter het stuur en lag hij naast haar te soezen. Hoe noordelijker ze kwamen, hoe spectaculairder het landschap werd. Ze waren ook sneller opgeschoten dan verwacht, met maar één keer een plas- en koffiepauze.

Essie pakte nog een toffee met pepermuntsmaak uit de zak die op haar schoot lag. Ze waren bijna bij Glasgow; ze had nog nooit zo'n eind gereden. Stel dat ze in Kinlara aankwamen en dat Giselle er niet was?

Of dat ze er wel was, maar niet met Lucas wilde praten?

En waarom had ze het in godsnaam gedaan?

Het was een eindeloze stroom vragen die niet te beantwoorden waren, en als zij er al zo mee zat, hoe moest het dan wel niet voor Lucas zijn?

De zon stond laag aan de hemel. Ze waren om halftwaalf vertrokken, en het was inmiddels halfzeven 's avonds. Volgens het navigatiesysteem zouden ze om kwart voor elf in Kinlara zijn.

Lucas was wakker geworden. 'Waar zijn we?'

'Glasgow.'

'Dan ben ik weer aan de beurt.'

'Oké, bij het volgende tankstation.' Essie kreeg een beetje last van haar rug. Omdat ze het er nog niet over hadden gehad, vroeg ze: 'Waar slapen we eigenlijk?'

Hij wreef over zijn gezicht. 'O god, sorry. Daar heb ik nog helemaal niet aan gedacht.'

'Dat geeft niet, het doet...'

'Natuurlijk doet het ertoe.' Hij pakte zijn telefoon. 'Ik regel wel wat.'

Tegen de tijd dat ze bij het volgende tankstation aankwamen, had hij online een hotel voor hen geboekt. 'Zo, klaar.'

'Mag ik eens zien?' vroeg ze.

Hij gaf haar zijn toestel, en ze bekeek de foto's van een klein familiehotel in Main Street met uitzicht op de haven en de zee erachter.

'Ziet er leuk uit. Twee kamers?' Ze had meteen spijt van haar woorden.

Op vlakke toon zei hij: 'Ik ben op weg naar mijn zwangere vriendin. Natuurlijk heb ik twee kamers genomen.'

'Ik wilde alleen maar weten of ze twee kamers voor ons hadden,' ratelde ze zenuwachtig. 'Omdat je zo laat nog belt, bedoel ik. Maar gelukkig hadden ze er nog twee... Ik bedoelde er echt niks anders mee...'

'Twee kamers. Geen paniek. Ik was echt niet van plan je vannacht te verleiden, hoor.'

Ze zei niets, want ze wist dat hij gespannen was. Nadat ze van plek hadden geruild, maakte Essie haar riem vast en sloot haar ogen, met haar hoofd van hem afgewend.

Niet dat ze een oog dicht zou kunnen doen.

Vijf minuten later hoorde ze hem zeggen: 'Ess? Sorry.'

'Het geeft niet.'

'Het komt gewoon omdat ik helemaal gek ben van bezorgdheid. Omdat ik geen flauw idee heb wat er is.'

Ze begreep dat het onverdraaglijk voor hem moest zijn. Nadat ze zich weer naar hem had omgedraaid, zei ze meelevend: 'Dat weet ik.'

40

Het was donker buiten. Dan moest het avond zijn. Zillah keek door het raam naar de mistige oranje gloed van de straatlantaarn. Het lukte haar echter niet om de lamp zelf scherp in beeld te krijgen. Nou ja.

Haar hoofd deed nog steeds pijn, maar niet zo erg dat ze

het niet aankon. Gelukkig was ze erin geslaagd om op te staan, naar de badkamer te gaan en daarna naar bed. Ze had al die tijd liggen soezen en af en toe een slokje water genomen uit het flesje op het nachtkastje. Ze wist niet waar ze haar telefoon had gelaten. Ach, het had toch geen zin om iemand te bellen, want dan zou ze alleen maar een preek te horen krijgen over hoe dom het van haar was om op een stoel te gaan staan. En dan zou het vast ook weer gaan over haar verzwikte enkel en haar te hoge hakken. Gezeur kortom, en daar zat ze niet op te wachten.

Het was eenvoudiger om gewoon in bed te blijven liggen tot die belachelijke hoofdpijn overging. Het was net zoiets als de griep waarschijnlijk; je moest het gewoon uitzieken.

En bovendien zou óf Conor óf Essie zo meteen wel thuiskomen.

De zonsondergang van een paar uur eerder was ronduit prachtig geweest; de hele hemel was overspoeld door geel, oranje en paars met hier en daar een streep roze. Daarna was de duisternis ingevallen, terwijl ze hun weg naar het noorden vervolgden. Glencoe, Fort William, Invergarry lagen inmiddels achter hen, en ze waren net de Skye Bridge over gereden. In de verte kon je nog net de met sneeuw bedekte toppen van de bergen zien in het melkachtige licht van de maan. Het was kwart over tien, en binnen een paar minuten zouden ze in Kinlara aankomen.

Na een laatste bocht zagen ze het stadje liggen, een rij huizen langs de kust, waarvan de lichtjes werden weerspiegeld in het water.

Essie, die de plaats had gegoogeld, wist dat de huizen in pastelkleuren waren geschilderd, geel, blauw, roze en groen. Kinlara was vermaard om zijn schoonheid en charme. Het stadje trok vele bezoekers en was een van de hoogtepunten van de Schotse Hooglanden. Daarom had ze Lucas ook gevraagd of het hem was gelukt om twee kamers te krijgen, niet omdat ze de nacht met hem wilde doorbrengen. Allemachtig, zeg...

Hardop zei ze: 'Wat mooi.'

Lucas knikte. Hij greep het stuur zo stevig beet dat zijn knokkels wit werden. 'Ja.'

Vijf minuten later waren ze bij het hotel. Toen ze op het parkeerterrein hun koffers uit de kofferbak pakten, vroeg Essie: 'Wat ga je nu doen?' Het was twintig over tien; zou het te laat zijn om nog op zoek te gaan naar Giselle?

'Ik moet haar vinden.'

'Zou het niet verstandiger zijn om tot morgen te wachten?'

'Nee.' Hij schudde zijn hoofd. 'Dat kan ik niet.'

'Oké. Maar misschien is ze hier wel helemaal niet.'

'Ze is er vast wel,' zei hij.

'Of misschien wil ze je wel niet zien.'

'Dat zou kunnen. Maar ik moet het proberen.'

Essie zag dat hij het er moeilijk mee had. Als hij iemand anders was geweest, had ze haar armen om hem heen geslagen, maar nu ging dat niet. 'Oké, ga maar. Ik neem je koffer wel mee naar binnen. Ik hoop dat je haar vindt en dat ze met je wil praten.'

De zijdeur van het hotel ging krakend een stukje verder open en er kwam iemand naar buiten. 'Ja, ik wil met je praten,' zei Giselle zacht.

Lucas deed zijn kamerdeur open en liet Giselle als eerste naar binnen gaan. Hij zette zijn koffer in een hoek en draaide zich om om naar haar te kijken. Ze was bleek, maar zichtbaar voorbereid op een gesprek.

'Je stond me op te wachten.'

Giselle haalde haar schouders op. 'Dit is Kinlara. Toen Molly je reservering aannam en zag dat de naam op de creditcard Lucas Brook was, heeft ze me meteen gebeld. Je hebt haar een berichtje gestuurd om te zeggen dat je na tienen zou komen. Ik heb in de bar zitten wachten tot ik je auto hoorde. Lucas, het spijt me zo...'

'Is alles goed met je?'

Ze knikte. 'Ja.'

'Ik moet weten wat er aan de hand is.'

Aan een kant van de lege open haard stond een met geruite stof beklede bank, aan de andere een bijpassende stoel. Giselle ging op de stoel zitten en gebaarde dat hij de bank moest nemen. Tussen hen in stond een houten salontafel met daarop decoratief neergelegde glossy's en een blik koekjes.

'Je zult het niet leuk vinden om te horen.' Haar stem trilde. 'Ik heb dit niet zo gewild, echt niet. Maar het is toch zo gelopen. En het spijt me. Ik was zo in de war, ik wist niet wat ik moest doen. Maar nu weet ik het wel, ik kan niet met een leugen leven. Het kind is niet van jou... jij bent niet de vader.' Ze stopte met praten en sloeg een hand voor haar mond. Met een ongeruste blik vervolgde ze: 'Ik kan gewoon niet geloven dat dit gebeurt. Ik kan niet geloven dat ik het nu heb gezegd.'

De stilte hing als een mist in de kamer.

Pas toen Lucas een zachte zucht slaakte, drong het tot hem door dat hij al die tijd zijn adem had ingehouden. 'Ja, je hebt het gezegd.' Hij leunde naar voren. 'Is het waar?'

Ze knikte. Er verschenen tranen in haar ogen; ze veegde ze met bevende vingers weg. 'Ja, het is waar.'

Dit was een scenario waar hij absoluut geen rekening mee had gehouden. Van sommige mensen kon je je voorstellen dat ze vreemdgingen – verwachtte je het bijna zelfs – maar Giselle?

'Wie is het? Iemand die ik ken?'

'Nee, je kent hem niet. Het is niet in Bath gebeurd,' vertelde ze. 'Hij woont hier.'

Ze kreeg een kind, maar het was niet meer hún kind. Zijn nabije toekomst had net een behoorlijk definitieve wending genomen. En Giselle had dat al die tijd geweten.

Wauw.

'Ik wil alles weten,' zei hij.

'Hij heet Gregor McTavish. We hebben samen op school gezeten. We kennen elkaar al sinds we hier zijn komen wonen, toen ik tien was.' Ze verstrengelde haar vingers in haar schoot. 'Toen we zestien waren, kregen we wat met elkaar, maar onze ouders vonden ons veel te jong voor een serieuze relatie. Ze oefenden druk op ons uit, waardoor we juist naar elkaar toe werden gedreven natuurlijk, en het bleef aan tot we achttien waren. Ik moest toen weg voor mijn opleiding verpleegkunde, en in diezelfde tijd kwam hier een meisje wonen, Claudine, dat aan de slag ging als leerling-kok in het Castle Hotel... Nou ja, om een lang verhaal kort te maken, Claudine zette haar zinnen op Gregor, en omdat onze langeafstandsrelatie niet echt soepel verliep, gaf hij algauw toe. En toen hebben we het uitgemaakt. Het was een rottijd, maar ik heb het overleefd, want zulke dingen gebeuren nu eenmaal. Het leven gaat door toch?'

'En toen?' drong Lucas aan.

'Ze verhuisden naar Italië, waar ze samen in een hotel in

Florence gingen werken, maar uiteindelijk liep hun relatie ook op de klippen. Gregor is vervolgens naar Nieuw-Zeeland gegaan... Maar toen zijn vader een halfjaar geleden ziek werd, kwam hij hier weer wonen. Dus toen ik hier afgelopen kerst was, kwam ik hem weer tegen. Voor het eerst in tien jaar.'

'En je besefte meteen dat je nog van hem hield.'

'Nee!' Ze keek hem geschokt aan. 'Ik hield van jou! Het was ontzettend leuk om hem te zien, gewoon als oude vriend... En er waren nog wat mensen van school hier, Jen en Jamie... Het was gewoon heel vanzelfsprekend om vaak samen af te spreken. Op kerstavond nodigde Gregor ons uit om bij hem te komen eten, in zijn cottage, maar Jen en Jamie konden op het laatste moment niet, omdat Jens oma onverwacht naar het ziekenhuis moest. Dus ben ik alleen gegaan en toen... nou ja, toen is het gebeurd.'

'Je bent met hem naar bed geweest.'

Ze kromp ineen. 'Het begon steeds harder te sneeuwen... Gregors cottage ligt een paar kilometer buiten Kinlara, en mijn moeder had me gebracht. Om tien uur belde ze om te zeggen dat ze me niet kon ophalen. Het komt erop neer dat ik te veel had gedronken en in bed ben beland met mijn jeugdliefde... die zei dat hij me heel erg had gemist en dat hij wilde dat het nooit was uitgegaan, allemaal dingen die ik altijd al van hem had willen horen, en op de een of andere manier... Nou ja, de rest weet je. Het gebeurde gewoon.'

Lucas schudde verbaasd zijn hoofd. 'Hoe vaak?'

'Alleen die ene keer. Toen we de volgende ochtend wakker werden, zei ik meteen dat het niet weer mocht gebeuren. Ik kon zelf nauwelijks geloven dat we het hadden gedaan, dat ik jou had bedrogen.' Ze keek hem smekend aan; ze wilde zo graag dat hij het begreep. 'Het was de grootste fout die ik ooit heb gemaakt, het ergste wat ik ooit heb gedaan. We spraken af dat we zouden doen alsof het nooit was gebeurd.'

'Maar het kwam niet bij je op dat je wel eens zwanger zou kunnen zijn geraakt?' vroeg hij.

Ze bloosde. 'Ik had mijn laatste menstruatie net gehad. Ik dacht dat het veilig was... dat had het ook moeten zijn. Ik hield mezelf gewoon voor dat het allemaal wel zou los-lopen. En toen kwam ik terug in Bath, bij jou, en was het net alsof het nooit was gebeurd. Ik had van mezelf nooit verwacht dat ik zoiets zou doen, maar...'

'Het komt erop neer dat je het toch hebt gedaan,' zei hij, toen haar stem wegstierf.

Ze knikte verslagen. 'Ja.'

Hij begreep nu in elk geval waarom hun seksleven na haar terugkeer op een laag pitje was komen te staan. Ze was steeds te moe geweest, of had zich niet lekker gevoeld, of had vroeg moeten opstaan voor haar werk. Allemaal plausibele redenen, vond hij toen.

Maar nu kende hij de ware reden.

En hij snapte nu ook waarom ze zo afwezig had geleken nadat eenmaal was vastgesteld dat ze zwanger was.

'En je was van plan om mij in de waan te laten dat het kind van mij was?' Dat gedeelte vond hij het moeilijkst te verstouwen.

'Ik wist gewoon niet wat ik moest doen. Ik was geschokt en ik schaamde me dood.' Kreunend liet ze zich tegen de rugleuning vallen. 'Jij was erbij toen ik die test deed... Ik had geen tijd om na te denken. Als ik niet van je had ge-houden, zou het gemakkelijker zijn geweest, maar ik hield van je.'

Het ontging hem niet dat ze in de verleden tijd praatte. 'Genoeg om me te laten denken dat het kind van mij was.'

'Ik raakte in paniek, en het spijt me. Hoe langer het duurde, hoe onmogelijker het werd om je de waarheid te vertellen. Ik raakte steeds meer in de war.' Er biggelden tranen over haar wangen. 'Ik had het gevoel dat ik gek werd. Ik ben mijn hele leven dat aardige meisje geweest, iedereen mocht me altijd, en ineens was ik veranderd in een slecht mens dat iets verschrikkelijks had gedaan... en door jou in de waan te laten, bleef ik dat slechte mens.' Haar stem brak, en ze sloeg haar armen om zich heen. 'Vrijdag wist ik dat ik een beslissing zou moeten nemen, alleen, zonder jou. En ik moest het ook aan Gregor vertellen. Wat er ook zou gebeuren, hij moest het weten. Dus toen heb ik een week vrij genomen en ben hiernaartoe gegaan.'

'Heb je het hem verteld?'

'Ja.'

'Schrok hij?'

'Dat is nog zacht uitgedrukt.'

'Ga je... ga je het kind houden?'

Ze keek hem recht in de ogen. 'Ja.'

Hij knikte. Veel meisjes zouden in zo'n situatie misschien beslissen om de zwangerschap te laten afbreken. In zekere zin bewonderde hij haar erom dat ze een andere keuze had gemaakt.

'We hebben de afgelopen dagen veel met elkaar gepraat, Gregor en ik. Vanmiddag zei hij dat we het misschien nog een keer moeten proberen samen. Voor het kind.'

'Denk je dat het wat kan worden?'

'Ik heb geen idee. Maar het lijkt wel logisch om het te proberen. Ik heb een maand opzegtermijn in het ziekenhuis, maar daarna ga ik weer in Kinlara wonen, en dan zullen we zien hoe het loopt.' Met de mouw van haar blauw-wit gestreepte trui veegde ze langs haar ogen. 'Ik weet dat het ouderwets klinkt, maar hier in Kinlara staan ze nog met één been in de vorige eeuw; het is iets wat onze ouders van ons verwachten. Ik snap best dat dat niet erg romantisch klinkt, maar hebben we een andere keuze? Ik heb er een enorme puinhoop van gemaakt en zal met de gevolgen daarvan moeten leren leven.'

'Ach, misschien werkt het wel,' zei Lucas.

'Wat lief dat je dat zegt. Na alles wat ik heb gedaan.' Er druppelden steeds meer tranen over haar wangen. 'We zijn gelukkig geweest samen, hè? Ik heb de beste relatie van mijn leven verknald.'

Hij schudde zijn hoofd. 'Nee, dat is niet waar. Je beste relatie wordt die met jouw kind, dat is nu het allerbelang-rijkste. Je moet goed voor jezelf zorgen.'

'Het zou bijna makkelijker zijn als je gewoon tegen me schreeuwde,' zei ze.

Hij perste er een klein lachje uit. 'Nou, dat ben ik niet van plan.'

'Ik verdien het wel.'

'Het zou niets aan de zaak veranderen,' zei hij. 'Of wel soms?'

41

Het was stil buiten. Essie zat op de brede vensterbank van haar hotelkamer met haar voeten onder zich getrokken en keek naar de lichtjes die werden weerspiegeld in het water aan de andere kant van de hoofdstraat. Ze kon niet slapen. Het was inmiddels een uur geleden dat Lucas en Giselle met elkaar waren gaan praten, en ze had geen idee wat er gebeurde.

Waren ze nog steeds aan het praten of hadden ze alles uitgesproken? Hadden Giselles hormonen opgespeeld, en was ze er daarom in paniek vandoor gegaan? Had Lucas haar gerustgesteld, gezegd dat hij veel van haar hield en dat ze zich er samen wel doorheen zouden slaan? Hadden ze op dit moment, om het goed te maken, hartstochtelijke seks?

Hoewel Essie daar liever niet aan wilde denken, hield ze zichzelf voor dat dat toch het beste resultaat zou zijn, ondanks haar eigen gevoelens voor Lucas. Want dit ging niet alleen om twee mensen die wel of niet bij elkaar zouden blijven, er was nu ook een kind in het spel.

Haar telefoon ging. Paul weer. O god, deze keer op Face-Time.

Met enige tegenzin nam ze op. Pauls aantrekkelijke, niet al te vrolijke gezicht vulde het scherm. Hij viel meteen met de deur in huis: 'Waar ben je?'

'In mijn hotelkamer.'

'En waar is Lucas?'

'In zijn hotelkamer met zijn vriendin aan het praten.'

'Laat me je kamer zien,' beval hij.

'Dat meen je niet! Waarom? Denk je soms dat Lucas zich onder het bed heeft verstopt?'

'Hoe moet ik dat nu weten? Daarom vraag ik het je.'

Op dat moment ging er een knop om in Essies hoofd. Ze keek naar de man met wie ze zich weer had verzoend en wist dat het nooit wat zou worden, al had ze nog zo haar best gedaan om blij te zijn met hun hereniging. Op kalme toon zei ze: 'Weet je, als ik een nacht met Lucas zou willen doorbrengen, hoefde ik daar niet negenhonderd kilometer voor te rijden. We zouden dan waarschijnlijk een hotel net buiten Bath hebben genomen.'

Hij stoof op. 'Moet je jezelf eens horen. Je bent veranderd.'

'Inderdaad.' Ze knikte. 'En jij hebt je moeder nog steeds niet verteld dat we weer bij elkaar zijn.'

'Dat komt omdat...'

'Laat maar, het maakt niet meer uit. Je hoeft het haar niet te vertellen.'

Hij maakte een geërgerd gebaar. 'Waar heb je het over?'

'Nou, volgens mij wordt het toch niks. Je vertrouwt me niet. En je moeder zal altijd een pesthekel aan me houden. We hebben het geprobeerd, maar volgens mij is onze relatie een zachte dood gestorven.' Bij elk woord dat ze zei, voelde ze zich lichter worden; het was echt een ongelooflijke gewaarwording. Onwillekeurig verspreidde zich een lach over haar gezicht, en ze zei vrolijk: 'We kunnen er net zo goed een punt achter zetten.'

'Maar... maar...'

Ze beëindigde het gesprek, en Paul bleef nog even als een vis op het droge achter op het scherm. Oef, dat kon ze gelukkig ook van haar lijstje schrappen. Al had ze het natuurlijk al veel eerder moeten doen. En ze hoefde echt geen medelijden met Paul te hebben; misschien was hij gekrenkt in zijn trots, maar daar zou hij binnen de kortste keren overheen zijn. Diep vanbinnen moest hij ook voelen dat het geen zin had om hun relatie nieuw leven in te blazen.

Beneden ging er een deur open en dicht. Essie boog zich

naar voren, duwde haar gezicht tegen het koude glas en zag iemand het hotel uit lopen. Haar hart maakte een sprongetje toen tot haar doordrong dat het Giselle was, die in haar eentje door de straat liep. Haar krullen dansten om haar schouders, en ze had haar handen diep in de zakken van haar paarse jas gestoken.

Wat was er gebeurd? Dat viel natuurlijk met geen mogelijkheid te zeggen. Een halve minuut later sloeg Giselle een zijstraat in en verdween uit beeld.

Essie keek naar haar telefoon. Zou ze Lucas bellen of een berichtje sturen? Hij wist echter dat ze op haar kamer was en het resultaat van hun gesprek afwachtte. Het was beter het aan hem over te laten.

Twintig minuten later had ze nog steeds niets van hem gehoord. Terwijl ze in de badkamer haar tanden stond te poetsen, hoorde ze beneden weer een deur open- en dichtgaan. Ze zag meteen voor zich hoe Giselle het hotel in rende en zichzelf in Lucas' armen wierp...

Maar het was onverdraaglijk om niet te weten wat er aan de hand was. Met de tandenborstel nog in haar mond stoof ze de badkamer uit en stortte zich op de brede vensterbank, waarbij haar voortanden er bijna uit werden geslagen toen de tandenborstel met een knal tegen het raam kwam. Oké, als ze buiten niemand zag, dan was Giselle waarschijnlijk teruggekomen...

Maar er was buiten wel iemand. Het was Lucas; ze herkende hem meteen aan zijn donkerblauwe poloshirt en jeans. Ze zag dat hij zijn handen door zijn haar haalde, terwijl hij zijn blik eerst door de straat en daarna over zee liet glijden.

Zou hij achter Giselle aan gaan? Essie wachtte met ingehouden adem af, maar Lucas liep de andere kant uit, naar de stenen pier. Terwijl Essie haar gezicht tegen het glas duwde, droop er tandpasta langs haar kin. Wat deed hij daar?

Ineens sprong hij van de pier en zag ze hem niet meer.

O god! O god, nee...

'Je bent niet aardig voor me,' zei Zillah.

'O, ik dacht dat je iemand nodig had om voor je te zorgen,' zei Alice. 'Ik wist niet dat ik ook nog aardig moest zijn.'

Zillah had zich nog nooit zo beroerd gevoeld. Ze lag voor pampus in bed, en daar had je Alice, ongelooflijk jong en glamoureus, die haar onvoorstelbaar smerig eten voorzette. Op het dienblad waarmee ze net de kamer in was gekomen, zag ze beschimmeld brood, een glas melk vol klonters en een kom soep waar onheilspellend uitziende dingetjes in dreven.

'Wat zijn dat?' Ze wees zwakjes naar de kom.

'Slakken. Die heb ik uit de tuin,' zei Alice op tevreden toon.

'O nee, ik wil geen slakken... alsjeblieft...'

Met een zelfgenoegzaam lachje deed Alice haar wanhopige toontje na: 'O ja, je moet je slakken opeten.'

Zillah deed haar ogen open en snikte het bijna uit van opluchting toen ze zag dat er niemand in de kamer was. Gewoon weer een nachtmerrie, meer niet. Buiten was het nog steeds donker, maar omdat ze eerder die nacht haar wekker van het nachtkastje had gestoten, kon ze niet meer kijken hoe laat het was. En haar hoofdpijn was nog steeds niet afgenomen.

Vaag vroeg ze zich af of het verstandig zou zijn om iemand te bellen en te vertellen over haar helse pijn. Toen herinnerde ze zich weer dat ze niet wist waar ze haar telefoon had gelaten. Nou ja, misschien was het ook beter om niemand ongerust te maken... Het was gewoon hoofdpijn. Dat de gezondheidszorg er zo slecht voor stond, kwam door al die mensen die klaagden over dingen die niet ernstig waren, en daar wilde zij niet bij horen.

Ze moest gewoon proberen te slapen, dan ging het vanzelf over. Gelukkig voelde ze zich continu slaperig.

Maar alsjeblieft geen dromen meer over Alice en slakken.

'Wat is er?' Lucas keek omhoog.

'Wat is er?' Meende hij dat echt?

Essie kon geen woord uitbrengen, ze was buiten adem; ze was het hotel uit gerend, de hoofdstraat door, in de verwachting hem in de koude zwarte zee te zullen vinden.

Maar hij zat gewoon op de stenen helling die aan de andere kant van de pier naar het water afliep.

Slechts met moeite kreeg ze zichzelf weer onder controle; het gevoel dat haar longen elk moment konden ontploffen, werd nog eens versterkt door de ijzige pepermuntsmaak van tandpasta in haar mond en keel. Ze wachtte tot haar ademhaling wat normaler was en zei toen: 'Ik dacht dat je... dat je in zee was... gevallen.'

'Zag je me vanuit je kamer?'

Ze knikte. Natuurlijk, anders zou ze hem toch niet achterna zijn gerend? Duh.

'Dacht je dat ik was gevallen? Of gesprongen?'

'Ik wist het niet, oké?'

'Sorry.' Er verscheen een klein lachje om zijn mond, en zijn witte tanden glansden in het licht van de lantaarnpaal achter hen. Hij klopte naast zich op de stenen. 'Kom er even bij zitten. Het is droog.'

'Wat doe je hier?'

'Ik zag ze toen ik even een luchtje ging scheppen.'

Ze knipperde met haar ogen. 'Ik kan je even niet volgen. Wie zag je?'

'Heb je ze nog niet gezien dan?' Hij wees naar het einde van de helling, waar de stenen het water raakten en waar bosjes zeewier op de golven deinden.

'O!' Toen Essies ogen aan het donker waren gewend, zag ze pas dat het geen bosjes zeewier waren. De donkere vlekken waren de koppen van zeehonden die in zee dreven; hun zwarte ogen glansden. Ook op de stenen lagen een paar zeehonden die hun nachtelijke bezoek kalm in de gaten hielden.

'Zie je ze nu?' fluisterde Lucas.

'Ja! En ze weten dat we hier zijn, maar ze zijn helemaal niet bang.'

'Ze hoeven niet bang te zijn. Hier doet niemand ze kwaad. Giselle heeft me heel lang geleden al eens over ze verteld.'

Essie zei niets; het was aan hem om haar te vertellen hoe het gesprek tussen hem en Giselle was verlopen. Terwijl ze de zoutige nachtlucht inademde, wachtte ze af.

'Ik word geen vader,' zei hij na een tijdje.

'O nee,' zei ze vol medeleven. 'Heeft ze een miskraam gehad?'

Hij schudde zijn hoofd. 'Nee, met het kind gaat het goed. Het is alleen niet van mij.'

'Wat?' Essie schrok zo dat het er harder uit kwam dan haar bedoeling was. De deinende hoofden draaiden zich naar haar om.

'Tja, nogal een onverwachte wending van zaken.'

'Niet te geloven!' Giselle was wel de laatste van wie ze zoiets had verwacht. 'Wat erg voor je. Sorry.'

'Jij hoeft toch geen sorry te zeggen? Jij bent niet degene die met haar ex naar bed is gegaan.'

Nou, eigenlijk wel, maar dat bedoelde Lucas natuurlijk niet. En dit was ook niet het moment om hem te vertellen dat ze het had uitgemaakt met Paul.

'Je hoeft niet te zeggen wat er is gebeurd, hoor,' zei ze.

'Alleen zul je uit elkaar spatten van nieuwsgierigheid als ik het niet doe. Bovendien heb ik je helemaal mee hiernaartoe gesleept.'

Ze knikte. 'Dat is ook weer waar.'

Ze zaten naast elkaar naar de raadselachtige zeehonden te kijken, terwijl Lucas haar het hele verhaal vertelde. Hij zei niets negatiefs over Giselle; hij legde alleen maar uit hoe het was gegaan. En toen hij klaar was, schudde hij zijn hoofd en zei: 'Nou, zo zit het dus.'

Hij klonk kalm, maar ze vermoedde dat hij in shock verkeerde. 'Hoe voel je je?' vroeg ze voorzichtig.

'In de war. Opgelucht. Het was niet gepland dat Giselle zwanger zou raken. Maar in de afgelopen weken heb ik me wel verzoend met het idee, en daarom is dit allemaal zo... zo...'

'Ik snap het.' De adem stokte in haar keel toen hij zich omdraaide en haar recht in de ogen keek. Hoewel ze niet kon zien wat hij dacht, trok er toch een scheut adrenaline door haar heen, en ze begon oncontroleerbaar te rillen.

'Alles is veranderd,' zei hij zacht. 'In een uur tijd. Mijn hele leven... Ik dacht dat ik wist hoe het verder zou gaan, maar nu is alles anders.'

'Het kost tijd om aan het idee te wennen.'

Hij keek haar opnieuw met een intense blik aan. Toen vroeg hij: 'Is dat zo?'

Het was ineens alsof er twee onuitgesproken gesprekken plaatsvonden, in hun hoofden. Want Essie wist maar al te goed wat ze voor Lucas voelde, en op dit moment leek het er verdacht veel op dat hij hetzelfde voor haar voelde.

Maar wat als dat niet zo was? Stel dat ze het zich alleen maar verbeeldde, omdat ze het zo graag wilde? En ze was echt niet van plan om als eerste iets te doen of te zeggen... en zeker niet vanavond...

'Je rilt,' zei Lucas zonder zijn blik af te wenden.

'Ik heb het koud,' loog ze.

'En je ruikt heel erg naar pepermunt.'

Zie je nou wel? Dat kon je niet echt romantisch noemen.

'Dat zal de tandpasta zijn,' zei ze. Wat ook niet romantisch was.

'We kunnen maar beter naar binnen gaan.' Hij stond op en stak zijn hand naar haar uit om haar overeind te helpen, maar ze deed alsof ze het niet zag.

Toen ze terugkwamen in het hotel zat de manager nog steeds achter de receptie, druk bezig allerlei folders op nette stapeltjes te leggen.

Alleen was het al na middernacht.

'Naar de zeehonden gekeken?' Ze wierp hun een professionele glimlach toe.

'Ja. Is de bar nog open?' vroeg Lucas.

'Helaas niet.'

'O, kan ik dan roomservice krijgen?'

'Roomservice? Mr. Brook, we zijn het Ritz niet!'

Met een beleefd lachje vroeg Lucas: 'Kan ik dan misschien een fles wijn kopen? Of er gewoon een mee naar boven nemen en u morgen een nieuwe geven?'

'Sorry, Mr. Brook.' De manager schudde gedecideerd haar hoofd. 'Het is bedtijd. Uw kamer is die kant uit.' Ze wees naar de smalle trap links. 'En die van u daar,' vervolgde ze tegen Essie, terwijl ze een knikje in de richting van de trap rechts gaf.

Wat op een ander moment heel grappig had kunnen zijn en een uitnodiging om vooral niet naar haar te luisteren.

Maar gezien de omstandigheden was het waarschijnlijk beter zo.

'Ik zie je morgenvroeg,' zei Essie tegen Lucas.

Hij zuchtte. 'Ja.'

De manager keek hen stralend aan en pakte een nieuwe stapel folders. 'Welterusten. En als u echt iets wilt drinken...'

'Ja?' Lucas bleef halverwege zijn trap staan.

'Er staat een waterkoker op uw kamer. U kunt altijd nog een lekker kopje thee voor uzelf zetten.'

42

De volgende ochtend checkten ze om halfacht uit. Nadat ze in Lucas' auto waren gestapt, vroeg Essie: 'Heb je nog een beetje kunnen slapen?'

'Gek genoeg wel.' Lucas pakte zijn zonnebril uit het handschoenenvak en zette hem op tegen de laagstaande zon. Daarna reed hij het parkeerterrein af en sloeg rechts af om aan de lange rit naar huis te beginnen.

'Wil je nog even bij Giselle langs voordat we weggaan?' Ze voelde zich verplicht om hem die mogelijkheid te geven.

'Nee, hoor. Het is uit. Moet je zien hoe mooi het hier is,' zei hij. 'Het zal wel de laatste keer zijn dat ik hier ben.'

Hij had gelijk; het was prachtig. De kleurige huizen en winkels aan de hoofdstraat gloeiden als gesuikerde amandelen in het vroege ochtendlicht. Voor hen kwam een man van achter in de twintig de dorpswinkel uit met een baguette en een pak melk, en Lucas remde af om hem over te laten steken. Toen de man naar de auto keek, schrok hij zichtbaar en liet hij bijna zijn baguette vallen.

'Het lijkt wel of hij me van Facebook of zo herkent,' mompelde Lucas.

Nadat Lucas haar had verteld hoe de nieuwe man in Giselles leven heette, had Essie hem gegoogeld. Ze had hem al snel gevonden, want er woonde maar één Gregor McTavish in Kinlara. Een seconde lang staarden ze elkaar allemaal aan, toen draaide de man zich om en opende het portier van zijn grijze Peugeot. Met een knikje liet Lucas hem weten dat hij wist wie hij was en reed toen door.

'Kwam je niet even in de verleiding om tegen hem aan te rijden?' vroeg Essie.

'Ik ben inmiddels over de schok heen.' Lucas grijnsde. 'En weet je, ik geloof dat hij me een groot plezier heeft gedaan.'

Essie knikte opgelucht en dacht: mooi zo.

Het notitieboekje en de pen waren van bed gegleden, en toen Zillah onhandig het dekbed van zich af duwde, kraakten de uitgescheurde blaadjes onder haar. Het kostte haar veel moeite, en ze moest veelvuldig tegen de muur leunen, maar uiteindelijk wist ze de badkamer te bereiken. Nadat ze haar blaas had geleegd, waste ze haar handen en keek in de spiegel boven de wasbak.

Wat een verschrikkelijke aanblik bood ze. Ze had er nog nooit zo beroerd uitgezien. O, maar daar zag ze haar telefoon liggen, op de vensterbank. Ze wist bijna zeker dat er was gebeld... Had ze in haar slaap geen telefoon horen overgaan?

Nou ja, ze had hem in elk geval terug. Door de mist in haar hersens heen bedacht ze dat het misschien toch wel een goed idee zou zijn om iemand te bellen en te zeggen dat ze zo'n last van haar hoofd had. Want ze voelde geen enkele vooruitgang, en Alice mocht dan wel hebben gezegd dat ze niet zo moest klagen, soms was het echt verstandiger om iemand om hulp te vragen...

Zich nog steeds vastklampend aan de wastafel stak ze haar hand uit naar de telefoon. Haar hand trilde echter, en ze schatte de afstand ook verkeerd in. De flacons mondwater, shampoo en versteviger vielen als dominostenen om en kwamen kletterend op de vloer terecht. Haar toestel werd ook geraakt; het vloog van de vensterbank en belandde in de net doorgetrokken wc.

Opnieuw werd ze overspoeld door pijn en uitputting, gevolgd door een vermoeide, fatalistische aanvaarding. Nou ja, niks aan te doen. Ze zou van Alice waarschijnlijk toch niet mogen bellen; ze deed steeds zo onaardig tegen haar...

Nee nee, dat moet ik niet meer denken... Dat met Alice was niet echt geweest, het was alleen maar een enge droom...

Op het planchet stond een glas. Zillah hield het onder de kraan en dronk gulzig van het water. Daarna bereidde ze zich geestelijk voor op de zware tocht terug naar bed.

Nee, het was te ver, dat redde ze niet; alle kracht had haar verlaten.

Heel langzaam liet ze zich op de vloer van de badkamer zakken en trok de zachte witte badhanddoeken van het rek. Nadat ze van een van de handdoeken een soort kussen had gemaakt, legde ze haar pijnlijke hoofd erop te rusten en trok de andere over zich heen.

Niet zo prettig als haar bed, maar ze lag tenminste.

Het moest maar zo.

Ze schoof de gevallen flacons opzij en deed haar ogen dicht.

Lucas was weer single. Hij werd geen vader. Hij reed naar het zuiden, met Essie naast zich, en als ze had geweten wat er vannacht allemaal door zijn hoofd had gespookt... Nou ja, het was maar beter dat ze het niet wist.

De hotelmanager, die hun min of meer had bevolen om naar hun eigen kamer te gaan, had daar misschien haar eigen puriteinse redenen voor gehad, maar toch was hij haar dankbaar. Het zou helemaal fout zijn geweest als hij had geprobeerd Essie te vertellen wat hij voor haar voelde. Ze zou zich rot zijn geschrokken, en terecht. Alleen een idioot zou zoiets hebben gedaan.

Want híj mocht dan wel weten wat hij voor haar voelde, zíj had er geen idee van. En het zou ongelooflijk bot zijn om op dit moment een eerste stap te zetten. Hij moest er rustig de tijd voor nemen, uitzoeken of ze ook iets voor hem voelde.

Dat was het grote probleem. Want hij wist het niet, niet zeker tenminste. En hij durfde het risico ook niet te nemen. Maar soms was de kracht van zijn gevoelens voor haar zo tastbaar dat hij dacht dat zij het ook kon voelen.

Dat hij zo naar haar verlangde, wilde nog niet zeggen dat de gevoelens wederzijds waren.

Hoe dan ook, er was gisteravond niets gebeurd, en dat was maar beter ook.

Bovendien had ze iets met Paul.

Nou ja, hij had de tijd. Zolang Essie tenminste niet ineens zou verkondigen dat ze zwanger was...

'Carlisle,' riep Essie uit, wijzend op het grote blauwe bord dat voor hen opdoemde. 'Toen we hier op de heenweg langskwamen, sliep je, maar onze aardrijkskundeleraar kwam uit Carlisle, en hij vertelde ons altijd allerlei interessante dingen over de stad. Dus vraag maar raak.'

Geamuseerd door haar enthousiasme, zei hij: 'Ik sta versteld. Vertel me dan maar eens drie dingen over Carlisle.'

'Oké, daar gaan we. Carlisle hoorde tot 1092 bij Schotland. Het Carlisle Castle is oorspronkelijk in 1093 gebouwd. Ja, ik zei toch, heel interessant allemaal.' Terwijl ze haar derde vinger in de lucht stak, zei ze: 'En het stadion van Carlisle United is Brinton Park.'

'Brunton Park,' verbeterde hij haar automatisch.

Ze fronste. 'Nee, je vergist je.'

'Nee hoor, ik weet dat ik gelijk heb.'

'Maar je houdt niet eens van voetbal.'

'Dat is zo. Maar ik ben wel een paar keer in Carlisle geweest.'

'O, dat is niet eerlijk. Ik wist niet dat je de stad kende. Nou ja, jij wint,' zei ze vrolijk. 'Maar wat moest je hier?'

Hij was niet van plan geweest om het te zeggen, maar de woorden leken een eigen wil te hebben en tuimelden zijn mond uit. 'Mijn moeder woont hier.'

Ze keek hem aan. 'Echt?'

'Nou, ja.' Het was niet iets om over te liegen, vond hij.

'Maar... we zijn er nu bijna,' riep ze uit. 'Waarom ga je niet even bij haar langs?'

'Nee, dat hoeft niet.' Hij kreeg kramp in zijn buik en had nu al spijt van zijn woorden.

'Lucas, waarom niet? Je zei dat je haar al een tijdje niet had gezien, en we zijn nu vlakbij. Dan is het toch raar om niet te gaan? En ik vind het niet erg, echt niet.'

'Toch gaat het niet gebeuren.'

'Waarom niet? Omdat ik bij je ben? Je wilt niet dat ze mij ziet? Maar dat is toch geen probleem? Zet me maar af in het centrum, en dan pik je me een paar uur later weer op.'

Lucas was misselijk geworden. Waarom had hij haar dat nu verteld? Terwijl hij het stuur wat steviger beetpakte, besefte hij dat hij haar een uitleg verschuldigd was.

Na een korte stilte zei hij langzaam: 'Het gaat er meer om dat ik niet wil dat jij haar ziet.'

Ze keek hem niet-begrijpend aan. 'Dat snap ik niet.'

'En ze zal mij ook niet willen zien.'

'Maar... waarom niet?'

'Omdat ze me nooit wil zien. En als ik al eens langsga, kan ze niet wachten tot ik weer weg ben.'

'Waarom dan?' Ze vroeg het zo meelevend dat hij begreep dat hij haar alles zou moeten vertellen.

Met zijn ogen strak op de weg stak hij van wal. 'Mijn moeder is alcoholiste. Ze kan de wereld niet aan, het enige waar ze om geeft, is drank. Ze is nooit over mijn vaders dood heen gekomen, en alcohol werd haar medicijn. En ze weet dat ik het vreselijk vind om haar zo te zien, daarom houdt ze me liever buiten de deur. De laatste keer dat ik bij haar langsging, sloot ze zich op in huis en weigerde open te doen. En ja, ik heb alles geprobeerd, jarenlang. Maar dat ik wil dat ze hulp zoekt, maakt niets uit,' zei hij, vechtend tegen zijn emoties, want het laatste wat ze konden gebruiken, was dat hij midden op de snelweg instortte. 'Want het gaat niet om mijn gevoelens. Ze moet het zelf willen. Maar

ze kan het gewoon niet. Het gaat al te lang zo. Eerlijk gezegd is het een wonder dat ze nog leeft.'

43

'Oké, ga de snelweg af,' beval Essie. 'Ik neem het van je
over.'

Bij de eerstvolgende parkeerplaats ruilden ze van plaats.
Toen Essie achter het stuur zat, zette ze de motor uit en
keek hem aan: 'Sorry, dit was niet de bedoeling.'

'Dat ik van slag raak, bedoel je? Dat heeft niets met jou
te maken.' Hij draaide de dop van zijn flesje water en nam
een grote slok. 'Zo, nou weet je het.'

'Heb je er spijt van dat je me het hebt verteld?'

'Nee, ik ben blij dat ik het heb gedaan.' Dat was waar; het
was alsof er een last van zijn schouders was gevallen.

'Dus ze gingen allebei aan de drank, je moeder en je
oom Max.'

'Hij als eerste. In die eerste paar jaar na het ongeluk was
hij degene die de gedachten eraan verdrong met drank, en
het ironische was dat mijn moeder dat haatte. Ze vond het
vreselijk om te moeten zien wat hij zichzelf aandeed. Ze
minachtte hem erom, zei dat hij egoïstisch en zwak was.
Maar toen begon ze zelf ook te drinken. Alsof het een wed-
strijd was of zo. Toen ik haar vroeg waarom ze dat deed,
zei ze dat het haar hielp om er niet meer aan te hoeven
denken. Het was een afleiding, het hielp haar om haar verdriet te vergeten.'

'Bel je haar nog wel?' vroeg Essie.

Hij knikte. 'Bijna iedere week, en iedere keer raakt ze weer van streek en verontschuldigt ze zich en zegt ze dat ik niet kan komen.'

'Is ze altijd dronken als je belt?'

'Ik weet op welk tijdstip ik het best kan bellen. Door jarenlange ervaring geleerd. Tussen de middag heeft ze al een paar glazen gehad om het trillen tegen te gaan, maar ze is dan nog niet zover heen dat er niet met haar te praten valt. Dus dan bel ik. En zodra ik ophang, weet ik dat ze aan de gin zal beginnen. En dat houdt pas op als ze... compleet gevloerd is.'

'Hoe is het met haar lever?'

Hij trok een gezicht. 'Ze heeft het er nooit over, maar ik denk dat het een soort voetbal is die elk moment kan ontploffen.'

'Het kan haar dood worden,' zei ze.

Hij nam nog een slok water. 'Ja.'

'Het is pas één uur.'

'Ga jij me nu aan mijn kop zeuren?'

'Natuurlijk.' Ze wees naar het bord voor hen. 'We zijn er nu toch. Je kunt het toch even proberen?'

'Ze stuurt me gewoon weg.'

'Misschien niet.'

Lucas hield zijn hand op. 'Geef me de sleutel maar.'

'Nee.'

'Waarom doe je dit?'

'Omdat ze je moeder is. En omdat ze binnenkort misschien wel dood is.'

Hij gaf zich gewonnen. 'Oké dan, maar ze laat me toch niet binnen. Over een kwartier zeg ik tegen je: "Ik zei het toch?"'

Al snel bereikten ze de kleine buitenwijk van Carlisle

waar zijn moeder woonde. Lucas wees Essie de weg, en onder het rijden bleef ze hem vertellen dat hij er goed aan deed. Hij wist wel beter, maar nu hij haar het hele verhaal had verteld, was haar eventuele reactie niet meer zijn probleem.

'De volgende links,' zei hij, toen ze vlak bij Pargeter Close waren. 'Het is dat huis rechts, na die blauwe bestelwagen. Ja, stop maar. Zo, we zijn...' Hij maakte zijn zin niet af, want toen ze de blauwe bestelwagen waren gepasseerd, zag hij zijn moeder in de voortuin staan; ze gooide iets in de glasbak.

Flessen waarschijnlijk.

'Daar is ze. Wacht hier.' Hij stapte uit en riep: 'Ha, mam!' Hij stak zijn hand op alsof ze elkaar iedere dag zagen.

Nadat zijn moeder zich had omgedraaid, sloeg ze haar hand voor haar mond. 'O, mijn god, Lucas! Wat doe jij hier?'

In elk geval stond ze nog overeind, en ze sliste ook niet; hij was op het goede moment gekomen. Haar handen trilden echter wel, maar daar was hij in de loop der jaren aan gewend geraakt. En ze kreeg zelfs tranen in haar ogen.

'Ik was toevallig in de buurt, mam. Dus ik dacht, ik ga even kijken hoe het gaat.' Hij omhelsde haar, en ze klampte zich even aan hem vast. Terwijl hij de geur van haar pasgewassen haar en de rozengeur van haar douchegel opsnoof, voelde hij haar magere lichaam beven.

En toen liet ze hem los, deed een stap naar achteren en zei hulpeloos: 'Lucas, het spijt me, het is fijn om je te zien, maar je zou hier niet moeten zijn... Je kunt niet binnenkomen... Je hebt me niet verteld dat je dit van plan was.'

Ze deinsde nog verder naar achteren, onrustig om zich heen kijkend. Het was alsof ze elk moment een paniekaanval kon krijgen.

'Wat is er, mam?' vroeg hij. 'Het is oké, als je niet wilt dat ik binnenkom, dan blijven we toch gewoon buiten praten.'

'Nee! Je moet weg!'

'Wil je niet dat de buren me zien? Is dat het?'

'Wat?' vroeg ze met een blik vol wanhoop. 'Nee... ik bedoel, ja! Lucas, ga alsjeblieft weg! Ik spreek je volgende week weer.'

'Mam...'

Het was echter al te laat; zijn moeder was naar binnen gerend en had de voordeur achter zich dichtgeslagen. Hij hoorde haar paniekerig roepen: 'Ga weg, alsjeblieft. Ik hou van je, maar je moet nu weggaan. Ik kan dit niet!'

Weer in de auto zei hij: 'Zie je nu wat ik bedoel?'

'God, het spijt me zo.' Essie had door het open raampje alles gehoord. 'Wat vreselijk voor je. En voor haar ook.'

'Er is iets. Ze deed anders dan anders.' Hij fronste. 'Ze was zenuwachtig, maar een ander soort zenuwachtig.'

'Hoe bedoel je?'

'Ik snap het niet.' Hij probeerde zijn vinger te leggen op wat hem dwarszat. 'Het was alsof ze een niet al te slimme drugssmokkelaar was die door de douane probeert te komen met een koffer vol heroïne. Ze wilde iets verborgen houden... Het was alsof ze in paniek raakte omdat ze niet wilde dat iemand ons samen zag.'

'Of er was iets waarvan ze niet wilde dat jij het zag,' zei Essie. 'Of iemand.'

Lucas keek haar aan, terwijl hij alle mogelijkheden overwoog. 'Je hebt gelijk,' zei hij toen. 'Dat was het.' Zou zijn moeder ruzie hebben met de buren en was ze bang dat er iemand naar buiten kwam stormen om haar zoon te vertellen dat hij iets aan haar problemen moest doen? Was het echt zo uit de hand gelopen? Hadden ze de politie al ingeschakeld?

Maar terwijl hij erover nadacht, had ze voornamelijk de straat in gekeken, en niet naar de huizen van de buren. Hij zei tegen Essie: 'Ze zal nu wel in paniek raken, omdat we nog steeds niet zijn weggereden. Kom, dan gaan we.'

Essie startte de motor, keerde de auto en reed de rustige doodlopende straat uit. Op de hoofdstraat kwamen ze na honderd meter langs een kleine buurtwinkel.

'Kunnen we hier even stoppen?' vroeg Lucas.

Het was een echte ouderwetse buurtwinkel waar ze kranten en tijdschriften verkochten, sigaretten, levensmiddelen en – natuurlijk – drank. Lucas liep met een pak melk en een pakje kauwgom naar de toonbank en zei terloops: 'Hallo, ik ben de zoon van Paula Brook. Ik ga even bij haar langs. Is ze hier vandaag al geweest?'

De man achter de toonbank zei: 'Paula's zoon? Hallo. Nee, ik heb haar vandaag nog niet gezien, maar haar vriend zal zo wel komen.'

Bingo. 'O ja, haar nieuwe vriend. Hoe heet hij ook alweer?'

De winkeleigenaar schudde zijn hoofd. 'Dat weet ik niet. Maar het lijkt me een aardige man. Mijn vrouw en ik zijn blij voor haar. Is de melk voor je moeder?'

'Eh... ja.'

'Ze heeft altijd halfvolle.'

'Oké, dank u.' Lucas pakte een ander pak en rekende af. Op goed geluk zei hij: 'Ik hoop dat ik haar nieuwe vriend vandaag ontmoet!'

'Volgens mij is hij om één uur klaar met werken; meestal wipt hij hier op weg naar Paula even binnen.'

'Leuk,' zei Lucas. 'Maar zou u me een plezier willen

doen? Als hij langskomt, wilt u hem dan niet vertellen dat ik bij mijn moeder ben? Ik wil hem graag verrassen.'

Veertig minuten later zaten ze nog steeds in de auto te wachten.

'Sorry,' zei Lucas.

'Maakt niet uit.' Essie wuifde zijn verontschuldiging weg. 'Het is toch logisch dat je wilt weten wie hij is?'

'Als hij ooit nog komt.' Tot nu toe waren er alleen twee vrouwen met buggy's de doodlopende straat in gewandeld.

'Het is net alsof we detectives zijn.' Ze schoot als een stokstaartje omhoog. 'O, een auto!'

Maar er zat een oudere vrouw achter het stuur van de beige Ford Focus.

Tien minuten later vroeg ze: 'Wat doen detectives eigenlijk als ze moeten plassen?'

Hij glimlachte even. 'Dan doen ze het in een plastic fles.'

'Nou, dat ga ik echt niet doen,' zei ze geschrokken.

Lucas vroeg zich af of zijn moeder haar vriend soms in paniek had gebeld om te zeggen dat hij weg moest blijven, hoewel ze niet kon weten dat ze er nog waren. 'Nog vijf minuten, dan gaan we.'

Twee minuten later zag hij een man komen aanlopen. Hij zei met een stem die hem zelf vreemd in de oren klonk: 'Daar zul je 'm hebben.'

'Wat?' Essie ging rechtop zitten. 'Hoe weet je dat dat hem is?

Er bewoog een spiertje in Lucas' kaak, terwijl hij naar de man keek die steeds dichterbij kwam. 'Het is oom Max.'

Essie staarde Lucas aan. Alle kleur was uit zijn gezicht verdwenen. De man die nog maar een paar meter van hen was verwijderd, was Max, de broer van zijn vader.

De man liep de winkel in, en Lucas slaakte een zucht.

'En nu?'

'De laatste keer dat ik hem zag, was hij te dronken om op zijn benen te staan,' zei Lucas. 'Hij kwam langs op mijn achttiende verjaardag en heeft toen over de taart op tafel heen gekotst. Dat was erg... fijn.'

'Zullen we wegrijden voordat hij naar buiten komt?'

'O nee.' Lucas opende het portier en stapte uit.

Nog geen minuut later kwam Max de winkel uit, met een tijdschrift en een zak donuts. Hij liet alles bijna uit zijn handen vallen toen hij Lucas zag staan.

'Hallo, Max,' zei Lucas.

'Lucas.' Max keek hem verbijsterd aan. 'Wat... leuk om je weer te zien.'

'Wat is er aan de hand? Wat doe je hier?'

'Je moeder zei al dat je langs was geweest. Ze zei dat je weer weg was.'

'Nou, we zijn gebleven.' Lucas wees naar Essie, die nog in de auto zat. 'Omdat we wilden weten wat ze te verbergen had.'

Er viel een stilte. Toen knikte Max. 'Logisch. En ik heb ook gezegd dat ze je het moet vertellen. Kom, dan hebben we dat maar gehad.'

'Ik wacht wel in de auto,' zei Essie snel, toen Max haar wenkte.

'Nee, jij gaat ook mee.' Lucas trok het portier open en pakte haar hand. 'Ik wil dat je met me meegaat. We moeten weten wat er aan de hand is.'

Ze lieten de auto staan en liepen de doodlopende straat in. Max belde twee keer aan, en Lucas' moeder deed open. Toen ze zag wie er bij hem was, greep ze zich vast aan de deurpost en fluisterde: 'O god...'

Essie zette koffie waar niemand echt zin in had en luisterde ondertussen naar het verhaal.

'We kwamen elkaar tegen op de begrafenis van een vriend, in Manchester, een klein jaar geleden,' vertelde Paula. 'We hadden elkaar al jaren niet meer gezien. En na afloop kregen we een enorme ruzie.'

'Waarover?' vroeg Lucas.

Ze haalde haar schouders op. 'God mag weten hoe het begon. We kunnen het ons in elk geval niet meer herinneren. Het gebruikelijke, denk ik. Maar het was de eerste keer dat hij me in die toestand meemaakte, en hij zei dat ik er niet uitzag.'

'En zij zei dat het met mij nog veel erger was gesteld,' vulde Max aan. 'We gooiden elkaar beledigingen naar het hoofd, dronken alles wat we maar te pakken konden krijgen en noemden elkaar over en weer een hopeloos geval.'

Lucas sloot zijn ogen even. 'En dat was allemaal nog op die begrafenis?'

'Nee, gelukkig niet.' Paula rilde even. 'Toen er geen drank meer werd geserveerd, zijn we daar meteen vertrokken. We kwamen in een of andere armoedige kroeg terecht. En nadat we daar bij sluitingstijd uit waren geschopt, hebben we onder een brug geslapen.'

Essie verbaasde zich over de terloopse toon waarop het allemaal werd verteld.

'En het eerste wat ik deed toen ik de volgende ochtend wakker werd, was de dakloze man die naast me lag om geld vragen, voor drank,' zei Max.

'Hij gaf het nog ook,' vulde Paula aan. 'En toen hebben we cider gekocht en zaten we daar te drinken, terwijl er mensen langs ons heen liepen die op weg waren naar hun werk...' Ze zweeg even en vervolgde toen: 'En toen zag ik die man die naar me bleef staan kijken.' Ze wendde zich tot Lucas. 'Heel even dacht ik dat het je vader was, die was teruggekomen om te kijken wat ik van mijn leven had gemaakt. Ik had het gevoel dat ik niet dieper kon zinken. Ik wist dat ik zo niet door kon gaan, want als het echt je vader was geweest, zou hij me hebben verafschuwd...'

Haar stem stierf weg, en Max nam het weer van haar over. 'Ze was ontroostbaar. Ze zei dat ze hulp nodig had, dat ze wilde stoppen met drinken, dat ze weer wilde leven, en ik zag dat ze het meende. Het raakte me echt... hier.' Hij legde een hand op zijn hart. 'Ik zei dat ik het niet kon, maar dat ik haar veel succes wenste.'

'En toen zei ik dat we het allebei moesten proberen,' viel Paula hem bij. 'Want dan zouden we elkaar kunnen helpen.'

'En dat hebben we toen gedaan,' zei Max. 'Ik had nog steeds wat geld over van de verkoop van mijn huis in Spanje.'

'En ik heb een lening op dit huis genomen,' zei Paula.

'We hebben zes weken in een ontwenningskliniek gezeten. Het was niet eens zo erg als we hadden gedacht, want het kon nooit erger zijn dan alles wat we die jaren ervoor hadden meegemaakt.'

'We zijn ook in therapie geweest.' Met tranen in haar ogen keek Paula Lucas aan. 'Die psycholoog zei dat het niemands schuld was dat je vader was gestorven. Ik bedoel, dat hadden natuurlijk al heel veel mensen tegen ons gezegd, maar dat was de eerste keer dat we beseften dat het waar was. Het was een ongeluk, en we hoefden onszelf daar niet langer voor te straffen... We hoefden ons niet meer schuldig te voelen.'

'En onszelf langzaam dooddrinken zou ook niemand helpen,' voegde Max eraan toe.

Lucas schudde ongelovig zijn hoofd. 'Dat was een jaar geleden? Je hebt in een ontwenningskliniek gezeten zonder het me te vertellen?'

'De tijd daarna was het moeilijkst,' zei Paula. 'En nog steeds. Maar we slaan ons erdoorheen, we steunen elkaar en gaan iedere dag naar de AA.'

'Maar allemaal zonder het mij te vertellen.'

'O Lucas, niet zo boos kijken. Ik wilde het je heel graag vertellen. Iedere keer dat je belde.' Ze keek hem smekend aan. 'Maar ik was zo bang om je teleur te stellen, zo bang dat ik een terugval zou krijgen. Ik moest mezelf eerst bewijzen dat ik het echt kon. En we kunnen het, iedere dag gaat het een stukje beter. Ik had me voorgenomen om het je te vertellen als ik het een jaar had volgehouden. Want ik dacht dat ik mezelf dan wel zou kunnen vertrouwen, en dat jij me dan ook kon vertrouwen... Ik wilde dat je echt zou geloven dat ik nooit meer zou drinken. En het lukt me, het lukt ons. Stapje voor stapje.' Ze rechtte haar schouders en zei trots: 'Oké, het is nog geen jaar, maar ik wist niet dat je onverwacht op de stoep zou staan, dus dan zeg ik het nu maar. Het is tien maanden en zesentwintig dagen geleden dat ik voor het laatst drank heb gehad.'

Er viel een stilte. Buiten vlogen vogels af en aan bij een vetbol die aan een stakerige kersenboom hing.

Lucas slikte moeizaam. 'O, mam, ik hou zoveel van je. Dit wilde ik zo graag.' Hij stond op en liep naar zijn moeder toe. Terwijl hij zijn armen om haar heen sloeg, zei hij: 'Mijn wens is uitgekomen.'

'Ja, lieverd, ja.' Paula kon bijna geen woord uitbrengen.

'Het spijt me echt dat het zoveel jaar heeft moeten duren. Ik ben zo'n slechte moeder geweest...'

'Nee, nee, je was ziek, je kon er niks aan doen.' Met tranen in zijn ogen hield hij haar vast; jaren van onderdrukte emoties kwamen naar boven.

Max keek ontroerd naar hen, en Essie leefde ook intens met hem mee; hij was niet alleen zijn geliefde broer verloren, maar ook bijna twintig jaar van zijn leven.

Nadat Lucas zijn moeder had losgelaten, wendde hij zich tot zijn oom. 'Max, ik heb je gemist. Ik ben zo blij dat jij en mam elkaar hebben teruggevonden.'

De twee mannen omhelsden elkaar.

De tranen stroomden over Paula's magere gezicht. Toen flapte ze er uit: 'Er is nog iets wat je moet weten. Max en ik... We zijn niet alleen maar vrienden. Het is meer dan dat.'

'Oké,' zei Lucas. 'Daar ben ik blij om.'

Paula schudde ongelovig haar hoofd. 'Ik dacht dat je het verschrikkelijk zou vinden. Ik was zo bang dat je het zou ontdekken.'

'Mam, ik wil alleen maar dat je gelukkig bent. Ik wil dat jullie allebei gelukkig zijn. Als jullie dat zijn, ben ik het ook.' Met een prachtige lach op zijn gezicht zei hij tegen hen beiden: 'Dit is echt de mooiste dag van mijn leven.'

Om zeven uur die avond reden ze weg uit Carlisle. Na de vreugdevolle hereniging hadden ze met zijn vieren nog lang zitten praten bij koppen thee en geroosterde boterhammen. Lucas vertelde zijn moeder en Max dat het uit was met Giselle, zonder het over de zwangerschap te hebben. Het had geen enkele zin om hen daarmee lastig te vallen. Max ging nog een keer naar de winkel om extra donuts te kopen.

Op een gegeven moment vroeg Paula: 'Dus jullie zijn nu een stel?'

'Nee, nee, Essie heeft een vriend,' zei Lucas meteen. 'We zijn gewoon vrienden, meer niet.'

En toen moesten Paula en Max naar de AA-bijeenkomst in het centrum, en was het voor Lucas en Essie tijd om naar huis te gaan.

'Nou,' zei Lucas toen ze weer op de snelweg zaten, 'sommige uitstapjes zijn gedenkwaardiger dan andere.'

Het was een ongelooflijke middag geweest, vond Essie. 'Om jouw moeder en Max zo te zien... Nou, dat was echt heel ontroerend. En voor jou moet het helemaal fantastisch zijn. Je zult wel heel blij zijn.'

'Het is echt onbeschrijfelijk.' Hij hield zijn aandacht op de weg gericht. 'Ik meende het toen ik zei dat dit de mooiste dag van mijn leven was.'

En misschien moest het mooiste nog wel komen.

Maar die slechte gedachte hield ze voor zich. Wanneer ze naar hem keek, kreeg ze het helemaal warm vanbinnen, want zijn vreugde werkte aanstekelijk. Zijn hele houding was veranderd, hij zat er ontspannen bij en had continu een glimlach om zijn mond.

O, die mond, die mooie mond. Als hij eens wist hoe graag ze die mond wilde kussen en...

'Wat kijk je?' vroeg hij.

'Ik ben gewoon zo blij voor je.'

'Ik merk nu pas hoe zwaar het voor me is geweest. Ik was gewoon vergeten dat ik me zo kon voelen als nu.'

'Je ziet er ook anders uit,' zei ze.

'En allemaal dankzij jou. Als jij niet zo had aangedrongen om bij haar langs te gaan, had ik nog niks geweten.'

'Uiteindelijk had ze je het wel verteld. Als het jaar om was.'

'Maar het is nog fijner om het nu te weten.' Hij kneep even in haar arm. 'Dank je.'

'Graag gedaan.' Bij zijn aanraking ging er een schok door haar heen, en het kostte haar grote moeite om hem niets te laten merken.

'Ik ben blij dat je erbij was.'

Met droge mond zei ze: 'Ik ook.'

Echt heel blij, dacht ze.

'Maar aan de andere kant, als we gewoon door hadden gereden, waren we nu al thuis geweest,' zei hij droog. 'En nu hebben we nog vijf uur voor de boeg.'

'Dat geeft niet.'

'Zou je vanavond niet naar Paul gaan? Ik wil je anders wel bij hem afzetten, hoor.'

'Dat hoeft niet.'

'Hij heeft je vandaag nog helemaal niet gebeld.'

Oké, tijd voor een bekentenis. 'Dat komt omdat het uit is.'

'Echt?' Hij klonk boos. 'Alleen maar omdat je met mij mee was? Heeft hij het daarom uitgemaakt?'

Nou ja, zeg.

'Je hebt wel een hoge dunk van jezelf, hè?' Ze schudde haar hoofd. 'Als je niet zou rijden, zou ik je de auto uit duwen. Maar nee, ik ben degene die het heeft uitgemaakt.'

Stilte.

Toen vroeg hij: 'Omdat hij het niet leuk vond dat je met mij mee was?'

'Dat is één reden. Maar niet de enige.' Essie wist dat ze het voorzichtig moest aanpakken. 'Het zou toch niks zijn geworden. In de afgelopen paar maanden heb ik een paar dingen ontdekt... We hadden het eigenlijk helemaal niet opnieuw moeten proberen.'

'Dus je bent niet verdrietig?'

'Helemaal niet.'

'Nou, dat is fijn.'

Ze knikte. 'Ja.'

'Zeker weten?'

'Helemaal zeker. Ik ben opgelucht.' Terwijl ze het zei, herinnerde ze zich dat hij hetzelfde over Giselle had gezegd. Ze wierp een zijdelingse blik op hem, zich afvragend of het hem ook was opgevallen. Precies op dat moment keek hij ook naar haar, en hun ogen vonden elkaar. Het was alsof de sterren op elkaar botsten.

De stilte die viel, stond bol van de spanning, en bij het zien van de onuitgesproken boodschap in zijn blik trok de adrenaline door haar lijf.

Als hij eens wist wat zij dacht.

Als zij eens wist wat hij dacht.

O god, wat intens.

Toen weer die glimlach, die onweerstaanbare, betoverende glimlach, en hij zei: 'Ik denk dat we rond middernacht wel thuis zijn.'

44

Dit was echt de druppel.

Conor haalde zijn weekendtas ondersteboven, maar hij kon zijn telefoonoplader nergens vinden, niet in het zijvak waar hij hem in had gestopt en ook nergens anders.

'Niet te geloven,' zei hij met een geïrriteerd gebaar. 'Ik heb nog zo tegen haar gezegd dat ze hem weer terug moest stoppen als ze klaar was, maar zelfs dat was blijkbaar te veel moeite.'

'Wie?' vroeg Belinda. 'Evie?'

'Nee, Caz!' Wie anders? 'Ze wilde gistermiddag mijn oplader lenen, omdat die van haar kapot was, en toen heb ik haar op het hart gedrukt om hem weer in de tas te stoppen, omdat ik hem mee wilde nemen. Ze zei dat ik me niet zo druk moest maken, en dat ze hem natuurlijk terug zou stoppen. Niet dus. Ik wist het!'

'Als je het zo goed wist, had je het moeten controleren voordat we weggingen,' zei Belinda.

'Dat had ik ook moeten doen, maar dat ben ik vergeten.'

'En Caz is het ook vergeten. Dat kan toch?' protesteerde Belinda. 'Ze heeft het heus niet expres gedaan, hoor.'

Hij zuchtte, want zodra hij iets negatiefs over Caz zei, kreeg hij de volle laag. Maar in dit geval was het toch logisch dat hij boos was? Zijn toestel was leeg, en nu kon hij het niet opladen. God, en dan te bedenken dat hij helemaal geen zin had gehad om naar Winchester te gaan, maar Belinda had erop gestaan.

'We zouden zes weken geleden al gaan,' had ze een beetje afkeurend gezegd. 'Ze beginnen je al de onzichtbare man te noemen. Bovendien vieren ze hun huwelijksdag... We moeten er echt heen!'

Hij had toegegeven. Gisterochtend waren ze hiernaartoe gereden, en Annette en Bill waren, zoals Belinda al had gezegd, aardige mensen. Al vond hij hun enthousiasme over zijn relatie met Belinda ietwat overdreven.

Als je ze hoorde praten, zou je bijna denken dat de trouwkaarten de deur al uit waren.

'Niet zo narrig,' zei Belinda. In de logeerkamer op zolder pakte ze zijn telefoon uit zijn hand. 'We hebben het toch leuk? En we gaan zo meteen uit eten, dus dan heb je je telefoon toch niet nodig. Het is wel eens goed je telefoon een avondje thuis te laten.'

Hm.

Bijna thuis, bijna thuis.

Toen ze de laatste heuvel over reden, zagen ze de lichtjes van Bath als sterren beneden hen glinsteren. Bij de gedachte dat enkele van die lichtjes van Percival Square waren, werd Essie lichtelijk opgewonden, want over een paar minuten zouden ze weer thuis zijn.

En wat dan?

'We zijn er bijna,' zei Lucas.

'Ja, bijna.' Bah, ze leek wel een papegaai, maar ze kon er niets aan doen. Haar hart ging als een gek tekeer. Als ze werden aangehouden door de politie, zouden die dan kunnen zien hoe ze zich voelde? Zouden ze onmiddellijk vaststellen dat er een meisje in de auto zat met op hol geslagen hormonen?

'Ben je moe?'

'Nee. Hoezo?' Haar nekhaartjes gingen overeind staan; slaap was wel het laatste waar ze op dit moment aan dacht.

'Ik ook niet.' Hij wierp haar een blik toe. 'Ik bedacht net dat ik wel een drankje zou kunnen gebruiken zo meteen. Dus als je ook zin hebt...'

Als ik ook zin heb...

Het was vijf over twaalf, en de Red House was al gesloten. Ze zouden het rijk alleen hebben. Tijdens de terugreis had de seksuele spanning zich tussen hen opgehoopt, vooral omdat ze onuitgesproken bleef. Ze hadden het onderweg over van alles en nog wat gehad, behalve over hun gevoelens.

Het werd Essie bijna te veel. 'Ja, ik vind dat we wel een drankje hebben verdiend. Na deze dag.'

Hoewel Lucas niets zei, leek de blik in zijn donkere ogen haar te zeggen dat het wel eens een heel bijzondere avond kon worden.

Toen ze Percival Square op reden en bijna bij Zillahs huis waren, zei Essie: 'Stop hier even.'

Fronsend deed hij wat ze vroeg.

'Ik wil me wat opfrissen en wat anders aantrekken. Ik ben over tien minuten bij je.'

'O, oké.' Hij keek zichtbaar opgelucht. 'Goed idee, ik denk dat ik dat ook maar ga doen.' Hij glimlachte, en even dacht ze dat hij haar zou kussen. Maar ze hadden al zo lang gewacht, die tien minuten konden er ook nog wel bij.

Terwijl ze het portier opendeed, zei ze: 'En niet in slaap vallen voordat ik er ben, hè?'

Zijn onweerstaanbare lach werd nog breder. 'Tot over tien minuten,' zei hij, waarna hij wegreed.

Bij Zillah brandde geen licht meer. Waarschijnlijk sliep ze al of was ze weg. Essie rende de trap op naar haar eigen appartement. Ze had gezegd dat ze zich wat wilde opfrissen, maar het kwam er eigenlijk op neer dat ze een snelle douche wilde nemen, schone kleren aantrekken en een geurtje opdoen.

Toen ze onder de warme waterstraal stapte, meende ze iets te horen. Een kreetje. Ze stak haar hoofd uit de douchecabine en luisterde. Niets. Misschien een krolse kat buiten, op zoek naar een mannetje.

Ha, ik weet hoe dat voelt.

Zeven minuten later, gekleed in een blauw-wit gestippelde jurk en blauwe flatjes, pakte ze haar tas en rende de trap weer af. Goed, haar haren waren nog nat, maar dat maakte niet uit. Als Lucas ook snel een douche had genomen, was zijn haar ook nat.

In de hal bleef ze ineens staan, opgeschrikt uit haar mooie fantasieën. Ze zag nu pas wat haar bij binnenkomst niet was opgevallen: een stuk of vijf enveloppen op de deurmat. Die moesten er al meer dan twaalf uur hebben gelegen. Wat betekende dat Conor en Zillah allebei niet thuis waren.

Zillah had echter niets gezegd over een weekendje weg.

Essie keek naar de post op de mat en toen naar Zillahs deur. Als Zillah lag te slapen, zou ze het niet op prijs stellen om wakker te worden gemaakt. Maar als ze thuis was, waarom had ze de post dan niet opgeraapt?

Essie had een reservesleutel van Zillah aan haar sleutelbos. Ze maakte de deur zachtjes open.

De woonkamer was in duisternis gehuld, en er was niemand.

De keuken idem dito.

De deur naar de slaapkamer stond halfopen. Met een bonkend hart keek Essie naar binnen. Ze zag het lege bed, de omgevallen stoel, de oude zwart-witfoto's op de vloer.

O god, wat was er gebeurd? Waar was ze?

'Zillah?' En toen nog een keer, harder: 'Zillah!'

Meteen hoorde ze dat geheimzinnige kreetje weer, maar nu dichterbij. Toen ze besefte dat het uit de badkamer kwam, draaide ze zich om en de schrik sloeg haar om het hart.

Zillah lag op haar zij op de zwart-witte tegelvloer, geheel gekleed en half onder een badhanddoek. Haar gezicht was krijtwit, op haar slaap zat wat gestold bloed, en ze had haar ogen dicht. Ze ademde licht en onregelmatig, en toen Essie naast haar neerknielde, kreunde ze van de pijn.

'Zillah, kun je me horen?'

Geen reactie.

Met trillende handen belde Essie het alarmnummer.

45

Het getik van de klok aan de lichtgrijze muur was het enige geluid in de wachtkamer van het ziekenhuis, tot de deur
openging en er een arts binnenkwam.

Het was de neurochirurg die in de kleine uurtjes met
spoed bij Zillah een hersenoperatie had uitgevoerd.

Een hersenoperatie!

'Zo, we hebben haar geopereerd,' vertelde hij, terwijl
Lucas Essies hand beetpakte. 'En nu is het afwachten.'

'Maar is de operatie geslaagd?' vroeg Lucas. 'Voor zover
u dat kunt zeggen?'

'Het was een standaardprocedure, meer kan ik er nu
niet van zeggen. Pas als ze bijkomt, kunnen we beoorde-
len of er blijvende schade is. Maar dat duurt nog wel
even.'

Essie knikte hulpeloos. Ze hadden hun van tevoren verteld wat de operatie inhield. Het kwam erop neer dat het
gestolde bloed op Zillahs slaap nog wel het minste probleem was. Door de val was er een zogenaamde subdurale
bloeding opgetreden, een interne bloeding, waarbij het
bloed zich tussen de twee buitenste hersenvliezen had verzameld.

Bij zo'n bloeding nam de druk op de hersens toe, met als
gevolg zware hoofdpijn, slaperigheid en toenemende ver-

warring, wat blijkbaar verklaarde waarom Zillah zelf niet om hulp had gebeld.

'U kunt nu het best naar huis gaan en wat slapen,' zei de chirurg.

Voor de duizendste keer vroeg Essie zich af hoelang Zillah daar hulpeloos op de grond had gelegen. Ze schudde haar hoofd. 'Nee, ik blijf hier. Ik kan toch niet slapen.'

Honderdvijftig kilometer verderop, in Winchester, stond Conor vroeg op en reed naar het centrum naar de stad. Nadat hij een nieuwe oplader had gekocht, ging hij terug naar het huis van Annette en Bill.

'Het is gewoon een obsessie.' Belinda rolde met haar ogen toen hij de stekker in het stopcontact stopte. 'We zijn vanavond weer thuis. Zolang kun je toch nog wel wachten?'

'Ik heb een zaak. Het is niet erg professioneel om niet op berichten te reageren.'

'Je bedoelt noodgevallen in de tuin? Help help!' Belinda maakte paniekerige gebaren. 'Mijn dahlia's laten hun kopjes hangen, en ik weet niet wat ik moet doen! Snik snik.'

Conor reageerde niet op haar spottende woorden. En hij wees haar er ook niet op dat ze zelf net nog twintig minuten aan de telefoon had gezeten met Caz en Evie.

Tien minuten later zag hij het ene bericht na het andere binnenkomen.

'Hoezo, we moeten gaan? We gaan gewoon vanavond naar huis,' protesteerde Belinda. 'Het is zulk mooi weer. We zouden de Winchester Cathedral gaan bekijken!'

Ongelooflijk.

Hij zei: 'Als Evie in het ziekenhuis lag, zou je toch ook meteen naar huis willen?'

'Ja, natuurlijk. Maar Evie is pas zestien, en ik ben haar voogd!'

'Zillah ligt op de afdeling neurochirurgie van het South-mead Hospital. Ze heeft een spoedoperatie gehad,' zei hij voor de zoveelste keer.

'Dat weet ik, en ik snap dat je haar aardig vindt, maar wat is ze nu helemaal van je?' Belinda spreidde ongelovig haar armen. 'Ik bedoel, je bent gewoon een huurder van haar, en zij is je huisbaas.'

Hij keek haar aan. Tijdens het etentje van gisteren had Belinda het terloops over kerst dit jaar gehad, zich hardop afvragend of het niet leuk zou zijn om dan naar Tenerife te gaan. Hij had zich toen in stilte verbaasd over haar zeker-heid dat ze dan nog bij elkaar zouden zijn.

En nu wist hij dat dat niet zo zou zijn.

'Oké. Ik weet dat je je op dat bezoek aan de kathedraal hebt verheugd,' zei hij langzaam.

'Ja!' Ze knikte, zichtbaar blij dat hij tot inkeer was ge-komen.

'Dan lijkt het me het beste dat jij hier blijft. Maar ik ga naar huis.'

Met grote ogen keek ze hem aan. 'Dat meen je niet! Hoe moet ik dan thuiskomen?'

Luid en duidelijk hoorde Conor Scarletts stem in zijn hoofd zeggen: 'Op je heksenbezem misschien?'

Maar het zou niet erg aardig zijn om dat te herhalen. Belinda was geen heks, ze was best aardig en attent. Meest-al.

Hardop zei hij: 'Ik betaal je treinkaartje wel.'

'Ze had wel dood kunnen zijn!' zei Essie voor de zoveelste keer tegen Conor. Het was twee dagen later, en hij had er ongetwijfeld schoon genoeg van om die woorden steeds te horen, maar ze kon er niets aan doen. Steeds als ze het zei, of zelfs maar dacht, voelde ze zich opnieuw schuldig. 'En dat zou allemaal mijn schuld zijn geweest. Ik had thuis moeten zijn.'

Ze had hem niet verteld dat ze Zillah bijna niet had gevonden, omdat ze allerlei aanwijzingen over het hoofd had gezien in haar haast om naar Lucas te gaan. En stel je voor dat dat was gebeurd... Dan zou ze pas de volgende ochtend weer naar huis zijn gegaan, en dan had Zillah daar al die tijd in de badkamer gelegen...

Dat zou ze beslist niet hebben overleefd. Die verschrikkelijke gedachte bleef maar door haar hoofd spoken.

'Maar ze is niet doodgegaan,' zei Conor. 'En bovendien kon jij er niks aan doen. Hou eens op met jezelf steeds de schuld te geven.'

Logisch dat hij dat zei. Want hij wist het niet. Hij had geen flauw idee.

'Ik voel me zo verantwoordelijk. Toen ze niet op mijn berichtjes reageerde, dacht ik dat ze haar telefoon in haar tas had laten liggen of dat hij uitstond, want dat is vaak het geval. Maar ze is drieëntachtig,' jammerde ze. 'Ik had er niet zomaar van uit moeten gaan dat dat de reden was. Ik had iemand langs moeten sturen om te kijken of alles goed was.'

'Hé, we hebben het hier wel over Zillah, hè? Van dat soort bemoeienissen moet ze niets hebben.'

'Nou, vanaf nu zal ze wel moeten,' zei Essie bars.

'En iemand moet haar ook vertellen dat ze niet meer op stoelen mag klimmen. Die tijd ligt achter haar.'

Ja, hij kon er fijn grapjes over maken; hij hoefde zich niet schuldig te voelen. Essie zei: 'Naar ons luistert ze toch niet. We moeten een soort bullebak inschakelen om haar dat te zeggen.'

'Ik weet wel iemand: Caz.'

De neurochirurg, met een paisley-strikje om, kwam de zaal uit. Toen hij hen op de gang zag staan wachten, zei hij: 'Jullie kunnen wel naar haar toe. Ik ben klaar met mijn onderzoek.'

'Hoe gaat het met haar?' vroeg Essie met ingehouden adem.

'Verbazingwekkend goed, haar leeftijd in aanmerking genomen.' Met een droog lachje voegde hij eraan toe: 'En als ze wist dat ik dat had gezegd, zou ze me alle hoeken van de zaal laten zien. Maar nee, ze herstelt bijzonder snel. Daar zijn we erg tevreden over. Ik denk dat ze over een dag of twee, drie wel naar huis mag.'

'We noemen haar Superwoman,' zei een van de verpleegsters die net langsliep.

'Zie je nou wel?' Conor gaf Essie een opbeurend duwtje. 'Je hoeft je echt niet zo rot te voelen.'

Essie kon daar echter niets aan veranderen.

Zillah was uit bed; ze zat in haar rode zijden kamerjas op de stoel ernaast, als een koningin. Haar glanzende bruine haar was netjes over het gaatje gekamd dat ze in haar schedel hadden moeten boren om het bloed te kunnen verwijderen. Ze had zwarte lijntjes om haar ogen, die net zo helder keken als anders, haar huid was fluweelachtig zacht, en ze had haar lippen zoals altijd glanzend rood gestift.

'En je vroeg of ik je make-up voor je mee wilde nemen!' Essie hield de tas op waar ze alles in had verzameld wat ze op Zillahs kaptafel had kunnen vinden. Verontwaardigd wees ze naar de dure cosmetica die op het nachtkastje stond. 'Hoe kom je daaraan?'

'Och, ik kon gewoon niet wachten.' Zillah gaf haar een kus toen Essie zich naar haar toe boog. 'Via internet: vandaag besteld, vandaag in huis. Heerlijk hè, die moderne technologie?'

'Je ziet er fantastisch uit,' zei Conor. 'En je klinkt ook stukken beter. Je praat bijna weer normaal.'

'Gelukkig wel! Ik praatte als een dronkenman. Vreselijk. Wel de bijwerkingen, maar niet de geneugten van een paar lekkere cocktails.'

Met glanzende ogen zei Conor: 'De chirurg zei dat je over een paar dagen al naar huis mag. Maar je moet het nog wel een tijdje rustig aan doen, lijkt me. Weer op krachten komen.'

'Rustig aan doen is saai. Maar genoeg over mij. Hoe gaat het met jullie?' Ze nam hen nieuwsgierig op. Nadat ze had gehoord dat Conor het met Belinda en Essie het met Paul had uitgemaakt, had bij haar opnieuw het idee postgevat dat Conor en Essie iets met elkaar moesten beginnen.

'Ess en ik? We gaan trouwen,' zei Conor.

'Echt?'

'Nee,' zei Essie meteen.

'Flauw, hoor,' zei Zillah tegen Conor. 'Kreeg ik toch even hoop. Maar ik wil het liefdesleven van twee eenzame zielen gewoon een beetje op weg helpen. Jullie kunnen er toch op zijn minst over nadenken?'

Essie rolde geamuseerd met haar ogen, want Zillah nam nog steeds geen blad voor haar mond. 'Sorry, maar dat gaat echt niet gebeuren.'

Wat later, toen Conor naar beneden was gegaan om koffie voor hen te halen, zei Zillah: 'Is er iets, lieverd? Je bent jezelf niet. Ben je nog van streek om Paul?'

Hoe merkte Zillah dat soort dingen toch? Had ze daar een of andere radar voor? Essie had durven zweren dat ze niets van haar gevoelens had laten merken.

Schouderophalend antwoordde ze: 'Nee hoor, echt niet. En ik weet dat jij hem niet zo mocht, dus hoef je niet beleefd te doen.'

'Och schat, het gaat er niet om of ik hem mocht of niet. Hij is vast erg aardig. Maar ik vond hem gewoon niet bij je passen.'

'Nou ja, het is uit. Hoe dan ook,' veranderde Essie van onderwerp, terwijl ze een envelop uit haar tas opdiepte, 'nu Conor even weg is, wilde ik je hier iets over vragen.'

'Wat zijn dat?' Zillah boog zich naar Essie toe, die een paar kleine velletjes papier uit de envelop haalde.

'Ik heb je slaapkamer opgeruimd en alle foto's weer in de doos gestopt. Maar op je bed lagen deze blaadjes, uit een notitieboekje gescheurd. Je hebt geprobeerd een brief te schrijven. Herinner je je daar iets van?'

'Ik weet het niet zeker.' Zillah fronste. 'Het is allemaal een beetje wazig. Ik begreep niet precies wat een droom was en wat niet.'

'Ik wilde niet nieuwsgierig zijn, maar ik las de naam. Die brief was voor Alice bedoeld.'

'O...' Zillah pakte de uitgescheurde blaadjes en knikte langzaam. 'Ja, nu weet ik het weer. Alice was bij me. Niet echt natuurlijk, want hoe had ze nu binnen kunnen komen? Ik moet het hebben gedroomd, maar het voelde heel echt aan. En ze was zo... boos op me. En ik kon haar maar niet duidelijk maken dat ik er erge spijt van had... Ze wilde gewoon niet luisteren...'

'Niet huilen,' zei Essie, toen ze zag dat de tranen over Zillahs vlekkeloos gepoederde wangen liepen. Het leek haar niet goed om te huilen als je net een hersenoperatie had ondergaan. Stel dat er een ader sprong! 'Niet huilen! Het was niet echt, het is niet echt gebeurd!'

'Ik wil lezen wat ik geschreven heb.' Zillah droogde haar ogen en pakte haar leesbril.

Essie keek toe terwijl Zillah las. Ze had geprobeerd de bladzijden op volgorde te leggen, maar de zinnen waren vaak afgebroken, weinig meer dan de losse gedachten van een verwarde geest. Wel was haar duidelijk geworden dat Zillah was achtervolgd door haar verleden en overspoeld door wroeging de noodzaak had gevoeld zich te verontschuldigen.

Ik heb mezelf al die jaren gehaat... Jij was zo goed en aardig... en ik was egoïstisch...

O, ik heb zo'n dorst... Alice, schreeuw maar tegen me, ik verdien niet anders. Ik ben een vreselijk mens, ik hoor eerder dood te gaan dan jij... Geen slakken alsjeblieft... En nu denk ik dat ik doodga... mijn hoofd doet zo'n pijn. Maar ik heb een foto gevonden van jou en...

Dat waren de laatste woorden die Zillah had geschreven, en Essies maag draaide zich nog steeds om bij de gedachte dat het wel eens haar allerlaatste woorden hadden kunnen zijn.

'Nu weet ik het weer.' Zillah knikte. 'Ik was op zoek naar de foto van Alice en Matthew toen ik viel. Maar ik heb hem wel gevonden.'

'Het was bijna je dood geworden.'

'Ik dacht echt dat ik doodging.' Zillah friemelde aan het biesje van haar zijden kamerjas. 'Maar ik vond eigenlijk dat ik dat wel verdiend had.'

'Nou, dat is niet zo,' zei Essie nadrukkelijk. 'Gelukkig is dat niet gebeurd. Maar waarom zocht je die foto eigenlijk?'

'Ik had haar gezien,' vertelde Zillah. 'Op maandag. Ze sprak me aan.'

Geschrokken vroeg Essie zich af of Zillah nog steeds een beetje in de war was. Op vriendelijke toon zei ze: 'Nee, dat heb je gedroomd, nadat je op je hoofd was gevallen.'

'Ik weet dat je denkt dat ik ze niet allemaal op een rijtje heb, maar ik heb haar echt gezien op maandagmiddag. Ze was net opgenomen in de hospice.'

Oef.

'Echt?' Essie was tegelijkertijd geschokt en opgelucht. 'O god, wat erg! Schreeuwde ze tegen je? Was het erg gênant?'

'Jij kijkt te vaak naar *Eastenders*.' Zillah pakte een tissue uit de doos naast haar en depte voorzichtig haar ogen. 'Nee, het was nog veel erger. Ze deed aardig tegen me.'

Het was alsof er een zware metalen deur voor zijn gezicht was dichtgeslagen, en Lucas wist ook precies wanneer het was gebeurd. In de wachtkamer in het ziekenhuis, toen Zillah werd geopereerd, had hij gemerkt dat Essie buiten zichzelf was van bezorgdheid en te gespannen om ook maar een woord uit te brengen.

En toen de chirurg hun was komen vertellen dat de operatie erop zat, had Lucas haar hand gepakt, gewoon om haar te steunen.

Ze had haar hand echter losgerukt alsof hij een of andere besmettelijke ziekte had, en sindsdien was er geen lichamelijk contact meer tussen hen geweest. En dat moment was ook het einde van hun emotionele contact ge-

weest; het was alsof Essie plotseling bij zinnen was gekomen en had beseft dat ze op het punt stond om de grootste
fout uit haar leven te begaan.

Het was hem duidelijk geworden dat ze opgelucht was
dat er niets tussen hen was gebeurd. De chemie was weg;
het hele idee van wederzijdse aantrekkingskracht was zo
totaal verdwenen dat hij zich afvroeg of hij zich soms alleen maar had verbeeld dat ze bepaalde gevoelens voor
hem had.

Want zijn gevoelens waren niet veranderd – god, ze waren alleen maar sterker geworden – maar Essie had hem
duidelijk laten merken dat ze geen enkele belangstelling
meer voor hem had.

Lucas zette zich geestelijk schrap, want hij had besloten
het haar op de man af te vragen. Scarlett viel nog steeds in
voor Essie in de Red House, maar omdat ze tussen de middag als stadsgids een rondleiding had gehad en daarna
naar Bristol was gegaan, had Essie vandaag noodgedwon-
gen een middagdienst moeten draaien. Het was net zo geweest als in de eerste weken dat ze hier had gewerkt: ze
had beleefd tegen hem gedaan, maar zijn blik stelselmatig
ontweken.

Haar dienst zat er nu echter op, en ze stond op het punt
om weg te gaan. Met haar gele jack over haar arm liep ze
al naar de deur.

Lucas sneed haar de pas af. 'Kan ik even met je praten?
Boven? We moeten...'

'Ik kan niet.' Nog steeds keek ze hem niet aan. Ze draaide
zich iets van hem weg, alsof alleen zijn aanwezigheid haar
al te veel was. 'Sorry, maar ik moet gaan.'

'Essie, alsjeblieft...'

'Nee, waarover zouden we moeten praten?' Ze schudde

haar hoofd, alsof ze haar weigering kracht bij wilde zetten. 'Ik meen het... Er valt niets te zeggen, en ik moet nu echt gaan.'

Hij stapte opzij, want veel duidelijker kon het niet worden. En hij was niet van plan haar te smeken om te blijven. Hoewel hij nog steeds nauwelijks kon geloven dat hij het bij het verkeerde eind had gehad toen hij dacht dat ze ook wat voor hem voelde... Maar blijkbaar had hij zich vergist. Wat voor hem zo belangrijk en onvermijdelijk had geleken, was voor haar niet meer dan een ogenblik van zwakte geweest, zoiets als bij Giselle op kerstavond, toen ze met haar jeugdliefde naar bed was geweest en zwanger was geworden.

Als dat geen waarschuwing was.

Oké, dat was het dan. Hij had zich vergist. Hij keek Essie na, die zonder nog om te kijken de zaak uit liep. Hij moest die hele niet-relatie achter zich laten. Voorgoed.

Zijn maag kneep samen. Het was moeilijk om iemand te laten gaan die je nooit had gehad.

Maar het moest, dus zou hij het doen.

46

Vijf dagen na de operatie mocht Zillah van haar arts naar huis.

'O, wat fijn om weer thuis te zijn.' Ze slaakte een zucht van verlichting, terwijl Conor haar uit de auto hielp.

Essie, die op de stoep stond te wachten, gaf haar een kus. 'Kom binnen. Iedereen heeft je zo gemist.'

'Het ruikt hier naar een bloemenwinkel,' merkte Zillah verwonderd op.

'Wacht maar tot je de kamer ziet.' Grinnikend deed Essie de deur van Zillahs appartement open.

'O, mijn hemel.' Verbaasd knipperde Zillah met haar ogen, want de kamer stond vol bloemen, mooi verpakte toiletspulletjes en dozen bonbons. Tegen het plafond zweefden ballonnen.

'Er worden de hele dag al cadeaus afgegeven. Iedereen wil je zo graag zien. We zullen een bezoekschema moeten opstellen, anders wordt het veel te vermoeiend voor je.'

'Maar ik vind het leuk om bezoek te krijgen.'

'Dat weten we,' zei Essie. 'Maar je weet wat de dokter heeft gezegd: je moet het rustig aan doen.'

Rustig aan doen was ontzettend saai, en Zillah was ook niet van plan zich eraan te houden. Toch knikte ze en zei: 'Ja, dat zal ik doen. O, kijk eens wat mooi! Waar heb je die vandaan?' Ze wees naar de keuken waar op ooghoogte een slinger van geel lint langs de wanden hing, met daaraan papieren vlaggetjes met kronkelige patroontjes erop. Ze klapte verrukt in haar handen. 'Prachtig, zeg.'

'Loop er eens naartoe,' zei Conor, terwijl hij haar haar leesbril overhandigde. 'Zet eens op.'

Nadat ze haar bril had opgezet, zag ze pas dat de fijne patroontjes niet zomaar wat krabbels waren, maar woorden. En toen ze dichterbij kwam, kon ze de korte tekstjes ook lezen:

Lieve Zillah, we hebben je gemist – zonder jou is het hier niet compleet! Penny, van nummer 38.

Beterschap, lieve dame – dikke kus van Philippa van de bridgeclub.

Mijn beste wensen voor de aardigste vrouw die ik ken. Terence x (postbode).

Voor de oude mefrou met de rode lipstik. Sorry dat je ziek bent. Liefs Ben (6) en Snowy (woef) xxxxx

Voor lieve Zillah, de koningin van ons plein! Word alsjeblieft snel beter – we missen je allemaal vreselijk. Jude en iedereen van de Red House. xxx

Liefs en beterschap voor de vrolijke, stijlvolle dame die toevallig ook onze favoriete klant is. Van iedereen bij Kaye's Cake Shop

Er hingen er nog veel meer, maar Zillah kon ze niet meer lezen; ze had tranen in haar ogen. Met verstikte stem vroeg ze: 'Maar... hoe...'

Essie gaf haar een tissue. 'Toen eenmaal bekend werd dat je in het ziekenhuis lag, verspreidde dat nieuwtje zich als een lopend vuurtje. Overal waar we kwamen, vroegen ze naar je, en iedereen zei dat ze je zo aardig vonden. En toen dacht ik, iedereen houdt van haar, maar volgens mij heeft ze zelf geen idee wat ze voor andere mensen betekent. Dus toen heb ik gevraagd of ze een berichtje voor je wilden schrijven op mijn Facebook- en Twitteraccount... Nou, wat er toen loskwam... Het leek wel een lawine. Dit zijn ze nog niet eens allemaal, hoor.' Ze gebaarde naar de vlaggetjes. 'Als ik ze allemaal had gebruikt, zouden we het hele plein ermee kunnen vol hangen.'

Zillah schudde haar hoofd, niet alleen ontroerd door de berichtjes, maar ook door Essies gebaar. Ze was er zo aan gewend om zich op haar mooist aan de buitenwereld te vertonen dat niemand kon bevroeden dat er een minder aardige vrouw achter dat masker schuilging.

Maar Essie wist het wel, en toch had ze dit voor haar gedaan.

'Dat is van de meisjes van de winkel waar je altijd je lippenstift koopt.' Essie wees naar een vaas vol toepasselijk rode rozen.

'En de fresia's zijn van een van de irritantste mensen die ik ken,' zei Conor. 'Maar toen ik het kaartje las, moest ik bijna huilen.'

'Van wie dan?' Zillah depte haar ogen, en hij gaf haar het kaartje.

Lieve Zillah, ik heb nog steeds die mooie brief die je me schreef na mijn moeders dood en ik zal je mooie woorden nooit vergeten. Ik hoop dat je snel beter bent. Brendan Banks.

Die arme Brendan. Hij was inderdaad ongelooflijk irritant, maar hij deed het niet expres. Zillah moest denken aan die middag in de lente van vorig jaar, toen hij naast haar op een bankje op het plein was komen zitten en haar had gevraagd of ze dacht dat hij ooit een vriendin zou krijgen. Ze had hem gerustgesteld en gezegd dat op ieder potje een deksel paste en dat zijn tijd nog wel zou komen, en daarna had hij het nog even over zijn moeder gehad, die hij nog steeds miste... Tja, ze had haar best gedaan hem op te vrolijken, maar ze waren inmiddels een jaar verder, en de arme man had nog steeds geen vriendin.

'En dat bloemstuk is van iedereen in de hospice,' vervolgde Essie. 'Elspeth kwam het vanochtend brengen. Ze zei dat je de groeten kreeg van iedereen en dat ze hopen dat ze je daar snel weer te zien zullen krijgen.'

Zillah keek weer naar de pastelkleurige vlaggetjes die

zachtjes deinden op de bries die door het open raam naar binnen kwam. Koningin van het plein... God, wat had ze het altijd fijn gevonden wanneer mensen haar plagerig zo noemden. Zoveel berichtjes, zoveel aardige woorden; het was echt heel bijzonder. Als ze nu zou sterven, zou ze gelukkig doodgaan.

Het was alsof haar eigen laatste wens als door een wonder in vervulling was gegaan.

Alleen zou ze niet doodgaan, en dat was nog beter.

Ze kneep zacht in Essies arm. 'O, ik ga er gauw weer naartoe. Ik heb er veel zin in.'

47

Wat was het heerlijk om in je eentje de deur uit te kunnen gaan, dacht Zillah glimlachend. Net alsof je werd vrijgelaten uit de gevangenis.

Omdat ze nog niet mocht rijden, had ze een taxi gebeld om haar naar St Paul's te brengen.

'Maar ik kan je er toch naartoe brengen,' had Essie geprotesteerd. 'Ik zal je daar echt niet voor de voeten lopen. Ik wacht gewoon in de auto, en dan breng ik je na afloop weer terug.'

Zillah, druk in weer om parfum in haar hals en op haar polsen te spuiten, had gezegd: 'Lieverd, je hoeft je echt geen zorgen meer over me te maken. Ik red me wel.'

'Maar wat als je je ineens niet lekker voelt?'

'Je bedoelt als ik in de hospice ben? Nou, dan ben ik daar toch in goede handen?' had ze geamuseerd opgemerkt.

Een uur later, na een enthousiaste begroeting door het personeel en de bewoners die in de huiskamer zaten, ging ze naar Alice. Ze klopte zacht op de deur en zei: 'Hallo, ik ben het. Heb je zin in bezoek?'

'Ja. Kom binnen. Goh, wat zie je er weer prachtig uit. En dat na die val.'

'Dank je, ik heb veel geluk gehad.' Er waren bijna twee weken verstreken sinds ze hier voor het laatst was geweest. Het was nu volop lente, in de tuin barstte het van nieuw leven.

In de kamer was echter ook een verandering zichtbaar, maar dan de andere kant uit. Alice was nog magerder, grauwer en zichtbaar vermoeider. Zillah boog zich over het bed heen om haar een kus op de wang te geven. 'En nog bedankt voor je kaart. Hij was heel mooi.'

'Ik ben blij dat je zo goed bent hersteld.' Om Alice' ogen verschenen lachrimpeltjes. 'Als je eerder was doodgegaan dan ik, zou ik me waarschijnlijk behoorlijk schuldig hebben gevoeld, alsof het op de een of andere manier door mij was gekomen.'

Ze moest eens weten.

Zillah, die haar eerlijkheid ontwapenend vond, zei: 'Het kwam in feite ook door jou. Ik viel van die stoel omdat ik deze foto zocht. Die wilde ik graag aan je geven.' Ze pakte de foto uit haar tas en gaf hem aan Alice.

Verbaasd vroeg Alice: 'Echt waar?'

'Ja. Ik dacht dat je hem misschien wel leuk zou vinden.'

Alice bekeek de foto aandachtig, knikkend bij de herinnering aan die avond. 'Ja, daar ben ik blij mee.' Geamuseerd liet ze erop volgen: 'Maar niet als het je dood zou zijn geworden natuurlijk.'

'Hoewel ik dat waarschijnlijk wel zou hebben verdiend.

Maar het was gewoon een stom ongeluk.' Zillah haalde haar schouders op. 'Actie reactie, dat soort dingen.'

'Nou, ik ben blij dat je nog leeft. Ik zou me behoorlijk beroerd hebben gevoeld als ik jouw dood op mijn geweten had gehad.'

'Kijk, daarom ben je nu een van de aardigste mensen die ik ooit heb gekend.' Zillah pakte een stoel en ging bij het bed zitten. 'Heeft Elspeth je verteld waarom ik hier regelmatig kom?'

'Ja, ze heeft me verteld over de wensen die jij in vervulling laat gaan.' Alice kuchte zwak en liet zich tegen het kussen zakken. 'Ontzettend lief.'

'Ik zou heel graag ook iets voor jou willen doen,' zei Zillah.

'Voor mij? O... dat is heel aardig, maar ik zou niks kunnen bedenken. Nou ja, niet iets wat lichamelijk nog mogelijk is dan,' verbeterde ze zichzelf. 'Ik denk dat het een beetje te laat is om nog te leren skateboarden.'

'Denk eens even rustig na. Wanneer was je het gelukkigst? Wat was je lievelingsplek? Wat deed je het liefst toen je jong was?' Het waren vragen die Zillah altijd stelde, met de bedoeling om herinneringen los te maken. 'Is er iets wat je meteen invalt?'

Alice' gelaatstrekken verzachtten zich, terwijl ze in de verte staarde.

'Zeg eens waar je nu aan denkt,' drong Zillah aan.

'Nee, niets,' zei Alice met een verontschuldigend lachje. 'Nou ja, wel iets, maar dat zou ik toch niet meer kunnen.'

'Zeg het toch maar.' Uit ervaring wist Zillah dat het ophalen van herinneringen ook al vreugde kon scheppen.

'Ballet,' zei Alice. 'Matthew had me voor mijn verjaardag meegenomen naar Covent Garden. Hij had kaartjes gekocht voor *Het Zwanenmeer* in een uitvoering van het Royal Ballet, en het was betoverend mooi...' Haar magere vingers fladderden door de lucht in een poging te laten zien hoe prachtig het was geweest. 'Ik was nog nooit naar een balletvoorstelling geweest, maar die avond werd ik er verliefd op. De muziek, de dansers, het gevoel... O, het was allemaal zo wonderbaarlijk mooi, ik was echt in de zevende hemel.' Ze glimlachte even. 'En dat was het begin van een levenslange passie.'

Zillah trok haar wenkbrauwen op. 'Ben je op ballet gegaan?'

'O god, nee.' Haar glimlach werd breder. 'Maar zodra ik de kans kreeg, ging ik naar voorstellingen. Tegenwoordig kijk ik ernaar op tv.' Ze wees achter Zillah, naar de dvd-speler en de stapels dvd's ernaast. 'Het is natuurlijk niet hetzelfde, maar het is beter dan niets. Ben jij wel eens naar het Royal Opera House geweest?'

Zillah schudde haar hoofd. Ballet had haar nooit erg getrokken. Matthew had haar een keer gevraagd of hij kaartjes zou kopen voor een of andere balletvoorstelling, maar toen had ze nee gezegd. In die tijd was ze veel liever naar jazzclubs in Soho gegaan.

'Matthew hield ook van ballet.' Alice keek liefdevol naar de zwart-witfoto. 'De lieverd. Ik ben blij dat hij toch nog gelukkig is geworden. Weet jij wanneer hij precies is overleden?'

Zillah keek haar met grote ogen aan. 'Maar Matthew leeft nog.'

'Echt?' Alice was zichtbaar verbaasd. 'O, mijn god...'

'Waarom dacht je dat hij dood was?'

'Een paar jaar geleden kreeg ik zo'n kerstmail van Jessica Hurd-Stockton. Herinner je je haar nog? Echt zo'n type

337

dat altijd met iedereen contact hield. In die mail schreef ze dat ze het heel erg vond dat Matthew Carter was gestorven. Ik bedoel, eerlijk gezegd was het een beetje een rare tekst, met veel gepraat over duiven, maar ik had geen reden om haar niet te geloven.' Alice keek nog steeds ongelovig. 'Weet je echt zeker dat hij nog leeft?'

Zillah pakte haar telefoon. 'Nou, het zou raar zijn als hij niet meer leefde, want ik heb gisteren nog een foto van hem gekregen van een prachtig bloemstuk van tropische lelies.'

'O.' Alice legde haar magere vingers op haar borst, een beetje van slag door het nieuws. 'Maar waarom zou Jessica dat dan hebben geschreven?'

Zillah, die Jessica's naam inmiddels had gegoogeld, zei: 'Aha, hier staat dat ze vorig jaar is overleden.' Ze las het overlijdensbericht snel door. 'Ze leed op het laatst aan dementie.'

Alice knikte. 'Ach. Maar dat verklaart die duiven. Goh, ik kan bijna niet geloven dat Matthew nog leeft. Waar woont hij?'

'In Berkshire. Hij is nogal een golffanaat geworden. Volgens mij woont hij zo'n beetje op de golfbaan van de plaatselijke club daar. Maar het houdt hem van de straat, dus waarom niet?' Er vormde zich een idee in haar hoofd. Zo terloops mogelijk zei ze: 'Weet je, ik denk dat hij je heel graag zou willen zien als ik hem vertelde dat je hier was.'

Alice keek haar aan. 'O, vast niet. Dat wil hij echt niet. Ik bedoel, waarom zou hij?'

'Ik zou het niet zeggen als ik het niet meende. Geloof me nou maar, hij zou echt graag komen. Een tijd geleden hadden we het nog over je, we vroegen ons af hoe het je was vergaan. Hij hield van je, Alice. Ik weet dat hij je hart heeft gebroken, maar hij is altijd van je blijven houden. Hij is zo'n aardige man...'

Er viel een korte stilte. Alice friemelde aan de zoom van het laken en dacht even na. Toen zei ze: 'Nou, dat ballet is te veel gevraagd, denk ik, maar ik kan hier nog wel bezoek ontvangen. En als ik dan toch een wens mag doen, dan zou ik heel graag Matthew nog eens zien. Dat zou echt een prachtig geschenk zijn... als je echt denkt dat hij dat ook wil.'

'Hij zal het fantastisch vinden,' stelde Zillah haar gerust. 'Ik denk dat hij nu aan het golfen is, maar ik zal hem vanavond meteen bellen. Laat alles maar aan mij over.'

48

Het was zondagavond. In de Red House was net een man naar Conor toe gekomen om hem te bedanken; zijn leven was er dankzij hem stukken leuker op geworden.

'Echt waar?' vroeg Conor geïntrigeerd. 'Hoe heb ik dat voor elkaar gekregen?'

'Mijn vrouw is een halfjaar geleden bij me weggegaan. Ik was daarna zo depri, ik zag het leven niet meer zitten.' De forse man van in de veertig had een kaalgeschoren hoofd en zat onder de tatoeages. 'En op een avond kwam ik hier en toen zag ik een van je foto's hangen. Daar.' Hij wees naar de muur naast de haard. 'Het was een foto van een kerel in Victoria Park, die met zijn hond door bladeren op het gras rolde, en die kerel en zijn hond leken gewoon zo gelukkig samen... Ik zweer het je, ik kon mijn ogen niet van ze afhouden. Ik denk dat ik er wel een paar uur naar heb zitten kijken.'

'Ik weet welke foto je bedoelt.' Conor knikte. Iedereen had de foto van de man en zijn hond ontroerend gevonden.

'En de volgende dag ben ik naar het asiel gegaan, en daar heb ik Bertie gevonden,' vertelde de man met een blik op het kleine hondje dat aan zijn voeten zat. 'En dat komt allemaal door jou. Hij is het beste wat me had kunnen overkomen. Dankzij hem vind ik het leven weer de moeite waard. Ik zou niet meer zonder hem kunnen... Nou, we zouden niet meer zonder elkaar kunnen... Dus daarom wilden we je even bedanken.'

Conor was ongelooflijk geroerd. 'Wat fijn. Daar ben ik blij om. Dan ga ik nu een paar foto's van jullie samen maken. Wie weet inspireert dat weer iemand anders om ook een hond te nemen.'

De man tilde Bertie op, stralend van liefde en trots, en het hondje likte zijn getatoeëerde oor.

Conor maakte een stuk of tien foto's. Toen hij bijna klaar was, voelde hij zijn nekhaartjes overeind gaan staan. Hij wist gewoon dat er iemand naar hem keek. En hij wist ook wie.

Nadat de man was weggelopen, draaide Conor zich om. Caz leunde tegen de bar, in haar groene leren jack en met nog meer mascara op dan de hele familie Kardashian bij elkaar.

En ze had rode kniehoge laarzen met hoge hakken aan.

O god, wat deed ze hier? Als ze hem op zijn kop wilde geven omdat hij het had uitgemaakt met Belinda, wat moest hij dan zeggen?

Hij zette zich schrap. Dit kon wel eens erg gênant worden. Caz hield wel van een potje ruziemaken in het openbaar.

'Ik wil met je praten,' zei ze kalm. 'Zullen we naar buiten gaan?'

Het leek hem niet verstandig om met haar naar buiten te gaan. 'We kunnen hier toch wel praten?' Hopelijk was hij dan in het voordeel.

Scarlett, die nog steeds inviel voor Essie, zodat Essie bij Zillah kon blijven, keek belangstellend toe.

Terwijl Conor zijn camera op de bar legde, vroeg hij: 'Waarover wil je het hebben?'

Alsof hij dat niet wist.

Caz stak haar kin naar voren. 'Ik wil weten wat er tussen jou en Belinda is gebeurd.'

'Ik geloof niet dat jij daar iets mee te maken hebt.'

Ze stoof op. 'Ik vind van wel. Belinda is mijn vriendin!'

'Dat kan wel zo zijn.' Conor spreidde zijn handen. 'Maar het is privé.'

'O ja?'

O god, dat mens wist van geen ophouden. 'Wat bedoel je daarmee?'

'Ik ben hiernaartoe gekomen om je te vragen waarom je het met haar hebt uitgemaakt,' zei Caz op gespannen toon. 'En je moet het me eerlijk zeggen: kwam het door mij?'

Wat was dit? Conor keek haar ongelovig aan. Dacht ze nou echt dat hij het met Belinda had uitgemaakt omdat hij stiekem op haar viel...

'Zeg het nou maar gewoon.' Caz gaf het niet op. 'Want als dat de reden is, kunnen we dat toch uitpraten?'

Hij snapte er niets meer van. 'Ik begrijp niet wat je bedoelt.'

Scarlett, die nog steeds stond te luisteren, flapte er ineens uit: 'Oké, zal ik je even helpen? Caz denkt echt niet dat je verliefd op haar bent of zo. Ze wil weten of je het met Belinda hebt uitgemaakt omdat je een hekel aan háár hebt.' Ze wierp Caz een verontschuldigende blik toe. 'Sorry, maar we weten allemaal dat dat zo is.'

'Ja, dat weet ik ook wel!' Nu was het Caz' beurt om verbaasd te zijn. Ze prikte Conor met een vinger in zijn borst. 'Je dacht toch niet echt dat ik dacht dat je een oogje op me had? Ha, ben je wel goed bij je hoofd? Dat zou ik nooit denken! Ik weet dat je een pesthekel aan me hebt!'

'Daarom snapte ik het ook niet,' zei Conor gepikeerd.

'Oké, maar nu snappen we elkaar dus.' Caz haalde diep adem. 'En daarom vraag ik het je nog een keer: heb je het met Belinda uitgemaakt vanwege mij? Want als dat zo is, doe ik wel een stapje terug. Dan zal ik niet meer haar beste vriendin zijn en zul je geen last meer van me hebben. Dat meen ik, hoor. Als jij en Belinda het café in komen, en ik ben er ook, dan ga ik gewoon weg, want ik wil alleen maar dat ze gelukkig is en ik wil haar daarbij niet in de weg staan.'

'Ho eens even.' Conor stak zijn hand op. 'Het komt niet door jou.'

'Maar je haat me.'

'Ik haat je niet. Je bent luidruchtig en irritant, en soms lijkt jouw stem op een nagel die over een schoolbord krast, maar ik haat je niet. En geloof me, dat het niks is geworden, komt niet door jou.'

Met samengeknepen ogen keek ze hem aan, nog niet overtuigd. 'Maar jullie waren zo gelukkig samen. Het enige minpuntje was dat jij mij niet mocht.'

Haar woorden ontroerden hem onverwacht. Belinda had altijd al gezegd dat Caz een loyale vriendin was en een goed hart had, dat ze het allemaal goed bedoelde. Misschien was hij haar inderdaad een uitleg verschuldigd.

'In het begin waren we ook gelukkig, maar na een tijdje kreeg ik het gevoel dat iedereen ons verhaal, de manier waarop we elkaar hadden leren kennen, zo mooi vond dat we alleen daarom al bij elkaar moesten blijven. Om hun dat "en ze leefden nog lang en gelukkig-gevoel" te geven.'

'Oké...' Caz knikte. 'Je voelde je onder druk gezet.'

'Ja. En Evie is een hartstikke leuk kind... Ik wilde haar niet teleurstellen en dus voelde dat ook als druk. Maar soms duurt het gewoon even voordat je beseft dat de ander toch niet zo goed bij je past als je had gehoopt. En dat is mij overkomen,' vertelde hij. 'Ik wilde Belinda liever ook geen verdriet doen, maar dat is geen reden om bij iemand te blijven. Dat zou niet eerlijk zijn.'

Caz keek hem aan. 'Nee.'

'Dank je. Eindelijk zijn we het ergens over eens.'

'En het kwam echt absoluut niet door mij?'

'Echt absoluut niet,' zei hij, opgelucht dat het niet op ruzie was uitgelopen. 'En om dat te bewijzen krijg je van mij iets te drinken.'

Caz vrolijkte meteen op. 'Lekker. Doe mij maar een wodkaatje-tonic! Een dubbele!'

Ze moest eens weten dat hij alleen al van hoe ze het woord wodkaatje-tonic uitsprak de kriebels kreeg.

Daarna sloeg iemand hem op de rug, en een stem brulde: 'O, gaan we een rondje geven? Dan ben ik net op tijd! Ha ha!'

O fijn, daar had je Brendan, die zich als een bloedzuiger vastzoog aan mensen die hem liever kwijt dan rijk waren. Net toen Conor wilde zeggen dat het een privégesprek was, had Brendan al een bewonderend oog op Caz laten vallen.

'Zo, jij mag er wezen! Ben jij Conors nieuwe vriendin? Hallo, ik ben Brendan. Aangenaam.'

'Ben je wel goed bij je hoofd? Conor en ik? Hahahaha!' Caz krijste van het lachen, ze was net een papegaai. 'Hij kan me niet uitstaan!'

'Daar geloof ik niks van,' zei Brendan.

'Het is zo,' zei Conor. 'En het is wederzijds.'

'Doe mij maar een biertje, Scarlett. Maar dat is gewoon idioot.' Brendan wendde zich weer tot Caz. 'Moet je jou nou eens zien... Je bent een godin! Wat bezielt die man?'

Conor knipperde met zijn ogen; Brendan leek het nog te menen ook.

'Weet je wat het is, hij kan me niet aan,' zei Caz gniffelend, terwijl ze Brendan belangstellend opnam. 'Ik val op grotere mannen, iemand die weet hoe je voor een vrouw moet zorgen, als je snapt wat ik bedoel.'

Jakkes, nu gaf ze hem ook nog een knipoog met die spinachtige wimpers van haar en dat wellustige lachje. Conor, die op het punt stond te zeggen dat hij heus wel wist hoe hij voor een vrouw moest zorgen, ving nog net op tijd Scarletts blik en begreep dat dit niet het moment was om zich te verdedigen.

Bovendien had Brendan zijn portefeuille getrokken en zei opgewonden: 'Dit rondje is voor mij! Ik hou wel van een vrouw die weet wat ze wil. Maar ik weet nog niet eens hoe je heet!'

'Caz.' Terwijl ze het zei, duwde ze haar armen tegen haar zij om haar borsten goed uit te laten komen.

'Caz, het is me een genoegen. Het is vast een afkorting van Caroline, hè?'

'Inderdaad.' Ze keek hem aan alsof hij net een wetenschapsquiz had gewonnen.

Brendan barstte meteen in zingen uit: 'Sweet Caroline... Bam, bam, bamm!'

Caz gilde het uit van pret. 'Dat is een van mijn favoriete karaokeliedjes!'

'Van mij ook.' Brendan, met een van vreugde rood en glimmend gezicht, pakte haar hand en drukte hem tegen zijn eigen omvangrijke borst. 'Voel je mijn hart tekeergaan? Dat komt allemaal door jou!'

Met een ordinair kakellachje zei ze: 'En dat is nog maar het begin...'

'Nou nou nou,' zei Conor drie uur later, toen Brendan en Caz gearmd de Red House verlieten. 'De wonderen zijn de wereld nog niet uit.'

De laatste ronde was al geweest. Jude maakte de tafels schoon, en Scarlett stapelde glazen in de vaatwasser achter de bar. Ze keek hem aan. 'Op ieder potje past een deksel, zoals mijn oma altijd zei.'

'Mijn opa zei dat er om iedere voet een schoen paste.' Hij zweeg verbaasd even. 'Denk je dat wij ook met dat soort dooddoeners komen aanzetten als we oud zijn?'

Scarlett veegde met haar onderarm haar haar uit haar ogen. 'Eerlijk gezegd ben je al behoorlijk oud.'

Hij schudde bedroefd zijn hoofd. 'Je bent veranderd. Weet je nog dat je continu met me flirtte? En tegen iedereen zei dat je op me viel?'

'Ja, viel. Verleden tijd.'

'O?' Half voor de grap vroeg hij: 'Dus het is uit met de liefde. Wat heb ik verkeerd gedaan?'

Terwijl ze een paar dienbladen afdroogde, keek ze hem

aan alsof hij gek was. 'Behalve dat je totaal geen belangstelling voor mij had en iets met Belinda bent begonnen? Ik weet dat ik domme dingen doe, maar ik heb in de loop der jaren wel geleerd om niet over mannen te blijven fantaseren die niet op me vallen. Want dat maakt het er alleen maar erger op. Ik zet mezelf al vaak genoeg voor schut zonder dat dat er ook nog eens bij komt. Is dat glas leeg?'

'Bijna,' zei hij, want ze stak haar hand uit als een lerares die een telefoon wilde confisqueren.

Achter hem ging de deur open. Een man riep: 'Scarlett, duurt het nog lang? Ik sta foutgeparkeerd en er rijdt hier een politieauto rond.'

Conor draaide zich half om. In de deuropening stond een aantrekkelijke man met vochtig blond haar.

'Vijf minuutjes,' riep Scarlett terug.

De man verdween, en Conor vroeg: 'Wie is dat?'

'Danny.'

'Danny, de ex?' Hij trok een wenkbrauw op. 'Die vent die je bedroog en je toen weer het bed in probeerde te praten?'

Energiek wreef ze het koperen blad van de bar schoon. 'Ja, die.'

'En nu staat hij buiten op je te wachten?' Conor kreeg het gevoel alsof er een nest slangen domicilie had gekozen in zijn buik.

'Hoor je dat?' Scarlett wees naar het dichtstbijzijnde raam; het klonk alsof er handenvol grind tegenaan werden gegooid. 'Het is noodweer. Danny bood aan om me thuis te brengen. Wat wil je dat ik zeg: "Nee, dank je, ik loop liever?"'

'Betekent dat dat je weer met hem naar bed gaat?' De woorden waren eruit voordat hij ze kon tegenhouden, wat hem op een scherpe blik van Scarlett kwam te staan.

'En wat gaat jou dat aan?' Ze keek hem met een schuin hoofd aan. 'O, ik weet het al: helemaal niets.'

Aangezien hij niet wist wat hij moest zeggen, dronk hij zijn glas leeg en gaf het haar.

Weg jullie, slangen.

Hardop zei hij: 'Toch zou je dat niet moeten doen.'

49

Ze hadden om twee uur afgesproken bij St Paul's, en toen Zillah iets daarvoor aankwam in de taxi, zag ze Matthew al op het parkeerterrein staan wachten.

Ze glimlachte bij zichzelf; vroeger was ze altijd knettergek geworden van zijn overdreven punctualiteit.

Nou ja. Ze had er vijf dagen over gedaan om alles te regelen, maar nu ging het gebeuren. In elk geval was het prachtig weer. Hopelijk verliep de rest ook volgens plan.

Toen ze de taxi uitstapte, trok er net een briesje door de kersenbloesem, en ze werd bedolven onder de zachtroze blaadjes.

'Zillah.' Matthew begroette haar glimlachend, met een kus op beide wangen, en plukte toen een paar blaadjes uit haar haar. 'Je lijkt wel een bruid zo, als het tenminste niet ongepast is om zoiets tegen je ex-vrouw te zeggen.'

Zijn ex-vrouw. Wat grappig dat hij dat zei.

'Ik ben drieëntachtig.' Ze klopte op zijn arm. 'Die tijd hebben we gehad. Maar fijn dat je dit wilde doen.'

'Graag gedaan.' Hij nam haar aandachtig op. 'Je ziet er goed uit. Hoe gaat het nu met je?'

'Redelijk, gezien de omstandigheden. Ik ben nog steeds snel moe. Maar ik heb geluk gehad.' Ze veranderde van onderwerp. 'Jij ziet er nog zeer gezond uit.'

'Dankzij het golfen. Het is een prachtsport. Je zou echt eens met me mee moeten gaan, gewoon om het te proberen...'

'Van mijn leven niet,' onderbrak ze hem. Laatst aan de telefoon had ze ook al naar zijn uitweidingen over zijn geliefde sport moeten luisteren. 'Geruite broeken staan me niet.'

'Je hoeft niet per se...'

'En de mannen die het gras onderhouden, worden vast heel boos als ik daar op mijn hoge hakken ga staan golfen. Hoe dan ook, dat pak staat je goed.' Ze veegde een stofje van de revers van zijn jasje. 'Alice is in haar kamer. Ze verheugt zich er erg op om je te zien.'

Matthew pakte een mand bloemen uit de kofferbak van zijn extreem schone Peugeot en volgde haar naar binnen. Ze had hem al verteld hoe zwak Alice was, zodat hij niet zou schrikken als hij haar zag.

Bij de kamer aangekomen, klopte ze aan. 'Alice? Ik ben het.'

Er volgde zo'n lange stilte dat ze zich afvroeg of Alice in slaap was gevallen. Of gestorven, iets wat onverdraaglijk zou zijn.

O god...

Toen hoorde ze Alice roepen: 'Kom binnen.'

Gelukkig, niet dood.

Zillah gaf Matthew te kennen dat hij even op de gang moest wachten en deed opgelucht de deur open. Alice zat rechtop in bed, in haar mooiste perzikkleurige zijden bedjasje. Haar dunne witte haar was uit haar smalle gezicht gekamd, en de perkamentachtige bleekheid van haar huid was verdoezeld met wat poeder en blusher. En zo te zien had ze ook wat lippenstift opgedaan.

Ze vroeg: 'Is hij er?'

'O ja.' Zillah knikte. 'Hij verheugt zich er erg op je te zien.'

'Hij schrikt vast als hij me ziet.'

'Onzin. Je ziet er goed uit.'

'Kun je me even iets aangeven? Ik kan er net niet bij.'

'Natuurlijk.' Zillah liep naar het nachtkastje en opende de lade die Alice aanwees. Ze gaf haar het flesje parfum dat naar achteren was gerold, en Alice depte wat achter haar bijna doorzichtige oren.

'Maak je geen zorgen,' zei ze. 'Ik ga hem heus niet verleiden. Ik wil alleen lekker ruiken.'

Toen deed Zillah de deur open om Matthew binnen te laten. Zelf bleef ze bij de deur staan, en ze zag Alice' gezicht oplichten.

Dat effect zou geen enkel filter van een digitale camera ooit kunnen bewerkstelligen.

'O... je bent het echt.' Alice' stem beefde van emotie terwijl ze naar hem keek.

'Ja, ik ben het echt. O Alice, wat fijn om je weer te zien.'

'Heeft Zillah je verteld dat ik dacht dat je dood was?'

'Ja, maar ik ben niet dood. En deze zijn voor jou.' Hij zette de mand bloemen op het nachtkastje en boog zich toen voorover om zijn jeugdliefde te kussen. 'Je hebt het geurtje op dat ik je voor je verjaardag heb gegeven,' zei hij. 'L'Heure Bleue van Guerlain.'

'Het is mijn lievelingsparfum,' zei ze. 'Ik gebruik het al zestig jaar.'

Zillah trok zich stilletjes terug. Ze stelde zich voor hoe

het leven van Matthew en Alice eruit zou hebben gezien als ze wel bij elkaar waren gebleven: een mooi huis buiten, fijne vakanties aan zee, schattige kinderen die zouden zijn uitgegroeid tot liefdevolle, verantwoordelijke volwassenen die zelf ook weer kinderen hadden...

En dat is allemaal niet gebeurd vanwege mij.

Twintig minuten later keek Zillah op haar horloge en zei tegen Essie: 'Oké, laten we ze gaan halen.'

De grote hal, die door Essie en nog wat andere vrijwilligers onder handen was genomen, zat al bijna vol. Buiten scheen nog steeds de zon, maar in de hal waren de donkere fluwelen gordijnen dichtgetrokken. Tegen de achterwand van het verlichte verhoogde podium hingen stroken donkerblauwe tule. Patiënten, familie en personeelsleden hadden plaatsgenomen op de rijen stoelen. Enkele patiënten zaten in rolstoelen. Midden op de eerste rij was ruimte vrijgehouden voor de eregasten.

'Oké,' zei Essie. 'Ik ben zo benieuwd naar haar reactie.'

De deur van Alice' kamer stond nu open. Conor was bezig foto's van Alice en Matthew te nemen, die hun gezichten dicht bij elkaar hielden en glimlachend de camera in keken.

Ze boden een prachtige aanblik, vond Zillah. 'Ben je klaar?' vroeg ze aan Conor.

'O, moet je nu al weg?' Alice keek Matthew aan.

'Nog niet. Eerst dit.' Hij pakte een kleine corsage van roze rozenknopjes uit de mand en speldde die op haar bedjasje.

'Wat mooi!' riep ze verrukt uit, hoewel ze ook verbaasd was. 'Je weet het vast niet meer, maar ik heb al een keer een corsage van je gekregen, die avond dat we naar het Royal Opera House gingen voor...'

'Dat weet ik nog,' onderbrak hij haar. 'En ik wilde dat we er nog een keer samen naar toe konden, maar...'

'Ik weet het.' Alice knikte. 'Maar soms zijn dingen gewoon onmogelijk.'

'Hopelijk ben je hier ook blij mee,' zei Zillah. 'Omdat we jou niet mee konden nemen naar het ballet, hebben we het ballet hierheen gehaald.'

Alice werd in haar rolstoel geholpen, en iedereen juichte toen ze de hal in werd gereden, met Matthew aan haar zijde.

'O, mijn hemel. Dank jullie wel. Ik kan het bijna niet geloven.' Met tranen van vreugde in haar ogen raakte ze Zillahs mouw aan. 'Het is net een droom...'

Conor stond tegen de muur in de hal geleund, klaar om foto's te maken. Het grote licht ging uit, de ijle klanken van *Het Zwanenmeer* van Tsjaikovski vulden de zaal, en een spotlight bescheen het midden van het podium. Terwijl de eerste danseressen vanaf de zijkanten het podium betraden, en de muziek aanzwol, keek hij naar Alice, tussen Matthew en Zillah op de voorste rij, met een gezicht dat een en al verrukking uitstraalde. Hij zag dat Matthew even naar haar glimlachte, haar hand pakte en er zachtjes in kneep.

Nadat Conor een paar foto's van hen had gemaakt, richtte hij zijn aandacht op het podium. Natuurlijk werd niet het hele ballet opgevoerd; dat was praktisch gezien niet uitvoerbaar, en bovendien zou het publiek het niet zo lang hebben kunnen volhouden. Een balletschool voor volwassenen uit Bristol had een zorgvuldig samengestelde compilatie van hoogtepunten gemaakt die veertig minuten zou duren.

Toen Zillah het hem had verteld, had hij zich iets amateuristisch en gênants voorgesteld, maar dit kon je bepaald niet amateuristisch noemen. Zillah had ontdekt dat de school werd bezocht door dansers en danseressen die waren opgeleid aan bekende dansacademies en bij belangrijke gezelschappen hadden gedanst. Hoewel ze nu niet meer professioneel dansten, volgden ze lessen om hun vak bij te houden, en ze gaven voorstellingen om geld op te halen voor goede doelen en om mensen kennis te laten maken met de schoonheid van ballet.

En dat deden ze uitstekend, vond Conor; het was van een veel hoger niveau dan hij had verwacht. De danseressen zagen er prachtig uit in hun tulen witte kostuums en bijpassende hoofdtooi. Hij kende niet de technische termen voor wat ze deden, maar ze deden het ongelooflijk goed; precies in de maat maakten ze sprongetjes en pirouettes op het podium.

Hij hief zijn camera, betoverd door de elegantie van de gecoördineerde armbewegingen en de uniformiteit van hun kostuums. Zelfs hun make-up was identiek; onder de veren hoofdtooien had iedere danseres zwaar opgemaakte...

Wat?

Dat kon niet waar zijn.

Hij bevroor in zijn bewegingen toen hij naar de gestalte keek die nu vlak bij hem links op het podium danste. Het kon natuurlijk niet, maar heel even had de vrouw hem zo sterk aan Scarlett doen denken dat hij even dacht dat zij het was.

Met ingehouden adem keek hij naar haar gezicht, terwijl ze een reeks zwaanachtige bewegingen uitvoerde. Die

ogen... de vorm van haar gezicht... hoe ze haar kin hield...
Het was echt opvallend...

Toen ontmoetten haar ogen de zijne, en met een klap drong tot hem door dat ze het echt was. Het was Scarlett die daar op het podium als een ware professional stond te dansen. Maar hoewel ze hem recht in de ogen had gekeken, had ze geen enkele reactie getoond, ze ging gewoon verder met wat ze aan het doen was, bewegen op de maat van de muziek, gelijktijdig met de andere danseressen.

Conor werd overspoeld door alle ingewikkelde gevoelens voor Scarlett, die hem de afgelopen paar weken al vaker hadden bestormd. Hij voelde zich geïnspireerd, opgewonden. En terwijl de muziek nog verder aanzwol en de hal met haar tijdloze grootsheid vulde, merkte hij dat Essie zich naar hem had omgedraaid en hem met een klein lachje bestudeerde.

Hij had zoveel vragen. Zoveel. En het duurde nog bijna veertig minuten voordat de voorstelling was afgelopen.

Oké, hij kon maar beter doen waarvoor hij was gekomen en wat foto's gaan maken...

50

Er steeg een donderend applaus op toen de voorstelling was afgelopen. Degenen die in staat waren om te juichen, deden dat. De tien danseressen op het podium maakten stralend een buiging en klapten op hun beurt voor het publiek. Op Alice' wangen glinsterden nieuwe tranen, terwijl ze applaudisseerde en verrukt haar hoofd schudde.

Daarna sprongen de danseressen van het podium om haar te begroeten.

Conor maakte nog een paar informele foto's en liep toen naar het groepje toe. Hij hoorde Essie tegen Scarlett zeggen: 'Dat was fantastisch. Iedereen heeft genoten.'

'Mooi.' Nog steeds buiten adem van de inspanning wierp Scarlett een blik op Conor. 'Hoewel er volgens mij een paar mensen waren die het niet echt konden waarderen.'

Dat zei ze om hem op stang te jagen, wist hij. Hij besloot het te negeren en zei: 'Nou, dat was dan dom van ze. Je was echt ontzettend goed.'

Ze haalde haar schouders op en probeerde op adem te komen. 'Dank je.'

'Waarom heeft niemand me verteld dat jij hier zou dansen?'

'Omdat ik dat niet wilde, want jij zou toch meteen denken dat ik het vast niet kon,' zei ze. 'En ik was al nerveus genoeg. Dus ik had geen zin om ook nog eens van jou te moeten horen dat ik het zou verknallen.'

Hij keek haar verbluft aan. 'Waarom zou ik dat zeggen?'

'Nou, je dacht ook dat ik niet kon fotograferen. Je denkt altijd dat ik alles verknal.'

'Maar... ik wist helemaal niet dat je dit kon!' Hij gebaarde naar haar kostuum, naar het podium. 'Ik bedoel, je was echt ongelooflijk goed. En het is duidelijk dat je een dansopleiding hebt gevolgd, maar dat heeft niemand me ooit verteld. Jij ook niet,' zei hij tegen Essie.

'Jawel, hoor, ik heb het je een keertje verteld, maar je was er niet erg van onder de indruk.'

Hij keek haar ongelovig aan. 'Nietes. Ik wist het echt niet.'

'Toch heb ik het je verteld.'

'Wanneer dan?'

'Ergens rond kerst. We zaten bij Zillah in de keuken, en ik vertelde dat Scarlett afgelopen zomer wat straatoptredens had gedaan, en jij vroeg toen met een vies gezicht: "Wat dan, zingen?" En toen zei ik dat ze balletdanseres was. En toen keek je nog viezer, en je begon stom te lachen, dus toen heb ik er maar het zwijgen toe gedaan, want je was duidelijk niet...'

'Echt niet.' Hij schudde verwoed zijn hoofd. 'Ik herinner het me weer. Je zei buikdanseres.'

'Nee, hoor, ik zei ballet. Waarom zou ik buik zeggen? Ze doet helemaal niet aan buikdansen.'

Scarlett zette haar witte hoofdtooi af en haalde haar vingers door haar achterovergekamde paarse haar.

Conor, die begreep dat hij zich had vergist, zei: 'Sorry, ik had het gewoon niet goed verstaan, en toen heb ik er maar buikdansen van gemaakt. Nogmaals sorry. Ik had beter moeten weten. Je hebt zoveel talent.'

'Ik had ooit veel talent.' Scarlett wuifde zijn complimentje weg. 'Ballet was mijn grote liefde. Ik heb ooit een beurs gekregen voor de White Lodge. Dat is de vooropleiding van het Royal Ballet,' legde ze uit. 'En daarna mocht ik auditie doen voor de opleiding in Covent Garden. Ik was zestien, en mijn grote droom leek uit te komen.'

'Wat is er gebeurd?' vroeg Conor, want er was duidelijk iets tussen gekomen.

'Op een ochtend stak ik de weg over en werd geschept door een motor die doorreed. Ik bleef in de goot liggen, met een gebroken enkel, en dat was het dan. Einde droom. Mijn enkel is uiteindelijk wel volledig genezen, maar toen was het al te laat. Bovendien was mijn enkel niet sterk genoeg meer voor de Royal Ballet School. Daarvoor moet je echt honderd procent fit zijn.' Ze haalde haar schouders op. 'En nu dans ik alleen nog maar voor de lol. Ik ga iedere week naar Bristol voor mijn balletlessen, en soms hebben we een optreden. Het is anders gelopen dan ik had gehoopt, maar ja, zo gaat dat. En ik leef nog, terwijl ik voor hetzelfde geld dood had kunnen zijn.'

Haar kalme aanvaarding raakte hem diep. 'Hebben ze die motorrijder nog gepakt?'

'Nee.'

'Je hele leven is daardoor op de kop gezet.'

'Ja, maar zulke dingen gebeuren. Jij hebt toen toch ook ineens ontslag genomen? Als je dat niet had gedaan, zou je leven er ook anders uit hebben gezien. Dan zou je nog steeds advocaat zijn, je zou waarschijnlijk niet op Percival Square wonen, je zou Essie niet hebben leren kennen... en mij ook niet. Ik bedoel, dat zou toch erg zijn geweest...'

Hij wist dat ze een grapje maakte, maar voor hem was het een serieuze zaak. 'Je...'

'En als Ess die kerstmail niet had geschreven, zou ze Zillah nooit hebben ontmoet. We doen iedere dag dingen die alles overhoop kunnen halen, en dat maakt het leven nu net zo opwindend. Toen ik afgelopen zomer in Bath straatoptredens deed, fantaseerde ik dat Steven Spielberg naar Bath kwam en me zag optreden... En hij zou meteen betoverd zijn en me smeken om een rol in zijn volgende film te spelen.'

'En, is dat gebeurd?'

'Nee, maar het had toch gekund. Daar gaat het om. Laatst verkocht ik op de markt een glas-in-loodketting aan een vrouw die als receptioniste in het hotel bleek te hebben gewerkt waar Steve Spielberg logeerde tijdens de opnames van *War Horse* in Castle Combe...' Ze stopte abrupt met praten. 'Wat is er? Waarom kijk je me zo aan?'

Conor had zich ineens iets herinnerd. Langzaam zei hij: 'Afgelopen kerst... op een avond toen het sneeuwde, zag ik een man vioolspelen in Milsom Street, en er kwam een meisje aan dat om hem heen begon te dansen... met van die echte balletpassen...'

'Nou, echt kun je dat niet noemen. Ik had mijn sneakers aan,' zei Scarlett.

Hij spreidde zijn handen. 'Je was het dus wel.'

'Ja.' Ze knikte geamuseerd.

'Niet te geloven. Het was zo mooi.' Hij zou haar nooit kunnen uitleggen wat dat korte optreden met hem had gedaan; hij was destijds volkomen van zijn stuk gebracht, zowel door het betoverende tafereel als door het meisje dat zomaar uit het niets was gaan dansen, puur voor haar plezier. Hij had nog wekenlang aan haar gedacht.

En nu bleek het Scarlett te zijn geweest. Als hij haar die avond had weten in te halen, zou ze dan ook meteen zijn hart hebben gestolen? Zou hij dan hetzelfde voor haar hebben gevoeld als hij nu voelde?

Wie zou het zeggen?

Er zat niets anders op: hij moest het ijzer smeden nu het heet was. 'Kunnen we even naar buiten gaan?'

Ze trok haar wenkbrauwen op. 'Waarom?'

O fijn, nu leek hij nog bijna een hartverzakking te krijgen ook. 'Alsjeblieft. Ik wil met je praten.'

In de tuin vond Conor een rustig plekje waar niemand hen kon horen, hoewel Scarlett nog steeds niet begreep waarom hij zo raar deed.

Voorzichtig de lagen van haar witte tulen rok bij elkaar houdend, ging ze op de houten bank zitten. 'Waar wil je het over hebben dan?'

'Over jou. En mij. Over dat het me spijt.' Hij ging naast haar zitten en friemelde afwezig aan de kraag van zijn overhemd, alsof hij zich moest voorbereiden op een moeilijke bekentenis. 'Eh, ik weet dat het me niks aangaat, maar heb je op het ogenblik een vriend?'

Ze knipperde met haar ogen. 'Danny, bedoel je?'

'Wie dan ook.'

'Nee.' Op dit soort momenten hielp het haar om een koele, beheerste vrouw te spelen. Haar innerlijke Helen Mirren tevoorschijn toverend keek ze hem kalm aan en vroeg: 'Hoezo?'

'Oké, het zit zo.' Hij haalde diep adem. 'Toen ik Belinda leerde kennen, vond ik haar meteen leuk. Maar na een tijdje was de aantrekkingskracht verdwenen. Zo gaat dat meestal bij mij. Maar toen ik jou leerde kennen, vond ik je helemaal niet leuk.'

Heel charmant.

'Dat was te merken.'

'Maar het punt is dat ik... dat ik naarmate de tijd verstreek anders over je begon te denken. Ik vond je niet meer irritant en begon je juist leuk te vinden. Eerst een heel klein beetje, maar toen steeds meer. En nu vind ik je echt heel leuk,' zei hij. 'Ik bedoel, écht leuk.'

Joepie!

'Bedoel je dat het een kwestie van gewenning is geweest? Net als bij medicijnen of drugs?' Ze keek lichtelijk geamuseerd, nog steeds à la Mirren.

'Ja, zoiets.' Hij haalde zijn vingers door zijn al verwarde haren. 'Luister, bij mij is het nog nooit op deze manier gegaan. Maar nu dus wel. En daarom vraag ik me af of het soms zo hoort te gaan.'

'Wat... romantisch.'

Hij grinnikte. 'Sorry, ik probeer alleen maar uit te leggen wat ik voel. Ik had ook niet verwacht dat dit zou gebeuren.'

'Alleen lijk je één ding te zijn vergeten.'

O mijn god, moet je mij horen! Ik ben hier echt goed in! Lang leve Helen Mirren!

'Wat ben ik vergeten?' vroeg hij.

'Ik vond jou meteen erg leuk. Maar toen je me duidelijk maakte dat je geen belangstelling had, ben ik daarmee gestopt.' Ze keek hem met een schuin hoofd aan. 'Dat heb ik je laatst toch verteld?'

Hij schrok een beetje. 'Maar nu heb ik wel belangstelling.'

'Maar het is te laat. Ik heb die knop omgedraaid, die deur dichtgedaan, die app gewist.'

'Serieus?' vroeg hij.

'Serieus.'

'Kun je die knop niet weer terugdraaien?'

Yes!

Ze fronste. 'Zo werkt dat niet bij mij. Weg is weg.'

'O.' Hij keek ontzet.

'Maar we kunnen natuurlijk wel even iets proberen...'

'Wat dan?'

'Kus me.' Opgetogen over de verraste blik in zijn ogen schoof ze over de bank naar hem toe. 'Toe dan, laat me zien hoe goed je kunt kussen. Eens kijken of je mijn verkilde, dode hart weer tot leven kunt brengen.'

Toen hun lippen elkaar raakten, zwaaide ze ten afscheid naar Helen Mirren. Ze had haar werk gedaan, en heel goed ook. Maar nu hoefde ze niet meer de coole dame uit te hangen.

Ze zou het niet eens meer kunnen, merkte ze, want door de kus begon ze over haar hele lichaam te trillen.

Na een tijdje stopten ze om op adem te komen.

Oef.

Conor keek haar glimlachend aan. 'Nou,' vroeg hij. 'Is het gelukt?'

Ze legde haar vingertoppen op het kuiltje in zijn hals; dat was iets wat ze al heel lang wilde doen. Ook glimlachend antwoordde ze: 'Bijna. Ik denk dat we nog iets vaker moeten oefenen.'

'Dan moet ik eerst even mijn agenda raadplegen. Ja, dat kan wel.'

Ze liet haar façade voor wat die was. 'Je bent echt te gek.'

'Dank je. En jij hebt een erg goede smaak.' Hij duwde een lok paars haar achter haar oor. 'Je mag er zelf ook zijn.'

'Ik heb de rest van de middag vrij.' Terwijl ze het zei, keek ze verlangend naar zijn mond.

'Verdomme, ik wilde dat ik ook vrij was.' Hij keek op zijn horloge. 'Maar ik moet om halfvijf terug zijn in Bath. Een klusje van twee uur in Albert Street.'

'Albert Street? Daar woont ook een vriendin van me. Carrie. Op nummer 22.'

'Mijn klant heet Geraldine Marsh, en ze woont op nummer 18.'

De naam kwam haar vaag bekend voor. 'Is dat dat bazige mens dat continu loopt te klagen?'

'Exact.'

'O!' Haar ogen vlogen wijd open. 'Tijdens die storm was ik op Carries feest. En toen was er een enorme boom omgewaaid in Geraldines achtertuin, en iemand is toen de hele avond met een kettingzaag in de weer geweest...'

'Dat was de mooiste avond van mijn leven,' zei hij op een spijtig toontje.

'Ik heb naar je staan kijken! Ik had zo'n medelijden met je. Ik wilde je nog warme chocolademelk brengen om je op te vrolijken!'

'Dat zou heel lekker zijn geweest. Waarom heb je dat niet gedaan?'

'Volgens mij werd toen net mijn lievelingsmuziek opgezet en ben ik naar beneden gegaan om te dansen.'

'Dan vergeef ik het je.' Hij gaf haar nog een kus. 'Je wist niet dat ik het was.'

Bij iedere kus van hem was het alsof er vuurwerk in haar borst werd afgestoken. 'Wat is het telefoonnummer van Geraldine?'

Conor zocht het op, en Scarlett pakte de telefoon uit zijn hand.

'Hallo?' zei ze toen er werd opgenomen. 'Ik bel uit naam van Conor McCauley. Hij kan vanmiddag niet komen. Hij is van een ladder gevallen en zit nu bij de Spoedeisende Hulp van het Royal United... Nee, nee, hij heeft veel rugpijn, maar geen blijvende schade volgens de foto's. Hij zal u bellen zodra hij weer aan het werk kan... Ja, dat zal ik tegen hem zeggen. Dag!'

'Wat moet je tegen me zeggen?' vroeg hij.

'Ze zegt dat het bijzonder slecht uitkomt omdat de tulpenbollen nu echt uit de grond moeten.'

'Daar heeft ze gelijk in.' Na een korte stilte vroeg hij: 'Hoe wist je mijn achternaam?'

'Ik heb aan Essie gevraagd hoe je heette, omdat ik mijn nieuwe naam wilde oefenen voor het geval we ooit zouden trouwen.'

Hij keek haar geamuseerd aan. 'Kijk, dat is echt iets voor jou om te zeggen, en vroeger had ik daar een bloedhekel aan. Maar nu vind ik het alleen maar grappig en eerlijk.

Heb je echt jouw voornaam met mijn achternaam opge-
schreven?'

'Nou, niet op papier. Maar ik heb hem wel uitgeprobeerd
in mijn hoofd. Een paar keer maar,' zei ze grinnikend,
zonder enige gêne. 'Maar hoe dan ook, zo te merken heb
je de rest van de middag vrij.'

'Inderdaad.' Conor schudde zijn hoofd. 'Heb jij een idee
wat we met al die tijd kunnen doen?'

Was het een droom? Nee. Na al die maanden zou het
eindelijk gebeuren. Duizelig van verlangen zei ze: 'Geen
idee, verzin jij maar iets. Maar met die rug van jou kunnen
we beter geen al te wilde dingen gaan doen.'

51

Zillah nam haar kop thee mee naar de huiskamer en zette
de tv aan voor de laatste tien minuten van het journaal van
zes uur.

Wat een dag. Maar wel een mooie. Ze nam een slokje
thee en schatte dat ze nog zo'n twintig minuten had voordat Essie terugkwam. Het was nog een hele opgave geweest om een boodschappenlijstje te verzinnen, gewoon
om even alleen te kunnen zijn en na te denken over wat er
was gebeurd.

Hopelijk had Alice ook genoten. Aan haar gezicht te
zien wel, dacht ze, maar Alice was zo beleefd dat ze nooit
iets anders zou durven zeggen.

Had het ook maar iets goedgemaakt van wat ze Alice en
Matthew had aangedaan? Natuurlijk niet. De arme Alice

was haar grote liefde kwijtgeraakt; zoiets viel niet goed te maken. Zillah zette haar kopje neer en pakte de afstandsbediening. God, wat was het plaatselijke nieuws saai vanavond. Wat ze nodig had, was een goede film om haar af te leiden van haar gedachten over al haar tekortkomingen.

'... En dan nu over naar ons laatste item. De hertogin van Cambridge heeft vanochtend een bezoek gebracht aan de Bristol Zoo voor de officiële opening van het nieuwe stokstaartjesverblijf.' De mannelijke presentator zette zijn vrolijke we-zijn-bij-het-laatste-item-aangekomen-stem op, terwijl er beelden van het bezoek werden getoond. 'De stokstaartjes hebben zich gelukkig keurig gedragen in aanwezigheid van de hertogin, die wat later ook werd voorgesteld aan de medewerkers van de dierentuin.' De camera zoomde in op een rij in groene uniformen gestoken medewerkers die stonden te wachten tot ze de hand van de hertogin mochten schudden. 'Helemaal links staat Harry Critchley, die hier al eenenvijftig jaar werkt, wat een hele prestatie is! En helemaal rechts zien we de nieuwste medewerker, de pas zeventienjarige Ben Gallagher, die vorige week in de dierentuin is begonnen. Maar wat deze twee mannen gemeen hebben, is hun hartstocht voor het welzijn van de dieren en hun betrokkenheid bij de dierentuin... Complimenten allebei, en hopelijk zullen jullie hier allebei nog vele jaren werken!'

Zillah sloeg een hand voor haar mond, want de blik op Bens smalle, blije gezicht toen hij de hertogin een hand gaf, was prachtig om te zien. Het was hem dus gelukt om zijn droom te verwezenlijken, en ze was trots op hem alsof hij haar eigen kleinzoon was.

Terwijl de presentator het item afsloot en op de weersverwachting overging, pakte Zillah een zakdoek. Ze was blij dat ze niet had weggezapt, anders zou ze het helemaal hebben gemist.

Wat fijn om te weten dat ze de juiste beslissing had genomen toen ze Ben had ontmoet.

De volgende ochtend, toen Conor onder de douche stond, bladerde Scarlett gedachteloos door de geprinte foto's op A4-formaat die hij vorige week had genomen. Daarna spreidde ze ze uit op het bureau en bestudeerde ze een voor een, zich afvragend welke hij zou inlijsten voor de Red House.

Ineens viel haar iets op aan twee van de foto's. Ze boog zich eroverheen en keek nog wat beter.

Goh. Dat was nog eens interessant...

Vijf minuten later kwam Conor de badkamer uit, met een donkerblauwe handdoek om zijn heupen geslagen. Hij ging achter haar staan en kuste haar nek. 'Ik wilde dat ik niet hoefde te werken.'

'Ik ook, maar niks aan te doen.' Er trokken scheutjes van genot door haar heen toen zijn warme lippen haar nek raakten; ze draaide zich om en liet haar handen over zijn prachtige brede schouders glijden. 'Ik moet ook werken.'

'Maar ik zie je vanavond?'

'Eigenlijk zou ik nu heel cool moeten doen,' zei ze met een stralende lach, terwijl ze zijn vochtige borstkas streelde. 'Maar dat kan ik toch niet. Dus ja, graag.'

'Wat ben jij aan het doen?' vroeg hij met een blik op de foto's.

'Ik zat ze te bewonderen. Je bent hier echt goed in.'

Hij knipoogde. 'Ik ben in wel meer dingen goed.'

'Ja, dat heb ik inmiddels ontdekt.' Ze grinnikte; hij wist nog niet eens dat ze, dankzij hem, niet was ingegaan op

Danny's voorstel om friends with benefits te worden. Maar dat deed er nu ook helemaal niet meer toe, want de verrukkelijke nacht met Conor had alles veranderd; hij was het wachten waard geweest. Ze wees naar de foto's. 'Maar ik vroeg me af of jou bij een paar ervan ook iets was opgevallen.'

'Welke precies?'

'Nee, dat zeg ik niet. Ik wil jouw opmerkingsgave testen.'

Hij bekeek de foto's aandachtig. 'Ik weet het niet... Deze hier is een beetje onevenwichtig... en daar is het licht niet zo flatteus... en op die lijken de benen van de vrouw heel raar; die moet ik nog wat bijsnijden.'

Hij had het alleen maar over technische dingen en compositie. Hij had niet gezien wat zij had gezien. 'Vind je het goed als ik er twee meeneem?' vroeg ze.

'Waarom?'

Ze schudde haar hoofd. 'Dat kan ik je nog niet vertellen. Ik moet eerst weten of ik gelijk heb.'

'Oké dan. Geen probleem.' Hij pakte een map van het bureau. 'Doe ze hier maar in.' Terwijl hij haar even in haar middel kneep, vervolgde hij: 'Maar ik ben wel heel nieuwsgierig nu.'

O god, wat rook hij toch lekker, naar citroen en limoen en zonneschijn.

'Nog even geduld.' Ze gaf hem nog een kus op de mond. 'Als het klopt wat ik denk, vertel ik het je meteen.'

Twintig minuten later, nadat Conor met frisse tegenzin naar zijn werk was gegaan, liep ze het plein over. De Red House was nog niet open, en toen Lucas de deur voor haar opendeed, keek hij op zijn horloge.

'Het is pas halfelf. Je bent een halfuur te vroeg.'

'Dat weet ik. Ik wil even met je praten.' Ze liep achter hem aan de zaak in. 'Het is privé.'

Met opgetrokken wenkbrauwen vroeg hij: 'Waar gaat het dan over?'

'Dat vertel ik je zo. Hier.' Ze haalde de twee foto's uit de map en legde ze naast elkaar op de bar. 'Kijk eens goed. En vertel me dan wat je ziet.'

De foto's waren op zondagavond in het café genomen. Op de eerste stonden Brendan en Caz. Ze schaterden het allebei uit, omdat Caz net een schunnige opmerking had gemaakt over een courgette. Op de tweede was de man met zijn asielhond te zien; hij hield zijn geliefde hond in zijn armen en de hond likte enthousiast zijn oor.

Het ging Scarlett echter om wat er op de achtergrond gebeurde, en ze zag aan Lucas' blik dat hij het ook had gezien.

Op de eerste foto stond hij achter de bar, terwijl Essie en Zillah ongeveer een meter verderop stonden; ze waren kort binnengewipt, omdat Zillah had gezegd dat ze er even uit moest. Essie had haar blik op Zillah gericht, Lucas keek strak naar Essie, met zo'n intense uitdrukking op zijn gezicht dat het bijna pijnlijk was om te zien.

Op de tweede foto bediende Lucas een van zijn vaste klanten, en Essie, die nu alleen stond, keek bijna met net zo'n soort blik naar hem.

Een blik van verlangen.

En Conor had uitgerekend die twee blikken weten te vangen. Hoe groot was die kans nou helemaal?

Scarlett keek naar Lucas in zijn witte overhemd en zwarte jeans, met het donkere haar dat voor zijn ogen viel. Er bewoog een spiertje in zijn kaak, terwijl hij koppig haar blik ontweek.

Toen slaakte hij een diepe zucht en vroeg: 'Wat heeft ze je verteld?'

Ze kreeg meteen zin om iets te zeggen om hem in de val te lokken, zodat hij alles meteen zou bekennen. Maar hij had niets ontkend, dus moest ze gewoon eerlijk vertellen hoe het zat. 'Ze heeft me helemaal niets verteld. En dat maakt het juist zo interessant, want Essie is mijn beste vriendin, en ze vertelt me altijd alles.'

'Misschien valt er wel niets te vertellen.'

Scarlett keek alleen maar naar de foto's op de bar en toen weer naar hem.

Hij was de eerste die met zijn ogen knipperde.

'Dus ik heb gelijk. Volgens mij kun je me maar beter vertellen wat er aan de hand is. Hadden jullie al wat samen voordat jullie naar Schotland gingen?' vroeg ze, hoewel haar dat erg onwaarschijnlijk leek. 'Of is er toen iets gebeurd? O wauw...'

'Er is niets gebeurd.' Hij schudde zijn hoofd. 'Niet voor en niet na Schotland. En zullen we het nu maar ergens anders over hebben?'

Dat meende hij niet!

'Sorry, maar volgens mij moeten we hier echt over praten. Jij en Giselle besloten er een punt achter te zetten, en daarna maakte Essie het uit met Paul, wat ik trouwens fantastisch vond. Dus ik snap het niet.' Ze fronste. 'Als jullie echt zo gek op elkaar zijn, wat duidelijk zo is... dan is er geen enkele reden waarom jullie niets met... Aha.' Ineens ging haar een licht op. 'Het heeft met Zillah te maken, hè? Daarom voelde Essie zich zo schuldig... Nu snap ik het.'

'Voelde ze zich schuldig?' Lucas keek haar verbaasd aan.

'Hallo! Heb je niet gezien hoe ze zich bij Zillah gedraagt? Nee, vast niet.' Ze keek hem hoofdschuddend aan. 'Nou ja. Ze is een soort kruising tussen een lijfwacht en een babykoala. Ze vindt het verschrikkelijk dat ze niet thuis was toen Zillah van de stoel viel, en hoe vaak we ook zeggen dat ze er niks aan kon doen, ze blijft zich schuldig voelen... en daarom laat ze Zillah nu geen seconde meer met rust,' eindigde Scarlett, terwijl ze triomfantelijk een vinger in de lucht stak. 'Iets wat Zillah trouwens behoorlijk op de zenuwen begint te werken.'

'Oké.' Lucas knikte. Hij zag er behoorlijk verbijsterd uit. 'Wist je dat echt niet?'

'Ik ging ervan uit dat ze zich had bedacht.'

'Maar ze heeft dat nooit echt tegen je gezegd.'

'Nou, nee, maar...'

Mannen!

'Hebben jullie het er überhaupt over gehad?'

'Nee.'

Ze nam hem gefascineerd op. 'En hoe belangrijk is ze voor je?'

'O god.' Hij slaakte weer een diepe zucht. 'Ontzettend belangrijk. En ik kan bijna niet geloven dat ik dat aan jou vertel. Meestal kan ik het zelf wel af.'

Ze glimlachte, want Lucas was zo aantrekkelijk en gewoonlijk ook zo zelfverzekerd dat het nogal een ontdekking was om te merken dat hij ook onzeker kon zijn. Bijna iedere vrouw die hem leerde kennen, raakte betoverd door hem, maar de meesten durfden slechts over hem te fantaseren, omdat hij net zo onbereikbaar leek als Hugh Jackman of Chris Hemsworth.

Instinctief wist ze echter dat hij zijn gelijke had gevonden in Essie.

'Tijd om eens met Essie te gaan praten,' zei ze vriendelijk.

En als het wat werd, kwam haar beslist alle lof toe, vond ze. In alle bescheidenheid.

Hij leek nog steeds een beetje op zijn hoede.

'Geloof me nou maar, het is echt zo. Waarom ben je zo bang?'

Hij haalde zijn vingers door zijn donkere haar en zei simpelweg: 'Omdat het zo belangrijk is.'

52

Het was één ding om Lucas op het werk te zien, want dan kon ze zich geestelijk voorbereiden, maar het was heel iets anders om de voordeur open te doen en hem op de stoep te zien staan.

O god, die ogen van hem... Nee, niet naar die ogen kijken... Met een bonkend hart flapte Essie er uit: 'Ik ben bezig.'

'Geen probleem.' Hij schonk haar een vriendelijk lachje. 'Ik kom Zillah ophalen.'

'O, je bent er. Fantastisch!' Zillah maakte haar opwachting in de hal, met haar blauwe turban op en haar oversized zilveren tas in haar hand. 'Fijn dat je dit even wilt doen, Lucas.'

Essie staarde haar aan. 'Waar ga je naartoe? Wat is er aan de hand? Ik ben net eten aan het koken.'

'O, ik had gewoon zin in wat gezelschap en ik wilde er even uit.' Voor de spiegel in de hal stiftte Zillah snel haar lippen. 'Lucas heeft aangeboden om me naar de Red House te brengen.'

'Ik had ook wel even mee kunnen lopen,' zei Essie.

En hoezo 'er even uit', had Zillah niet genoeg aan haar gezelschap soms?

'Maar jij moet eten koken.' Met glinsterende ogen stak Zillah haar arm door die van Lucas. 'Doe je best, lieverd. Ik zal zorgen dat ik op tijd terug ben.'

Bizar. Maar nu wist ze in elk geval met wie Zillah in de keuken berichtjes had uitgewisseld, terwijl ze naar een opgenomen aflevering van *Pointless* zat te kijken, en Essie de kip in de oven had gestopt en aan de groente was begonnen.

Ze liep terug naar de keuken, enigszins beledigd, omdat ze nu alles zelf moest doen: worteltjes snijden, broodsaus en jus en vulling voor de kip maken. Nou ja, ze kon maar beter snel weer aan de slag gaan.

De avond ervoor had Zillah voorgesteld om naar de Red House te gaan voor een drankje, maar Essie, die wist dat Lucas dienst had, had haar weten over te halen om thuis te blijven, een spelletje Boggle te spelen en naar een film te kijken. Toch was het best irritant om nu overal in haar eentje voor te moeten zorgen, terwijl degene die ze zogenaamd onder haar hoede had, ervandoor ging aan de arm van iemand anders.

Iemand anders die toevallig ook nog eens Lucas was.

Vijf minuten later, terwijl ze appels stond te schillen voor de vulling, werd er weer aangebeld.

Essie liep de hal in en riep: 'Wie is daar?'

Voor het geval dat het deze keer een inbreker was.

Nou ja, dan was het in elk geval een beleefde inbreker.

Toen zei een stem: 'Ik ben het,' en Essie had het gevoel alsof ze schrikdraad had aangeraakt.

Ze hapte naar adem. 'Wat moet je?'

'Kun je even opendoen?' vroeg hij.

'Is Zillah bij je?'

'Nee, ik ben alleen.'

Essies hart sloeg paniekerig op hol. 'Ik snap het niet.'

'Doe nou maar gewoon open,' zei hij.

'En als ik dat niet doe?'

'Nou ja, Zillah heeft me haar sleutel gegeven.'

Oké, rustig blijven. Ze deed de deur open. 'Is ze iets vergeten?'

'Nee.'

'Waar is ze?'

Schouderophalend zei hij: 'Geen flauw idee.'

'Wat?'

'Grapje. Ze houdt audiëntie vanaf de rode fluwelen bank en is omringd door een schare fans.'

'Daar moet je geen grapjes over maken.'

'En jij moet de deur niet opendoen met een mes in je hand. Dat kan gevaarlijk zijn,' zei hij met een klein lachje. 'Maar mag ik even binnenkomen?'

Terwijl Essie het mes op het tafeltje van rozenhout naast de voordeur legde, vroeg ze: 'Waarom?'

'Oké. Twee redenen: ten eerste omdat Zillah helemaal gek van je wordt.'

'Nietes!'

'Welles. Scarlett vertelde me dat al, en nu heb ik het ook van Zillah zelf gehoord. Ze voelt zich een beetje verstikt, ze wil wat lucht.'

'Ik zorg gewoon goed voor haar. Dat is geen verstikken! Ze krijgt genoeg lucht!' Er kwam net een groepje mensen langslopen dat belangstellend naar haar keek. Boos voegde ze er zacht aan toe: 'O god, en nu denken ze ook nog dat ik een moordenaar ben...'

'Sst. Dat denken ze echt niet.' Hij stond al binnen en deed de deur achter zich dicht.

'Echt, ik vind het niet te geloven. Wat heeft Scarlett allemaal over me lopen rondbazuinen?'

'Wind je niet zo op. Wat ruikt het hier trouwens heerlijk. O ja, daar had ik al over gehoord.' Vanuit de deuropening van de keuken bewonderde hij de vlaggetjes die er nog steeds hingen. 'Ziet er leuk uit.'

'Maar ik weet nog steeds niet wat je hier komt doen.' Essie had een droge mond. Ze kon het gewoon niet verwerken allemaal. Lucas had zich zo'n beetje met geweld toegang tot het huis verschaft en nu stond hij haar te vertellen dat alles wat ze deed verkeerd was, en dat ook nog op zijn oude zelfverzekerde, opgewekte toontje van voor Zillahs ongeluk.

'Zo te ruiken ben je kip aan het braden, hè?' Hij deed de ovendeur even open en zei: 'Ja, dat ziet eruit als een kip.'

Essie knipperde met haar ogen. 'Waarom doe je zo?'

'Ik zei dat er twee redenen waren. Je hebt me nog niet gevraagd wat de tweede is.'

Hij speelde gewoon een spelletje met haar, en daar raakte ze behoorlijk van in de war. Alsof het al niet moeilijk genoeg was om haar ware gevoelens voor hem te verbergen. 'Ik wil niet weten wat de tweede reden is,' zei ze.

En nu lachte hij ook nog naar haar met dat verrukkelijke lachje van hem, alsof hij wist dat ze loog. Met opgetrokken wenkbrauwen vroeg hij: 'Echt niet?'

'Kijk niet zo naar me,' bracht ze met een samengeknepen keel uit.

'Ik kan er niks aan doen. Scarlett zegt dat je gek op me bent en dat je dat ontkent omdat je je schuldig voelt over Zillahs ongeluk. En ik vond dat erg fijn om te horen, want de afgelopen weken begon ik al te denken dat ik het me allemaal had verbeeld wat er...'

'Ho! Wat?' flapte ze er een beetje aan de late kant uit. 'Hoe kan Scarlett dat nou tegen je hebben gezegd?'

Hij haalde zijn schouders op. 'Gewoon. Ze wist het.'

'Maar niet van mij.' Essie schudde verbaasd haar hoofd. 'Ik heb haar niks verteld.'

'Scarlett ziet meer dan je denkt.' Zijn donkere ogen keken haar geamuseerd aan. 'Dat verbaasde mij ook. En ze heeft ook gezegd dat ik gek ben op jou.' Na een korte stilte liet hij erop volgen: 'Maar ja, dat wist ik natuurlijk al.'

Essie kreeg bijna geen adem meer. Ze leunde duizelig tegen het aanrecht, terwijl ze werd overspoeld door een tsunami van gevoelens – schrik, angst, blijdschap, schaamte, paniek en ongeloof. Want hij zei precies wat ze wilde horen, maar ze had zichzelf al die tijd voorgehouden dat ze het niet verdiende om die woorden te horen.

Hulpeloos herhaalde ze: 'Ik heb Scarlett niks verteld.'

Hij liep naar haar toe. 'En daarom wist ze het.'

'Maar Zillah was bijna doodgegaan.' Haar stem trilde toen ze eraan terugdacht. Ze kon het niet uit haar hoofd krijgen.

'Maar ze is niet doodgegaan.' Hij keek haar kalm aan. 'Geloof me, ik weet hoe het is om je schuldig te voelen, maar jij kon er niets aan doen dat Zillah van de stoel viel. En je kon er ook niks aan doen dat we pas om twaalf uur 's nachts thuiskwamen.'

'Maar het komt door mij dat we nog bij je moeder langs zijn gegaan.'

'En daar ben ik heel blij om,' zei hij. 'Want dat heeft heel goed uitgepakt.'

Essie haalde beverig adem; ze had haar gevoelens zo

lang opgekropt dat ze vond dat ze nu ook alles moest op-
biechten. 'Maar ik had Zillah die avond bijna niet gevonden. Toen ik binnenkwam, heb ik niet eens gemerkt dat er
post op de mat lag. Ik moet er gewoon overheen zijn gestapt. En later hoorde ik wel een soort kreet, maar toen heb
ik mezelf wijsgemaakt dat het een kat op het plein was. Ik
wilde alleen maar zo snel mogelijk naar de Red House,
naar jou, en als ik daaraan denk, schaam ik me dood.'

'Luister.' Lucas kwam voor haar staan en legde zijn handen op haar schouders; ze kreeg het gevoel alsof haar huid
vlam vatte. 'Je hebt de post uiteindelijk wel zien liggen, je
hebt haar op tijd gevonden, je hebt haar leven gered! En nu
is ze weer beter. Dankzij jou is ze weer helemaal de oude.'
Hij knikte. 'Neem nu vanavond, ze wilde dolgraag naar het
café om...'

'Om even bij mij weg te zijn,' vulde ze met een spijtig
lachje aan.

'Nee, dat niet. Ze wilde naar het café omdat ze het leuk
vindt om mensen te ontmoeten en omdat ze graag onaf-
hankelijk is.' Onder het praten masseerde hij langzaam de
huid boven haar sleutelbeenderen, wat een hemels gevoel
opriep. 'Bovendien heb ik haar gevraagd om naar het café
te gaan, zodat ik hier met jou kon praten.'

'O.' Essie slikte; dat met die sleutelbeenderen was echt
ongelooflijk.

'Je kunt jezelf niet blijven straffen omdat je iemand het
leven hebt gered.' Lucas fluisterde inmiddels, met zijn
mond vlak bij haar oor. 'Dat slaat nergens op.'

'Ik weet het niet...' Essie had zichzelf ingeprent dat haar
gedrag wel degelijk ergens op sloeg.

'Sst. Ik heb gelijk, en jij hebt het mis.' Hij maakte zich
iets van haar los om haar aan te kijken. 'Vertel, als Zillah

niet van de stoel was gevallen, wat zou er volgens jou dan met ons zijn gebeurd die avond?'

O god...

'Ik weet het niet,' fluisterde ze.

'Echt niet? Geen flauw idee? Zeker weten?' Hij keek haar vragend aan. 'Want ik weet wel waar ik op hoopte.'

Hij stond zo dicht bij haar dat hij haar lichaam voelde beven als reactie op zijn woorden. Essie keek uit het raam, naar de met sterren bezaaide hemel, en ze zag een volmaakte maansikkel boven het plein. Zich weer tot Lucas wendend zei ze: 'Dat is niet eerlijk.'

'Ik wil niet eerlijk zijn. Je moest eens weten hoe ik je heb gemist. En je moest eens weten hoe graag ik je al die tijd wilde kussen. Het was een nachtmerrie voor me.' Hij streelde haar wang. 'Eerst denken dat je me echt leuk vond, daarna denken dat je me niet leuk vond... Dit waren echt rotweken. Als je eens wist wat je met me hebt gedaan...'

'Oké, zo kan het wel weer.' Essie, ook maar een mens, sloeg haar armen om zijn nek en kuste hem, en de schok die door hun lichamen trok, verbaasde hun allebei. O god, dit was zalig. Lucas kon echt sensationeel goed kussen; hij woelde met zijn vingers door haar haar... en hun lichamen drukten zich tegen elkaar aan...

'Je bent fantastisch,' fluisterde hij, toen er eindelijk een eind kwam aan hun kus.

Ze haalde diep adem. 'Ik moet je nog iets vertellen.'

'O god. Nou, vooruit dan maar.' Hij zette zich schrap, het ergste vrezend.

Ze keek hem recht aan. 'Ik voel me niet meer schuldig.' Het was waar, de schaamte en het schuldgevoel waren als sneeuw voor de zon weggesmolten.

'Je hebt geen idee hoe blij je me daarmee maakt. Ik heb

dit nog nooit voor iemand gevoeld. Geloof je dat? Waarschijnlijk niet, ik kan het zelf ook nauwelijks geloven. Maar het is zo, ik zweer het je. Die eerste keer dat ik je zag, die ochtend dat je broer die mail had rondgestuurd... Mijn god, wat was jij woest, maar zelfs toen je zo tegen hem tekeerging, vond ik je al prachtig. Ik weet dat het nergens op slaat, maar het is echt zo.'

'Ik vond jou toen niet zo fantastisch,' zei ze.

'Ik had niet anders verwacht.' Geamuseerd kuste hij haar. 'En toen je in de Red House kwam werken...'

'Toen vond ik je nog steeds niet fantastisch.' Ze bestudeerde zijn prachtige gezicht. 'Maar langzaam raakte ik aan je gewend. Nadat ik had ontdekt dat jij die mail niet had doorgestuurd. En toen ik eenmaal besefte dat je veel leuker was dan ik dacht, was ik om.'

'Gelukkig,' zei hij.

'Ja. Gelukkig.' Ze wilde dat hij haar sleutelbeenderen weer masseerde. 'Ik kan haast niet geloven dat dit gebeurt.'

Toen de oventimer bliepte, maakten ze allebei een sprongetje van schrik. Hoewel eten wel het laatste was wat Essie nu interesseerde, deed ze de oven open om de kip te bedruipen en de timer te resetten. Zillah zou vast wel trek hebben als ze thuiskwam.

'Oké, hoelang hebben we?' Lucas sloeg zijn armen om haar middel.

'Veertig minuten.'

Zijn mondhoek vertrok iets. 'Dat moet dan maar. Om te beginnen.'

Toen tot Essie doordrong dat ze hem zo mee naar haar appartementje op de bovenverdieping zou nemen, zei ze: 'Maar wat als Zillah besluit om eerder naar huis te gaan? Jij hebt haar sleutel.'

'Dan belt ze wel aan.' Hij trok een gezicht, want daar zat hij niet op te wachten. En Essie ook niet, vermoedde hij.

Essie pakte haar telefoon en toetste een nummer in. Na vijf keer overgaan werd er opgenomen. 'Zillah! Hoi! Vermaak je je een beetje?'

Boven de achtergrondgeluiden in de Red House uit antwoordde Zillah vrolijk: 'Ik vermaak me prima, lieverd. En jij?'

O, dat komt wel goed.

'Ja, hoor,' zei ze hardop. 'Ik wilde alleen even weten of alles in orde was.'

'Als je je soms afvraagt hoe laat ik thuiskom, nou, dat duurt nog wel even. Iedereen is zo aardig voor me, en Scarlett heeft net een heerlijke cocktail voor me gemaakt. En weet je hoe die heet? Hanky-panky!'

'Klinkt interessant.' Essie ving Lucas' blik en probeerde niet te lachen, want hij trok haar aan haar hand de hal in. 'Nou ja, dat wilde ik dus even weten... of alles in orde was...'

Terwijl op de achtergrond gepraat en gelach opklonken, zei Zillah vrolijk: 'Natuurlijk, lieverd. Ik word hier hartstikke verwend.'

Essie glimlachte toen Lucas haar naar de trap duwde. Tegen Zillah zei ze: 'Dat is omdat je de koningin van het plein bent!'

Jill Mansell, daar word je vrolijk van!

Solo *Solo*
Wanneer Tessa vier boterhammen met banaan achter elkaar opeet, beseft ze dat ze zwanger is.

Open huis *Open House*
Tegenpolen trekken elkaar aan, zeggen ze, maar de verschillen tussen Marcus en Nell zijn wel heel groot.

Tophit *Kiss*
Izzy raakt in één klap alles kwijt, maar ze klimt weer uit het dal, vastbesloten om te scoren.

Kapers op de kust *Sheer Mischief*
Maxine solliciteert bij een beroemde fotograaf, maar ze is niet de enige.

Hals over kop *Head Over Heels*
Als de nieuwe buurman je oude grote liefde is, dan kan het leven heel ingewikkeld worden.

Geknipt voor Miranda *Miranda's Big Mistake*
Een man is net een trein, er komt altijd een volgende!

De boot gemist *Perfect Timing*
Poppy Dunbar ontmoet op een vrijgezellenavond de man van haar dromen.

Millies flirt *Millie's Fling*
Millie vindt het wel best, een manloze zomer. Tot ze Hugh ontmoet.

Niet storen! *Staying at Daisy's*
In het hotel van de spontane Daisy is het nooit saai.

Kiezen of delen *Nadia Knows Best*
Nadia wordt gered door een knappe vreemdeling. Nu moet zij...

Gemengd dubbel *Mixed Doubles*
Drie vriendinnen gaan vol goede voornemens het nieuwe jaar in. Maar het lot heeft andere plannen.

Geluk in het spel *Good at Games*
Suzy valt nota bene voor de agent die haar een boete geeft... maar na hun tweede ontmoeting is hij verdwenen.

De prins op het verkeerde paard *Falling for You*
Voor Maddy en Kerr is het liefde op het eerste gezicht. Tot ze ontdekt wat zijn achtergrond is.

Schot in de roos *The One You Really Want*
Nancy vertrekt naar Londen voor een nieuw leven. Al snel ontmoet ze haar nieuwe, knappe buurman Connor.

En de minnaar is... *Making Your Mind Up*
Lottie is helemaal niet op zoek naar liefde, tot ze haar nieuwe baas Tyler ontmoet.

Ondersteboven *Thinking of You*
Ginny wordt door een lange, knappe man van diefstal beschuldigd en is totaal...

Scherven brengen geluk *An Offer You Can't Refuse*
Lola voelt meteen weer kriebels als ze haar oude liefde Doug terugziet.

Eenmaal andermaal verliefd *Rumour Has It*
Tilly Cole raakt verstrikt in de intriges en rivaliteit rondom de aantrekkelijkste man van de stad.

Versier me dan *Take a Chance on Me*
Cleo wordt versierd door de liefste man van de wereld.

De smaak te pakken *To the Moon and Back*
Vindt Ellie na maanden verdriet weer ruimte voor verliefdheid?

Drie is te veel *Two's Company*
Cass ontdekt dat haar man niet zo perfect is als ze dacht.

Vlinders voor altijd *A Walk in the Park*
Lara komt opeens haar vriendje van vroeger tegen. Voor ze het weet voelt ze weer vlinders.

Huisje boompje feestje *Don't Want to Miss a Thing*
Er is meteen een enorme aantrekkingskracht tussen Molly en haar nieuwe buurman.

Rozengeur en zonneschijn *The Unpredictable Consequences of Love*

Voor Sophie geen relatie meer, echt niet! Maar dan ontmoet ze Josh en wordt ze tot haar afgrijzen toch verliefd.

Je bent geweldig *Three Amazing Things About You*
Hallie heeft een geheim: ze is verliefd op de perfecte man. Maar het zal nooit wat kunnen worden, want Hallie heeft niet lang meer te leven.

Lang leve de liefde *You and Me, Always*
Wanneer Lily op haar verjaardag de allerlaatste brief van haar overleden moeder opent, krijgt ze de verrassing van haar leven.

Ik zie je op het strand *Meet Me at Beachcomber Bay*
Clemency voelt een echte klik als ze Sam ontmoet in het vliegtuig, maar hij verdwijnt uit haar leven...

Stuur me een berichtje *This Could Change Everything*
Essies grappig bedoelde berichtje belandt niet alleen bij haar vriendin, maar gaat het hele internet op...